MY RULES

Du même auteur dans la collection

Luv

No Rules

ANITA RIGINS

MY RULES

Luv

Je dédie ce livre à chaque personne qui est tombée
ou qui tombera un jour. Battez-vous. Vous vous relèverez.
On a tous une part de guerrier en nous.
La vie nous donne des combats,
à nous de lui montrer qu'on peut les gagner.
Mais surtout, je dédie ce livre à toutes les victimes de violences qui
ont essayé de parler, mais que l'on n'a pas crues
ou que l'on a refusé de croire.

PROLOGUE

T-J
Des années plus tôt

Aujourd'hui, j'ai fait mon premier match de baseball. Le coach a dit que j'avais encore des progrès à faire, mais que c'était pas mal pour un gamin de 7 ans.

C'est bien, non, « pas mal » ?

Papa m'a dit que oui ! Il criait dans les tribunes, m'encourageant pour que je sois le meilleur. J'ai fait comme à la télévision, j'ai pensé très fort à Alex Rodriguez pour faire comme lui.

Je sais qu'il ne faut pas le dire à papa, mais mon équipe préférée, eh bah c'est les Yankees ! Ils sont si rapides ! On dirait une fusée qui va méga super vite dans l'espace !

Papa se gare devant la maison et je descends aussitôt. Maman avait promis qu'elle ferait des cookies pour quand je rentrerai. Mais pas n'importe quels cookies ! Des cookies aux pépites de chocolat ! Mes préférés.

Je cours vers la porte d'entrée et mon père me suit. Il n'arrêtait pas de sourire pendant le match, mais maintenant, il regarde son téléphone et il a l'air très en colère. J'aime pas quand papa est en colère… Ça me fait peur. Il crie toujours très très fort…

Maman ouvre la porte d'entrée devant moi et se penche dans ma direction. Ses yeux, verts comme les miens, s'ouvrent en grand en voyant toute la terre qui tache mes vêtements.

– Salut, mon beau garçon. Tu as gagné ?

Elle frotte mes mèches claires et je fais la grimace. J'aime pas non plus quand on me touche les cheveux. À l'école, je le fais aux filles pour les ennuyer, mais c'est pas cool quand on me le fait à moi. En plus, je suis plus un bébé. Et se faire toucher les cheveux, c'est que pour les bébés. Du coup, je l'ignore et sautille sur place, l'eau à la bouche.

– T'as fait des cookies ?

Une main se pose sur mon épaule pour m'immobiliser fermement.

– Réponds à la question que te pose ta mère, Tayron Junior.

C'est nul quand papa ajoute le « Junior ». On a le même prénom, tous les deux, même si lui, il s'appelle Marc Tayron, donc c'est juste son deuxième prénom. Il a dit que c'est parce que je devais porter et transmettre son nom avec fierté, mais sans qu'on nous confonde.

Mais comment on pourrait nous confondre ? Moi je suis super, super jeune ! Et lui bah… Il est vieux, quoi.

En fait, il ne le sait pas, mais je dis à tout le monde que je m'appelle T-J. Comme ça, pas besoin de dire « Junior », beurk. En plus, Tucker, mon cousin, il dit que mon surnom il est cool.

– On a gagné ! m'exclamé-je devant ma mère. J'peux prendre un cookie, maintenant ?

– Seulement un, me prévient-elle.

– Oh, ouaiiis ! crié-je avant de me libérer et d'avancer rapidement vers la cuisine, humant l'odeur du chocolat fondu.

Miaaam !

Je n'entends pas maman et papa dans mon dos, ils doivent sûrement discuter du match.

Les cookies sont placés sur une grande assiette au milieu de la table. Je vérifie que personne n'est là avant d'en enfourner un premier dans ma bouche discrètement et d'en prendre un deuxième. J'espère que personne ne m'a vu !

Je m'assieds sur une chaise en entendant mes parents arriver. Papa a l'air encore plus en colère. Est-ce qu'il a vu que j'avais mangé deux cookies au lieu d'un seul ?

Maman le suit de près, la bouche pincée, le regard sur ses pieds. Papa s'assied sur la chaise près de moi, son portable entre les mains. Il gigote et j'ai presque envie de lui demander s'il va bien, mais je n'ai toujours pas avalé ma bouchée et quand je parle la bouche pleine, il me dispute.

Maman, elle dit toujours qu'il ne faut pas utiliser son portable pendant qu'on mange, mais cette fois-ci, elle ne dit rien à papa. Au contraire, elle le fixe par en dessous, et elle a l'air triste. Elle ouvre le frigo et saisit une brique de lait.

– Alors, ils sont bons ? me demande-t-elle.

Maman sourit, mais elle a toujours l'air triste. Moi je ne comprends pas pourquoi les gens ils sourient s'ils sont tristes. Est-ce qu'on doit faire semblant d'aller bien ?

– Ouais. Trop méga bons !!

Elle rigole doucement avant de poser un verre près de moi. Elle commence à verser du lait dedans, mais au même instant le téléphone fixe se met à sonner contre le mur. Alors maman sursaute, et fait tomber du lait sur papa.

– Putain de bordel de merde ! crache-t-il en se levant de la chaise.

Je ne mange plus, je ne bouge plus. Normalement, maman me dispute quand je dis des gros mots, mais encore une fois, elle ne dit rien à papa.

– Pardonne-moi, Marc, murmure maman dans sa direction. Je vais t'essuyer…

Mais papa repousse sa main d'un geste brutal. Son regard est si… noir.

– M'essuyer ? ! Tu me prends pour un gosse ?!

– No-non ! Je ne voulais pas…

Ils échangent un nouveau coup d'œil puis papa la tire dans le couloir.

– Eh ! Vous allez où ? Je peux venir ? demandé-je en me redressant.

Mon père m'ignore et continue de tirer ma mère vers la chambre. Maman se retourne une dernière fois vers moi, un petit sourire rassurant sur les lèvres.

– Va prendre un autre cookie et va regarder la télévision.

Oh, ouais ! Un autre cookie !

Je les laisse partir et me sers une nouvelle fois. Je commence à aller vers la télévision, mais je me rappelle que maman avait l'air de pleurer. Sourire mais pleurer. Moi je ne comprends vraiment rien aux adultes.

Si je suis pas heureux plus tard, et bah je sourirai pas !

J'entends un cri qui vient de leur chambre. Je cours vers le couloir, mes petits pieds frappant le sol.

– Maman ?

Un autre cri, j'essaie d'ouvrir la porte mais rien ne bouge. C'est fermé à clé ! Mon poing frappe le bois de la porte à plusieurs reprises.

Après quelques secondes, la porte s'ouvre à toute volée. Mon père apparaît sur le seuil. Ses yeux brillent et sa respiration est rapide. Est-ce qu'il a pleuré lui aussi ? Non… on ne dirait pas. On dirait que… quelqu'un a fait une grosse bêtise. Est-ce que papa est en colère après maman ?

– Va devant la télévision, m'ordonne mon père.

Je l'ignore et essaie de regarder sur le côté pour voir ma mère.

– Ça va, maman ?

J'entends un petit reniflement, puis :

– Oui, mon cœur, tout va bien. Retourne dans le salon.

Tout va bien.

Mon père referme la porte devant moi.

Ma mère hurle une nouvelle fois… Je plaque mes mains sur mes oreilles. Je voudrais que ce bruit disparaisse à tout jamais.

Elle hurle comme les gens le font lorsqu'ils font face au méchant dans les films de guerre que je regarde en cachette.

Tout va bien.

Mais j'ai rapidement compris que non, ça n'allait pas.

Rien n'allait. Rien n'irait.

Parce que le méchant du film, le monstre qui hante les nuits des personnages et allait bientôt hanter les nôtres…

C'était mon père.

1

VIVRE AVEC SES CICATRICES

Rose

Est-ce que vous avez déjà ressenti une douleur si forte qu'elle vous a coupé le souffle ? Une douleur qui vous a brisé de l'intérieur ? Une que vous avez essayé de surmonter, tout en sachant pertinemment que cela serait impossible ?

Mais si, vous savez… Cette douleur qui représente une blessure qui ne sera jamais guérie. Une cicatrice qui ne disparaîtra jamais.

J'ai ressenti cette douleur. Je la ressens toujours aujourd'hui.

Mon père ne cesse de répéter que nos cicatrices font partie de nous. Qu'elles soient mentales ou physiques, nous ne devons pas les cacher. Nous devons vivre avec pour accepter notre passé et ne pas le laisser nous hanter.

Je passe le bout de mon index sur la peau fine de mon poignet droit, mes yeux bleus fixant la fine marque un peu plus claire.

Mon cul.

Ça fait presque cinq mois que j'essaie de vivre avec mes cicatrices physiques, et un an et cinq mois que j'essaie de vivre avec toutes les autres. Et comment vous dire que ce n'est pas vraiment une réussite…

Mais je ne vais pas laisser les mauvaises pensées me ronger aujourd'hui. Qu'elles aillent se faire foutre.

Une main toque à la porte en bois de ma chambre et interrompt mon introspection.

– Ouais ?

Le battant s'ouvre et une silhouette élancée entre dans la pièce.

– Je vais en cours, déclare Isaa, ses courtes mèches châtains volant autour de son visage de poupon.

Je me redresse sur mon matelas et commence à récupérer les livres qui traînent aux quatre coins de la pièce.

– Ça marche ! Vas-y, je te rejoins. Je dois faire mon sac.

Ma meilleure amie, celle qui m'accompagne depuis le bac à sable, observe une seconde mes mèches sombres emmêlées avant d'ouvrir la bouche, mais je la coupe :

– Et me coiffer. Je vais aussi me coiffer. Promis.

Elle sort une seconde plus tard et je commence à m'activer, son rire résonnant dans le couloir de notre étage.

L'un des avantages à vivre directement sur le campus, c'est de pouvoir se réveiller plus tard, sans être en retard. Enfin, en principe. Mais j'ai longuement révisé mon cours de biologie hier soir et je me suis endormie comme une loque humaine sur mes fiches, avant d'être réveillée au milieu de la nuit, en sueur.

Qui aurait cru que les ptéridophytes pouvaient être si ennuyeux ?

Bref, je vais finir par être bel et bien en retard, et contrairement au premier semestre de l'année dernière, quand j'habitais encore chez mon père à l'autre bout de la ville, je n'ai aucune raison de l'être.

J'ai juste… perdu l'habitude.

Au second semestre, ça n'allait vraiment plus, et j'avais fini par suivre les cours à distance de chez moi. Et même si depuis la rentrée, ça fait déjà plusieurs semaines que je retourne à la fac, je crois que je n'ai toujours pas réussi à m'y faire.

Ce qui explique que je me retrouve à courir aux quatre coins de ma chambre quinze minutes avant le début de mon cours…

Mais il faut bien que je tienne la promesse que j'ai faite à mon père. Celle d'essayer de reprendre une vie normale.

« Je veux que tu vives, Rose. Je veux que tu profites. Que tu rencontres des gens. Je veux que tu me promettes d'essayer. »

Ses mots me reviennent en mémoire, ma gorge se serre et je finis par attraper un pull à la volée et sortir en catimini.

J'ai beau être née dans le Colorado et vivre à Denver depuis des années maintenant, je crois que je ne m'habituerai jamais aux températures de novembre. Nous ne sommes que le deux et pourtant il commence seulement à y avoir un vent frais. Bon, la bonne nouvelle, c'est qu'il ne neigera pas, je pense.

Dans le couloir, je croise d'autres filles qui sont elles aussi membres de ma sororité et je les salue poliment avant de dévaler les escaliers.

Ça aussi, c'était pour rassurer mon père. Intégrer une sororité sympa et sérieuse, pas borderline, qui me permettra d'avoir une vie sociale « saine ».

Isaa m'a suivie. Et entre ses blagues pourries et ses ragots, je sais qu'elle garde un œil sur moi. Elle me surveille, comme une bonne fée, ou un ange. Elle ne me laissera pas tout gâcher une nouvelle fois.

Je sais qu'elle irait jusqu'en enfer pour moi. Mais je ne veux pas la plonger dans les ténèbres avec moi. *Pas elle.*

On est donc les deux nouveaux membres des Pure Spirits. Cette sororité, assez stricte sur les bords, n'est peut-être pas à l'image des autres bandes du campus où la démesure et les excès règnent, mais finalement, ça me va très bien. Pas de soirée le jeudi soir, pas de concours de T-shirts mouillés, juste quelques activités avec des associations. Déjà que je déteste être entourée de trop de monde dans un amphi bondé, alors je n'imagine pas ce que ce serait à des soirées débridées…

Je presse le pas alors que je longe le campus, marchant le plus vite que je peux en prenant connaissance des deux appels de mon père. Une partie de moi hésite à le rappeler. Je sais qu'il est réveillé. En réalité, lui comme moi ne dormons que très peu. On fait semblant, on se dit que tout va bien.

Mais la nuit…

La réalité refait surface.

Lorsque toutes les lumières sont éteintes… Les monstres sont libérés de leurs cages et cherchent à griffer jusqu'au sang nos esprits déjà meurtris.

Mais finalement, j'ignore ses appels, pas assez en forme pour avoir une vraie discussion avec lui.

Et surtout très à la bourre…

Je reprends ma route, trottinant presque pour ne pas arriver en retard à mon cours de biophysique. S'il y a bien une chose en laquelle j'ai confiance, c'est la science.

Cette deuxième année d'études de biologie va être difficile, mais je suis prête à relever le défi. Je ne laisserai rien ni personne se mettre en travers de mon chemin.

Soudain, j'entends des cris à quelques mètres de là, devant le bâtiment C. Deux mecs, deux bruns que je ne connais pas, une casquette à l'envers sur la tête, sont debout sur des tables, devant plusieurs étudiants suspendus à leurs lèvres. L'un des deux agite quelque chose dans les airs, et je me retiens de lever les yeux au ciel en découvrant de quoi il s'agit : un stupide masque de loup.

– C'est comme ça que naissent les légendes ! On est des putains de légendes ! braillent-ils alors que je m'approche du bâtiment.

– Ouais ! s'exclame un autre mec en levant le poing dans sa direction.

Certains prennent leur fraternité un peu trop à cœur, si vous voulez mon avis… surtout les membres de la Meute.

La Meute… La fraternité la plus influente et la plus délurée de la faculté de Denver, et accessoirement celle qui abrite les rois de l'excès, qui n'ont aucune limite. En intégrant cette université il y a un an et demi, j'ai entendu tous les bruits de couloir possibles et imaginables sur leur groupe.

En gros, ces mecs puent le danger et se prennent pour une meute de loups. Débile, non ?

Et pourtant, les trois quarts des étudiants du campus rêvent de les rejoindre…

L'année dernière, pendant qu'ils recrutaient leurs nouveaux membres, toute cette histoire a tourné au vinaigre. Personne ne sait exactement ce qui s'est passé… mais une nuit… l'un d'entre eux a été arrêté, tandis qu'un autre s'est suicidé. Très peu de monde connaît les détails de cette sordide affaire, et la Meute fait en sorte qu'aucune information ne fuite. J'ignorais s'ils avaient accueilli d'autres membres en septembre de cette année, mais apparemment, si.

– C'est qui le titan ?! crie le mec à la casquette retournée.

– Moi ! lui répond le type au poing levé avant de frapper sa poitrine.

Cette fois-ci, je ne peux m'empêcher de lever les yeux au ciel.

Une vraie secte…

Je déboule dans le bâtiment C quelques minutes plus tard. Heureusement pour moi, j'ai cinq minutes d'avance. Je commence à marcher dans le couloir de droite, priant pour que les W.-C. près de ma salle soient libres, quand la porte des toilettes des hommes s'ouvre d'un coup.

Une immense masse jaillit et manque de me renverser au passage. Incapable de bouger, je cligne des yeux plusieurs fois en tentant de comprendre ce qui se passe.

Des coups. Des poings qui volent. Des grognements masculins.

Deux types sont en train de se battre et ont failli m'écraser sur leur passage, comme si j'étais un vulgaire insecte.

Je me décale et me colle au mur opposé tandis qu'un poing passe à quelques centimètres de mon visage. L'un des deux a failli me frapper en essayant d'atteindre son adversaire.

Oh. Mon. Dieu. Je suis en plein règlement de comptes.

Le plus grand des deux, un type imposant aux cheveux clairs, épingle brutalement l'autre gars contre le mur près des toilettes, pressant son avant-bras contre la trachée de ce dernier. Un bruit d'étouffement me parvient aux oreilles.

– On ne s'attaque pas à plus faible que soi, putain, crache-t-il d'une voix rauque.

Sa voix me dit quelque chose, mais je n'arrive pas à l'identifier et de là où je me tiens, je ne vois pas son visage. Il finit par relâcher son emprise sur l'autre gars avant de le coller à nouveau brutalement contre la pierre, dans un bruit sourd qui me fait grimacer.

C'est à ce moment-là que je remarque un troisième étudiant qui sort des toilettes, le teint pâle et l'air complètement traumatisé. Je l'entends balbutier un petit « merci » à l'intention du blond, puis il déguerpit aussitôt.

– Si tu veux te battre, tu viens me voir moi, reprend le grand blond, et je serai ravi de t'exploser, compris, Roy ?

L'autre balbutie quelque chose entre ses dents en essayant de se libérer, en vain. Il est moins musclé et j'ai l'impression que le plus grand va le briser en mille morceaux.

Des psychopathes. Ces mecs sont des psychopathes !

Et plus ils seront loin de moi, mieux je me porterai… Je commence à m'éloigner du mur, voulant me tirer d'ici, mais le grand blond relâche l'autre type et se tourne vers moi, la mine sombre.

La première chose que je remarque, c'est la tache de sang au niveau de sa lèvre inférieure, qu'il essuie négligemment du bout des doigts. Mes yeux remontent le long de sa courte barbe avant de se poser sur ses iris verts, entièrement focalisés sur moi. La mine sauvage qu'il arborait se transforme peu à peu tandis que l'inquiétude prend place sur ses traits.

Son visage se fait beaucoup plus avenant.

– Tu vas bien ?

Enfin, je le reconnais.

T-J. L'un des principaux membres de la Meute.

Si vous pensiez que la Meute avait mauvaise réputation… Laissez-moi vous présenter l'une de ses têtes d'affiche.

– Ho ? reprend-il en faisant un pas vers moi, je te parle, ça va ?

D'autres taches de sang parsèment son jean brut. Il lève ses doigts ensanglantés dans ma direction et la peau brûlante de son index frôle ma joue. Je ressens comme une décharge électrique. Je fais un bond en arrière et relève mes deux mains devant moi pour qu'il ne s'avance pas davantage.

– Ne m'approche pas ou je hurle ! m'exclamé-je entre mes dents serrées.

Je sais que je réagis comme une poule mouillée, mais c'est plus fort que moi. Sa proximité, la vue du sang, toute cette violence… c'est trop pour moi.

Il me fixe, perplexe, comme si ma réaction le déstabilisait. Alors que ce mec était en train de détruire le visage d'un autre gars juste en face de moi ! Les gens ont raison, les membres de la Meute sont tous tarés. Il n'a pas le temps de prononcer un mot de plus que je fais demi-tour et m'éloigne en courant, priant pour rejoindre ma salle au plus vite.

Ouais, je suis une poule mouillée. Mais si ça peut me tenir éloignée de types comme lui, c'est tout aussi bien.

2

GUEULE DE BOIS ET AUTRES TRACAS

T-J

Profondément endormi, je sens un truc humide et chaud remonter le long de mon épine dorsale.

Une langue.

Je pousse un grognement et m'étale un peu plus sur le matelas, à plat ventre.

C'est quoi ce bordel ?

La seule chose à laquelle je peux penser, c'est que ma tête tourne. Beaucoup trop.

Un petit gloussement féminin me répond, une bouche se plaque contre mon oreille et un souffle tiède effleure ma peau.

– Miam… Enfin réveillé, T-J ?

Ce que j'aime avec Hannah, c'est qu'elle ne pose jamais de questions sur ce qui se passe dans ma foutue tête. Je ferme complètement les yeux puis pousse un soupir avant de me retourner et de me laisser tomber sur le dos, le temps d'émerger peu à peu. Je frotte mon visage de mes deux mains, dans l'espoir d'arrêter mon cerveau de tourner dans tous les sens.

J'ai une putain de gueule de bois.

Je bâille à m'en décrocher la mâchoire et presse mes paupières avant de les ouvrir. Aussitôt, ma lèvre inférieure me tire, et je ne peux que me rappeler ce qui s'est passé hier matin, l'enfoiré qui a essayé de faire le malin avec moi avant qu'on se batte...

Et qu'on ne manque d'écraser une petite étudiante par la même occasion. Un regard bleu et franc revient me hanter.

Je le chasse aussitôt.

Pourquoi je repense à ses yeux de biche effarés, putain ?

Et son regard hargneux quand elle m'a hurlé de ne pas l'approcher...

Hannah, complètement nue, est penchée vers moi, un air diablotin sur le visage. Elle remet une mèche blonde derrière son oreille et il me faut une minute pour me rappeler des détails d'hier soir, mais impossible de me souvenir de tout.

La seule chose dont je me souviens clairement, c'est que sa bouche sur ma queue était incroyable. Oh, ouais, on s'est bien amusés.

– Miam, murmure-t-elle à nouveau en se penchant vers moi, fixant effrontément mon érection matinale.

Je ne me rappelle même pas qu'on ait fini dans mon lit. Habituellement, on s'arrête au canapé et personne ne vient dans ma chambre. Mon portable sur le sol – comment est-il arrivé là ? – se met soudainement à sonner.

Je m'apprête à l'ignorer, mais en découvrant le prénom de mon cousin sur l'écran, je pousse un juron et me penche vers le sol, essayant de ne pas me casser la gueule. Je me sens comme une merde, et j'ai vraiment besoin d'une douche brûlante à cet instant.

– Attends, ordonné-je à Hannah avant de décrocher en me rallongeant. Ouais ?

– Où est-ce que tu es, trou du cul ? marmonne Tucker dans le combiné.

C'est officiel, mon cousin est pire qu'une mère poule.

– Et si tu regardais entre les cuisses de ta copine, voir si j'y suis ?

Un rire rauque me parvient pour toute réponse, car il sait à quel point sa copine, Iris, ne m'attire pas sexuellement. J'aime la taquiner, mais je ne la verrai jamais comme autre chose qu'une amie, et la femme qui compte pour lui.

Il est allé en enfer pour elle. Est-ce que ce n'est pas la plus belle preuve d'amour qui existe ?

Non pas que je croie en l'amour. La seule chose que je sais, c'est que ce putain de sentiment peut ruiner des vies. Hors de question d'aller en enfer pour une nana. Je n'irai que pour ma famille.

– Sérieux, on devait se voir avant le début des cours, reprend mon cousin. T'es où ?

C'est ma dernière année, plus que quelques mois et quelques centaines de matins interminables, et je pourrai rester couché jusqu'à pas d'heure.

Désormais bien réveillé, je m'assieds au bord du lit et me frotte la nuque, comme si ça allait m'aider à décuver.

– Je viens de me réveiller, arrête d'agir comme une petite amie hystérique, marmonné-je à Tucker avant de raccrocher et de jeter mon portable sur le matelas.

Fait chier. Je masse mes tempes douloureuses tandis que les souvenirs d'hier soir déboulent dans mon cerveau. La Meute a organisé une immense fête sur le campus, et c'était mon idée. Et quand on organise une soirée, le seul mot d'ordre est : pas de règles. Ça part généralement en débauche totale, et il me semble que c'était le cas hier soir.

La Meute, certains pourraient la voir comme une simple fraternité qui règne sur la fac de Denver. Beaucoup pensent qu'on est simplement une bande de sales cons qui organisent les soirées les plus déjantées… Et d'un côté, ils n'ont pas tort. Mais c'est beaucoup plus que ça. Les personnes qui me sont les plus chères, ma famille de cœur, se trouvent parmi ses membres.

Hannah se redresse et s'arrête face à moi, ses deux seins exhibés juste devant mon visage.

– On dirait bien que la fête est finie…

J'ignore sa nudité mais lui souris néanmoins, me relève et fixe les draps froissés et les emballages de capote qui traînent au sol. Il semblerait que oui…

– Ouais, il est temps de rentrer chez toi, ma belle.

Je passe près d'elle et termine par un :

– Il y a sans doute du café préparé par mon colocataire dans la cuisine.

Ne pas être un connard. Ma mère a tenté de m'inculquer certaines valeurs depuis mon plus jeune âge, et j'essaie de m'y tenir. La plupart du temps, du moins.

– Et si je te rejoignais sous la douche ? Ou qu'on allait déjeuner ensemble, quelque part ?

Je m'immobilise sur place. Je n'aime pas du tout l'espoir que j'entends percer à travers ses mots. Ça fait plusieurs fois qu'on couche ensemble, et au petit matin, chacun retourne chez soi. Hannah couche avec d'autres mecs, et je couche avec d'autres nanas. On n'est rien, elle et moi. Mais je commence à comprendre qu'elle s'attend à autre chose.

C'est mort…

Je vais devoir la stopper dans ses pensées immédiatement.

– Tu m'fais quoi, là ?

Je me retourne vers elle avant de croiser mes bras sur mon large torse.

– Peut-être qu'on pourrait se voir en dehors du lit… suggère-t-elle en s'avançant vers moi, ses yeux vagabondant partout.

Je n'aime pas son regard, comme si elle cherchait des indices pour tenter de percer ma carapace. Cette chambre, c'est mon intimité. Ses mots me font tiquer.

– Nous voir en dehors du pieu ? Non Hannah, pas moyen. On baise ensemble et on rentre chez nous. C'est ma règle.

Elle lève les yeux au ciel.

– Ça va, T-J, arrête de monter sur tes grands chevaux. Je sais que tu ne veux pas de nana, et je ne veux pas de mec. Y a trop de propositions sur le campus pour ça. Bref, laisse tomber.

Je préfère ça. Mais honnêtement, je crois que c'était la dernière fois qu'on prenait du bon temps ensemble.

Soudain, elle tend sa main vers le carnet noir usé sur ma table de nuit, un air intrigué sur le visage. Mon cœur loupe un battement.

– Non !

Face à mon ton sérieux, elle commence à bougonner dans sa barbe avant de se rhabiller peu à peu.

– Quoi ? Y a un secret d'État dedans ? Qu'est-ce que tu caches, beau gosse ?

Pour toute réponse, je lui réponds par un petit sourire.

Les secrets, j'en ai plein. Et je ne laisserai jamais les gens les découvrir. Nous dévoiler aux autres nous rend faible. Et un jour, ils utiliseront cette faiblesse contre nous.

Je ne veux pas être faible. Je l'ai déjà trop été.

Je ne laisserai aucune fille rentrer dans ma tête. Je donne mon corps, mais c'est tout.

Je me dirige vers la salle de bains, toujours nu et je l'ignore désormais.

– À plus.

– T'es pas drôle ! me lance-t-elle avant de soupirer.

Lorsque je sors de la douche quelques minutes plus tard, vêtu d'un jean et d'un simple T-shirt gris, ma chambre est désormais déserte et un léger parfum floral envahit toujours la pièce. Cette odeur agressive me fait froncer le nez et je ne tarde pas à quitter ma chambre pour rejoindre le salon.

Mon colocataire, Sam, est également l'un de mes meilleurs potes, et celui qui m'a aidé à organiser la soirée d'hier. Et si j'en crois son dos voûté et ses yeux à moitié explosés qui fixent sa tasse de café sans la voir, il est dans le même état que moi.

– Salut mec, lancé-je en remplissant à mon tour une tasse.

Je déteste le café noir, mais y a rien de mieux pour me bouger le cul. Pour toute réponse, il grogne quelque chose et je retiens un sourire. Depuis qu'on s'est installés en colocation il y a peu, au nord du campus, je ne crois pas l'avoir déjà entendu me répondre un vrai « bonjour » à huit heures du matin. J'aurais pu rejoindre une grande maison de plusieurs étages que partagent des potes, mais j'ai préféré le calme du coin.

Enfin… quand je dis « calme »… ce n'est peut-être pas vraiment le mot adéquat.

En tout cas pas quand les loups sont dans les parages…

Je m'apprête à poser ma tasse vide dans l'évier mais interromps mon geste en découvrant un reste de poudre blanche sur la table.

– Putain Sam, dès le matin ?!

– Arrête de te prendre pour ma mère, marmonne-t-il en se redressant.

Je fixe les traces de griffures sur son dos nu tandis qu'il s'éloigne vers le couloir.

– Je dis ça pour toi, alors arrête de jouer au con. Tu vas te faire virer de l'équipe de baseball si tu continues à sniffer autant qu'une pute à crack.

Je pourrais ajouter que je suis inquiet pour lui, parce qu'il consomme de plus en plus ces derniers temps, et que je n'ai pas envie de le perdre comme j'ai perdu d'autres personnes chères à mon cœur. Sam se stoppe et se tourne vers moi, ses cheveux bruns complètement emmêlés.

– Et moi, je te rappelle que tu t'es barré de l'équipe. Alors arrête de me faire la morale.

Tous ceux qui ne sont pas au courant du bordel que représente ma vie pensent que c'était pour me consacrer aux soirées et à mes cours. En réalité, c'est parce que je voulais couper tout lien avec mon géniteur. J'ai mis du temps, mais j'y suis arrivé. C'est peut-être stupide. Mais toucher une batte, assister à des compétitions, me rappelait sans cesse toutes les fois où il m'accompagnait le week-end pour me voir jouer. Ses petits sourires et son attitude de père de famille honorable en public, alors qu'il n'était qu'une représentation du plus fidèle disciple du diable en privé.

Donc ouais, sur un coup de tête, j'ai abandonné le jeu.

Parfois ça me manque, de frapper de toutes mes forces et de laisser libre cours à ma rage. Mais à vrai dire… le sexe est un merveilleux moyen d'évacuer la pression.

Je ne trouve rien à ajouter et laisse Sam s'éloigner.

Je jette un œil à mon portable. Ouais je devais traîner avec Tucker avant le début des cours. Mais ça sera pour une autre fois. Là, je dois passer quelque part.

***

Trente minutes plus tard, j'arrive devant la maison de ma mère, dans laquelle j'ai habité toute mon enfance. J'ai toujours vécu à Denver. J'ai fait les quatre cents coups ici, et même si une partie enfouie en moi rêve de découvrir le monde, je crois que je ne pourrai jamais quitter définitivement la ville.

Comme toutes les maisons de la rue, la nôtre est grande, faite de pierres blanches, avec un jardin parfaitement entretenu.

Mais les autres foyers ont-ils vu passer autant d'horreurs que le mien ?

Je ne crois pas.

D'un mouvement souple, je retire mon casque et descends de ma Ducati noire que je viens de garer le long du trottoir.

Ce n'est pas le modèle le plus récent, mais je l'ai payé à la sueur de mon front en retapant voitures et motos. J'ai travaillé pendant des mois, en plus du baseball qui me prenait pas mal de temps, pour me l'offrir. À mes 21 ans, la part de mon héritage qui m'était réservée a été débloquée. J'ai pu arrêter de travailler, même si retaper des bolides reste un truc que j'apprécie.

Alors que j'avance dans l'allée, je sens sur mon corps le regard d'une voisine d'une quarantaine d'années. Je tourne la tête vers elle et lui fais un petit clin d'œil sous son regard choqué, puis rejoins l'entrée.

Une minute plus tard, je passe le seuil de la cuisine, une délicieuse odeur de bacon envahissant mes narines. Je pose délicatement mon casque sur l'étagère de droite.

Dos à moi, ma mère casse un œuf dans une poêle brûlante. Une envie de meurtre m'assaille quand je constate à quel point elle a maigri ces dernières années. Je sais qu'elle est en train de reprendre du poids, mais voir ses os ressortir sous sa robe me donne envie de cogner quelque chose. Ou plutôt quelqu'un.

Je serre mes poings et inspire fortement pour tenter de me calmer. J'ai envie de hurler, mais je lui ferais peur et lui faire peur est la dernière chose que je souhaite. Elle va « mieux », hors de question que je gâche tout ça. Les premiers mois ont été difficiles, mais c'est de l'histoire ancienne.

– Salut, dis-je d'une voix maîtrisée.

Ma mère sursaute et ça me fend un peu plus le cœur tout en m'énervant royalement. Si mon père était en face de moi à cet instant, je ferais pleuvoir mes poings sur sa face de rat.

J'espère qu'il ne se pointera pas ici ou je risque de commettre un meurtre.

– Bonjour.

Ma mère me sourit légèrement en remplissant une assiette pour moi.

– Tu ne devais pas avoir cours ? reprend-elle. Pourquoi est-ce que tu es là ?

Je m'assieds sur une des chaises du bar et avale aussitôt un morceau de bacon qu'elle vient de placer devant moi.

– T'es pas contente de me voir ? Avoue au moins que j'te manque, grogné-je la bouche pleine.

Ma mère croise ses bras de l'autre côté du bar.

– Vu les petits yeux que t'as, j'imagine que la nuit a été difficile. Et vu l'état de ta lèvre inférieure…

Je prends un air innocent pour toute réponse. J'avais oublié ce détail.

– C'est super bon.

Elle soupire, pas dupe pour un sou face à mon absence de réponse.

– Et toi, ça va ?

– Je suis une grande femme, mon garçon. Arrête de t'inquiéter pour moi, je vais bien.

– Et s'il…

– Ton père n'est pas revenu, et il ne reviendra pas. Il a quitté Denver. Les papiers du divorce ont été signés. Ça fait un an. Tout va bien. Tu n'as pas besoin de traverser la ville juste pour vérifier que tout est OK. Tu dois vivre, même si le jeune homme avec qui tu partages l'appartement a l'air d'être un ami haut en couleur aux mœurs… particulières.

Si ma mère savait à quoi s'adonnent les membres de la Meute, je crois que les yeux lui sortiraient de la tête. Le mot « orgie » la ferait sans doute fuir en courant.

J'avale ma bouchée, toujours silencieux.

– *Je vais bien*, me répète-t-elle une nouvelle fois. Je me sens mieux. Le chemin de la guérison est long, mais il n'est plus douloureux. Je m'amuse de nouveau, Tayron. Je suis heureuse.

Les traits de son visage sont détendus, elle a l'air sincère.

Après une nouvelle minute silencieuse, je décide de la croire. Et puis je remarque qu'elle a un peu changé. Elle a recommencé à se maquiller, à se coiffer aussi délicatement qu'elle le faisait dans le passé.

Pourquoi est-ce que je n'ai rien remarqué plus tôt ?

Je me redresse, récupère mon assiette et m'apprête à jeter les restes dans la poubelle mais je m'immobilise sur place. Mes yeux tombent sur une paire de talons aiguilles de l'autre côté de la cuisine. Je me tourne vers ma mère et c'est à cet instant que je remarque les cernes sous ses yeux.

– Tu es sortie ?

Elle papillonne des yeux en fixant la paire de chaussures que j'indique du menton, intrigué. Mon enfoiré de géniteur a retenu ma mère dans une cage pendant des années, avant qu'elle ne parvienne à se libérer de lui. Est-ce qu'elle a décidé de voir à nouveau quelqu'un ?

Elle finit par m'adresser un petit sourire timide.

– En fait… oui. J'ai rencontré un homme charmant.

Je stoppe tout mouvement et reprends doucement :

– Depuis quand ?

– Ça fait plusieurs mois, m'avoue-t-elle.

Alors c'est sérieux. Du genre… vraiment sérieux. Un sentiment désagréable m'étreint la gorge. J'ai soudainement envie de tout savoir. Je veux me mesurer à ce type. Et si je découvre que c'est un enfoiré…

Elle me coupe dans mes pensées et reprend en levant ses mains.

– Je sais, je ne t'en ai pas parlé. Rien n'était prévu mais je… je ne sais pas. Je n'ai pas pensé à moi pendant des années, et j'ai finalement décidé, pour une fois, de me laisser aller.

Mon Dieu. Comment ai-je pu être aussi aveugle ?

– Je veux le voir, exigé-je d'une voix forte. Si tu sors avec lui, depuis plusieurs mois, c'est qu'il compte pour toi. Je veux le voir.

– Arrête de me chaperonner, tu veux ? répond-elle en soupirant d'un air théâtral.

Je ne dis rien pour ma défense, car elle a raison. Mais ça ne change rien au fait que je veux voir ce type. Et comme si elle sentait toute ma détermination, elle cède finalement :

– D'accord.

3

LES GRIFFES POINTUES

Rose

J'arrive dans le hall du bâtiment B et miracle, je suis à l'heure ! Isaa est en train de récupérer une bouteille de jus dans le distributeur, et râle en découvrant qu'elle est glacée.

– Salut ! m'exclamé-je en arrivant près d'elle, reprenant difficilement mon souffle après avoir couru sur la fin du chemin pour ne pas être en retard.

Elle sursaute et plaque une main contre sa poitrine en se tournant vers moi.

– T'es folle ? Tu veux me faire avoir une crise cardiaque ? Je ne veux pas mourir alors que j'ai M. Derstees ce matin, il est trop sexy pour que je loupe ça.

– Arrête de fantasmer sur ton prof, rétorqué-je, il est marié.

– Hum… je sais, madame Je-sais-tout, soupire ma meilleure amie en penchant sa tête sur le côté. Dis-moi quelque chose que je ne sais pas !

– D'ici les prochaines trente-deux secondes, ton corps aura produit environ soixante-douze millions de globules rouges et rejeté environ cent soixante-quatorze mille cellules de peau pour laisser place à de nouvelles cellules, dis-je en haussant les épaules.

– Beurk, ça c'est carrément dégueu.

Elle fixe sa montre une seconde avant d'ouvrir grand la bouche. Elle ressemble à un poisson rouge hors de l'eau et je me retiens de me moquer d'elle.

– Mon Dieu ! Derstees va me tuer ! Me découper en morceaux et écrire un livre sur la manière dont il l'a fait ! Et t'auras pas intérêt à acheter le bouquin, ou je reviendrai te hanter, t'entends, Rose Hoffman ?!

Je rigole franchement désormais et regarde sa silhouette disparaître dans le couloir à toute vitesse sans me laisser le temps de répondre. Je secoue la tête et succombe à la tentation d'acheter un chocolat brûlant avant d'aller en cours.

Tandis que je glisse un billet dans le distributeur, mes yeux s'égarent sur les étudiants qui sont amassés dans le couloir. Je déteste les rassemblements de foule, t'as l'impression de te faire piétiner.

Je maugrée dans ma barbe en découvrant un étudiant avec un masque de loup sur le visage, suivi par deux autres gars qui hurlent à la mort tout en se dispersant dans la foule.

La Meute. Toujours elle.

Les événements d'hier matin me reviennent. La bagarre, T-J, le poing du type qui est passé à deux centimètres de mon visage. Et l'index de T-J contre ma peau, le courant électrique qui m'a traversée sans me demander mon avis. Putain…

Pourquoi est-ce que j'ai fui comme une lâche ? Je me suis promis d'être forte, et voilà que j'ai paniqué en voyant des doigts en sang tendus vers moi.

Le distributeur fait un bruit bizarre et je me penche pour découvrir que ma boisson n'est toujours pas en train de se préparer, alors que mon argent ne m'est pas rendu non plus. Mince !

Le hall commence peu à peu à se vider – à ma grande joie – et cette fois-ci c'est sûr, je suis en retard. J'essaie de récupérer mon billet, sans succès. Je frappe sur la machine du plat de la main et finalement celle-ci ne fait plus aucun bruit.

C'est pas vrai... Je suis maudite !

Je pousse un soupir de mécontentement et jette un œil au mur près de moi, où est accrochée une affiche que j'admire rapidement.

Elle représente les contours d'un loup noir se cachant dans l'obscurité. Cela me fait presque froid dans le dos.

Encore une œuvre de la Meute, accompagnée d'un message : ils organisent une immense soirée samedi soir.

La Meute...

Pourquoi se prendre pour des animaux ?

Peut-être qu'ils sont en réalité tous cannibales et se bouffent entre eux ? Ou se lèchent le cul les uns les autres comme des chiens ?

Cette pensée ridicule me fait lâcher un petit rire. Je suis sûre qu'Isaa serait d'accord avec ma théorie.

– Qu'est-ce qui est drôle ?

Mon rire s'interrompt dans la seconde lorsque j'entends la voix masculine et puissante claquer dans mon dos, et que je la reconnais immédiatement.

Je refuse de céder à la panique et me tourne lentement pour faire face à la grande silhouette qui me domine. T-J est plus proche que je ne le pensais, et je n'aime pas ça. Je n'aime pas son foutu regard posé sur mon visage. J'ai un réflexe débile, celui de tirer sur les manches de mon pull, comme si j'étais plus en sécurité grâce à ce simple geste. Mais contrairement à hier, je ne fuis pas, j'affronte son regard. « Il n'est qu'un étudiant normal », me répété-je plusieurs fois.

Mais il était en train d'étrangler un autre type contre le mur...

Mes yeux analysent rapidement ses cheveux clairs en désordre et sa courte barbe avant de tomber sur son regard posé sur moi. Je vois surtout le sang injecté dans ses yeux et je ne veux pas savoir pourquoi il est dans cet état. L'alliance de ses yeux explosés et de sa lèvre meurtrie le fait paraître encore plus dangereux. Pourtant, il me sourit aimablement d'un air taquin.

Il attend ma réponse, les bras croisés sur son large torse.

Est-ce qu'il m'a reconnue ? On ne s'est jamais vraiment parlé auparavant, ce n'est pas comme si on fréquentait les mêmes amis ou les mêmes endroits, mais j'ai bien l'impression qu'il se rappelle ma fuite de la veille.

J'observe une seconde les muscles apparents de ses bras avant de me gratter la gorge. Mon Dieu, il m'a vue le reluquer, si j'en crois son petit sourire qui s'élargit. Je me redresse, bien qu'il soit toujours plus grand que moi.

Pas bon. Pas bon du tout, Rose.

Je jette un œil à l'image représentant un superbe loup noir.

– Je n'ai pas le droit de rire en regardant ce dessin ? C'est un crime ?

Je lui indique l'affiche du pouce en haussant les épaules.

– Je l'ai dessiné, continue-t-il avec son air buté de pseudo-roi hautain.

Il dessine ? Cette fois-ci, il n'est plus taquin, il paraît presque… vexé ?

On s'en moque Rose, ressaisis-toi !

Le grand blond reluque mes jambes, puis le haut de mon corps d'un air appréciateur, comme s'il me voyait pour la première fois. Et c'est sans doute le cas. Enfin, il lâche :

– Peut-être que si tu es sage, je te dessinerai nue.

Il est sérieux ?

– Pour ça, il faudrait déjà me voir nue, rétorqué-je froidement. C'est quoi cette technique de drague à deux balles ?

Bien entendu, je sais qu'il ne me drague pas réellement, je n'ai rien à voir avec les filles qui l'accompagnent un peu partout, mais quand même.

– Est-ce que c'est une invitation ? demande-t-il en penchant légèrement sa tête, un air canaille sur le visage.

– Mais pas du tout !

Je rougis malgré moi et il pose une main sur sa poitrine, faussement blessé par ma remarque.

– Waouh. Tu viens de briser mon petit cœur.

– Je n'en doute pas une seconde, rétorqué-je un peu trop agressivement en essayant de masquer mes joues en feu.

Je passe près de lui mais il me bloque le chemin. Il ne me touche pas, et pourtant je sens presque la chaleur de son corps envelopper le mien dans une espèce d'aura protectrice.

Il semble attendre quelque chose, une réaction, tout en me fixant. Puis il murmure d'une petite voix moqueuse :

– « Ne m'approche pas ou je hurle. »

En reconnaissant les mots que j'ai prononcés hier, je vois rouge. Il est en train de se foutre de ma gueule.

– Cette fois je ne hurlerai pas, je te casserai les dents ! m'exclamé-je avant de commencer à m'éloigner.

– Tu devrais venir. À notre soirée, samedi soir.

Je mords ma lèvre inférieure en secouant la tête. Il ne va pas me lâcher ? Je m'arrête et me tourne vers lui.

– C'est pas du tout mon délire, et de toute façon, ma sororité organise déjà quelque chose.

En réalité, je suis carrément en train de mentir, mais je ne vais pas lui expliquer que je panique facilement en me retrouvant collée à des inconnus, dans un endroit confiné, non ?

Face à ce mensonge, son expression se détend un peu plus et il me fait un petit clin d'œil.

– T'es membre des Delta ? Est-ce qu'on ne se serait pas croisés à une soirée, chérie ? Ou dans un même lit ?

« Chérie », vraiment ?

– Crois-moi que non.

– Tu fais partie de quelle sororité, dans ce cas ?

– Les Pure Spirits.

T-J me fait les gros yeux avant d'exploser de rire.

– Nan ? Sans blague ? T'as pas l'air d'être coincée, pourtant.

– Pourquoi je serais coincée ? Parce que je ne fais pas partie d'un groupe aussi débile que la Meute ? Ou parce que je ne suis pas passée sur ta queue comme les trois quarts des étudiantes de la fac ?!

Face à ma réponse, sa bouche s'ouvre mais il ne répond rien. Puis un nouveau sourire s'étire sur son visage, et je suis sûre qu'il a une réponse salace en tête. Alors je prends les devants et l'ignore en tournant les talons.

– Ce n'est peut-être pas le mot que j'aurais dû employer. Mais je maintiens ma proposition ! Tu vas venir ?

– On prévoit déjà quelque chose ! répété-je sans me retourner, bien décidée à faire disparaître de ma vie sa petite gueule d'enfoiré.

– Alors, tu fuis comme hier ! crie-t-il dans mon dos.

Je me fige. Il a raison, et ça m'exaspère d'autant plus. Je ne bouge pas, toujours dos à lui, mais je sens son regard vert peser sur ma nuque.

– Deux fois qu'on se croise en deux jours, tu ne crois pas que le destin est en train de nous envoyer un signe ? reprend-il.

Je tourne mon visage vers lui, la mine fermée.

– Le destin est un sale con.

4

PLAN DIABOLIQUE

T-J

Encore une nouvelle journée, des cours, des sourires, des blagues échangées. Quelques regards charmeurs de certaines personnes. Pourquoi ai-je l'impression que tous les jours se ressemblent ?

Je sors de mon cours de « Finance et analyse du risque » et traverse le hall du bâtiment B, cherchant mon cousin du regard.

Je suis censé finir mon cursus cette année, puis être engagé dans une grosse boîte de la ville et brasser des milliers de dollars. J'ai rapidement appris que la sécurité financière était fondamentale.

Mon enfoiré de père ne cessait de me le faire comprendre, si bien que malgré tout cette idée est restée gravée dans ma foutue cervelle. Pourtant, quand j'imagine mon avenir, je ne me vois pas assis derrière un bureau en train de calculer les risques et autres conneries des opérations boursières. Mais on n'a pas toujours ce qu'on veut dans la vie.

En passant devant ces stupides machines à café qui sont cassées – pour ne pas changer –, un petit sourire me vient. Une seule image me reste en tête.

Celle d'une jolie brune au regard franc qui semblait me traiter de tous les noms tandis que je la taquinais tout à l'heure.

Elle n'a pas hésité à sortir les griffes, comme si elle n'avait pas de temps à perdre avec moi. Tous crocs dehors, elle m'a littéralement envoyé chier. Il n'y a qu'une seule autre nana qui a osé me rentrer dedans ainsi : Iris, la copine de mon cousin. Mais là, c'était différent. Alors qu'Iris s'amuse à me répondre avec moquerie et assurance, la fille de tout à l'heure semblait débordée par ses propres émotions. Iris est toujours dans la maîtrise, mais elle, elle ne contrôlait rien du tout.

Elle doit vraiment avoir une dent contre moi, pour se mettre dans des états pareils…

Il faut dire que le jour d'avant, je crois que je lui ai fait une peur bleue. Elle m'a hurlé de ne pas l'approcher, comme si j'étais un monstre et qu'elle avait peur que je la mange.

Comme si j'étais mon père…

Cette perspective m'a totalement retourné, et même si j'ai essayé d'en rire tout à l'heure en lui rappelant sa petite phrase, sur le coup, je n'en menais pas large.

C'était quoi, son petit nom ? Putain. Est-ce qu'elle m'aurait au moins répondu si je lui avais demandé ? Je suis prêt à parier que non. Elle m'aurait envoyé bouler avant de m'ignorer une nouvelle fois et de partir. *Ou plutôt de fuir.*

Pas de bouche en cœur, pas d'invitation à venir réchauffer mon lit. Aucune étoile dans ses yeux. Elle m'a simplement dégagé de son chemin comme si j'étais un vulgaire insecte qui traînait là.

Un insecte qui la faisait vraiment, vraiment chier…

Et j'ai trouvé ça… intrigant.

D'ailleurs, je devais être bien perturbé, parce que je lui ai déballé quelque chose sur moi, sans même réfléchir, à savoir que j'ai dessiné les affiches de la Meute. Beaucoup pensent que ces affiches ont été faites par un mec que j'ai payé, parce que je ne me suis jamais vanté d'aimer le dessin.

Encore une chose que personne ne sait.

Les Pure Spirits.

Bien sûr, la faculté de Denver regroupe diverses fraternités et sororités, mais j'ignore tout du fonctionnement de celle-ci. À chaque fois que des grandes fêtes sont organisées sur le campus, leurs membres sont aux abonnés absents. Certains disent que c'est parce qu'ils se considèrent plus importants que des étudiants lambda qui ne vivent que pour la bière bon marché. D'autres pensent que c'est simplement une bande de filles coincées qui ne font partie d'une sororité que pour avoir des points en plus dans leur moyenne.

Je visualise la petite bouche boudeuse de la furie de tout à l'heure. Elle n'avait pas l'air d'être coincée. Sur la défensive, sans aucun doute. Mais pas coincée.

Plutôt prête à s'enflammer…

Vire-la-toi de la tête, mec.

J'atteins le réfectoire et avise une tête rousse au loin. Un petit sourire s'installe sur mes lèvres. Il y a des gens que j'aime emmerder, ça en devient même une passion. Et Iris Foster arrive en tête de liste.

– Ma meilleure amie ! m'exclamé-je en arrivant près d'elle.

Elle mâchouille une frite avant de se tourner vers moi, les yeux plissés.

– Quand est-ce que tu vas arrêter avec ce surnom stupide ?

Je l'embrasse rapidement sur la tempe avant de me laisser tomber sur la chaise en face d'elle.

– On va faire un truc. Si tu me dis droit dans les yeux que tu me détestes, je te jure que je te laisserai tranquille.

Iris me fixe et entrouvre ses lèvres alors que je la fixe, confiant.

– OK. C'est bon, t'as gagné.

Je rigole en récupérant une frite dans sa barquette. Sa main essaie de frapper la mienne mais je retire mes doigts juste avant.

– Qu'est-ce que j'ai fait au bon Dieu pour être amie avec un type pareil ?

Je ne lui réponds rien, souriant toujours. Amis. Nous sommes amis, elle et moi. Elle est la femme qu'aime mon cousin, mais elle compte également beaucoup à mes yeux.

Avec tout ce qui s'est passé dans la vie de Tucker, toutes les merdes qui l'ont cabossé, Iris est venue lui apporter un parfait équilibre.

– Où est Tucker ? lui demandé-je justement en scannant du regard le reste du réfectoire.

Iris hausse une épaule et se mord la lèvre inférieure avant de reprendre doucement :

– Je ne sais pas exactement, il est resté vague. Mais aujourd'hui… c'est…

Elle n'a pas besoin de finir sa phrase. Je sais exactement quel jour nous sommes. Je me gifle mentalement. Je sais où il est. Je me redresse, lui pique une dernière frite, et m'éloigne après l'avoir saluée.

J'arrive une demi-heure plus tard devant le cimetière Fairmount. Juste en face de ma bécane, un pick-up est stationné. C'est celui de Tucker. Je descends de ma moto, le cœur battant, abandonnant mon casque sur le siège. Je suis rarement revenu ici dernièrement, tandis que Tucker y passe beaucoup de temps.

Près de sa sœur.

Je l'aperçois au loin. Les mains dans les poches, dos à moi, il fixe la pierre tombale. En m'approchant, je lis une nouvelle fois l'épitaphe qui y est inscrite.

Debbie Bomley. Aujourd'hui, c'est l'anniversaire de sa mort.

Tucker a perdu sa sœur, et j'ai perdu ma cousine, après un accident de voiture. Elle est restée pendant des mois immobile sur un lit avant de rendre son dernier souffle.

Mais Debbie n'est pas entrée seule dans la tombe. Sa mort en a entraîné une autre. Mon meilleur ami et celui de Tucker, Dan, s'est tué peu de temps après, après avoir pété un terrible câble. La mort de la femme qu'il aimait l'avait complètement détruit et entraîné dans une spirale dévastatrice. Il a fait des choses affreuses avant de… se tirer une balle.

Quand je vous disais que l'amour pouvait détruire... Je ne veux jamais être fou d'amour, jamais.

Tucker m'aperçoit enfin. Il renifle discrètement avant de se gratter la gorge.

– Tu me cherchais ? me demande-t-il d'une voix rauque.

Il me cache ses yeux rouges et je me retiens de lui foutre mon poing dans la gueule. Combien de fois m'a-t-il vu dans un sale état ?

– T'es un trou du cul, tu le sais, ça ? Pleurer ne te rend pas faible, ça montre au monde que tu es assez fort pour dévoiler tes larmes et les assumer.

Pour toute réponse, il lâche un petit rire moqueur.

– T'es devenu un putain de philosophe ?

Le silence s'installe entre nous et quand il commence à s'éterniser, je reprends :

– J'organise une soirée sur le campus, ce week-end. Quelque chose de plus calme que d'habitude. Pas trop… d'excès. Une bonne vieille fête comme on les aime.

Il se tourne vers moi, la mine intriguée.

– Tu ne veux pas plutôt ramener l'ensemble de la fraternité chez moi comme c'était prévu ?

Je réponds par la négative. Mon plan est parfaitement au point dans mon cerveau.

– Qu'est-ce que t'as en tête ? Ton regard ne me dit rien de bon. La dernière fois que t'as eu une expression pareille sur le visage, tu finissais chez les flics parce que t'avais lâché des cochons sauvages sur le campus.

– Cette fois… on va bien s'amuser.

– OK. Là, tu m'inquiètes. Où est-ce que t'organises la soirée, exactement ?

J'hésite puis lui avoue finalement :

– On va s'inviter dans une sororité.

– Laquelle ? Les Delta ? Je crois qu'elles font déjà un truc.

– Les Pure Spirits, murmuré-je d'un air de défi.

Tucker recule alors qu'une expression de surprise s'imprime sur ses traits.

– Je crois que cette sororité n'est pas branchée dans notre délire, mec.

Il commence à s'éloigner et je lui emboîte le pas.

– Tout le monde aime faire la fête. On va les dérider un peu et leur apprendre à s'amuser.

Il s'arrête, croise les bras et j'en fais de même. Il est un peu plus large d'épaules, mais je suis plus grand. Mes muscles sont finement dessinés, sans doute après la pratique intensive du baseball depuis des années.

– Une de leurs membres m'a envoyé chier, ce matin. Comme une merde.

– Tu t'es embrouillé avec une de leurs membres ? Peut-être qu'elle s'est rendu compte que t'étais con et ne voulait pas perdre son temps.

Je ne prends pas la peine de répondre à sa pique.

– Embrouiller n'est peut-être pas le terme exact. Mais en tout cas, j'ai envie de lui montrer que je ne suis pas rancunier, et quoi de mieux qu'organiser une petite soirée pour hisser le drapeau blanc ? dis-je avec un sourire angélique.

Je sais que Tucker n'est pas dupe : il doit croire que je fais ça juste pour emmerder cette nana et lui rendre la monnaie de sa pièce.

Et c'est en partie le cas… mais il y a autre chose.

Quand son apparence de petite fille sage s'est fissurée, j'ai vu de la force dans ses yeux. Une force et une énergie qui ne demandent qu'à sortir de son corps. J'ai eu l'impression d'être face à une personne égarée et enfermée dans un monde d'apparences, face à une tempête, à un feu dévastateur prêt à tout ravager sur son chemin.

Exactement comme moi.

Quelque chose m'a interpellé en elle, en quelques minutes. Je veux la revoir. Et je dois avouer que j'ai bien envie de la faire sortir de ses gonds à nouveau. Rien que l'idée de la voir m'envoyer chier une nouvelle fois en me découvrant sur le pas de sa porte pour venir déranger sa parfaite petite vie rangée… Oh, ouais, l'idée de voir ses yeux m'envoyer des éclairs me plaît bien.

– C'est toi qui décides, soupire Tucker en levant ses mains en signe de reddition. Mais ce sera *ton* bordel.

5

LES LOUPS S'INVITENT

Rose

Les yeux fixés sur mon cours de biophysique, je tente de faire pénétrer les nombreuses formules dans ma tête depuis ce matin, mais il est déjà vingt-deux heures et je n'ai toujours rien retenu, autant dire que c'est peine perdue…

J'essaie d'intérioriser la formule permettant de calculer la concentration molaire d'un soluté et la concentration osmolaire d'une solution, toujours sans succès. Je passe à un autre cours : « Le tératome est une tumeur très rare qui peut produire des dents, organes, cheveux. Parfois, elle peut même produire une sorte de kyste qui peut contenir un ensemble similaire à un fœtus. »

Argh, non, ça ne veut pas. Rien ne rentre, parce qu'un imbécile continue de hanter mes pensées, ne me laissant pas un instant de répit. Pourquoi est-ce que son stupide sourire de *lover* me perturbe ?

Je n'ai jamais été attirée par T-J, ou du moins je n'ai jamais pris le temps de l'observer. Et pour cause, je ne l'avais jamais réellement croisé depuis le début de mes études à la fac. Bien sûr, il est séduisant et il le sait, comme beaucoup de ses amis. Mais il a ce petit truc que j'ai aperçu au fond de ses yeux… une part sombre qu'il semble contenir en lui.

Sauf quand il explose un mec à la sortie des toilettes juste devant moi…

Je sais, c'est débile, mais j'ai l'impression que derrière ses blagues pourries et son air je-m'en-foutiste, il cache quelque chose. Peut-être que lui aussi a dû survivre dans l'espoir de vivre à nouveau un jour ?

Mais qu'est-ce que tu racontes, ma vieille !

Je secoue la tête et me replonge dans mes cours, bien décidée à l'oublier.

À l'instant où mes yeux se posent sur une nouvelle ligne, mon portable se met à sonner près de moi.

Mon père.

Je pourrais l'ignorer, encore une fois. Le laisser croire que je suis en train de m'amuser à un endroit du campus, accompagnée d'Isaa.

Mais finalement, j'accepte l'appel et colle l'appareil contre mon oreille en me redressant. J'étouffe un bâillement et tire sur le haut de mon legging gris, puis tire sur mes manches de pull par réflexe.

– Rose ?

Il semble surpris que je décroche.

– Salut papa.

– Je… j'ai essayé de te joindre cette semaine… Et les semaines précédentes.

– Ouais. Je suis désolée, j'étais blindée de cours. Les partiels du premier semestre arrivent à toute vitesse.

Seul son silence me répond au bout du fil.

– Est-ce que ça va, papa ?

Je sors de ma chambre, longe le couloir et descends dans le salon commun. Je croise Rachel qui remonte dans sa chambre, les bras chargés de cours.

Isaa est installée sur l'un des canapés, les yeux posés sur son ordinateur. La plupart des filles sont rentrées chez elles ce week-end. On doit être quatre ce soir.

– Pizza ? articulé-je silencieusement dans sa direction.

Elle hoche la tête. Parfait pour un samedi.

– Oui ma chérie, répond mon père à l'autre bout du fil. Je... Hum, est-ce qu'on pourrait se retrouver pour boire un café ?

Je m'immobilise sur place, désormais totalement concentrée sur ses mots.

– Papa, est-ce que tu vas bien ?

Les scénarios les plus affreux me viennent directement en tête et me donnent la boule au ventre. Je regrette tout de suite de ne pas avoir répondu à ses précédents appels.

La gorge nouée, j'attends qu'il m'annonce quelque chose de grave.

– Il faut vraiment que je te parle, murmure-t-il faiblement. Mais ça peut attendre, lundi, tu es disponible entre tes cours ? Je peux venir sur le campus si tu le souhaites.

– Est-ce que tu veux que je vienne à la maison ? le coupé-je, toujours loin d'être rassurée.

Il ne va pas bien. Je pensais que ces derniers mois, malgré tous ses cauchemars, les choses se déroulaient un peu mieux pour lui, mais je me suis apparemment trompée.

– Non, non.

– D'accord, réponds-je après quelques secondes. Lundi. Allons prendre un café.

– Parfait. Je t'aime.

Je t'aime. Je n'arrive pas à sortir les mots de ma bouche, pourtant je les sens du plus profond de mon âme. Tandis que je raccroche, je colle mon portable à ma poitrine. La sonnette de la porte d'entrée me sort brutalement de mes pensées. Je jette un œil à Isaa.

– T'attends quelqu'un ?

Elle secoue sa tête, aussi perplexe que moi, avant de s'approcher de l'entrée. C'est à cet instant que j'entends des acclamations. Et tandis que mille et un scénarios se forment dans ma tête, un hurlement retentit.

Un hurlement de loup.

Mon cœur loupe un battement. Non… ce n'est pas possible.

– N'ouvre pas ! m'exclamé-je.

Trop tard. Isaa a entrouvert la grande porte d'entrée pour découvrir qui se tient de l'autre côté. Mais moi… je l'ai bien compris. Ma mâchoire se décroche presque quand j'aperçois plusieurs pick-up garés devant le trottoir de notre résidence.

– Qu'est-ce qui se passe ? s'exclame Isaa, dos à moi.

– Je vais commettre un meurtre, marmonné-je entre mes dents en arrivant près d'elle.

– Qui a besoin de faire la fête ?! s'exclame une grande blonde en entrant dans notre maison, l'air joyeux. Oh, mon Dieu, c'est carrément trop mignon ici !

Une vingtaine d'étudiants la suivent, et je découvre un pack de bières sous la plupart des coudes. Certains portent des masques sur leur visage. Mais on est où, là ?!

– Le ravitaillement est arrivé, lance un type avec une casquette de baseball sur le haut du crâne.

Non, non, non. C'est pas vrai !

Je tente de m'interposer devant la porte, mais c'est trop tard.

Et enfin, je le vois, sur sa moto rutilante qui fait un bruit d'enfer avant de se stopper à côté du rassemblement de voitures. T-J m'aperçoit directement, un grand sourire collé sur le visage.

Il remonte l'allée, grimpe les quelques marches et arrive devant moi. Je me redresse de toute ma hauteur et je ne sais pas ce qui me retient de lui en mettre une. Quitte à être arrêtée par les flics et à dormir en cellule, cet enfoiré l'aura mérité.

– Mais quelle vilaine menteuse tu fais, mon cœur, débute-t-il. Je croyais que vous organisiez quelque chose ce soir.

– Qu'est-ce que tu fous, bordel de merde ?! Prends tes petits copains et allez faire votre soirée ailleurs ! Tu m'entends ?!

– J'ai décidé de venir faire la fête ici, en comité réduit pour éviter tout débordement.

Je frappe sa poitrine de mon index accusateur.

– Mais je ne veux pas de ta foutue fête !

J'entends des rires dans mon dos. Est-ce que... est-ce que j'entends également Isaa ? Est-ce qu'elle est en train de s'amuser ?

– Je sais que tu ne crois pas au destin, alors appelons ça... le hasard. On cherchait une maison pour faire la fête, et c'est tombé sur la tienne. Comme par *hasard*.

Ce type est insupportable.

Il s'apprête à continuer son explication mais je le coupe férocement :

– Pourquoi ?! Pourquoi, T-J ?!

Il fronce ses sourcils une seconde avant de se pencher vers moi, ses yeux dans les miens.

– Parce que j'ai vu ce feu en toi qui ne demande qu'à tout ravager sur son passage. Tu te caches dans cette grande maison, mais je pense que tu caches beaucoup plus que ça. Et c'est le moment de laisser la tempête se déchaîner...

Il ne me connaît absolument pas. Je ne cache aucun feu en moi. Il... il se trompe sur toute la ligne !

– Si tu te crois drôle, tu te trompes. Et si ta stupide bande de copains casse quelque chose ou dégrade les lieux, je te jure que j'appelle les flics.

– Mon cœur, je les ai prévenus. Pas de débordement. On vient juste vous dérider un peu, vous montrer qu'on n'est pas des gros méchants. Vous vous cachez dans cette grande demeure, mais vous n'avez pas à avoir peur de nous.

– Tu fais ça juste pour me rendre dingue ! C'est quoi, un jeu ? Je t'ai envoyé chier alors maintenant, tu me retournes le compliment ?! Et arrête avec ton stupide surnom.

– Alors comment suis-je censé t'appeler… mon cœur ?

Il insiste exprès sur ce surnom pour me faire péter un câble. J'entends un verre se briser dans mon dos et je me retourne, furibonde, mais ce sont simplement des étudiants qui entrechoquent leurs bières entre eux.

– Enfoiré ! l'insulté-je avant de pénétrer dans le salon. Cette soirée se déroule à l'extérieur, merci de DÉGAGER !

T-J rigole tout en me suivant, nullement inquiet.

– Tu t'appelles Enfoiré ? Intéressant.

J'essaie habituellement de garder mon calme, mais je suis sérieusement au bord du gouffre, à deux doigts de hurler.

De hurler encore plus.

– Rose ! m'appelle Isaa à quelques pas de là.

– Rose ? répète T-J d'un air appréciateur. Ça me plaît.

– Dis-leur de ne rien casser, lui ordonné-je.

– Ils ont pour consigne de rester tranquilles ce soir, me répond-il en croisant ses bras sur son torse. Mais toi, tu devrais dire à tes copines de ne pas avoir peur et de s'amuser un peu. La Meute ne va pas les bouffer.

À l'instant où il dit ça, j'entends un autre bris de verre dans mon dos.

– Euh… merde, retentit une voix masculine.

– Putain, Sam ! Ramasse ton bordel, s'énerve T-J, en désignant la bouteille de bière qui vient de tomber au sol. On n'est pas chez nous, ici.

Mais au même instant, un autre type fait tomber quelque chose par terre. Isaa me fixe au loin, la bouche grande ouverte. Elle doit sans doute se demander dans quelle connerie je viens de toutes nous embarquer. Pour ce satané T-J, ce n'est sans doute rien, mais nous… il perturbe notre calme et notre vie ! On sait tous sur le campus comment finissent les soirées de la Meute. Hors de question que notre sororité en paie les frais.

Rachel, une fille qui habite avec nous, observe la scène, stupéfaite, mais n'ose rien dire. Je bénis Dieu à l'idée que la plupart des filles de ma sororité ne sont pas là. Mais j'espère surtout qu'on ne va pas apprendre que T-J a débarqué ici par ma faute.

La seconde d'après, un mec porte une clope à sa bouche et de la fumée envahit les lieux. Mais notre sororité n'est pas comme les leurs. La cigarette est interdite ici. L'alarme incendie se met subitement à sonner. Certains rigolent carrément tandis que d'autres continuent leur vie.

– Je vais l'éteindre ! s'exclame Isaa.

– Putain, marmonne T-J en comprenant que la situation échappe à son contrôle.

Sans blague !!

– La fête est terminée ! hurlé-je à la vingtaine d'étudiants. Cassez-vous !

La plupart ont déjà déserté les lieux, importunés par le bruit incessant et insupportable de l'alarme. Une main se pose sur mon épaule mais je repousse brutalement le grand blond, un air meurtrier sur le visage.

– OK, t'as réussi à me faire sortir de mes gonds. Alors maintenant, t'as deux minutes pour virer ton cul d'ici avant que je ne commette un véritable meurtre !

La virulence de ma réaction m'immobilise sur place.

Mais qu'est-ce qu'il me fait ?!

– Tant de feu en toi, murmure T-J pour toute réponse. Qu'est-ce que ça fait, de le laisser sortir ?

L'espace d'un instant, son regard accroche le mien pour ne plus le quitter. Il essaie de me faire comprendre quelque chose. Mais quoi, au juste ?! Ce foutu feu qu'il pense voir en moi, qu'il se le mette où je pense.

Je ne suis pas une tempête. Je ne suis qu'une enveloppe vide. Une chair laide et pourrissant de l'intérieur. Je n'ai besoin de personne pour faire sortir un feu qui n'existe pas.

Je fixe le verre brisé près de mes pieds et T-J en fait de même. Il sort de sa bulle semble-t-il, et son visage prend un air coupable.

Je le repousse vers la porte d'entrée.

– Va au diable, craché-je avant de claquer la porte devant son visage.

C'est décidé. Je le déteste.

6

PEETA… OU GALE ?

Rose

– Mais c'était quoi ce bordel ?! s'exclame ma meilleure amie en pénétrant dans ma chambre.

Je me laisse tomber en arrière sur mon lit, sentant une migraine arriver. Je ferme durement les paupières, priant pour que la dernière heure n'ait jamais existé. Je rouvre mes yeux, mais malheureusement rien n'a changé. Isaa continue de me fixer, mi-surprise, mi-décontenancée.

Je suppose qu'elle ne s'attendait pas à ce qu'une bande d'étudiants surexcités envahisse notre maison habituellement si calme. Eh bien, moi non plus ! Je n'aurais jamais pensé que ce satané T-J débarquerait un samedi soir pour me forcer à faire la fête.

Après avoir rangé et réparé les dégâts pendant les vingt dernières minutes, sous l'œil inquisiteur d'Isaa, je me suis réfugiée dans ma chambre en pensant bêtement qu'elle allait lâcher l'affaire. Grave erreur de ma part. Elle semble ne pas avoir compris ce qui s'est passé ce soir, mais elle a deviné que j'avais un lien avec tout ça.

– Faire semblant ne va pas fonctionner, Rose Hoffman ! réplique-t-elle en croisant ses bras, toujours debout devant le lit. Rachel et Colyne n'ont pas compris pourquoi la Meute s'est invitée ici, mais j'ai vu ton regard !

Je m'assieds en tailleur, ouvre la bouche avant de la refermer. Qu'est-ce que je suis censée lui dire, au juste ?

– Je… j'ai rencontré T-J en début de semaine. Enfin non, ce n'est peut-être pas le bon mot. Tandis que je rejoignais les toilettes, il a failli me rentrer dedans pendant qu'il se battait avec un autre type. Le poing de l'autre gars est passé à deux centimètres de mon visage.

– Attends, quoi ? Donne-moi un nom ! Je vais aller lui arracher ses bijoux de famille.

Je lâche un soupir face à ses menaces, et me retiens de sourire.

– Ce n'est absolument pas le moment de te foutre de moi. Raconte la suite ! me demande-t-elle en se laissant tomber près de moi, ses cheveux châtains virevoltant autour d'elle.

– Je l'ai croisé le jour d'après. Il se peut que… que je l'aie envoyé balader face à sa drague débile. Quand je lui ai dit que j'étais membre des Pure Spirits, il a rigolé avant de me dire de venir à l'une de ses soirées samedi, donc ce soir. J'ai menti, continué-je en me mordant la lèvre inférieure. J'ai dit qu'on prévoyait déjà quelque chose. Je suppose qu'il a capté que je me foutais de sa gueule, et qu'il a voulu me le faire comprendre.

Je ne raconte pas tout à Isaa. Je garde les paroles de T-J pour moi. Celles où il me disait voir un feu en moi, une tempête qui ne demandait qu'à faire rage… Bien entendu, il a tort. Mais je n'ai pas envie de partager ces mots.

Ils m'appartiennent.

– Attends, attends ! m'interrompt Isaa en relevant ses deux mains dans ma direction. T'as bien dit « drague débile » ? Ce gars a essayé de te draguer ?

– Non ! Enfin… Je, non. Il me taquinait. Et ce soir, il voulait juste me rendre dingue. Maintenant qu'il a réussi, c'est une affaire classée pour lui. Je suis désolée, mais je ne pensais pas qu'il allait se ramener ici avec tous ses connards de potes. Est-ce que tu crois que je vais me faire éjecter de la sororité ?

Isaa continue de me fixer, la bouche grande ouverte.

– Une affaire classée ? Non, je ne pense pas que ce soit « classé », pour lui, si tu veux mon avis. Et t'inquiète, aucune des autres filles ne sait qu'ils ont débarqué pour toi. Elles vont simplement penser que la Meute est encore plus tarée qu'habituellement.

Je lâche un soupir de soulagement – inconsciemment, je retenais mon souffle jusqu'ici. Regardez-moi : il y a un an j'aurais tout donné pour ne pas faire partie d'un quelconque groupe qui définirait mon identité, et aujourd'hui… je ne suis plus prête à le quitter, lui et l'équilibre fragile qu'il apporte à ma vie en bordel.

Ne suis-je pas ridicule ?

– Ne joue pas avec un homme comme T-J, Rose, me prévient doucement Isaa. Alcool, filles, débauche, sexe. Ce n'est pas ton monde.

Je tique à ses mots.

– Je ne joue absolument à rien du tout, rétorqué-je. Depuis que je suis arrivée ici, depuis tous ces mois, je n'ai jamais joué à quoi que ce soit.

Isaa s'allonge, sa tête posée sur mes cuisses. Elle fixe le plafond et notre position me rappelle toutes ces fois où on parlait des nuits entières dans ma chambre chez mon père. Je n'arrivais pas à dormir, hantée par des souvenirs affreux. Isaa devait avoir un sixième sens, car elle finissait toujours par me rejoindre au beau milieu de la nuit. Tandis que j'étais assise en tailleur, elle faisait disparaître les cauchemars. Sa voix me berçait et chassait au moins pour un temps les ombres qui s'accrochaient à moi.

– Je sais, ma belle. Mais tu as compris ce que je veux dire, reprend-elle. Depuis que je suis ici, je le vois au loin. Cet homme est la représentation vivante des excès. Toutes ces dragues, ces soirées, ces conneries organisées. Mais je vois quelque chose d'autre autour de lui. Quelque chose de sombre. Une folie cachant de multiples secrets. Je ne veux pas que tu marches aux côtés de sa folie. Tu...

Elle n'a pas besoin de finir sa phrase. Nous savons elle comme moi ce qu'elle sous-entend. Parce que moi aussi, je commence à comprendre que derrière ses sourires et ses expressions débiles, T-J cache quelque chose.

Je ne suis pas prête à me rapprocher de quiconque, et surtout pas d'un mec dans son genre. Mais est-ce que je le serai un jour ?

De toute façon, là n'est pas la question. Je n'ai jamais ennuyé personne depuis le début de ma scolarité à l'université de Denver. La réciproque est vraie.

Je suis sûre que cet incident désormais terminé, tout va pouvoir rentrer dans l'ordre.

***

Ce lundi matin est plutôt frais. Je plonge mon nez glacé dans l'épais tissu de mon écharpe et traverse le campus au pas de course. La journée du dimanche a été assez tranquille – heureusement. Toutes les filles n'ont pas arrêté de parler de ce qui s'était passé la veille, à savoir l'arrivée d'étudiants surexcités membres de la Meute. Elles se sont demandé ce qui leur était passé par la tête avant d'en conclure qu'ils étaient tous tarés. Je me suis bien gardée de les contredire, mais dans un coin de la pièce, je sentais le regard d'Isaa posé sur moi. Elle seule connaît la véritable raison de leur visite.

Mais dans ses yeux, je voyais surtout un soupçon d'inquiétude… pour moi.

Mon portable vibre une nouvelle fois dans la poche arrière de mon jean. Mon père qui m'annonce qu'il est arrivé au lieu de rendez-vous.

Une minute plus tard, j'arrive au Coffee House, un petit café en bordure du campus.

Je n'ai pas l'habitude d'y aller, mais c'est celui qui est le plus proche de la route menant ensuite à son travail.

Isaa m'a dit que leur cappuccino était absolument délicieux. Mais à cet instant, j'ai la boule au ventre. Je n'ai pas revu mon père depuis plusieurs semaines. Je pourrais dire qu'entre les cours et son travail, nous n'avons pas eu une minute à nous… mais il y a autre chose.

Avant, mon père et moi avions une relation fusionnelle. Mais tout a changé il y a plus d'un an. Notre relation s'est détériorée pour ne tenir plus qu'à un fil. Et en juillet dernier, lorsque j'ai décidé de ne plus lutter, notre lien a failli être définitivement rompu.

Mais mon père s'est battu. Tandis qu'il tentait de ne pas lui-même se noyer, il m'a forcée à sortir de l'eau. Il m'a secouée et m'a ordonné de vivre à nouveau.

Presque inconsciemment, je l'ai écouté. Mais à chaque fois qu'il me regarde depuis, à chaque fois qu'il observe mon visage, je sais qu'il me revoit encore me vidant de mon sang. Je m'en veux de lui avoir fait subir cela. Il avait déjà trop souffert, et j'ai failli le briser complètement. Instinctivement, je tire sur les manches de mon épais col roulé, comme si cela pouvait me protéger du monde entier.

Je l'aperçois dans un coin du café. Il observe les quelques rayons timides du soleil qui essaient de percer l'immense couche de nuages recouvrant la ville. Ses yeux bleus si semblables aux miens se perdent sur l'extérieur et lui-même semble profondément plongé dans ses pensées.

Il me remarque du coin de l'œil. J'avance doucement vers lui tandis qu'il se redresse et me lance un petit sourire. Il porte lui aussi une épaisse écharpe rouge.

C'était la couleur préférée de ma mère.

Ses cheveux poivre et sel ne partent plus dans tous les sens, et son costume gris trois-pièces est parfaitement repassé. Pendant une seconde, je ne sais pas quoi dire. J'entrouvre mes lèvres.

– Salut…

Je n'ai pas le temps de réfléchir ou de prononcer un autre mot. L'instant d'après, ses deux bras m'encerclent et me pressent contre lui.

– Ma chérie. Ça fait longtemps.

La culpabilité monte en moi et je ne trouve rien à redire. Que pourrais-je répondre ? Ça me fait mal de te voir, de te parler papa ? Je m'en veux de t'avoir fait souffrir alors que tu avais déjà tant subi ?

Je ne réfléchis pas un instant. Mes propres bras s'enroulent autour de sa taille tandis que son parfum envahit mes narines. Il ne me lâche qu'une trentaine de secondes plus tard. Il s'éclaircit la voix puis me dit :

– Installe-toi, tu as l'air frigorifiée.

Je me frotte les mains avant de m'installer.

– Je ne pensais pas que la température allait baisser aussi brutalement, commencé-je tout en m'adossant à ma chaise.

J'observe le petit café principalement envahi d'étudiants et comprends qu'il n'y a pas de serveuse, il faut directement aller chercher sa consommation au petit comptoir en bois lisse sur ma gauche.

Sous son regard scrutateur, je me retiens de me ronger les ongles, une autre mauvaise habitude qui me colle à la peau.

– Je vais commander, annoncé-je en me remettant debout. Café, noir ?

– Sans sucre.

– Beurk, réponds-je avec une grimace en m'éloignant.

Mon père rigole dans mon dos. Je m'arrête un instant en entendant ce son et me cœur se gonfle un peu plus.

Je m'avance vers le comptoir, lorgnant les muffins aux mûres qui s'étalent sous mes yeux alors que mon ventre gargouille furieusement.

– Ils sont faits maison.

Une voix masculine interrompt mon observation. Je relève ma tête et mon regard plonge dans celui du type qui sert derrière le comptoir. Ses yeux marron me paraissent gentils tandis qu'il me sourit. Ses dents sont légèrement de travers mais il est vraiment charmant. Vu son jeune âge, il doit sans doute travailler ici tout en faisant des études sur le campus.

Et il a l'air adorable… comparé à un gros connard blond d'un mètre quatre-vingt-cinq qui a essayé de me rendre dingue.

Arrête de penser à T-J !

– Alors s'ils sont faits maison… je vais me laisser tenter ! lancé-je en me redressant. Je vais également prendre un cappuccino et un café noir… sans sucre ni lait.

Le type semble comprendre à quel point je déteste ça, parce que son sourire s'agrandit encore plus face à mon évidente répulsion.

– Je note ça.

Pendant qu'il encaisse mon billet de dix dollars, j'aperçois le petit badge au-dessus de son pectoral droit.

Liam.

Un nom simple, qui lui va bien. Ses épaules ne sont pas massives et il n'est pas très grand. Ma saleté de cerveau ne peut s'empêcher de le comparer à T-J qui est justement massif et grand.

Mais arrête, bon sang !

Je me gifle mentalement.

Il saisit ensuite un marqueur noir et prépare mes deux gobelets.

– Je peux connaître ton prénom ?

Je papillonne des yeux, soudainement gênée.

– Pour l'inscrire sur ton cappuccino, reprend Liam en voyant mon trouble.

– Oh… oui. Oui, pardon. Rose.

Il écrit mon nom, sans se départir de son sourire. Je récupère ensuite les deux gobelets.

– À bientôt, Rose, murmure-t-il.

– Ouais… salut.

Je récupère mes consommations et rejoins mon père, sentant un regard peser sur ma nuque.

– C'est un garçon charmant, commence mon père tandis que je m'installe.

Ce n'est pas vrai !

– Qui ? demandé-je innocemment en avalant une gorgée brûlante.

Mon père me renvoie un regard entendu, pas dupe pour un sou. C'est à cet instant que je me mets à l'observer. La dernière fois que je l'ai vu, ses yeux étaient tirés, ses cernes creusés et une légère barbe négligée recouvrait son visage. Pourtant… aujourd'hui, il est rasé de près. Et ses cernes sont absents.

En fait… Mon père a l'air bien. Presque… heureux ? Est-ce que les cauchemars ont enfin décidé de le laisser tranquille ?

– Comment ça va, les cours ? commence-t-il. Tu as entamé tes révisions ?

Je mange rapidement avant de répondre :

– Bien. Je commence doucement, ouais.

Mon père hoche la tête, l'air ravi.

– Et ta sororité ? Vous organisez des trucs sympas ?

Il pense sans doute à des fêtes en tout genre ou autre, mais il ne peut pas être plus loin que ça de la vérité. Je lui réponds néanmoins :

– Dans trois semaines, nous allons organiser une levée de fonds pour une association à l'approche des fêtes de Noël, je crois. Cela permettra d'aider les personnes qui passeront les fêtes seules ou sans argent. Beaucoup de sororités et fraternités le font au cours de l'année, alors on a décidé de s'y mettre, nous aussi.

Ses yeux s'écarquillent, puis il sourit.

– C'est une superbe idée, ma chérie.

Nous buvons nos boissons en silence. Mais je n'ai pas oublié la raison de sa venue ici. La boule que j'ai dans le ventre ne veut toujours pas partir. Mon père semble aller bien, mais j'ai peur de ce qu'il va m'annoncer. Il doit sentir la tension qui a pris possession de moi, car après cinq minutes, il reprend :

– Tu me manques. J'aimerais te voir plus souvent. Je veux te voir plus souvent.

Tu me manques aussi, papa.

Ma réponse reste en suspens, il ne me laisse pas parler et continue :

– Rose…

– Oui ?

– J'aimerais te dire quelque chose.

Des dizaines de scénarios funestes défilent dans ma tête. Et s'il était malade ? Non. Je refuse de le perdre, lui aussi ! Il ouvre sa bouche, sans trop savoir comment me l'annoncer. Je serre mes poings sur mes cuisses.

– Je vois quelqu'un.

Un soupir de soulagement s'échappe de ma bouche en même temps que mes muscles se détendent imperceptiblement.

Pas de maladie ? Pas d'annonce malheureuse ? Merci mon Dieu.

Mon père doit mal interpréter mon silence car il gigote sur sa chaise avant de reprendre en se grattant la gorge.

– Je n'ai fréquenté personne depuis le décès de… de ta mère, et je sais que mon annonce est soudaine mais…

Je pose ma main sur la sienne, et il semble aussi choqué que moi par mon geste. Je n'ai pas du tout l'habitude d'être tactile, pourtant ce geste m'est venu naturellement.

– Papa ! Je suis super heureuse pour toi, je te le jure ! Je m'attendais à ce que tu m'annonces une mauvaise nouvelle.

– Tu… tu es heureuse pour moi ?

L'inquiétude dans ses mots me serre un peu plus la gorge. Je repasse une nouvelle fois mes yeux sur les traits apaisés de son visage.

– Si tu es heureux, alors je suis heureuse.

– Nicole est une femme géniale. Je… enfin, nous nous voyons officiellement depuis trois mois.

Je retire mes doigts et essaie d'analyser ses mots.

– Trois mois…

Et il ne m'en avait pas parlé ? Je ne peux pas lui en vouloir. À quel moment est-ce que je lui ai laissé l'occasion de le faire ? Je le repousse sans cesse ces dernières semaines, parce que je n'ai jamais le courage d'avoir une véritable discussion avec lui.

– Je ne voulais pas t'en parler avant que cela ne devienne sérieux entre nous. Je ne voulais pas que tu t'imagines des choses. Que je remplaçais ta mère, ce qui n'arrivera jamais par exemple. Je veux que tu saches que cela n'a rien à voir, je…

– Elle te rend heureux ? le coupé-je.

– Oui. Vraiment.

J'avale difficilement ma salive. Je n'ai pas le droit d'être égoïste.

– Alors, c'est le principal, papa. Tu mérites d'être heureux. Je veux que tu sois heureux.

Je veux que tu le sois pour nous deux.

– J'aimerais que tu la rencontres. Peut-être dans quelques jours ? Mais si c'est trop pour toi...

Je sens mes muscles se contracter.

– Papa, je...

La tristesse envahit son regard et ses traits perdent de leur éclat. Je m'en veux soudainement.

– Ce n'est rien. C'était stupide. Laissons tomber, tu veux ? Je ne te force à rien. Quoi qu'il en soit, je veux que l'on se voie, nous deux. Cette situation m'est insupportable.

Je vais le faire.

– Je veux la rencontrer, m'exclamé-je. Je le veux vraiment, je suis juste... Ça m'a choquée, mais j'en suis heureuse, d'accord ?

Je ne le laisse pas réfléchir et continue :

– Dis-moi simplement le jour. Je suis libre cette semaine.

***

Quand je quitte le petit café, j'ai l'esprit plus léger mais des questions plein la tête. Je continue ma route sur un chemin en gravier menant au reste du campus. Le dernier tome de *Hunger Games* pressé contre ma poitrine, je me demande si j'aurai quelques minutes de libres pour continuer ma lecture.

Je pensais que mon père était malade et allait m'annoncer une mauvaise nouvelle. Mais au lieu de ça... il a rencontré une femme. Une femme qui l'aide apparemment à aller mieux. Une femme que je vais rencontrer dans deux jours, donc mercredi. Sait-elle qu'il a une gamine à moitié cinglée ? Une gamine asociale qui a tenté lamentablement de mettre fin à ses jours car elle n'était pas assez forte pour faire face à la réalité ?

– Eh !

Je manque de faire une crise cardiaque tandis qu'une grande silhouette déboule devant moi. Dites-moi que ce n'est pas vrai. Peut-être que ce n'est pas moi qu'on interpelle ?

Mais non, c'est bien moi.

– Eh, continue T-J en se plaçant face à moi.

Ses yeux verts se posent directement sur mon regard bleu pour ne plus le lâcher. Sa barbe claire est un peu plus longue que l'autre jour. Et je me demande pourquoi je remarque ce foutu détail ?! Son corps est emmitouflé dans une veste de baseball.

– Je t'ai cherchée partout, m'annonce-t-il comme si c'était de ma faute qu'il ne m'ait pas trouvée.

Toujours furieuse contre lui, je ne lui réponds pas et tente de le contourner en l'ignorant. Il ne me laisse pas faire. Sa main se pose sur mon biceps. Ses doigts sont si longs qu'ils pourraient aisément en faire le tour. Je porte une veste épaisse, pourtant je peux sentir la chaleur de son corps.

– Qu'est-ce que tu veux ?! craché-je dans sa direction.

– Waouh, mon cœur, toujours aussi sauvage.

Je me libère brutalement de son emprise, un air assassin sur le visage.

– Je ne suis pas « ton cœur ». Et excuse-moi de ne pas sauter de joie en te voyant, tu comptes faire quoi cette fois-ci, taguer ma voiture et fumer de l'herbe dedans ? Pénétrer dans ma chambre et saccager les lieux avec tes petits copains ?

Son air satisfait s'amplifie en même temps que son sourire.

– Est-ce que tu m'invites dans ta chambre ?

– Quoi ? Non ! Pas du tout !

Il faut vraiment qu'il arrête de voir des sous-entendus partout ! *Et il faut que j'arrête de lui donner satisfaction à chaque fois en partant au quart de tour…*

C'est à cet instant que je remarque la grande blonde qui nous observe à trois mètres de là et qui semble attendre T-J. Elle devait sûrement l'accompagner et il a dû la laisser en me voyant. Je ne distingue pas parfaitement son visage, mais ses traits semblent tout sauf amicaux.

– Et si pour m'excuser de ce qui s'est passé samedi soir, je t'invitais à boire un verre ? reprend T-J.

Je secoue ma tête. Il n'est vraiment pas possible, ce gars. Est-ce qu'il croit vraiment que je suis intéressée ? D'ailleurs, est-il vraiment intéressé ou est-ce qu'il trouve simplement divertissant le fait de me rendre folle ?

– Et si tu m'oubliais, plutôt ? T'en as déjà assez fait samedi soir, oublie-moi, répété-je en serrant un peu plus mon livre contre ma poitrine.

Face à mon geste, ses yeux se posent sur mes bras. Une seconde, j'ai peur qu'il remarque les traces sur mon poignet mais impossible, sa face intérieure est pressée contre moi. Je crois qu'il est tout simplement en train de fixer la couverture de *Hunger Games* et le geai moqueur représenté dessus.

– Fan de *Hunger Games* ?

Je sais que je ne devrais même pas répondre. Que je ne devrais pas faire la conversation avec lui. Mais je ne peux pas m'empêcher de rétorquer :

– T'as un problème avec Katniss Everdeen ?

– Ouais, souffle-t-il.

Il se rapproche soudainement de moi et je suis comme immobilisée sur place. Son visage se penche une seconde dans ma direction.

– Elle a choisi de se taper le petit Peeta, le héros parfait et romantique, plutôt que Gale, le vrai mec de l'histoire. Mais elle s'est trompée, tu ne crois pas ? Il vaut mieux choisir le bad boy.

Il a lu les Hunger Games *?*

– Je ne suis pas d'accord. Gale aurait apporté trop d'emmerdes. Il n'était pas bon pour elle.

– Mais tout ce qui est mauvais est attirant, pas vrai ? souffle-t-il contre mon visage.

Je fronce mes sourcils, mais ne rétorque rien.

Car là, tout de suite, alors que ses yeux plongent dans les miens, je me dis qu'il n'a peut-être pas tort…

– T-J, se plaint une voix criarde dans son dos, t'as fini avec ton petit animal de compagnie ? J'ai faim, moi…

– Hannah…

La voix de T-J est glaciale et la blonde se tait.

Est-ce que c'est moi, l'animal de compagnie ?!

Je sors soudainement de ma léthargie et regarde la connasse derrière lui.

– Si t'as faim, je peux te faire manger mon poing dans la gueule ? proposé-je sans pouvoir me contrôler.

Elle me fixe en écarquillant les yeux, surprise que je lui réponde avec autant de virulence.

On est deux, alors…

Pourquoi est-ce que depuis que cet enfoiré de T-J a débarqué comme un boulet dans mon quotidien, j'ai engueulé plus de gens que dans ma vie entière ?!

T-J observe la situation, un sourire en coin et un air calculateur sur le visage.

– T'approche plus de moi, lui ordonné-je froidement en le contournant.

Qu'il retrouve sa petite copine et qu'il disparaisse de ma vue.

– Ce n'est pas très gentil, pour un membre des Pure Spirits, s'exclame-t-il dans mon dos.

À cet instant, il y a bel et bien un putain de « feu » qui brûle en moi. Et qui rêve d'incendier ce connard de T-J.

7

UN DÎNER INATTENDU

Rose

Je gare ma Ford devant une assez grande bâtisse faite de pierre blanche, coupe le contact mais ne descends pas du véhicule. Pour la troisième fois en quelques secondes, je frotte nerveusement mes mains sur mes cuisses. Il n'y a pas de bruit dans la rue, c'est une allée calme remplie d'immenses arbres, les jardins sont parfaitement entretenus. Je connais ce coin de Denver, je sais que de nombreux notables habitent le quartier. Le stress m'envahit un peu plus à l'idée de rencontrer cette Nicole.

Heureusement, j'aperçois la voiture de mon père garée en face de la mienne et ça me redonne un peu de courage.

Allez, espèce de mauviette... ce n'est rien, bouge tes fesses.

Je tire sur les manches de mon pull et descends du véhicule. Au même instant, le vent se lève et vient jouer dans mes cheveux.

Est-ce qu'elle était mariée précédemment ? Est-ce qu'elle a des enfants ? Une fille ? Mon père ne m'a rien dit. J'arrive quelques secondes plus tard devant la porte d'entrée. Je n'ai pas le temps de réfléchir que la porte s'ouvre en grand et qu'une silhouette féminine apparaît sur le seuil.

– Rose ! s'exclame une voix douce. Je suis si contente de faire ta connaissance.

J'ai un mouvement de recul face à cet accueil inattendu. La femme blonde qui se tient devant moi me parle comme si elle me connaissait de longue date. Ma bouche s'ouvre mais aucun mot n'en sort.

– Je suis Nicole.

Mon père arrive dans son dos, l'air ravi mais un peu tendu.

– Rose, ne reste pas dehors, il fait froid.

Je ne bouge pas d'un centimètre, incapable d'effectuer le moindre mouvement. J'ai un réflexe tout à fait abominable mais humain : en voyant leurs deux têtes presque collées, je ne peux que comparer cette inconnue à ma mère. Ce sont deux opposés. Tandis que l'une avait les yeux bleus et les cheveux bruns – comme moi –, l'autre est blonde et beaucoup plus petite. Est-ce que mon père a été attiré par cette femme car justement elle ne ressemblait pas à ma mère et lui permettait de ne pas penser à elle ?

Mon père attend que je fasse un pas dans leur direction, et la tristesse envahit son regard quand il voit que je suis presque tétanisée.

– Bonsoir, finis-je par souffler tout en esquissant un petit sourire. Je suis… je suis contente de vous rencontrer.

J'avance enfin et Nicole, qui arbore un sourire radieux, ferme la porte dans mon dos.

– Tu peux me tutoyer ! Sinon j'ai l'impression d'être une veille croulante.

Je retiens un petit rire. Pourquoi ai-je cru un instant que cette femme serait le diable en personne ?

Une délicieuse odeur envahit mes narines et j'inspire profondément. En me voyant faire, Nicole me sourit un peu plus. Mais je n'arrive pas à lui rendre ce geste. Cette odeur m'en rappelle tellement d'autres. Elle me rappelle les après-midi entiers passés à cuisiner toutes sortes de gâteaux avec ma mère. La plupart finissaient brûlés, mais nous nous amusions comme des folles.

– J'espère que tu as faim, ma chérie, reprend mon père en me pressant l'épaule avant de passer près de moi.

Je sors de mes pensées et pénètre dans l'immense salle à manger sur ma droite tout en hochant la tête. C'est vraiment une belle maison. C'est assez sobre mais surtout chic.

– Je ne savais pas ce que tu aimais manger, alors… il y a un peu de tout ! s'exclame Nicole en posant une corbeille de pain sur la table.

Elle saute comme une puce partout, surexcitée. Encore une fois, je ne peux m'empêcher de la comparer à ma mère, qui était calme et souple dans tous ses mouvements.

– C'est très bien, je vous remercie.

Elle me fixe du coin de l'œil, et je peux presque l'entendre me demander de la tutoyer. Mais je n'y arrive pas pour le moment. Elle ne dit rien et mon père nous observe, ne sachant que faire.

Tout ceci est tellement soudain, je ne me sens pas bien, mais je tente de prendre sur moi et de relancer la conversation :

– Est-ce que ça sent le gâteau au chocolat ?

– En fait, ce sont des cookies aux pépites de chocolat. Mon fils Tayron en raffole et ne peut s'empêcher de tous les dévorer.

La surprise m'envahit.

– Oh… Vous avez un fils !

Elle indique une photo accrochée au mur entre la salle à manger et la cuisine, et je peux lire de la fierté sur son visage.

– Eh oui !

Je m'approche de la photo et découvre un gamin d'environ 7 ou 8 ans allongé sur une plage, les yeux fermés. La même blondeur que sa mère.

Elle a donc un enfant assez jeune. Tayron. Est-ce qu'il va venir ? Je n'ai pas le temps de lui poser la question que j'entends un vrombissement à l'extérieur de la maison. Quelques secondes plus tard, la porte d'entrée claque dans mon dos et des pas lourds se font entendre.

– Putain de merde, marmonne une voix rauque, je meurs de faim.

Mon cœur loupe un battement en même temps que ma respiration s'accélère à l'instant où je reconnais cette voix.

Dites-moi que je rêve. Mon Dieu, ce n'est pas possible !

– Surveille ton langage, s'exclame Nicole en brandissant une cuillère vers la personne qui se trouve dans mon dos. Nous avons des invités.

Un silence envahit soudain la pièce. Mes épaules se tendent un peu plus, je sens que T-J est en train d'observer mon père. Enfin, après une seconde et une grande inspiration, je me tourne lentement.

Mon père se dresse devant moi, me cachant la silhouette masculine, mais je la connais très bien.

– Je suis Billy, intervient-il.

Le blond se présente à son tour, puis mon père se décale de quelques pas et je me retrouve face à lui. Les yeux verts de T-J se posent sur moi et s'écarquillent alors qu'il me reconnaît.

Tout mais pas ça. Pourquoi est-ce qu'il a fallu que ce connard soit le fils de Nicole ? Le fils de la copine de mon père ?

– Je te présente ma fille, Rose, reprend mon père car ni T-J ni moi ne parlons.

Nous nous contentons de nous affronter du regard. Est-ce que sa mère sait à quel point son fils est un connard détestable ? Qu'il saccage les sororités et considère le campus comme un terrain de jeu ?

Tayron.

Pourquoi se fait-il appeler T-J sur le campus ? Je suis sûre que c'est juste pour avoir l'air pseudo-cool.

Ma présence ne semble pas non plus l'enchanter, bien au contraire. Mais après une seconde, T-J se redresse de toute sa hauteur, son stupide sourire au coin de la bouche. Mes yeux se posent un instant sur sa mâchoire carrée et ses épaules moulées sous sa veste en cuir noire. Puis, il fait un pas dans ma direction.

– Salut, je suis ravi de te rencontrer, murmure-t-il.

J'entends la moquerie, le sarcasme dans sa voix. La situation ne semble pas lui plaire, et il se fout de ma gueule en faisant comme si on ne se connaissait pas, tous les deux. Je pourrais tout déballer à voix haute. Qu'il m'a rendue folle, m'a donné envie de lui fracasser le crâne, a détruit le salon de ma sororité… mais je ne réfléchis pas et relève le menton.

– Tout le plaisir est pour moi, m'exclamé-je d'une voix doucereuse.

Mon père semble satisfait de mon comportement, mais je sais que T-J comprend que je me moque moi aussi de lui.

Pitié, que les prochaines heures s'écoulent rapidement !

Tandis que Nicole me sert quelques minutes plus tard, tout en racontant une anecdote de sa voix douce, j'essaie de poser mon regard partout sauf sur le grand blond assis devant moi, qui me fixe sans gêne. Il observe le moindre de mes faits et gestes, l'air fermé, réfléchissant sans doute à la merde sans nom dans laquelle nous nous trouvons.

Le rire de mon père me sort de mes pensées. À le voir ainsi, je ne peux m'empêcher de sourire, moi aussi. Je fixe la lueur d'amusement dans ses yeux. Il semble heureux. Je l'ai vu errer comme une âme en peine pendant des mois. Et ce soir il semble… réanimé.

J'observe ensuite à la dérobée cette femme qui le fait rire. Quelle est son histoire ? Je sais que cela ne me regarde pas… mais…

Un raclement de gorge interrompt mon interrogation silencieuse. T-J semble aussi surpris que moi par les rires qui résonnent dans la pièce. Tandis qu'il saisit sa fourchette et engouffre un morceau de poulet, je remarque l'encre qui parsème ses mains : je n'y avais pas prêté attention lors de notre rencontre, préoccupée par le sang qui recouvrait ses doigts. Les mots qui s'y trouvent semblent être écrits dans une langue inconnue. Un autre tatouage serpente le long de son avant-bras.

Je finis par sortir de ma contemplation, et réalise qu'un silence interminable a envahi la pièce. Mon père et Nicole se jettent un coup d'œil gêné. T-J semble se moquer de la situation et continue de manger tandis que je n'arrive pas à toucher à mon assiette. Après une minute, il semble comprendre que personne ne mange autour de lui.

– Alors, comment est-ce que vous vous êtes rencontrés ? demande-t-il en fixant mon père.

Le visage de Nicole se fend d'un sourire puis elle regarde mon père d'un air entendu et ce dernier répond :

– Nous sommes ensemble depuis trois mois.

– Ça, je le sais déjà, lui répond T-J sans aucune amabilité. Même si personne n'a jugé bon de me mettre au courant. Mais je veux savoir exactement comment vous vous êtes rencontrés.

Je serre mes poings sur mes cuisses. Pourquoi est-il si impoli ?! Si renfermé ?

Parce que c'est un trou du cul !

J'en ai la confirmation ce soir. Je pose mes deux mains à plat sur le bois laqué de la table et me penche vers lui.

– Peut-être que si tu l'avais pas coupé, mon père aurait eu le temps de répondre, répliqué-je sèchement tandis que je le fixe sans flancher.

Pour toute réponse, son stupide sourire revient prendre sa place attitrée au coin de ses lèvres.

– En fait, nous nous sommes rencontrés en juillet dernier.

Je tourne ma tête vers mon père, la bouche entrouverte. Quoi ? Depuis tout ce temps ? Son regard bleu rencontre le mien et il avale difficilement sa salive avant de reprendre :

– Nous nous sommes vus par hasard pour la première fois à l'hôpital Saint-Joseph, et puis nous nous sommes recroisés quelques jours plus tard avant de sympathiser et de... enfin...

Je cligne rapidement des paupières tandis qu'un flux de souvenirs désagréables m'envahit. Je sais exactement ce que faisait mon père à l'hôpital en juillet dernier. Il me rejoignait. Dans un réflexe d'autodéfense, je tire à nouveau sur les manches de mon pull et ramène mes poignets sur mes cuisses, dissimulées sous la nappe. T-J, qui m'observait jusque-là, relève un sourcil avant de demander à sa mère :

– Qu'est-ce que tu faisais à l'hôpital, maman ?

Cette dernière passe sa langue sur sa lèvre inférieure avant de replacer ses parfaites boucles blondes dans son dos.

– J'allais voir le Dr Chi.

À l'instant où elle prononce ces mots, les épaules de T-J se tendent et il se braque un instant avant de lâcher un profond soupir.

Les prochaines minutes se déroulent à nouveau silencieusement et je n'ai aucune envie de briser ce silence. Je veux juste que cela se termine au plus vite, que je puisse me tirer d'ici. Je comprends au fur et à mesure du repas que c'est beaucoup plus sérieux entre Nicole et mon père que ce que je pensais. J'apprends également que mon père passera la nuit ici et si j'en crois la mâchoire de T-J qui se contracte, cette idée ne semble pas lui plaire.

Finalement, mon père craque et demande gaiement :

– Alors, vous ne vous êtes pas croisés sur le campus ? Je sais que vous êtes des milliers de jeunes et que vous n'êtes pas au même stade de vos études, mais sait-on jamais ?

– Non, répond T-J en faisant mine de réfléchir, je m'en serais rappelé. Mais je dois avouer que je suis concentré sur ma fraternité, la plupart du temps.

Sans pouvoir m'en empêcher, je laisse échapper un rire moqueur, me retenant de lever les yeux au ciel.

Mais bien sûr, sale con.

– Oh, reprend mon père, Rose aussi fait partie d'une sororité ! Les Pure Spirits !

– Ah oui ? demande T-J en faisant mine de s'étonner. Je ne connais pas, mais c'est cool.

– Mais si, creuse dans ta mémoire, lui réponds-je doucereusement, je suis sûre que tu dois connaître.

Nous nous affrontons du regard quelques secondes avant que ses yeux ne se posent sur ma bouche. Il sait qu'il m'énerve et cette idée semble lui plaire de plus en plus.

– Ta mère m'a dit que tu faisais du baseball, auparavant ? continue mon père.

Toute taquinerie et moquerie désertent le visage de T-J et il marmonne entre ses dents :

– Ça ne vous regarde pas. Mêlez-vous de votre cul.

– S'il te plaît, intervient Nicole en se penchant dans sa direction, ne sois pas impoli.

– Je vérifie simplement qu'il ne s'agit pas d'un enfoiré, et pour le moment je n'en suis pas convaincu. Je crois que j'ai des raisons de m'inquiéter, non ?

Je me retiens de saisir ma fourchette pour la lui planter entre les deux yeux. Pour qui se prend-il ?! Mon père ne réagit pas comme je l'aurais pensé. Il fixe T-J, le regard triste, comme s'il connaissait quelque chose que j'ignore. Un secret. Je m'apprête à insulter le blond en face de moi, mais sa mère continue d'un air implacable :

– Oui. Mais je ne t'ai pas élevé comme ça.

T-J lâche un rire sans joie avant qu'un bruit effroyable ne retentisse pendant que sa chaise racle le sol et qu'il ne s'éloigne de la table.

– Ouais, *vous* ne m'avez pas élevé comme ça, hein ?!

Sans un regard en arrière, il sort de la salle à manger, ses larges épaules disparaissant de ma vue.

Vous ? C'est qui ce « vous » ? Son père ? Où est-il ? Est-ce que T-J l'a lui aussi perdu comme j'ai perdu ma mère ?

– Ça ne fait rien, murmure mon père en pressant la main de Nicole. Laisse-le se calmer.

Je me pose mille et une questions face au calme rassurant de mon père. Comment la situation a-t-elle pu dégénérer à ce point ?

Il me parlait de ce feu qu'il avait vu en moi en me rencontrant, de cette tempête, pourtant j'ai l'impression que c'est lui, la bombe à retardement, prête à tout décimer sur son passage. On dirait un lion en cage, n'attendant que de bondir sur le moindre adversaire afin de le déchiqueter en morceaux.

Et surtout, il sent les ennuis à plein nez.

Une demi-heure plus tard, je quitte avec un certain soulagement l'immense demeure. J'entends mon père me dire qu'il va m'appeler mais je lui fais un simple signe de main avant de fermer la lourde porte dans mon dos.

Le vent s'est levé et j'ai à peine fait un pas dehors que mes longues mèches brunes s'envolent dans tous les sens. Pourtant je remarque T-J, adossé à l'une des poutres du porche à quelques mètres, une cigarette au coin des lèvres.

Rectification : une saloperie de joint, vu l'odeur !

Ses yeux se perdent dans la nuit et il m'ignore. Je sais qu'il n'est toujours pas calmé, je peux presque sentir la tension dans tout son corps.

Mais après son attitude de ce soir, je ne peux m'empêcher de bougonner en passant près de lui :

– Je me demande si ta mère sait que tu es un sale con également sur le campus ? Qui débarque chez les inconnus sans autorisation, armé de fêtards et d'alcool ?

Je n'ai pas le temps de faire un pas de plus qu'il lâche son joint avant d'emprisonner mon bras, de me tirer en arrière et de me coller dos à la poutre. Son visage se penche vers le mien alors qu'il me prévient :

– Tu ne devrais pas essayer de me mettre en colère, mon cœur.

Son corps si près me trouble et je déteste ça. La chaleur de ses membres m'envahit, me réchauffant contre ma volonté. Un souffle s'échappe de mes lèvres tandis qu'il se rapproche un peu plus de moi en posant sa main droite au-dessus de mon crâne.

Un instant, mon regard se perd sur ses lèvres, une autre chaleur monte en moi mais je me reprends. Non mais, ça ne va pas ou quoi ? Je déteste ce type. Ce type qui est le fils de la femme qui sort avec mon père.

Oh, mon Dieu.

Désormais complètement sortie de ma léthargie, je me glisse sur la droite et m'éloigne de lui.

– Je ne suis pas ton cœur, Tayron.

Un instant, il est dans mon dos, et le suivant, sa main se referme brutalement sur mon biceps droit.

– Comment est-ce que tu viens de m'appeler ? crache-t-il.

J'ignore pourquoi j'ai sorti son prénom, mais ce n'est qu'un prénom, non ? Pourquoi est-ce qu'il réagit aussi excessivement ?

– Ne m'appelle plus comme ça, compris ?!

Cette fois-ci, ses yeux semblent fous. Ses doigts se resserrent sur moi et je sens presque leur chaleur à travers le tissu.

– Lâche-moi, m'exclamé-je en tirant en vain sur mon bras. Tu me fais mal…

Ma dernière phrase semble le ramener à la réalité. Il cligne plusieurs fois des paupières avant de me lâcher aussitôt, comme s'il ne comprenait pas son comportement.

– T'as vraiment un problème ! Va te faire voir !

– Ce n'est pas sympa de me dire ça. Après tout, on dirait bien qu'on a une chance de faire partie de la même famille…

Ses yeux se voilent. Il semble réaliser que c'est effectivement une possibilité. Et il semble aussi enchanté que moi face à cette idée.

– Je ne serai jamais ta sœur.

– Non, reprend-il dans un murmure, tu ne le seras jamais.

Je n'attends pas mon reste et m'empresse de m'éloigner pour rejoindre ma voiture.

8

MAUVAIS SOUVENIR

T-J

C'est l'effervescence, ce soir. Nous avons gagné le match avec six *runs*, autant dire qu'on a totalement laminé l'équipe de baseball de Kansas University. Ils ont joué sur notre territoire ce soir, ils devaient bien s'attendre à finir perdants.

J'entre dans le vestiaire de mon équipe, le souffle court. Je n'attends pas une seconde, retire mon T-shirt aussi transpirant que moi et éponge les gouttes de sueur sur mon visage. Je suis couvert de boue et de pelouse, pourtant je me sens incroyablement bien. Mon corps commence à se détendre après l'effort qu'il vient de fournir cette dernière heure, l'adrénaline me quitte peu à peu et j'ai presque l'impression d'être dans un état second.

Certains disent qu'ils jouent par passion, par habitude, et c'est aussi mon cas. Mais si je joue, c'est surtout pour ce bien-être que procure le sport, qui permet de se libérer la tête, de briser toutes les chaînes qui emprisonnent notre esprit, au moins pour quelques heures.

Les mecs sont surexcités, ils hurlent dans le vestiaire, tandis que le coach se laisse aller à son tour et frappe nos épaules en nous félicitant. Je rejoins mon casier et récupère un T-shirt propre.

– Putain mec, t'as vu le bleu que t'as dans le bas du dos ? Quel enfoiré de joueur t'a explosé les reins sans que je le voie ?! s'exclame Wyatt, notre lanceur.

Mes épaules se contractent et je fais mine de chercher ma bouteille de Gatorade pour gagner du temps. Je n'ai pas envie de lui répondre, mais je sais que si je ne dis rien, il va se poser des questions.

Wyatt est un chouette type, mais il est plus curieux qu'une ex-petite amie jalouse. Je suis receveur, l'une de mes missions est la défense, je ne fais pas qu'attraper la balle qui m'est lancée, je dois empêcher les coureurs de marquer des *runs*. Mais ce soir je n'ai pris aucun mauvais coup dans le dos, et il le sait si j'en crois son regard interrogateur.

Ce n'est pas un joueur qui m'a porté ce coup. C'est un homme qui sait parfaitement où frapper pour que les bleus disparaissent rapidement et ne se remarquent pas.

La plupart du temps.

– J'ai fait une mauvaise chute il y a deux semaines, je me suis ruiné les reins, réponds-je simplement en enfilant mon T-shirt.

– Putain, ça devait être moche, grimace Wyatt avant de reporter son attention sur son portable.

J'étais si détendu il y a quelques secondes, pourtant désormais j'ai juste envie de me tirer d'ici, de récupérer une bière fraîche et de me laisser tomber comme une loque sur mon canapé. Peut-être que je vais rejoindre une fête organisée par la Meute, si mon cousin Tucker en a organisé une ce soir. Le sexe est l'un de mes autres passe-temps favoris.

– Bien joué, mon garçon, me complimente le coach en posant sa main sur mon épaule. Tu as été excellent ce soir.

– On les a bouffés, confirmé-je avec un hochement de tête.

À la suite de ma remarque, l'un de mes coéquipiers fait un petit cri de loup qui me fait rire. Je récupère mon sac et m'apprête à quitter les vestiaires mais le coach se dresse devant moi :

– Ton père n'était pas là ? Ça fait plusieurs matchs qu'on ne le voit plus. Tout va bien, mon garçon ?

Je m'immobilise sur place et tente d'avaler la salive qui semble coincée dans ma gorge.

Le coach est un type d'une soixantaine d'années. Il était lui-même l'entraîneur de mon père il y a vingt ans. Il l'a aidé à développer son impressionnante musculature jusqu'à le transformer en une véritable machine de guerre.

Dès que j'en ai eu l'âge, mon géniteur m'a inscrit au baseball. Il assistait à mes matchs, souriant, hurlait pour soutenir mon équipe. Le père parfait en apparence. Jusqu'à ce que tout se détériore.

Ça fait bien longtemps qu'il a déserté les terrains de match. Depuis que j'ai véritablement commencé à lutter contre lui, en fait. Et tant mieux, je ne veux plus voir sa gueule ici. Pas ici. Pas dans mon endroit.

Je passe près du coach et réponds d'une voix neutre :

– Oui coach, il avait autre chose de prévu.

Je monte sur ma moto quelques minutes plus tard et conduis jusqu'à la demeure familiale. Je fronce les sourcils en enlevant mon casque, remarquant que la berline de mon vieux est garée devant chez nous. Est-ce que cet enfoiré est rentré ?! Il y a quelques semaines, il s'en est pris à ma mère, une nouvelle fois. Je suis massif et rapide, mais c'est un véritable bœuf. Et quand il s'est approché d'elle, je suis intervenu et je me suis mis devant lui. Encore une fois.

J'ai pris une véritable dérouillée. Il m'a littéralement explosé la mâchoire. J'ai chuté et le coin de la table a tapé dans mes reins. J'ai même cru un instant que je m'étais cassé le dos.

Puis il s'est barré, on ne l'a pas vu depuis plusieurs semaines. Mes potes pensent que je me suis battu avec un vieux type dans un bar. Mais seul Tucker, mon cousin, connaît la vérité. Une vérité qui est moche : c'est dur de vivre avec un homme violent.

Un homme que vous avez idéalisé pendant les premières années de votre vie. Un homme dont vous portez l'un des prénoms, et le nom. C'est dur de se rendre compte en grandissant qu'il s'agit d'un enfoiré qui s'en prend à la femme de votre vie, celle qui vous a mis au monde. Vous essayez de lutter contre lui, mais votre mère a trop peur de parler, alors elle se tait et subit. Et vous, enfant, vous avez trop peur pour ouvrir votre gueule, et puis vous grandissez et vous décidez de péter un câble et de lutter contre ce monstre.

On pense toujours qu'il est facile de mettre fin à des violences domestiques. On a juste à appeler les flics et basta, hein ? C'est tellement, tellement plus compliqué que ça. Surtout quand l'homme qui frappe a une totale emprise sur vous et vos proches, et a des relations pour toujours s'en sortir.

Car au bout d'un moment, quand ma mère a enfin appelé les flics, ils n'ont rien fait. Mon père était ami avec un membre de la police. Ils pensaient tous que ma mère était folle. Mon père s'assurait de ne jamais laisser de traces. Alors elle a abandonné. Elle ne les a plus appelés.

Je n'attends pas une seconde, j'ouvre la porte avec fracas et m'avance dans le salon. Il n'y a personne. Mais j'entends un petit couinement qui provient de la cuisine. Je lâche mon casque sur le canapé et cours vers la pièce, les poings serrés, le cœur battant.

– Putain ! Éloigne-toi d'elle ! hurlé-je à mon père en découvrant la scène sous mes yeux.

Son immense corps se tourne vers moi et il lâche un petit rire sans joie.

– Mais regardez qui est là ? Comment tu vas, Tayron Junior ?

Je sais qu'il fait exprès d'insister sur ces deux prénoms, histoire de me rappeler que je les porte. Je m'avance vers lui, vérifiant en même temps que ma mère n'a rien.

– Tout va bien, tout va bien, me dit ma mère.

J'observe les larmes dans ses yeux, les empreintes de doigts sur ses poignets. Non, putain. Tout ne va pas bien. Il a recommencé. Et puis je vois le bleu sur son œil et le sang sous sa lèvre inférieure.

La petite voix qui sommeille en moi m'ordonne de reculer, elle me rappelle qu'il est trop fort, que je perds toujours contre lui, que je vais me faire dégommer. Mais la haine qui grandit en moi, elle, m'ordonne de lui sauter dessus.

– Je t'ai dit de t'éloigner, répété-je froidement en m'approchant un peu plus de mon père.

Face à mon attitude défensive et mes poings serrés, il ne trouve rien de mieux à faire que de me rire au nez avant de se dresser de toute sa hauteur en face de moi. Ses deux mètres de muscles me toisent.

J'ai été faible durant de nombreuses années avant de commencer à lutter contre lui. Parce que j'avais peur. Parce que je ne faisais pas le poids. Mais j'en ai marre. Je veux le tuer.

– Qu'est-ce que tu vas faire, petite merde ? me demande-t-il d'une voix moqueuse. T'oublies que je t'ai cassé la mâchoire y a quelques semaines ? Viens, approche.

Son haleine ne sent pas l'alcool. Et pour cause, ses excès n'ont jamais été liés à l'alcool. Non, je pense plutôt que c'est un véritable sociopathe. Parfait en apparence mais moisi à l'intérieur. Peut-être que je deviendrai comme lui un jour ?

Autant me tirer une balle !

Au moment où je le pousse fortement, ma mère hurle dans mon dos. Mon père bouge de quelques centimètres, mais je peine à le pousser davantage. Sa main se pose sur mon épaule droite et la broie presque.

– C'est tout ce que t'as dans le bide, Tayron Junior ?

L'entendre m'appeler comme lui m'énerve encore plus. Je suis plus petit, moins massif, et j'ai moins d'entraînement que lui. Mais je ne me contrôle plus, seule la haine dicte mes gestes. J'envoie mon poing valser sur son visage, en plein dans son nez. Du sang s'échappe de ses narines tandis qu'un grognement sort de sa bouche. Il essaie de me saisir par la gorge.

Je sais ce qu'il tente de faire. Si ses doigts attrapent mon cou, ils ne me lâcheront plus et me plaqueront sur le mur. Et il me cassera de nouveau la mâchoire. Alors je m'éloigne à toute vitesse, me place dans son dos et envoie un coup de genou à l'arrière du sien pour le déséquilibrer.

Mon coup le ralentit une seconde mais l'énerve encore plus. Il hurle d'un air rageur, se tourne vers moi et cette fois, son poing atteint son but : ma pommette droite. Je suis sonné un instant, j'entends les cris de mon père, de ma mère et je vois des étoiles. Alors je fais la seule chose qui me passe par la tête : je récupère l'assiette sur le comptoir et l'abats sur son crâne. Tandis qu'il est déstabilisé, j'en profite pour le plaquer sur le sol. Je perdrais sûrement, en temps normal. Mais je ne me contrôle plus. Mes poings s'abattent sur lui. Les coups pleuvent. Son index griffe ma joue et je lance mon front dans sa direction en plein dans son nez déjà cassé.

Il y a du sang partout. Le mien. Mais surtout le sien. Et tandis que je pense sérieusement à le tuer, j'entends ma mère au loin. Alors je le relâche. Et avant de faire définitivement la plus grosse connerie de ma vie, je me barre loin d'ici.

***

Je me réveille en quelques secondes, les draps collés à mon dos en sueur. Le souffle court, je me libère de la couverture et m'assieds au bord du matelas, les coudes sur les genoux, pressant les paumes de mes mains sur mes yeux.

Putain de merde.

J'essaie de me calmer les minutes suivantes. Le bruit de la

pluie frappant à la fenêtre m'y aide quelque peu. Je jette un œil à mon radio-réveil. 3 h 19.

Je masse mes tempes douloureuses, tentant de me libérer de cette saleté de souvenir qui revient me hanter pendant la nuit. Je n'y avais plus repensé depuis longtemps. Mais le fait de revivre la scène, ça me replonge un an en arrière.

Voilà comment tout s'est terminé.

Et vous savez le plus drôle dans tout ça ? Mon géniteur a porté plainte contre moi le lendemain. J'ai été en garde à vue. Et ma mère avait peur de parler. Peur de tout avouer une nouvelle fois en pensant qu'on n'allait pas la croire.

Alors les membres de la Meute, ma famille, ont contre-attaqué. Pendant que j'étais en garde à vue, mon cousin et eux sont allés trouver mon père. Ils ont explosé sa voiture et celle de la pute avec qui il était. Et ils l'ont... un peu secoué. Enfin, un peu... Tout est relatif.

Ma mère a finalement utilisé ses économies pour payer le meilleur avocat de la ville et elle a enfin demandé le divorce, malgré la peur qui la bouffait, qui la terrorisait. J'ai été relâché.

Mon père a disparu de la circulation après le divorce. Il est je ne sais où depuis un an, et j'espère ne plus jamais le revoir.

Et maintenant... Maintenant ma mère fréquente un nouvel homme, depuis plusieurs mois. Hier soir, j'ai essayé de le faire sortir de ses gonds, mais il est resté calme, compréhensif. Et je l'ai bien observé, il n'avait aucun air méchant sur le visage. Aucune expression vicieuse.

Mais ça n'empêche pas que je vais continuer de le surveiller.

Et... putain. Rose est sa fille.

La fille à qui je pense sans même le vouloir, celle qui ne devrait pas m'attirer, celle que j'ai rencontrée il y a peu et qui ne cesse d'envahir mes pensées... Elle est la fille du copain de ma mère.

C'est pas vrai. Mais dans quelle merde je me suis mis ? Hier soir, j'aurais dû la laisser tranquille. Mais je ne voulais qu'une seule chose. La rendre folle à nouveau. L'énerver, la pousser au bord du vide juste pour voir jaillir le feu qu'elle a en elle.

Et puis elle m'a appelé Tayron et je l'ai attrapée méchamment par le bras, sans réfléchir.

Comme mon enfoiré de géniteur ?

Non, putain !

Je refuse d'être comme lui, je refuse cet héritage indésirable.

Et pourtant, j'ai bel et bien fait mal à Rose…

Je me redresse, à poil, et récupère un jogging et un vieux T-shirt sur le fauteuil près du lit. Impossible de dormir. Autant que je me bouge le cul et que j'aille courir.

***

J'ai séché toute la matinée et arrive pour midi sur le campus. J'ai un cours à treize heures, alors j'ai le temps de rejoindre mon cousin et quelques membres de la Meute pour manger.

Quelques étudiants me saluent sur mon passage mais je n'y fais pas vraiment attention, toujours plongé dans mes sombres pensées. J'avise une tête rousse en plein milieu de la cafétéria, et je m'avance vers mon cousin et sa copine. Cette dernière lève les sourcils en me voyant m'asseoir sans ménagement sur une chaise libre avant de poser mes pieds sur une autre, empêchant quiconque de nous rejoindre. À cet instant, à part eux, je n'ai envie de voir personne.

Hannah m'a envoyé un message pour qu'on tire notre coup vite fait entre deux cours, mais… je n'avais pas envie d'elle, aujourd'hui. Peut-être parce que j'ai passé une mauvaise nuit.

– Mauvaise nuit ? me demande justement Iris.

Pour toute réponse, un grognement sort de ma bouche. La rousse se tourne vers Tucker, un air faussement inquiet sur le visage.

– Pas de « ma meilleure amie » ? Pas de blague vaseuse ? Mon Dieu… se pourrait-il que T-J soit enfin un adulte ?

– Peut-être que j'ai simplement peu dormi car j'ai rêvé de toi ? répliqué-je d'un air ironique.

Tucker me lance un morceau de pain au visage en marmonnant dans sa barbe. Il sait que je ne serai jamais au grand jamais attiré par sa petite copine et que je les taquine, mais il a un si mauvais caractère…

Tandis que je picore des frites sur leur plateau, la porte sur ma gauche s'ouvre. À quelques mètres de là, une petite brune pénètre dans l'immense salle, ses yeux bleus perdus dans le vague.

À quoi pense-t-elle ?

Rose déambule entre les tables, sans même se rendre compte que plusieurs personnes l'observent à la dérobée, comme attirées par son magnétisme. Putain, est-ce que c'est pour ça que je n'arrive pas à décrocher mes yeux de son visage ? Mes iris se baissent peu à peu sur son corps.

– Qui est-ce que t'observes comme ça ? me demande Iris d'un air conspirateur en se penchant vers moi.

Je l'ignore et continue de fixer Rose, incapable de détourner le regard.

La petite brune relève son visage dans ma direction, comme si elle sentait mon regard sur elle. Ses lèvres se font un peu plus boudeuses et elle ne semble pas du tout ravie de me voir là. Elle réveille un truc en moi. Un truc qui me donne encore plus envie de la rendre dingue.

Je lui lance un petit sourire et articule silencieusement « mon cœur ». Je crois qu'elle me comprend, car je la vois articuler à son tour : « Va te faire foutre. » Je rigole doucement face à sa réaction, ne me préoccupant pas un seul instant des autres étudiants qui jouent les curieux et observent notre joute.

– Oh, mon Dieu, s'exclame Iris à mes côtés, je l'aime déjà. Qui est-ce ?

Rose s'installe à une table vide à quelques mètres de là et m'ignore ouvertement désormais. Je peux voir d'ici qu'elle récupère un truc dans son sac. Encore un bouquin ? Est-ce qu'il s'agit toujours de son exemplaire de *Hunger Games* ?

– C'est juste une fille, réponds-je simplement.

Mon cousin m'observe à la dérobée avant de fixer Rose, les bras serrés sur son large torse. Puis une lueur de compréhension éclaire son regard.

– Attends, c'est la nana des Pure Spirits que tu voulais faire chier ?

Pour toute réponse, je hausse négligemment les épaules avant de m'installer un peu plus confortablement contre le dossier de ma chaise, mes pieds toujours posés sur la deuxième.

– Je suis au courant de cette histoire, soupire Iris. Tu peux m'expliquer pourquoi vous vous êtes ramenés dans une sororité – connue justement pour ne pas organiser de fêtes – pour tout casser chez eux ?

– Il ne devait pas y avoir de débordement, réponds-je pour ma défense. Rose m'avait envoyé chier en prétextant avoir déjà une soirée de prévue, j'ai juste voulu débarquer avec quelques-uns d'entre nous pour la dérider un peu tout en lui faisant comprendre que je savais qu'elle m'avait menti.

Et surtout, pour voir cette lueur dévastatrice dans ses yeux. Mais je garde cette dernière phrase pour moi.

– Rose… hein ? murmure Iris avec un sourire calculateur. Et tu pensais que la Meute allait être… mesurée ? Ah là là. Depuis que Yeleen est partie en programme étudiant pour le semestre, rien ne va plus. Je te jure que je t'aurais accueilli avec un couteau de cuisine pour te couper la queue.

Tucker se penche vers elle, tire doucement ses cheveux en arrière avant de plaquer sa bouche contre la sienne dans un claquement sonore.

– Ne parle pas de sa queue.

Ils continuent de se taquiner et je retourne à mon observation. Mais je me redresse et repose mes pieds sur le sol en voyant un gars s'approcher de la chaise libre près de Rose et la saluer. Cette dernière lui sourit – du genre un vrai sourire – avant de l'inviter à s'asseoir.

– C'est qui ? demandé-je.

Je tente de rester calme. Après tout, je m'en moque de ce que fout cette fille et de qui est ce gars.

– Hum… Liam quelque chose ? Ouais, j'étais en première année avec lui. Il est sympa, mec.

Je ne réponds rien mais continue d'observer la scène avant de me reprendre et reporter mon attention sur le reste des étudiants. Tucker, qui me connaît plus que je ne me connais moi-même, pose ses coudes sur la table avant de reprendre :

– Cette fille… Rose. Tu la connais plus que ce que je pensais ?

J'attends quelques secondes avant de la regarder à nouveau.

Le mec est assis près d'elle et ils rigolent ensemble comme deux vieux potes.

Et je n'aime pas ça.

Putain, qu'est-ce que tu viens de dire ? Tu t'en moques, mec. Surtout qu'elle est intouchable. Hors limites.

– Ma mère couche avec son père. En fait… nos parents se fréquentent depuis plusieurs mois. Je l'ai rencontrée avant d'apprendre cette merde.

– Tu déconnes ?

Je préférerais, mais non…

– Donc c'est du sérieux, continue Iris. Et sinon… y a possibilité qu'elle finisse par devenir ta demi-sœur ?

Cette idée ne m'avait pas traversé l'esprit mais maintenant elle est bien implantée dans ma foutue tête. C'est pas vrai…

– Ma mère ne se remariera pas de sitôt. Pas après tout ce qu'elle a vécu.

– Parfois on ne contrôle pas son cœur, me contre Iris. On essaie de se préserver… et puis on tombe sur quelqu'un qui brise toutes nos barrières pour ravir notre cœur et le posséder à jamais. Et quand bien même ils ne se marieraient pas, si cela devient vraiment sérieux, elle ne sera pas légalement ta sœur, mais elle le sera dans les faits.

J'ignore pourquoi je me braque un peu plus à cette pensée et pourquoi elle m'est si désagréable.

– Ouais, réponds-je finalement, y a possibilité.

– Alors mec, reprend Tucker, arrête de la bouffer du regard. Vos parents couchent ensemble. Elle est intouchable, t'en as conscience ?

– Je ne la bouffe pas du regard, rétorqué-je fermement avant de me redresser. Je m'en tape, de cette fille. C'est juste la fille du nouveau copain de ma mère.

Je les ignore et me tire d'ici, sentant l'air devenir trop chaud, presque irrespirable.

Je ne veux pas de sœur. Je ne veux pas que Rose soit ma sœur. Parce que tandis que je fixe sa bouche boudeuse et sa petite langue qui lèche sa cuillère, je pense à tout, sauf à un possible lien familial.

Je tire une cigarette de ma poche arrière, récupère mon portable et mon index se pose sur un nom sur mon écran. Hannah. Sans un regard en arrière, je porte mon téléphone à mon oreille et sa voix retentit.

– T'as un peu de temps pour qu'on se fasse du bien ?

Ouais. Il le faut.

– Dans cinq minutes, salle B5.

9

ADVERSAIRE À SA TAILLE

Rose

Concentrée sur mes notes, je ne fais pas attention à mon entourage. J'entends vaguement quelques chaises racler au sol tandis que les étudiants vont et viennent dans les allées de l'immense bibliothèque.

Ces deux derniers jours se sont écoulés lentement, mais pas assez pour que je sois au point sur mes cours… Nous sommes le vendredi 13 novembre et lundi, j'ai un test important en biologie. Je veux le réussir. Je le dois. Je passe une mèche de cheveux derrière mon oreille, les yeux posés sur un livre. C'est à ce moment-là que je remarque une ombre qui me surplombe : je lève la tête et un petit sourire me vient en découvrant Liam. Une anse de son sac sur son épaule, il me sourit à son tour.

– Salut, chuchote-t-il en s'arrêtant près de la table à laquelle j'étudie.

– Salut, tu viens bosser ? demandé-je en désignant la chaise libre en face de moi.

Il secoue sa tête, la mine déçue.

– Je prends mon service au café dans dix minutes. Mais je t'ai vue au loin alors je suis venu te saluer.

Il y a deux jours, je l'ai revu à la cafétéria, et la conversation s'est engagée naturellement. J'ai notamment appris qu'il était en dernière année et se destinait à de longues études de médecine. J'avais l'impression de retrouver un vieux pote d'enfance, et non de parler pour la deuxième fois à un inconnu.

Lui, au moins, il ne me fait pas sortir de mes gonds…

Pas comme un grand blond qui a décidé de me rendre folle et me donne continuellement des envies de meurtre. Pourquoi est-ce que je pense encore à T-J ?! Lui aussi, je l'ai vu à la cafétéria il y a deux jours, au moment où je discutais avec Liam. Il était là, assis, et me fixait intensément, comme s'il essayait de fouiller mon âme et connaissait les secrets enfouis en moi. Qu'est-ce qu'il me veut, à la fin ? Est-ce que lui aussi, il ressent cette foutue étincelle entre nous ? Ça me rend dingue. Son attitude est détestable, et en même temps… je sais que je vais devoir faire un effort et m'entendre avec lui vu le lien qui unit nos parents.

– Tu bosses dur ? murmure Liam, ce qui a pour effet de me sortir de mes pensées.

Je cligne plusieurs fois des paupières, ayant complètement oublié qu'il était encore là.

– Euh… oui, j'ai un test lundi.

Je prends une minute pour observer sa chemise parfaitement repassée rentrée dans son jean, son grand sourire, sa barbe rasée de près. Aucun tatouage. Une peau lisse de toute imperfection.

– Je te laisse absorber toutes les connaissances, Einstein.

S'il savait. Je suis loin de l'être. J'essaie justement de me sortir la tête de l'eau pour que mon semestre ne soit pas raté comme celui de l'année dernière. Je lui réponds par un sourire et le regarde s'éloigner après quelques secondes.

Mais je découvre une autre silhouette derrière lui. Les yeux posés sur son portable, T-J traverse l'allée principale de la bibliothèque. Il ne se préoccupe de rien ni de personne. Il s'arrête une seconde, passe sa large main sur sa courte barbe et reprend son chemin. Une fille l'arrête, la mine ravie. Je la reconnais : c'est la fille qui m'a traitée d'animal de compagnie l'autre jour. Elle semble attirer son attention et pose ses doigts sur son biceps avec un large sourire. Grand bien lui fasse.

Je me décide à les ignorer et me replonge dans mes cours, mais je suis rapidement sortie de mes pensées quand quelqu'un tire sans ménagement la chaise en face de moi, raclant les pieds sur le sol sans se soucier un instant des étudiants autour. Prête à fusiller la personne du regard, je relève la tête, et tombe nez à nez avec T-J.

Il se laisse tomber sur la chaise, m'ignorant totalement. La fille ne l'accompagne plus. Il sort son ordinateur, puis quelques feuilles, ne me jetant toujours aucun regard. C'est quoi cette fois-ci, son petit jeu ?

Je croise les bras sur ma poitrine et pince les lèvres, mais il ne me regarde toujours pas. Il fait simplement comme si… j'étais transparente. Pourtant, je sais qu'il m'a vue. Il veut juste me faire chier encore une fois. Il prend un crayon noir et commence à gribouiller quelque chose mais je n'arrive pas à voir.

Je fixe sa forte mâchoire et les traits anguleux de son visage avant de l'ignorer à mon tour. Mais c'est compliqué. Parce que je sens sa foutue présence. Mes maudits sens ressentent sa maudite chaleur. Je finis par relever la tête : il ne me regarde toujours pas, concentré sur son truc. Puis je remarque les cernes sous ses yeux. Est-ce qu'il a décidé hier de détruire une nouvelle sororité ? Ça ne m'étonnerait pas, loin de là.

Après quelques minutes, les yeux toujours posés sur sa feuille, il entrouvre les lèvres.

– Tu me juges silencieusement ou tu me mates, mon cœur ?

Et voilà, il me cherche encore ! Je décide de ne pas lui répondre, mais il continue de sa voix forte, ne se préoccupant nullement des autres :

– Je dois avouer que je préfère la deuxième option… même si tu n'es pas vraiment mon style. Trop… « coincée », lâche-t-il d'un air taquin, et je repense aussitôt à ses moqueries sur ma sororité.

Je retiens un rire sans joie.

– D'une, chuchoté-je furieusement, c'est une zone de silence ici, alors remballe tes provocations et barre-toi.

Je me penche vers lui et pose mes mains sur le bois de la table.

– Et de deux, je m'en fous d'être ton style ou non. Je ne veux rien avoir à faire avec toi. Et je ne suis pas coincée. Tu es le fils de la copine de mon père, c'est l'unique raison pour laquelle je ne t'arrache pas les yeux à cet instant.

Il rigole, nullement atteint par ma réplique, puis observe mes mains contractées et ma mine fermée.

– Tellement de colère en toi. Ça bouillonne, pas vrai ?

L'une des surveillantes, à quelques mètres de là, nous demande de nous taire, le visage sévère. Je récupère un stylo sur la table et le lance dans la direction de T-J une fois que la femme a le dos tourné. Il l'évite de justesse.

– Et je ne suis pas ton putain de cœur, je te l'ai répété cent fois. Tu es naturellement con ou tu le fais exprès ?!

Les quelques personnes à notre table se tournent vers moi, la mine abasourdie face à ma véhémence envers M. le Connard-en-chef. Quoi, c'est quoi leur problème ? Je les emmerde !

T-J fronce ses sourcils, comme s'il réfléchissait à mes mots. Peut-être que lui aussi se demande ce qu'il fout là, à la bibliothèque, à perdre son temps à essayer de me rendre folle.

Je reprends mes notes, sentant son regard pesant sur moi.

– Je suis désolé d'avoir débarqué dans ta sororité l'autre soir et d'avoir mis le bordel.

Tiens donc, c'est nouveau ça…

– Vraiment ?

Pour toute réponse, un petit sourire apparaît sur son visage et je comprends qu'il est en train de se foutre de ma gueule. Mais c'est quoi son problème, à ce type ? Est-ce qu'il me fait payer le fait qu'on va être obligés de se fréquenter à cause de nos parents ?! Moi non plus, je ne voulais pas avoir un pseudo-frère qui débarque comme ça !

– Allez, reprend-il, tu me cherches autant que je te cherche, avoue-le.

Il se redresse et range rapidement ses feuilles, sauf une qu'il tient dans sa main droite.

Il se penche vers moi, plongeant ses yeux dans les miens. Je m'immobilise une seconde, prisonnière de son regard franc qui me sonde. Je n'aime pas la réaction de mon corps, mais ce dernier refuse de m'écouter, il est entièrement focalisé sur T-J.

– Je sais que tu n'es pas coincée. Peut-être même que tu serais une adversaire à ma taille. Et je sais que tu sens ce truc entre nous, continue-t-il en désignant l'espace entre nos deux corps, la bouche pincée. Mais…

Il ne dit rien de plus, pourtant je le comprends. Mais je suis la fille de l'homme qui partage désormais la vie de sa mère. Il s'éloigne sans un regard en arrière, me laissant frémissante. Ses épaules disparaissent de ma vue et mes yeux se posent sur la feuille qu'il a abandonnée sur notre table. Mes lèvres s'entrouvrent de surprise quand je découvre le rapide dessin qu'il a gribouillé sur le papier. Je reconnais immédiatement le symbole représenté.

Un minuscule geai moqueur. Exactement le même qu'il y avait sur la couverture de mon livre, *Hunger Games*.

Je quitte la bibliothèque quelques minutes plus tard, des questions plein la tête, et sursaute en entendant un étudiant hurler en face de moi. Ils sont plusieurs attroupés devant un dessin de loup fraîchement affiché sur un mur du campus.

Une œuvre de la Meute. Les étudiants parlent d'une soirée qui aura lieu demain soir.

– Ce dessin est magnifique ! s'exclame une fille dans le groupe, des étoiles plein les yeux.

Oui, il l'est. Et je sais parfaitement qui en est l'auteur.

***

Certaines nuits sont plus dures que d'autres. Certains souvenirs sont plus difficiles à revivre. Ils ne me plongent plus dans une bulle sombre et ténébreuse, comme il y a quelques mois, et j'essaie de ne pas me laisser étouffer, mais quelquefois, je n'y arrive pas.

Comme hier soir.

Donc, ce samedi matin, j'ai besoin de m'aérer la tête. Alors j'écoute mon corps : du rock à fond dans les oreilles, je ferme délicatement la porte de notre sororité. Je sais que la plupart des filles ne dorment plus et sont sûrement en train de bosser, mais je ne veux pas prendre de risque. Mes pieds foulent le béton tandis que je longe notre avenue. Le campus est grand de plusieurs kilomètres, entre les résidences étudiantes et les bâtiments de cours. Parfait pour me dégourdir comme il faut.

Avant, j'étais une grande fana de course. J'avais l'habitude de courir chaque matin, avant le début des cours. Ma mère m'avait transmis cette passion, que j'ai abandonnée, comme beaucoup d'autres, à sa mort un an et demi plus tôt. Pourtant, je commence à m'y remettre. Courir m'aide à me vider l'esprit, à ne penser à rien d'autre qu'aux battements de mon cœur et au contrôle de ma respiration. Quoi de mieux pour se sortir la tête de l'eau que de reprendre peu à peu mes marques ?

J'accélère ma foulée, mon corps se réchauffant peu à peu malgré la brise légère qui enveloppe notre ville.

Alors que je slalome entre les résidences étudiantes, je ralentis ma course en voyant une fille rousse penchée dans un coffre de voiture et un homme brun qui arrive derrière elle. D'aussi loin, je ne reconnais pas son visage. Mais d'après la posture de son corps, l'inclinaison de ses jambes et de ses épaules, il semble prêt à lui bondir dessus.

J'enlève mes écouteurs, m'avance peu à peu et m'apprête à hurler quand le type enroule soudain ses bras autour de la rousse avant de la tirer en arrière contre son large buste. Je fronce les sourcils, comprenant aux petits cris ravis de la fille que non, il ne s'agissait pas d'une agression. Je reste plantée là, les observant presque comme une foutue voyeuse.

Une seconde, un sentiment d'envie prend possession de moi. Je m'imagine, blottie contre un buste solide et musclé, à l'abri.

Non, il faut que j'arrête d'imaginer ces conneries, ça craint. Être en couple ne fait pas du tout partie de mes projets. Je dois bosser. Réussir mon semestre. Rendre fier mon père. Je n'ai pas le droit d'échouer comme l'année dernière, je ne dois pas me laisser distraire.

La fille se tourne vers son petit copain et je reconnais son visage, puis celui du type. Je ne connais pas son prénom à elle, mais lui, c'est Tucker Bomley, un membre de la Meute. Ils étaient assis près de T-J à la cafétéria.

Un grand blond aux yeux verts envahit aussitôt mes pensées. Je secoue ma tête dans l'espoir de le faire déguerpir. Hors de question de penser au type qui représente l'entrée dans un monde de décadence. Un monde dont je dois rester éloignée.

La rousse remarque que je me suis arrêtée à quelques mètres

d'elle et de son petit ami, et elle fait les gros yeux à Tucker avant de le repousser.

Merde.

Et si elle imaginait que j'étais en train de les observer ? Bon, OK, c'était un peu le cas. Je commence à faire demi-tour mais elle s'exclame :

– Eh, salut !

Je m'arrête une seconde, me demandant brièvement si je dois l'ignorer, avant de lever une main dans sa direction en lui décochant un maigre sourire.

– Salut.

Elle fait quelques pas dans ma direction, ses yeux marron passant au peigne fin les traits de mon visage, comme si elle essayait d'entrer directement dans mon esprit avant de se reprendre :

– Désolée, je… j'ai un réflexe stupide d'analyser les traits de tous ceux que je croise. Je crois que mes études de psychologie me rendent dinguent, précise-t-elle en rigolant.

OK. Qu'est-ce que je suis censée répondre ?

– Ça fait rien.

Tucker arrive à ses côtés et me jette un petit coup d'œil avant de marmonner un rapide bonjour.

– Je suis Iris, continue sa copine, et tu es Rose ?

Ma mâchoire manque de se décrocher. Comment est-ce qu'elle me connaît, au juste ?

– Je ne suis pas une psychopathe ! s'exclame-t-elle. T-J me l'a dit.

Attendez, quoi ?

Tucker lui retourne une sorte de regard d'avertissement et une discussion silencieuse débute entre eux.

– Qu'est-ce que cet enfoiré a dit à propos de moi ?

Les mots s'échappent de ma bouche avant même que je ne puisse les retenir.

Pour toute réponse, le type me fixe avec des yeux ronds tandis que la rouquine lâche un petit rire. Bon OK, insulter leur pote n'était peut-être pas la meilleure chose à faire.

– Oh, je sens que ça va être drôle, me répond Iris en croisant ses bras sur sa poitrine.

Je n'aime pas la lueur dans son regard, comme si c'était une gosse en train d'élaborer un plan diabolique.

– Qu'est-ce qui va être drôle ? continué-je, ne pouvant m'empêcher de vouloir en savoir plus.

Tucker passe son bras autour des épaules de sa copine et cette dernière lâche :

– De te voir remettre ce p'tit con à sa place.

Je lève mes deux mains en l'air :

– Oh. Non. On ne se connaît pas, lui et moi.

Je repense au minuscule dessin qu'il m'a fait l'autre jour. Pour une raison qui m'est inconnue, il est sur mon bureau. Je ne l'ai pas jeté. Et quelque chose m'intrigue : dessiner fait manifestement partie de son jardin secret. Alors pourquoi dessiner quelque chose… pour moi ?

Le couple en face de moi hoche la tête en même temps, comme des poupées, et je dois avouer que c'est légèrement flippant. Je préfère mettre fin à la conversation.

– OK… Je dois y aller, salut.

– À plus !

Je les ignore et reprends ma course après avoir remis mes écouteurs. Ils avaient l'air sympa, pourtant. Pas arrogants comme beaucoup de monde le pense, tout en les admirant secrètement, eux et leur bande. J'augmente le volume de ma musique.

Concentre-toi sur toi, Rose.

Et c'est ce que j'essaie de faire avant de recevoir un message de mon père. Il organise un nouveau repas lundi soir avec Nicole chez nous. Pourquoi tient-il à retenter l'expérience, après le fiasco qu'a été le repas de la rencontre ? Est-ce qu'il croit que T-J arrêtera subitement d'être con ?

Dans tous les cas, je suis bien obligée d'accepter. Et l'idée que je vais remettre un pied dans ma maison – ma vraie maison – me fait tout drôle. J'ai quitté les lieux il y a trois mois sans vraiment y revenir. À cette date-là, j'intégrais une sororité en traînant les pieds tout en ayant l'impression d'être brisée de l'intérieur. Est-ce que je vais mieux aujourd'hui ? Ce serait mentir que de dire oui. Mais mon père, lui, va mieux. Et s'il est heureux avec une nouvelle femme, je ne vais pas lui enlever son bonheur. Alors je lui réponds que je viendrai et reprends ma course, oubliant pour quelques instants tout ce qui me préoccupe.

10

TANT DE SANG…

Rose

Je presse mes deux mains sur son abdomen, mais le flot de sang ne diminue pas. Mes doigts se teintent de rouge. Les larmes envahissent mon visage et je renifle une nouvelle fois.

– Maman.

Ma mère fixe sa blessure, mes doigts qui la recouvrent, puis mon visage. Elle semble sonnée. Elle entrouvre ses lèvres dans l'espoir de me dire quelque chose, mais une bulle de sang s'échappe de sa bouche et mes pleurs redoublent.

Autour de moi, c'est l'anarchie.

L'un des deux gars – celui qui a tiré – fixe la scène qui se déroule sous ses yeux, l'air hagard, comme s'il venait de réaliser qu'il avait appuyé sur la détente. Qu'il avait tiré sur ma mère. Le deuxième gars le pousse puis il vide la caisse de la petite supérette, ne se préoccupant pas qu'une femme – ma mère – soit en train de mourir. J'entends un craquement puis un cri et comprends qu'il s'en est pris au vendeur.

Au mauvais endroit, au mauvais moment.

– Maman, murmuré-je en me penchant vers elle. S'il te plaît, écoute-moi, je suis désolée.

Tout est ma faute. Mon Dieu, tout est ma faute. Si nous sommes ici, c'est de ma faute.

– S'il te plaît, reste avec moi maman, tu m'entends ?! Les secours vont arriver.

Elle cligne plusieurs fois des paupières avant qu'un petit sourire ne naisse sur ses lèvres ensanglantées.

– Ça va, mon trésor. Tout va bien, articule-t-elle difficilement pour me rassurer.

Je relève ma tête, cherchant un regard, cherchant de l'aide. Le premier braqueur continue de nous fixer, complètement immobile. Je croise son regard et ne le lâche plus.

– Aidez-nous, supplié-je entre mes larmes.

Il est celui qui a tiré, mais, à cet instant, je ne suis pas en capacité de réfléchir. Je me raccroche à ce que je peux, priant pour que quelqu'un vienne nous aider. Pour que les secours arrivent. Mais comment est-ce qu'ils pourraient venir ? Mon portable est resté dans cette foutue voiture.

– On se tire ! hurle le plus petit des deux.

Son coéquipier ne bouge toujours pas.

– S'il vous plaît, supplié-je, les lèvres tremblantes.

L'autre gars le pousse à nouveau, et ils détournent le regard. Ils quittent la minuscule supérette aussi vite qu'ils sont arrivés. Le vendeur gémit de douleur avant de récupérer son téléphone et quand je pose à nouveau mon regard sur ma mère, je vois dans ses yeux bleus que la vie est en train de la quitter.

Ma main droite agrippe sa joue et je secoue son visage plusieurs fois. Sa peau est recouverte de sang. Son regard semble vide.

– Maman ! Je t'en prie ! T'as pas le droit de me laisser !

Elle entrouvre ses paupières une seconde. Sa main me serre les doigts, puis sa poigne se fait plus faible à mesure qu'elle rend son dernier souffle. Je presse mon visage sur sa poitrine, hurlant, gémissant, pleurant. Son sang recouvre ma peau. Mais je ne ressens rien. Rien si ce n'est cette douleur qui m'arrache le cœur.

J'ai l'impression qu'on vient de me l'ôter de la poitrine et qu'on le piétine.

À mesure que son corps devient froid entre mes bras, j'entends une sirène de police. Une ambulance. Je sens qu'on me tire doucement en arrière, mais je n'y prête presque pas attention. La seule chose que je vois, c'est le corps sans vie et ensanglanté de la femme qui m'a mise au monde et qui m'a été arrachée aujourd'hui. L'ambulancier murmure quelque chose. Des mots qui viennent me hanter :

– Elle est morte.

***

Je me réveille en sursaut, le souffle court. Une affreuse douleur au dos me fait me rendre compte que je suis toujours assise sur ma chaise de bureau. Je me redresse et passe une main sur mon visage épuisé avant de jeter un œil aux documents sous mes yeux. Mon cours de biologie. Putain, je me suis endormie en révisant.

La petite ampoule près de moi est la seule source de lumière dans ma chambre, tout le reste est plongé dans les ténèbres. Je fixe l'extérieur une seconde, il fait nuit. Je récupère mon portable et regarde l'heure.

22 h 14.

Je dors depuis une heure sur cette foutue chaise. Je repousse mes cours et me relève, essayant de dégourdir mes jambes et de sortir peu à peu de mon cauchemar, mais je me sens toujours aussi mal. Les mauvais souvenirs ne me quittent pas et je frotte

mes bras dénudés sous mon simple T-shirt noir dans l'espoir de me réchauffer face au froid qui m'envahit.

Mais c'est dur, j'ai l'impression que des griffes sont plantées en moi et me déchiquettent de l'intérieur. Sans me préoccuper de rien, j'ouvre ma porte et rejoins la salle de bains au fond du couloir. Dieu soit loué, je ne croise aucune fille. Je me précipite vers le lavabo et m'empresse d'asperger mon visage d'eau glacée. J'ai encore plus froid, mais je me sens me reconnecter avec l'instant présent.

Je laisse derrière moi ce nouveau cauchemar. Ce nouveau souvenir. J'agrippe les côtés du lavabo en me regardant dans le miroir.

La culpabilité.

La culpabilité que je ressens ne me quittera jamais totalement. Et celle que ressent mon père non plus. Il n'était pas là ce jour-là. Mais une part de lui s'est éteinte en même temps que ma mère.

J'agrippe un peu plus fermement le lavabo tandis que je fixe mon poignet droit. Les ténèbres en moi essayent de m'envoyer un message, elles essaient de me rendre encore plus faible. Mais je ne me laisserai pas faire, cette fois. Je ne veux pas que cette foutue culpabilité m'attire à elle dans ses filets, ce soir.

Je ferme le robinet et passe une main trempée dans mes longues mèches brunes. J'essaie de ralentir ma respiration, mais j'ai l'impression d'étouffer. Alors je ferme les paupières et me mets à compter, doucement. Comme le médecin me l'a expliqué. Je vais jusqu'à vingt puis je compte dans le sens inverse avant d'ouvrir une nouvelle fois les yeux.

C'est bon. Le plus dur est passé. Même après un an et cinq mois, à chaque fois que je revis ce souvenir, c'est toujours aussi douloureux.

Accepter notre passé. Vivre avec nos cicatrices. Je peux le faire.

Je quitte la salle de bains et m'avance vers ma chambre avant de changer d'avis et de rejoindre celle d'Isaa, qui loge au même étage de la sororité. Je toque doucement contre le bois de sa chambre.

– Lex, si c'est toi, sache que je n'ai pas fait exprès de manger le dernier gâteau que t'as préparé. Il ne fallait pas le laisser dans la salle commune !

Entendre sa voix me reconnecte vraiment avec la réalité, cette fois-ci. Son ton bougon me réconforte. Un sourire moqueur aux lèvres, j'entre dans la chambre et lui réponds :

– C'est pas Lex, mais j'espère que tu m'as laissé une part du gâ…

Je reste sans voix en la découvrant. Elle tire sur la fermeture d'une courte robe noire qui la moule comme une seconde peau. Ses courtes mèches virevoltent autour de son visage tandis qu'elle relève vivement la tête.

– Rose ! J'ai cru que tu dormais !

J'observe pendant de longues secondes son apparence apprêtée. Isaa n'a jamais été une fêtarde, loin de là, même. Mais elle doit apparemment rejoindre des amis, ce soir. Je suis contente qu'elle s'amuse.

Ça en fera au moins une…

Même si je ne suis pas « coincée » comme aime le prétendre T-J et que je suis déjà allée à plusieurs fêtes quand j'étais au lycée, en ce moment, c'est vrai que le mot « soirées » ne fait plus du tout partie de mon vocabulaire.

– Tu sors ? lui demandé-je alors que la réponse est évidente.

– Ouep.

Mais je vois cette lueur dans ses yeux, comme si elle allait braver un interdit et faire quelque chose qu'elle n'avait jamais osé faire. Je connais bien ce regard, parce que généralement quand elle l'avait dans le passé, elle faisait une connerie et avait peur de se faire prendre. Je me souviens qu'une fois, elle avait brisé le rétroviseur de la voiture de son père pendant qu'on allait en ville et on avait dû inventer un mensonge débile pour ne pas se faire engueuler.

– Une personne de ma promo m'a invitée, continue-t-elle en triturant ses doigts.

Je connais Isaa et ses habitudes comme si c'était ma sœur, et elle est en train de stresser. Je croise les bras tandis que l'inquiétude m'envahit. Il faut que j'essaie d'en savoir plus.

– Sur le campus ?

Elle hoche innocemment la tête et avoue enfin :

– La Meute organise un tournoi de poker ou un truc du genre. Et il y a aussi une soirée par la même occasion.

Je cligne vivement des paupières. Nous savons tous comment les soirées organisées par cette fraternité partent en cacahuète. Leur seule règle, c'est justement de n'en avoir aucune.

– Isaa… Non…

T-J et ses petits copains ont envahi notre sororité et en l'espace de quelques minutes, c'est devenu l'anarchie. Et encore, il m'a dit qu'ils s'étaient contenus. Alors sur leur territoire… à faire ce qu'ils veulent… hors de question que je la laisse aller là-bas.

– Je croyais que tu détestais leur fraternité ! m'exclamé-je en essayant de la faire changer d'avis. Ils ont défoncé notre salon, au cas où tu l'aurais oublié.

Isaa se mord la lèvre inférieure :

– Cette personne de ma promo qui m'a invitée, c'est un gars. Maksim.

Pas besoin de m'en dire plus, j'ai compris le reste rien qu'à l'expression sur son visage. Il lui plaît. Je ne bouge pas d'un centimètre, me triturant les méninges. Isaa non plus ne bouge pas, elle observe mon corps qui est complètement braqué. Après quelques secondes, elle lâche un soupir presque douloureux et retire ses sandales à talons.

– Putain. Tu as raison. Je ne vais pas y aller. Oublions toute cette histoire, d'accord ?

Je devrais retourner dans ma chambre mais quand je vois la joie quitter ses yeux, je lâche sans réfléchir :

– Allons-y.

Ma meilleure amie me fixe une seconde, l'air ébahi.

– Quoi ? Non ! Je n'ai plus envie d'y aller ! Regardons un film, je t'assure, Rose.

Elle essaie de se priver, pour ne pas m'inquiéter, mais elle, elle m'a toujours soutenue, dans les bonnes comme dans les mauvaises décisions. Décidée, je continue en secouant la tête :

– Tu veux y aller, je le sais. Et je ne te laisserai pas y aller seule. Alors je viens avec toi.

Mon père veut que je vive à nouveau. Bon... peut-être pas de cette façon... J'espère juste que je ne vais pas croiser une certaine personne...

– Rose... commence Isaa, mais je ne la laisse pas continuer.

– Peut-être que j'en profiterai même pour détruire leur salon comme ils ont essayé de détruire le nôtre.

11

BIENVENUE AU PAYS DES EXCÈS

Rose

Mais qu'est-ce qui m'a pris et qu'est-ce que je fous ? Cette question tourne en boucle dans ma tête tandis que je glisse mes mains dans les poches de ma veste noire. Isaa s'immobilise devant l'immense maison à trois étages et j'en fais de même.

C'est juste une baraque, Rose. Pourquoi ça t'inquiète ?

Les fenêtres de la résidence sont ouvertes, pour la plupart, et des volutes de fumée en sortent. Une affreuse et immense banderole blanche est accrochée sur la façade extérieure. J'essaie de décrypter ce qui est inscrit dessus mais impossible… Elle est à moitié brûlée. Brûlée !!!

La porte d'entrée est ouverte et un flot de jeunes en sort tandis que d'autres s'empressent de rentrer à l'intérieur. J'entends d'ici la musique et écoute les paroles.

Elles parlent de *weed* et autres substances illicites.

Génial, vraiment génial, Rose. Tu t'es mise dans la merde à force de ne pas écouter ta foutue conscience !

À mes côtés, Isaa jette un œil à son portable avant de se tourner vers moi, tout sourire et presque excitée.

– Maksim est à l'intérieur. Il me dit de faire le tour pour entrer plus facilement.

Elle s'arrête une seconde, avale sa salive et continue d'une voix plus calme.

– Tu as changé d'avis ? Tu veux qu'on se tire d'ici ?

J'observe une nouvelle fois la grande demeure. Un gars sort de la maison avec littéralement trois joints dans la bouche. Putain, hors de question que je laisse ma pote seule dans ce lieu de débauche. Je secoue simplement la tête en signe de dénégation et m'engage sur l'étroit chemin à côté de la maison. Je manque de marcher dans une flaque de vomi et me retiens à mon tour de dégobiller.

Isaa me colle presque aux fesses, comme un garde du corps en minirobe. Moi, je ne me suis pas changée. J'ai enfilé une légère veste par-dessus mon T-shirt noir. Mon jean est simple, basique, mais confortable. J'inspire une grande bouffée d'air frais avant qu'on arrive derrière la maison.

Là où la débauche règne. J'ignore où donner de la tête, il y a tellement d'informations qui passent devant mes yeux…

C'est quoi ce bordel ?!

Un mec est en train de planter des feux d'artifice dans le sol et je manque de m'étouffer en me rendant compte qu'il y a littéralement un canapé qui est en train de couler au fond de l'immense piscine pleine d'étudiants. Isaa continue son chemin sur la terrasse et je la suis. Et puis on pénètre dans les lieux. La première chose que je me dis, c'est qu'il fait vraiment, vraiment chaud.

Les portes et fenêtres sont ouvertes, mais la sueur des corps et toute cette fumée a fait monter la température. Je plisse les yeux et retiens une grimace en sentant les substances qui se mélangent dans l'air attaquer ma rétine. Si je ne finis pas aveugle avant la fin de la soirée, je vous jure que je serai heureuse.

Après quelques secondes, je peux enfin observer mon environnement. J'ouvre grand les yeux face au salon, ou plutôt la salle commune qui est pleine à craquer. De ce que j'ai compris, les quelques membres de la Meute habitent ici, mais vu tout le monde présent, il doit y avoir des étudiants d'autres fraternités et sororités.

Certaines personnes portent un foutu masque de loup sur leur visage et semblent même en être fiers. Des membres de la Meute.

J'ai entendu des rumeurs. Il paraît que certaines soirées très spéciales sont organisées chez Tucker, où des étudiants couchent ouvertement devant les autres, uniquement vêtus de leur masque. C'est un peu leur « totem », si vous voulez. Ils s'amusent parfois à le porter sur le campus, en se prenant pour les rois du monde.

M'enfin bref, cette histoire ne me regarde pas.

Les Pure Spirits ne reçoivent aucune invitation pour ces soirées-là. Et pourquoi est-ce que ça serait le contraire ? Nous ne sommes pas réputées pour nos folies et nos fêtes, loin de là.

Je suis pas fan des endroits confinés. Je flippe face aux rassemblements de foule, là où un tireur serait plus à même de faire feu. Mais je prends sur moi à cet instant. Isaa pose sa main sur mon coude et ce contact me ramène dans l'instant présent, puis elle se met à chercher quelqu'un du regard.

Je m'avance vers ma droite, la chaleur me frappant de plein fouet tandis que je pénètre dans le salon, ou du moins que j'essaie de me frayer un chemin parmi la foule. Comment est-ce qu'une maison, aussi grande soit-elle, peut-elle contenir autant d'étudiants surexcités ? Isaa, près de moi, retire sa veste et s'évente. Elle jette un œil à la mienne mais je reste immobile. L'enlever signifierait que je suis prête à rester, alors que je n'ai qu'une seule envie : me casser d'ici.

Je m'apprête à lui demander si elle a repéré le gars qui l'a invitée, mais vu l'air radieux qui s'épanouit sur son visage, je comprends que oui. Un métis s'avance vers nous, une lueur prédatrice dans les yeux tout en déshabillant du regard ma meilleure amie.

Le fameux Maksim.

Il s'arrête juste avant de la heurter et penche son visage vers elle.

– Tu es venue, s'exclame-t-il, apparemment ravi.

Isaa acquiesce comme une petite fille avant de se tourner vers moi.

– Rose, voici Maksim. On est… dans la même promo. Maksim, voici Rose, ma meilleure amie.

Il m'adresse un petit sourire aimable et j'en fais de même, l'analysant attentivement.

– Salut.

Il hoche la tête pour toute réponse et engage la conversation avec Isaa, se penchant un peu plus vers elle pour qu'elle puisse l'entendre par-dessus la musique. Je me sens stupide, à me tenir là près d'eux comme une mère poule. Isaa se tourne vers moi :

– On va chercher à boire ?

Maksim l'observe comme s'il voulait la dévorer et surtout comme s'il voulait être seul avec elle. Ma meilleure amie ne me laissera pas sur le carreau, mais je sais qu'elle en meurt d'envie, elle aussi. Je lève une main vers elle en reculant légèrement :

– Vous devriez y aller tous les deux, je n'ai pas encore soif.

Elle semble comprendre le sous-entendu de ma proposition, car elle ajoute :

– Je ne suis pas venue ici pour te laisser seule, viens.

Je tente un sourire enjoué :

– Je suis à peu près sûre que je vais m'en sortir. Va t'amuser. Mais rappelle-toi que je suis là si tu as besoin de cacher le corps d'un gars qui te ferait chier.

Je prononce mes derniers mots un peu plus fort et Maksim rigole ouvertement face à ma menace.

– Ça devrait le faire, affirme-t-il avant de s'éloigner en tirant Isaa derrière lui.

Elle me jette un dernier coup d'œil et ne voulant pas la retenir, je m'efforce de garder le sourire. Quelques secondes plus tard, ils disparaissent à travers la foule.

Bon bah, on dirait bien que je vais devoir rester plus longtemps que prévu. Je tire sur les manches de ma veste et me demande si c'est une bonne idée de la poser sur l'un des fauteuils qui traîne contre le mur. Quelques filles sont assises dessus et discutent, un verre à la main. Plusieurs autres vestes sont posées derrière elles alors je ne réfléchis pas et dépose la mienne avant de m'enfoncer un peu plus dans la pièce, et donc dans la foule.

Un type manque de me donner un coup de coude tandis qu'il se colle à une nana et la presse contre son bassin. Une fille avec un masque de loup danse langoureusement contre un étudiant qui semble trop heureux pour être sobre.

Ça sent la *weed*, partout.

Je reconnais un gars au loin qui semble draguer lourdement une étudiante. Je creuse dans mes méninges et me souviens de sa tête. C'est le type qui se faisait fracasser par T-J devant les toilettes. Comment est-ce qu'il s'appelait déjà… Hum… Roy ! Voilà, c'était Roy. Ce gars ne me plaît pas, il a l'air d'être un sale con et je vois la fille le rembarrer aussi sec.

D'autres personnes se tiennent debout au fond de la pièce et observent ce qui semble être une partie de cartes. J'analyse rapidement les sept joueurs qui sont assis autour de la table. Je remarque que Tucker est présent, mais sa copine la rousse, Iris, n'est pas là. Ils sont tous plus ou moins attirants et je ne dois pas être la seule à le penser vu les nombreuses prétendantes agglutinées autour d'eux.

L'une d'elles est installée sur les genoux de celui qui est assis en bout de table. Sa chevelure blonde me cache le visage du mec tandis qu'elle lui chuchote quelque chose à l'oreille. Le gars continue son jeu, une main tenant ses cartes, l'autre pressant les fesses de la fille.

Une fois qu'elle se redresse, je la reconnais, elle d'abord, puis lui ensuite.

C'est la blonde, Hannah, qui m'a parlé comme à un chien l'autre jour. Et T-J. Il récupère un joint que lui tend Tucker et le glisse entre ses lèvres tout en dévoilant ses cartes, un air crâneur sur le visage. Si j'en crois l'expression dégoûtée des gars autour de lui, il vient de gagner.

La fumée s'enroule autour de sa tête et il repousse la blonde avant d'entamer une nouvelle partie. Je fronce les sourcils en voyant Hannah commencer à flirter avec un autre gars tandis que la fille qui se tient derrière T-J pose sa main sur son épaule.

J'ai d'abord cru qu'ils étaient en couple, mais maintenant, je ne comprends pas. Enfin bon, ce n'est pas comme si ça me regardait, pas vrai ? Je m'en moque.

Une silhouette s'avance vers moi, me sortant de ma léthargie. Mon regard bleu rencontre celui d'un homme que je connais très bien, et je ne peux pas m'empêcher de sourire. Je pensais qu'il ne faisait partie d'aucune fraternité, mais apparemment d'autres étudiants se sont tout simplement rajoutés à la fête.

– Mais quelle surprise, me taquine-t-il d'une voix rauque.

– Liam ! Qu'est-ce que tu fais ici ?

Il hausse les épaules et j'observe le mouvement de ses muscles. Ses bras sont loin d'être massifs, mais il n'est pas maigre. Le polo blanc qu'il porte lui va bien.

– Je devais juste accompagner des amis, et puis finalement j'ai décidé de rester.

Je rigole doucement tant nos deux situations se ressemblent.

– Pareil. Enfin, je veux dire : je devais accompagner une amie.

Et la chaperonner. Je tourne sur moi-même pour chercher Isaa et la découvre à quelques mètres de là, assise sur un canapé avec Maksim. Elle m'aperçoit et hausse les sourcils d'un air appréciateur en découvrant que je ne suis pas seule.

C'est pas vrai… maintenant elle ne va pas me lâcher.

– Alors… tu t'amuses ? continué-je pour entamer la conversation avec Liam.

Il se mord la lèvre inférieure et je regarde les traits de son visage. Il est parfaitement rasé. Je suis sûre que si je passais mon index sur sa joue, ce serait aussi doux qu'une joue de bébé. Il secoue finalement la tête.

– En fait, non. Je me fais un peu chier. Mais j'essaie d'avoir l'air cool et de faire comme si c'était la soirée de l'année.

Je crois que l'aime bien. Plusieurs personnes passent près de nous et Liam se rapproche de moi. Il sent bon. Pas la sueur, ni l'alcool. Il sent la lessive, et c'est presque… rassurant. Il veille à ne pas me toucher, ce que j'apprécie, et reprend finalement :

– Je crois comprendre que toi aussi, tu te fais chier. Et si on restait ensemble, histoire de ne plus autant s'ennuyer ?

– Hum… je suis pas sûre que t'arrives à me divertir.

Il prend un air peiné, rentrant dans mon jeu en collant son poing sur la poitrine.

– Je m'engage à remplir cette mission.

Je souris un peu plus et le laisse me faire la conversation, même si mon regard est régulièrement attiré vers le fond de la pièce. Une nouvelle partie de poker a apparemment commencé. Je ne vois plus Hannah, mais l'autre fille est en train de masser les épaules de T-J pendant qu'il se concentre sur son jeu avant qu'elle ne finisse par s'éloigner face à son manque d'attention.

Sérieusement, on est où là ? Dans un mauvais porno ?

Hannah retourne près de lui et se presse contre son bras en lui parlant.

Je ne peux m'empêcher de me dire que leurs deux têtes blondes forment un parfait tableau.

– C'est T-J et Hannah, me précise Liam, interrompant mes pensées. Ils ne sont pas officiellement en couple mais on sait tous qu'ils finiront la soirée ensemble, si tu vois ce que je veux dire.

Ouais, je vois très bien.

Je m'ordonne plusieurs fois de détourner le regard avant que mon corps se décide enfin à obéir. Tentant d'ignorer celui qui hante mes pensées, je me concentre sur Liam :

– Et si on dansait ?

Ma proposition semble lui plaire. Je ne réfléchis à rien tandis que je me rapproche de lui et me détends peu à peu, je me laisse aller. Liam veille à ne pas coller son corps contre le mien, par respect peut-être. Il n'est pas lourd, il danse simplement près de moi au rythme des basses. Je ferme les yeux et ondule doucement. Je décide, l'espace de quelques minutes, de me laisser vivre sans réfléchir.

C'est exactement ce qu'il me faut. Enfin, je crois.

12

PRENDRE FEU

T-J

Impossible de décrypter le moindre signe sur le visage de Tucker. Pourtant je jurerais que son jeu n'est pas si bon que ça. J'ai vu son regard appuyé vers mes cartes, il sait que je vais le plumer.

Nous sommes les deux derniers à ne pas nous être encore couchés. Je fixe une demi-seconde mes cartes et laisse un petit sourire de connard s'installer sur mon visage. Il retient un juron en me voyant faire. Il doit sans doute penser que je joue la comédie, et qu'en réalité j'ai une mauvaise main. Je suis un bluffeur, c'est vrai. Et je vais le dépouiller ce soir.

Souvent, on pense que Tucker est le plus dangereux de nous deux. Il est brun, je suis blond. Il tire la gueule depuis qu'il est né tandis que je cache tout derrière une expression de frimeur.

On me voit comme le type cool de la bande, celui qu'il ne faut toutefois pas faire chier si on veut s'assurer de rester en vie.

Mais nous avons tous des secrets, nous traînons tous des casseroles.

Et les miennes sont vraiment nombreuses.

Sam et les autres gars qui entourent de la table attendent nos résultats.

Je le laisse croire encore quelques secondes qu'il est en train de gagner, puis Tucker pose ses cartes sur la table. Je sens le regard d'Hannah juste à côté de moi. Elle me fixe comme si elle voulait me sauter dessus mais, focalisé sur Tucker, je n'y fais pas vraiment attention.

Au centre de la table, une dame, un sept, un cinq et un six. Tucker sourit en désignant les deux cartes qu'il vient de poser. Deux dames.

– Et ça me fait donc un brelan. Par ici la monnaie, mec.

J'attends quelques secondes supplémentaires, le laissant savourer sa fausse victoire. Puis, j'aplatis mes deux cartes sur la table avec un clin d'œil.

– Un huit et un quatre, s'exclame Sam en matant mon jeu. Putain mec, t'as une suite !

Tucker bougonne dans sa barbe en me fixant d'un air presque malheureux.

– Comment tu fais pour toujours gagner, espèce d'enfoiré ?

– Un jour, je t'apprendrai à jouer, Princesse, rétorqué-je en récupérant les billets et en les plaçant dans ma poche de jean arrière.

J'évite la capsule de bière qu'il envoie dans ma direction et le laisse distribuer les cartes pour une nouvelle partie. Sam fixe un point dans la foule et vu l'air prédateur sur son visage, je dirais qu'il vient de trouver sa cible du soir.

– Tu sais, l'interpellé-je, si t'étais aussi concentré sur le poker que sur les p'tits culs qui passent, tu te ferais un max de fric. Et tu pourrais payer ton loyer convenablement.

Il fait un signe du menton vers la foule avant d'avaler une gorgée de bière. Tout en inhalant la fumée de mon joint, je tourne la tête dans la direction indiquée.

– Avoue au moins que ce p'tit cul est vachement plaisant, me répond-il avant de récupérer ses cartes, comme les autres gars.

J'ai d'abord l'impression d'halluciner. Est-ce que j'ai trop fumé ce soir ?

Dites-moi que ouais.

Silencieux et immobile, je regarde fixement la pseudo-piste de danse qui a été improvisée ce soir.

Mais qu'est-ce qu'elle fout là ?!

Je n'écoute plus rien, entièrement concentré sur Rose. Mes yeux se posent d'eux-mêmes sur ses hanches qui sont en train d'onduler contre un vieux gars. Le même que l'autre jour, Liam. Je sens presque son prénom me brûler la langue et ça me donne envie de cracher au sol.

– Hum, continue Sam sans même réaliser qui est Rose, vraiment pas mal ouais.

J'écrase mon joint avant de serrer la mâchoire, me retenant de répondre. Je pourrais lui expliquer qui est cette peste caractérielle, mais je n'ai pas envie d'exposer ma vie aux autres. Même pas en rêve. Alors j'appuie mon dos contre le dossier et ne dis rien, un sourire au coin des lèvres. Comme si tout allait bien. Comme si tout était normal.

Tucker m'observe durant d'interminables secondes, brisant ma carapace d'un seul regard. *Fumier, laisse-moi tranquille !*

Il hausse les sourcils l'air de me dire d'aller me faire voir, puis suit la direction de mon regard toujours braqué sur la piste de danse improvisée.

Et enfin, il comprend.

Peut-être même qu'il comprend des trucs que moi, je ne vois pas ou que je refuse de voir.

– Choisis une couleur, annonce-t-il à Sam, qui est toujours en train de déshabiller Rose du regard.

Ce dernier fronce les sourcils puis pince les lèvres, perdu.

– Pourquoi ?

– Pour ton cercueil.

Ouais. Je crois qu'il comprend définitivement des choses que je n'arrive pas à capter. Sam n'a pas le temps de lui demander ce que ça veut dire qu'une plantureuse brune vient l'accoster.

Hannah se ramène également et pose sa main sur mon épaule mais je n'ai aucune envie qu'elle s'asseye sur moi à cet instant. Je ne peux que fixer Rose et son petit chien presque collé à elle.

Je croyais qu'elle détestait ces soirées ? Ma petite tempête qui pétait un câble parce que je débarquais dans sa sororité blanche comme neige…

La même question tourne en boucle dans mon esprit tandis que je repousse la main d'Hannah.

– Va te faire mettre, marmonne-t-elle avant de s'éloigner vers quelqu'un d'autre.

Je la laisse m'insulter, son injure glisse sur moi sans me heurter le moins du monde.

Qu'est-ce que Rose fait ici, au juste ?! Liam l'a invitée et elle a accepté ?

Ouais, je m'en fous. Mais quand je lui avais proposé, elle m'avait envoyé chier comme jamais tout en se moquant de moi. Oui oui… C'est sa vie. Je n'ai pas à m'en préoccuper.

Tucker se penche vers moi.

– Détourne le regard ou elle va finir par prendre feu.

J'ignore ses moqueries. Après une seconde pourtant, je me détourne et me concentre sur les gars qui m'entourent. Ouais, je préfère ça. Rien à foutre de l'autre blaireau qui danse avec Rose. Je rigole mécaniquement à une blague que fait James, assis à ma gauche. Je n'ai même pas compris ses mots, mais je fais semblant d'être dans le bon *mood*. Exactement comme on l'attend de moi.

– Tu ne joues pas ? me demande mon cousin en indiquant les cartes posées devant moi.

Je les fixe une seconde puis les prends en main avant de les laisser tomber sur la table.

– Je suis juste… je vous regarde, réponds-je simplement.

Il continue de m'analyser silencieusement mais je m'en moque. Je n'ai de comptes à rendre à personne. Sam et James se lancent dans une discussion animée sur l'équipe de baseball de l'université. Les entendre parler de ce sujet m'est toujours difficile, mais encore une fois, je prends sur moi.

Presque inconsciemment, je tourne la tête et continue d'observer Rose et ses foutues hanches qui bougent de manière sensuelle. Pourtant, il y a toujours une certaine retenue en elle. Je commence à comprendre qu'elle cache quelque chose. Peut-être qu'elle a vécu un truc moche dans sa vie et que c'est pour ça qu'elle a un caractère de merde.

Comme moi.

Nous savons tous à quel point il est facile de se renfermer sur soi-même, d'ériger des barrières autour de nous et les rendre infranchissables, pour que personne ne puisse plus jamais nous atteindre.

Mais qu'est-ce que je raconte ? On n'a rien en commun, nous deux, il faut que je me sorte cette idée de la tête. Hors de question que je me mêle de ça. J'ai déjà assez de problèmes dans ma vie.

En plus, elle est intouchable. On fait quasiment partis de la même famille aujourd'hui.

Quelle connerie.

Et puis, elle est insupportable et me tient tête comme si elle pensait avoir le pouvoir de me mettre à genoux.

Ouais, des conneries tout ça.

Pourtant, je ne détourne toujours pas le regard. Tucker doit remarquer que ça me met en rogne malgré tout, parce qu'il lâche :

– C'est pas ton genre de fille. Je mets ma main à couper qu'elle cherche une queue pour la vie.

Peut-être qu'elle trouvera ce qu'elle cherche avec ce Liam. Cette pensée m'est tellement désagréable qu'elle me donne envie de frapper quelque chose… ou quelqu'un.

– Mauvais argument, marmonné-je en récupérant la bière posée près de moi.

Liam dit quelque chose à l'oreille de Rose et elle explose de rire en le frappant au niveau du pectoral.

Ah. Ah. Ah. Qu'est-ce qu'on s'amuse, c'est dingue.

– Son père baise ta mère, c'est un bon argument ça ? reprend Tucker d'une voix plus basse.

Il ne dit plus rien pendant que ses paroles font leur chemin jusqu'à mon cerveau.

– Peux-tu arrêter de me faire avoir des visions d'horreur ? grommelé-je en prenant une gorgée de bière bon marché. Ou je vais être obligé d'essayer de te casser la mâchoire.

– Je tente simplement de t'éviter de faire une grave erreur. Je connais ce regard, mon pote. T'agis comme si t'allais craquer pour cette fille compliquée et hors limites.

Tandis que Liam s'éloigne de Rose, sûrement pour aller leur chercher à boire, je me redresse sans même y réfléchir. Ce bouffon la laisse là ? Au milieu de tous ?

J'aperçois Roy à quelques pas. Ce mec me répugne au plus haut point. Quand il ne s'en prend pas aux plus faibles dans les couloirs de la fac, il drague lourdement toutes les filles qu'il croise. Je repense à Solal, ce petit étudiant renfermé sur lui-même que Roy prend pour souffre-douleur. Lorsque j'ai chopé cet enfoiré dans les toilettes il y a quelques semaines, il allait encore s'en prendre à lui. Je ne pouvais pas rester là les bras croisés sans rien dire. Alors je l'ai épinglé au mur, et on a failli écraser Rose.

Hors de question qu'il s'approche d'elle.

J'ignore d'où me vient ce sentiment protecteur, mais il est bien présent.

Rose ne semble pas à l'aise désormais, elle jette un regard gêné autour d'elle, puis décide de se laisser aller et ferme les yeux avant de recommencer à bouger. Je me relève d'un bond : mon cerveau est en grève et mes jambes ont pris le contrôle. Je zappe toutes mes directives, je ne réfléchis à rien à part au fait qu'elle est en face de moi en train de danser, les yeux fermés comme si elle était seule au monde. La voix de Tucker claque dans mon dos :

– Tu vas faire une connerie !

– Je gère, lui rétorqué-je.

C'est faux, je ne gère rien du tout. J'ai l'impression que tous mes foutus repères disparaissent.

Que la chasse commence.

***

Rose

Tandis que je suis le rythme plutôt lent de la nouvelle musique qui résonne aux quatre coins du salon, je garde les yeux fermés. Ça m'aide à m'imaginer être seule dans la pièce et non pas entourée de dizaines d'inconnus.

Je manque de sursauter et mon cœur bondit tandis qu'une main se pose sur ma hanche droite avant de l'agripper. Je sens les muscles de cette main se contracter presque involontairement contre moi.

Liam.

Il veillait à ne pas me toucher directement ces dix dernières minutes, mais il a apparemment pris de l'assurance. Je pensais vouloir le repousser, mais finalement, je le laisse faire, sentant quelque chose monter en moi, une chaleur caractéristique.

Ça fait plus d'un an que je n'ai pas couché avec quelqu'un. En réalité, je n'ai eu qu'un seul copain dans ma vie. Un gars qui était apparemment excité de me dépuceler car un de ses potes lui avait lancé le défi de le faire. Classe. Et destructeur. Ça peut réduire en cendres la confiance que les femmes ont en leur corps, et c'est très difficile d'aller mieux ensuite.

La main de Liam serpente sur mon ventre puis se pose à plat juste en dessous de mon nombril pour me tirer doucement en arrière dans une étreinte possessive. Mon dos rencontre un buste indéniablement musclé et masculin.

Mes fesses se pressent contre un bassin et Liam suit la cadence de ma danse. Il ondule contre mes hanches. Je le sens durcir contre moi, son érection se presse contre la couture de mon jean et pourtant je ne bouge pas. Je devrais, mais c'est comme si l'attraction qui pèse sur mon corps m'obligeait à me laisser guider par lui.

Puis, à travers la fumée, je sens une autre odeur. Pas une odeur de lessive. Non, c'est quelque chose de brut. Un mélange de sueur et de parfum masculin. Et soudain un souffle chaud s'abat contre mon oreille droite. Je me tourne et ouvre brusquement les yeux en réalisant.

Ce n'est pas Liam.

13

FAIRE UNE CONNERIE

Rose

Je fixe T-J sans un mot, bouche bée tandis que mon cœur s'affole. Est-ce que je deviens dingue ? Est-ce que j'ai imaginé les cinq dernières minutes ? Ce n'est pas possible autrement. Pourquoi… pourquoi m'aurait-il rejointe et tenue ainsi ?!

– Tricheur ! hurle un type assis plus loin à la table de poker.

Un gars qui passe près de nous me bouscule comme si j'étais transparente, dans le but de rejoindre la future zone de conflit. Je n'ai même pas le temps de comprendre ce qui se passe que je suis projetée en avant. Le type ne s'en préoccupe pas et je viens percuter le corps de T-J. Mes mains s'accrochent où je peux, c'est-à-dire à ses biceps pendant que son bras s'enroule une nouvelle fois autour de ma taille pour me stabiliser.

C'est pas vrai ! Pas une deuxième fois !

Je ne bouge plus d'un centimètre, priant pour disparaître de la pièce, pour que lui-même disparaisse avec ses yeux verts qui essaient de me rendre dingue. Les muscles de son bras se contractent lorsque je me redresse et qu'il me tire à lui.

Son érection est désormais pressée contre mon bas-ventre et je fais les gros yeux. Est-ce qu'il est vraiment en train de…

La colère se mélange à autre chose sur son visage, je n'arrive pas à lire son expression mais je m'en moque, à vrai dire. Je n'y vois pas de signe d'excitation comme son corps le laisse sous-entendre.

– Qu'est-ce que tu fais ici ?

Sa voix puissante est implacable et attend une réponse.

Ma réponse.

Mais je n'en ai pas, à cet instant. La seule chose à laquelle je peux penser, c'est son foutu bras autour de moi pour me maintenir en place et mes seins pressés contre son torse. Lui aussi semble s'en rendre compte, mais il ne bouge pas pour autant, et j'essaie de reprendre mes esprits.

Je pensais danser avec Liam. Putain, T-J s'est frotté contre moi. Et j'ai ondulé contre lui comme une chienne en chaleur. J'ai senti cette tension monter en moi et me bouffer le bas-ventre.

– Je croyais que tu n'aimais pas ce genre de soirées, continue-t-il à mon oreille.

Réfléchir. L'envoyer chier. Le repousser. Ouais, je peux le faire. Mon cerveau me l'ordonne du moins, tandis que mes doigts… s'agrippent à lui. Heureusement, ma bouche, elle, décide de coopérer pour me sortir de cette situation dans laquelle j'ai sauté à pieds joints :

– Ça ne te regarde pas, rétorqué-je en relevant le menton.

Bravo Rose, très adulte comme réaction.

Ses muscles se resserrent autour de moi et j'ai l'impression qu'il ne se rend même pas compte de son geste.

– Pourquoi est-ce que tu te places toujours sur mon foutu chemin ?

J'ignore les picotements qui m'ont envahie un peu plus tôt, je sors de ma léthargie et le repousse.

– C'est toi qui viens de me rejoindre et de te frotter à moi comme si j'étais une barre de pole dance, n'inverse pas les rôles.

Cette comparaison ne lui plaît absolument pas si j'en crois son air renfrogné.

– Et pour répondre à ta première question : je fais ce que je veux. Tu n'es pas mon frère. Tu ne le seras jamais.

Sur ces bonnes paroles, je n'ai qu'une envie : me casser d'ici. Où est-ce que j'ai posé ma veste, déjà ? Je tourne la tête en direction du fauteuil et une grimace me vient quand je me rends compte qu'une nana est en train de vomir dessus.

Argh. Qu'elle reste ici, je l'abandonne !

Avant que je ne fasse un pas de plus, T-J me tire en arrière et me rapproche de lui.

– Je n'en ai pas terminé, m'annonce-t-il.

Et quoi, je suis censée obéir au doigt et à l'œil de Sa Majesté le roi des enfoirés ?!

J'essaie d'éviter que nos deux corps se touchent et croise mes bras sur ma poitrine, faible barrière humaine.

Toute cette chaleur autour de moi, en plus de celle qui s'échappe de nos deux corps en ébullition, j'étouffe !

Et je n'aime pas son visage penché vers moi. Mais je déteste encore plus mes yeux qui font des allers-retours entre les siens et sa bouche, sur laquelle prend place un sourire de branleur.

– Qu'est-ce que tu fous, toi ? demandé-je alors qu'il s'approche encore plus dangereusement. On ne devrait pas…

– Je sais.

– Je te déteste, murmuré-je d'un air buté en plaçant mes bras le long de mon corps.

Et c'est vrai. Je ne l'apprécie pas. Depuis la première fois que je lui ai parlé, il me rend complètement dingue. Et je crois bien que la réciproque est vraie.

– Je sais, me répond-il à nouveau.

Quelques secondes passent, je ne sais pas combien exactement. La seule chose que je sais, c'est que même si nous sommes tous les deux en colère, l'attraction se fait plus présente. Peut-être qu'elle était là depuis le début, tapie dans l'ombre, prête à tout dévorer sur son passage.

Ma mère disait toujours qu'on attire ce que nous sommes, les gens qui nous ressemblent le plus. Mais je refuse que cela s'applique à T-J et moi.

Pourtant, au lieu de m'enfuir, je reste là, immobile. Et lui aussi.

– Tu devrais t'éloigner avant que je ne fasse une connerie, souffle-t-il.

On dirait une mise en garde.

Et si je n'ai pas envie de m'éloigner ? Je garde la bouche close mais continue de le fixer droit dans les yeux alors qu'il reprend :

– Éloigne-toi.

– C'est toi qui es venu à moi, murmuré-je pour toute réponse. Toi et tes gros sabots. Moi, j'étais avec Liam. Je pensais danser contre lui. C'est à toi de partir.

Il émet un grondement et sa main se pose sur ma nuque, fermement. Son autre main descend le long de mon bras droit. Je dois bouger, je dois absolument m'éloigner MAINTENANT.

On va faire une connerie.

Mais rien. Aucun électrochoc pour me ramener à la raison. Je passe ma langue sur mes lèvres, pour attirer son attention dessus. Son visage se penche vers moi. Sa main continue son chemin sur mon bras, ses doigts glissent sur ma peau jusqu'au creux de mon poignet droit.

Ses sourcils se froncent soudain tandis qu'il s'immobilise comme une statue. Je n'ai pas le temps d'amorcer un mouvement que sa main agrippe mon poignet pour l'observer de plus près.

Ni une ni deux, je tire sur mon bras, espérant de tout cœur qu'il n'ait rien vu.

Mais il a senti ma cicatrice. J'en suis sûre. Et vu sa réaction, il sait parfaitement ce que c'est.

– Qu'est-ce que…

J'ai l'impression qu'on vient de me brûler. Je secoue ma tête et me recule pour de bon. Mais j'ai le temps de voir dans son regard qu'il se pose un million de questions. Surtout, je vois quelque chose que je déteste.

De la compréhension. Puis de la compassion.

Pour moi. Et mes faiblesses.

Hannah s'avance vers nous, apparemment prête à briser ce qui était en train de se passer. Il ne s'est rien passé en réalité. Rien.

Je fais demi-tour et m'enfuis lâchement, priant pour que la sublime blonde retienne l'attention de T-J. Je prie aussi pour tomber sur Isaa en quittant la pièce mais elle est toujours contre Maksim, dos à moi.

– Rose !

La voix de T-J claque dans mon dos et j'accélère le pas. Pourquoi ? Pourquoi a-t-il fallu qu'il s'approche comme ça ?! Pourquoi ai-je ressenti cette faim en moi ? Une faim inassouvie.

C'est comme s'il était le seul à pouvoir combler ce vide qui m'habite.

Conneries.

Je me presse dans l'entrée et laisse l'air pénétrer mes poumons en sortant de cette baraque. Cependant, j'ai à peine traversé la pelouse qu'une immense silhouette me barre la route en se plaçant devant moi. J'ignore T-J et son regard scrutateur : la seule chose que je veux, c'est rentrer dans ma sororité et ne plus jamais quitter ma chambre.

– Rose, répète-t-il, le souffle court.

Je sais parfaitement ce qu'il va me demander. Alors je décide d'attaquer la première.

– C'est quoi ton problème ? T'étais à deux doigts de m'embrasser ! Alors que ta copine était là !

– Hannah n'est pas ma copine. Et arrête de changer de sujet putain, crache-t-il tout en fixant mon poignet.

Peut-être qu'il réalise que je suis plus tarée qu'il ne le pensait. Mais je m'en moque. Ma vie ne le regarde pas. Je ne veux pas qu'il sache ce qui s'est passé dans ma tête et qu'il découvre qu'à un moment j'ai été si désespérée que je suis allée jusqu'à m'ouvrir mes putains de veines. Comment pourrait-il comprendre la douleur que j'ai ressentie ?

– Tu es venu me retrouver. Tu agis comme si tu me détestais. Tu me pousses dans mes derniers retranchements. Tu parles à mon père comme à un chien. Tu me parles comme à un chien. Et tu viens ensuite bander contre moi !

– Je suis un mec ! s'énerve-t-il à son tour avant de serrer fortement la mâchoire. Quand on frotte exprès son cul contre ma queue, elle durcit. Figure-toi que ma queue est sa propre patronne.

Il passe une main à l'arrière de sa nuque, fait un pas en arrière avant de revenir près de moi, presque à regret.

– Pourquoi ? Pourquoi est-ce que tu t'es fait du mal ?

Mes mains tremblent tandis que je le regarde fixement, sans répondre. La vérité, c'est que j'ai pris peur en réalisant qu'il avait compris ce que je m'étais infligé. Je veux juste le repousser. Tenir les gens éloignés, c'est ce que je sais le mieux faire. C'est même ma spécialité.

Hors de question que quelqu'un connaisse assez mon passé pour avoir ensuite toutes les cartes en main pour me détruire. Parce que si on me détruit une nouvelle fois, je n'arriverai plus à me reconstruire.

– Ma vie ne te regarde pas, reprends-je. Je ne te connais pas. Et je ne veux pas connaître un type comme toi. Alors fous-moi la paix, Tayron. Tu n'es que le fils de la nana que se tape mon père, ça s'arrête là. Un type imbu de lui-même et loin d'être fréquentable.

Cette fois-ci, il ne devient pas violent à la mention de son prénom, de son véritable prénom. Il se contente d'inspirer brusquement tout en serrant les poings. Puis il secoue sa tête et lâche un petit rire sans joie.

– Tu as raison. Je me moque de toi et de ta stupide vie de gamine capricieuse suicidaire. Casse-toi d'ici, retourne dans ton monde parfait et ne reviens pas dans le mien.

Son monde. Le mien. S'il savait… Mon monde est en ruines, et je n'ai aucun moyen de me mettre à l'abri face aux débris qui ne cessent de me tomber dessus.

Il n'attend pas ma réponse, rejoint Hannah près de la porte, passe près d'elle en l'ignorant et pénètre dans la maison de la débauche.

Pourquoi ses mots me font mal ? Alors que je viens de le repousser la première ?

Hannah me fait un petit clin d'œil avant de tourner elle aussi ses talons et de suivre T-J.

Quinze minutes plus tard, je pénètre dans l'entrée de ma sororité et m'avance vers l'escalier en ignorant la TV de la salle commune qui est allumée.

– Tout va bien ? me demande Lex, assise sur le canapé.

Je lui jette à peine un coup d'œil, hoche la tête et m'empresse de monter à l'étage. Sur le palier, je croise Rachel.

– Salut Rose ! s'exclame-t-elle tandis que je l'ignore, elle aussi.

Je claque la porte dans mon dos, me rappelant tout juste que j'ai laissé ma foutue veste là-bas. Je m'assieds sur mon lit, les coudes sur les genoux, et laisse tomber ma tête dans mes mains.

J'ai vraiment déconné. J'ai été méchante dans mes propos, et Tayron a été blessant. Je passe une main rageuse sur ma joue en sentant quelque chose me chatouiller et découvre une larme solitaire qui traçait son chemin sur ma peau.

Parfois, j'aimerais juste que tout soit plus simple. Que tout ce qui s'est passé depuis un an et quelques mois ne soit jamais arrivé. J'aimerais être chez moi, assise sur le canapé près de mes parents, à écouter mon père faire une blague débile et ma mère rigoler pour se moquer.

La porte de ma chambre s'ouvre à la volée et Isaa débarque sur le seuil, l'air affolé.

– Je t'ai cherchée partout !

J'avale ma salive difficilement, ne sachant pas quoi dire.

– Tu n'aurais pas dû revenir, chuchoté-je. Tu étais avec Maksim.

– C'est un gros lourd. Alors raconte-moi, maintenant.

Quelques minutes après que j'ai terminé mon monologue, ma meilleure amie me murmure d'une voix désolée :

– Je t'avais dit que T-J Price était trop dangereux pour une fille comme toi. Tu es trop cabossée par la vie pour lui survivre. Parce que je mets ma main à couper qu'il l'est deux fois plus que toi. Vous agissez comme des imbéciles. Vous vous envoyez des paroles blessantes parce qu'il y a ce quelque chose entre vous qui vous fait agir stupidement sans réfléchir. Mais tu es ma meilleure amie, Rose. Je t'ai vue aller en enfer. Et je ne te laisserai pas y retourner une nouvelle fois.

Moi non plus. Je n'y survivrai pas, je le sens. Mais je ne sais pas si j'arriverai à lutter contre la tempête qui se prépare.

– Alors reste loin de lui, conclut-elle avec fermeté.

– Je crois que ça ne va pas être possible, avoué-je.

Elle retient une exclamation alors que ses yeux manquent de sortir de sa tête quand je lui explique le lien qui nous unit désormais par nos parents. Oui. Pas besoin de le dire à voix haute. Ça craint.

14

REGARDE LES ÉTOILES

Rose

La voix de Selena Gomez résonne dans mes oreilles et je fixe le plafond de ma chambre d'adolescente, comptant mentalement les minuscules gommettes fluorescentes accrochées sur le lambris de bois qui représentent une partie des constellations les plus connues.

Un petit sourire me vient tandis que je laisse les souvenirs m'envahir. Quand j'étais enfant, j'avais peur du noir, je faisais des crises de panique à l'idée de m'endormir sans avoir une source de lumière, alors ma mère a décidé d'accrocher de petites étoiles au plafond.

« Regarde les étoiles, Rose, et tu n'auras plus peur du noir. Les étoiles chassent l'obscurité du ciel. Elles illumineront le chemin jusqu'à tes rêves. »

Et c'est ce que j'ai fait. Je ne pensais pas aux monstres cachés sous mon lit et dans mon armoire. Je ne pensais qu'aux constellations. Je m'imaginais mille et un scénarios.

« Maman, lorsque je serai grande, est-ce que je pourrai visiter les étoiles ? Est-ce que tu crois que je serai assez grande pour pouvoir les toucher ? »

J'inspire profondément et repousse mes tendres souvenirs puis m'assieds au bout de mon lit avant de retirer mes écouteurs. Ça faisait longtemps que je n'étais pas venue ici. Aux souvenirs agréables s'en ajoutent d'autres. Je fixe sans bouger la porte de la salle de bains en face de moi. Cette satanée pièce où j'ai failli mettre fin à mes jours.

J'entends la porte d'entrée s'ouvrir puis une voix féminine retentit.

Purée, il est déjà dix-neuf heures trente. Ce qui signifie que Nicole est arrivée. Vu ce qu'il s'est passé samedi soir, j'ai voulu esquiver ce nouveau repas. Mais je me suis souvenue du regard de mon père, l'autre jour. Il a besoin que ça marche, besoin de se raccrocher à cette nouvelle dose de bonheur que cette femme lui donne chaque jour. Je ne gâcherai pas tout.

Est-ce que T-J, enfin Tayron, sera là ? Va-t-il faire une scène après ce qui s'est passé entre nous ? J'ignore pourquoi je l'appelle Tayron dans mes pensées plutôt que T-J, comme tous les autres. Peut-être que justement j'ai l'impression de mieux le comprendre en l'appelant ainsi ?

Je me redresse et m'avance vers la porte de ma chambre, essayant d'oublier tout ce que j'ai ressenti tandis que son corps était pressé contre le mien, que sa peau brûlait la mienne et que je sentais son souffle sur mon cou.

Mon Dieu, on a failli s'embrasser.

Il n'a pas le droit de m'attirer. Il est insupportable. Il pense que son regard inquisiteur peut me pousser à répondre à ses questions. Pour qui est-ce qu'il se prend, au juste ?!

Puis je me souviens de ses paroles tandis qu'il venait de toucher ma cicatrice. Des mots qui m'ont blessée. Je sais que je n'ai pas été tendre non plus, mais j'ai eu un réflexe parfaitement humain : le repli sur soi. Se protéger en attaquant l'autre.

Je ne connais pas Tayron. Alors quand il m'a posé des questions, j'ai paniqué. Comme une putain de faible. J'ai agi comme une imbécile, mais il a agi comme un gros con, pour ne pas changer.

De là où je me tiens, en haut de l'escalier, je vois l'entrée de la maison. L'étage est plongé dans le noir, si bien qu'on ne me voit pas tant que je n'ai pas posé les pieds sur les premières marches pour descendre. J'entends la voix lointaine de mon père – il est sûrement dans la cuisine – tandis que Nicole replace ses mèches de cheveux dans le miroir de l'entrée. Mon père arrive près d'elle et lui presse l'épaule.

– Je ne crois pas qu'il vienne... murmure Nicole d'une voix triste.

Mon père lui murmure quelque chose à son tour mais je ne l'entends pas. Pourtant, je sais parfaitement de qui ils parlent. De Tayron. Je n'annonce toujours pas ma présence, continuant à observer le tableau qu'ils donnent tous les deux. Finalement, un coup retentit contre la lourde porte d'entrée. Puis un deuxième, toujours aussi fort.

Puis plus rien.

Nicole se tourne vers mon père.

– Ça va bien se passer, la rassure-t-il en allant ouvrir la porte. Ne t'en fais pas.

Mon père salue Tayron d'un ton qu'il veut joyeux et ce dernier se contente de hocher la tête rapidement sans rien répondre.

Enfin, ses larges épaules passent la porte. Il tient son casque de moto d'une main et jette un coup d'œil discret à l'entrée, mâchoires serrées. J'ai encore une fois envie de l'insulter : mon père agit si gentiment tandis que cet imbécile ne fait même pas attention à lui. Mais c'est quoi, son problème ?

Qu'on soit détestables ensemble, d'accord. Mais pourquoi est-il à ce point désagréable avec mon père ? Comment peut-il être opposé au bonheur de sa propre mère ?

Lui qui est si cool, si taquin avec ses potes sur le campus, se transforme dès que nous sommes tous les quatre.

Mon père s'éloigne en direction de la cuisine, l'air pincé. Tayron commence à le suivre mais sa mère se place devant lui en croisant les bras. Elle est dos à moi, si bien que T-J me fait face, mais heureusement, il ne me voit pas, perchée en haut de l'escalier à jouer les commères.

Les mèches blondes de Nicole tombent sur ses épaules lorsqu'elle penche son visage vers lui. Je m'avance en haut de la marche pour les écouter.

– J'aimerais que tu sois gentil. Pour moi.

Pour toute réponse, un rire moqueur. Tayron hausse ses épaules et reprend naturellement :

– Je ne connais pas ce mec. Je ne sais pas s'il mérite mon respect, s'il mérite ton respect.

Il tente de passer sur le côté mais sa mère l'interpelle une nouvelle fois. Elle semble si petite face à l'immense stature de son fils, pourtant elle continue de lui tenir tête.

– Je tiens à cet homme. Je sais que tout ceci est soudain pour toi. Mais Billy… Billy n'est pas ton père. Il prend soin de moi.

Tayron serre les poings le long de son corps et inspire profondément à la mention de son paternel. Que s'est-il passé dans sa vie ?

Je n'ai pas le droit de m'en mêler. J'ai été la première à le repousser, à me replier sur moi-même pour ne pas qu'il creuse dans mon passé. Mais le voir se braquer complètement lorsque sa mère mentionne son père… Est-ce que ce dernier est mort ?

– Il… commence Nicole difficilement. Il ne me…

Je tends un peu plus l'oreille, debout en haut des marches de l'escalier, tandis que celles-ci émettent un craquement.

Je m'immobilise et ferme les yeux en grimaçant.

Bordel, c'est pas vrai…

Je les rouvre une seconde plus tard, priant pour que personne n'ait entendu le bruit.

Échec.

Nicole semble ne rien avoir entendu, elle continue de parler à son fils, mais ce dernier a désormais les yeux braqués sur moi. Il fronce les sourcils en me découvrant là.

Essaie de prendre un air naturel, Rose. Cool.

– Oh, bonjour ! me salue Nicole en se tournant vers moi alors que je descends à contrecœur les marches.

– Salut, lancé-je en faisant un petit signe de main.

T-J, enfin Tayron, analyse rapidement le vieux T-shirt que je porte mais ne me répond pas. Eh bien, je suppose que je m'y attendais. Il nous ignore toutes les deux, passe près de sa mère et s'engage dans le salon.

Je sens que cette soirée va être longue...

***

J'ai essayé d'ignorer la présence de Tayron pendant tout le repas, ce qui était assez difficile vu les regards noirs qu'il me lançait. Qu'il aille au diable. Tandis que mon père débarrasse la dernière assiette, je me relève subitement, n'en pouvant plus :

– Il faut que j'aille aux toilettes.

Mon père et Nicole entament une conversation tandis que le grand blond pianote du bout des doigts sur la table, son regard fixé sur moi. Je le fixe à mon tour en plissant les yeux mais l'ignore finalement avant de quitter la pièce et de me réfugier dans les toilettes au bout du couloir.

À peine la porte fermée, je m'avance vers le lavabo et me rafraîchis les joues. Comment est-ce que ça se fait qu'elles soient si brûlantes ? Traîtresses !

Je presse mes paupières, complètement chamboulée. La poignée de la porte s'abaisse et je lâche entre mes dents :

– C'est occupé.

Mais la personne ignore mes mots. La porte s'ouvre doucement et une silhouette massive envahit mon espace.

– Qu'est-ce que tu fous ici ?!

Tayron m'ignore. Ses larges épaules me donnent l'impression d'être prise au piège. Aucune possibilité de fuir face à la tempête qui semble prête à tout décimer sur son chemin.

Il fait un pas de plus dans ma direction et mes yeux se posent involontairement sur son torse.

– T'es sourd ou quoi ? lui demandé-je en relevant le menton.

Enfin, il ouvre la bouche.

– Je t'ai entendue.

Ce sont les seuls mots qu'il prononce avant que tout ne dérape. Une seconde, il se tient en face de moi, nos yeux s'affrontant du regard. La seconde suivante, il se presse contre moi.

J'inspire brusquement tandis que ses doigts plongent férocement dans les mèches de mes cheveux et me font pencher la tête en arrière. Mes mains se posent par automatisme sur son ventre. Pour le repousser ? Non… Putain, qu'est-ce que je fous ?!

Ses yeux verts analysent mon visage, comme s'ils le mémorisaient. Sa barbe est un peu plus longue aujourd'hui, ce qui lui donne un côté sauvage.

Je n'ai pas le temps de l'observer davantage. Tayron plaque sa bouche contre la mienne. Ce n'est pas un baiser tendre, sensuel. C'est brutal. Instinctif.

Et je perds mes moyens. Mes mains agrippent le bas de son T-shirt. Un grondement sort de sa poitrine et de sa main libre, Tayron attrape mes fesses pour m'attirer à lui, me soulevant du sol. La seconde d'après, mon dos percute le mur, mais je n'en ai que faire.

Je ne réfléchis à rien si ce n'est à l'explosion de sensations qui m'envahit et embrase tout. Sa langue se fraie un chemin entre mes lèvres, et enfin, elle vient caresser la mienne. C'est chaud. Si chaud que j'ai l'impression d'étouffer.

Éloigne-toi, Rose. Tu détestes ce type.

J'entends ma conscience. Mais je ne comprends pas ce qu'elle me dit. Je ne peux que me concentrer sur ce qui est en train de se passer à cet instant, sur cet homme qui se presse contre moi et m'entoure de ses bras puissants.

Une seconde, j'éloigne ma bouche de la sienne pour reprendre ma respiration. Mes yeux se ferment et je retiens un gémissement tandis que ses dents mordillent le bas de mon menton avant de tracer un chemin humide et brûlant le long de mon cou. Un courant électrique traverse mon bas-ventre et me fait resserrer les cuisses autour de ses hanches.

Mes mains tirent ses cheveux. Tayron est en train de me dévorer.

Dans un éclair de lucidité, j'éloigne mon visage du sien et viens appuyer ma tête contre le mur derrière moi. Mes jambes sont toujours enroulées autour de ses hanches mais je cherche son regard. Ses yeux semblent fous, comme si une bête sauvage venait de prendre possession de son corps.

Je n'ai pas le temps de prononcer un mot qu'il chuchote contre mes lèvres :

– Tu le sens, ce truc entre nous ?

Nouveau baiser, nouveau halètement.

– C'est en train de me brûler de l'intérieur, crache-t-il contre mes lèvres.

Son bassin rencontre une nouvelle fois le mien et son érection vient directement presser mon entrejambe. Bien sûr que je le sens, ce truc entre nous.

Mais ça me fait peur. J'ignore ce dont il s'agit. Mais la seule chose que je sais, c'est que c'est fort, si fort que j'ai peur de ne pas pouvoir lutter contre.

– Ça me donne envie de te sauter dessus, reprend Tayron dans mon cou. Tu crois que ça me plaît ? Non. Mais je n'y peux rien. C'est là, c'est comme ça. Ça me brûle et me donne envie de te dévorer, Rose. La seule chose que je souhaite à cet instant, c'est de laisser mon empreinte si profondément ancrée en toi que tu ne voudras personne d'autre. Tu le sens ?

Immobile, je le fixe tandis que son front se presse contre le mien.

– Oui, murmuré-je à mon tour en avalant difficilement ma salive. Je *te* sens.

Ses doigts agrippent ma peau pour que je reste bien en place. Et je suis sûre que j'aurai son empreinte sur mon corps. Ses lèvres sont gonflées et je sais que c'est aussi mon cas.

Mais on ne peut pas. Je ne peux pas laisser un homme aussi destructeur rentrer dans ma vie, fouiner dans mon passé et jouer avec moi. Isaa a raison : je ne serai pas assez forte pour survivre à T-J Price. Je pose mes mains sur ses épaules tout en essayant de reprendre ma respiration.

– Ma chérie ? m'appelle mon père. Tu vas bien ? Tu as vu Tayron ?

Douche froide assurée. Je ne bouge plus d'un centimètre, mon cœur semble s'être arrêté. Tayron relâche son emprise – doucement – ce qui fait que mon corps glisse tout contre le sien pour toucher à nouveau le sol. Mes tétons durcis frottent son torse mais je les ignore.

Oh, mon Dieu. Mon père. La mère de Tayron. Ensemble à quelques mètres de nous. Et nous qui…

Oh, mon Dieu.

– No-non ! m'exclamé-je. Je ne sais pas où il est, sûrement dehors !

J'entends les pas de mon père s'éloigner dans le couloir. Tayron continue de me fixer, le souffle court. Mais surtout, je vois la faim dans ses yeux. Une faim dévorante.

Je secoue la tête, passe près de lui et saisis la poignée :

– Il ne s'est rien passé, compris ?

Il lâche un petit rire moqueur, s'arrête à ma hauteur et chuchote à mon oreille :

– Tu gémissais dans ma bouche pendant que ta petite chatte était prête à jouir. Bien sûr qu'il s'est passé quelque chose, mon cœur.

Puis il s'éloigne sans un regard en arrière tandis que je m'effondre presque contre le battant. Quelques secondes plus tard, j'entends la porte d'entrée claquer, signe qu'il vient de disparaître.

Tayron Price, sois maudit.

15

SE NOYER

Rose

Je m'apprête à sécher mon cours de chimie organique de la matinée, ça craint. Mais impossible de me concentrer et si mon prof voit que je suis perdue au milieu du minuscule amphithéâtre, il n'hésitera pas à m'afficher sur la place publique. J'ai assez d'ennuis pour le moment. Je décide donc de rejoindre la bibliothèque. Peut-être que si je me retrouve dans une ambiance de travail, ça m'aidera à me motiver ?

Je souffle entre mes mains glacées pour les réchauffer tout en arrivant près du grand bâtiment universitaire. Encore cinq minutes dehors et je suis sûre que j'aurai perdu mes doigts. Je m'apprête à saisir la poignée de la porte quand j'entends quelques gloussements et aperçois un petit attroupement à quelques mètres de là. Je m'immobilise et tends l'oreille, essayant d'apercevoir ce qu'observent les six étudiants regroupés en cercle.

– Bah alors, Solal, tu vas pas te relever ? T'es trop une merde pour ça ?!

Un type, un brun, dos à moi, se moque d'un gars agenouillé sur le sol en train de récupérer ses affaires éparpillées autour de lui. Tout le monde l'observe sans bouger le petit orteil. Je m'approche un peu plus, commençant à comprendre la situation. Je reconnais le mec qui se tient debout, et celui qui est par terre. Le jour où j'ai rencontré Tayron, Roy venait de s'en prendre à ce fameux Solal, et T-J était intervenu.

Et manifestement, Roy n'a pas compris la leçon du grand blond, car il recommence…

Solal se redresse, ses affaires pressées contre lui.

– Tu vas le payer.

Il regarde les autres étudiants.

– Vous aussi.

– J'ai peur, rigole le brun. Ne croise plus mon chemin, Solal, ça vaut mieux pour toi.

Je m'avance vers eux, prête à intervenir, mais ce connard de Roy s'éloigne déjà, un sourire de branleur collé aux lèvres alors qu'il pénètre le hall collé à la bibliothèque.

Je déteste les gens qui se moquent des plus faibles et essaient de se valoriser en descendant les autres. Pour moi, ce sont eux les plus faibles, justement. Faible de Q.I. et d'esprit. Mais je crois au karma. Et j'espère que tous les harceleurs seront un jour punis.

Les étudiants se dispersent tous comme s'il ne s'était rien passé et Solal fixe le dos de Roy d'un air assassin. Je lis de la haine dans ses yeux. Je l'observe une seconde. Il n'a que la peau sur les os, et il est très pâle. Il a l'air… Il a l'air fou. Mais personne ne mérite qu'on le ridiculise comme ça. Je récupère un stylo sur le sol et lui tends avec un maigre sourire.

– Je crois que c'est à toi, dis-je gentiment.

Il fixe une seconde ma main tendue et m'arrache le Bic avant de s'éloigner vers le parking.

Euh… d'accord.

Après une minute, je sors de ma léthargie et rejoins enfin la bibliothèque. Peut-être que je pourrais retrouver Isaa à la fin de son cours ? Elle est dans le bâtiment collé à la bibliothèque ce matin.

Mais finalement, je me résous à aller bosser un petit peu.

Et Dieu soit loué, il reste quelques sièges libres sur le côté droit ! Vous ne savez pas à quel point c'est compliqué de trouver de la place ici ! Je suis sûre que certains seraient prêts à en venir aux mains pour obtenir le Saint-Graal, à savoir une chaise pas du tout confortable qui transforme vos petites fesses en pierre.

Comment voulez-vous donner envie aux étudiants d'étudier alors qu'ils doivent perdre un membre pour le faire ? Je m'assieds à l'une des places libres à la table de six et m'empresse de sortir des feuilles. Mais quand je redresse la tête, je découvre Tayron assis juste devant moi.

Pourquoi suis-je si maudite, punaise ?

Lui ne semble pas m'avoir vue, concentré sur son devoir.

Bon… avec un peu de chance, il ne me remarquera pas.

À l'instant où cette pensée me traverse, le grand blond relève son visage vers moi et braque son regard vert directement dans mes yeux bleus, m'immobilisant sur place. Me découvrir ici n'a pas l'air de le déranger. Ses lèvres s'étirent en un petit sourire et ça ne me dit rien qui vaille.

Ne voulant rentrer dans aucun jeu, je l'ignore et récupère un stylo après avoir sorti un livre pour étudier. Il retourne à son occupation, m'ignorant également. Mes yeux se posent sur sa large main et son avant-bras hâlé aux veines apparentes. Je n'y peux rien, des images involontaires m'envahissent. Ces mêmes bras qui me hissaient contre son corps avant que Tayron ne me plaque contre le mur des toilettes. Le tissu de son jean frottant contre moi. Le désir et la tension à leur paroxysme.

La façon dont sa peau a brûlé la mienne… Mon Dieu.

Il semble parfaitement savoir à quoi je pense. Il se racle la gorge avant de sortir une nouvelle feuille de son sac. Il fait exprès de rouler des épaules sous son pull gris. Bordel, cet imbécile est fier comme un paon de l'effet qu'il me fait contre ma volonté ! J'hésite une seconde à lui enfoncer mon stylo entre les deux yeux, mais il y a trop de témoins autour de nous.

Je pourrais me décaler sur le siège de droite – après tout, l'étudiant à ma droite vient de quitter son siège –, mais je me perds dans mes pensées. Bizarrement, je ne pensais pas que Tayron venait sérieusement ici pour étudier. Je ne sais pas, je le voyais surtout bosser sur son lit quelques minutes par-ci, par-là entre deux trois nanas.

– Si tu continues à me fixer, mon cœur, je vais finir par prendre feu.

Il murmure entre ses lèvres, toujours en gardant son regard posé sur ce qu'il est en train d'écrire.

– Je ne t'imaginais pas aussi studieux, avoué-je finalement dans un chuchotement.

Le peu de fois où je l'avais croisé sur le campus auparavant, je le voyais surtout comme le branleur de la bande. À ce moment-là, je ne le connaissais pas vraiment. Mais est-ce que quelqu'un connaît réellement Tayron Price ? Je commence à en douter.

– Je suis l'un des meilleurs de ma promo, reprend Tayron en se calant dans son siège tout en me fixant.

Il guette ma réaction avec un air de défi dans le regard. Je fais mine d'être stupéfaite.

– Waouh. Attends, tu as réussi à entrer dans la bibliothèque avec ton ego surdimensionné ?

Il se retient de rire et me répond sur le ton de la confidence en se penchant vers moi :

– S'il y a bien une partie de moi qui est trop volumineuse pour rentrer dans certains endroits, ce n'est pas mon ego, c'est ma queue.

Je bondis presque sur lui pour poser ma main sur sa bouche.

– Tais-toi !

Il ne dit rien mais continue d'observer mon corps à moitié penché par-dessus la table. L'étudiant à côté de lui récupère ses affaires d'un geste brutal, marmonnant quelques jurons entre ses dents au moment où Tayron recule son visage et rompt notre connexion. Je me rassieds, mi-honteuse, mi-hilare. Tayron reprend son activité et j'essaie de me concentrer sur les lignes de mon cours.

– Tu savais qu'en Allemagne, à l'époque médiévale, il existait le duel marital pour les couples mariés ? L'homme était placé dans un trou et devait se battre depuis ce dernier tandis que la femme pouvait se déplacer librement, armée d'un sac rempli de pierres.

Il hausse ses sourcils, comme si j'étais folle, avant de sourire d'un air énigmatique.

– Euh… OK ?

Mais pourquoi est-ce que je lui raconte ça, moi ? Sans doute parce que j'ai pris histoire en option, alors que je déteste cette matière.

Les prochaines minutes se déroulent silencieusement mais ce qu'il s'est passé entre nous lundi soir revient une nouvelle fois me hanter, comme ce fut le cas ces dernières quarante-huit heures. Quand j'ai dit à Tayron qu'il ne s'était rien passé entre nous, il s'est moqué de moi avant de se tirer. Mais je veux m'assurer qu'on soit sur la même longueur d'onde. Ce qui s'est passé lundi soir ne doit plus jamais se reproduire.

C'était juste… un instant d'égarement. Voilà.

– T-J, concernant lundi soir… je pense qu'il faut qu'on mette les choses au clair.

– Je bosse, là, me coupe-t-il.

Je le fusille du regard et continue :

– Lundi était une erreur. Eh oh, tu m'écoutes ? reprends-je en ne voyant aucune réaction de son côté.

– Je n'aime pas les mensonges, Rose.

Ma bouche s'ouvre doucement mais aucun mot n'en sort. Ce n'est pas un mensonge.

Il est insupportable. Et détestable. Pourquoi est-ce que ça serait un mensonge ?

– C'est ce que tu veux ? reprend-il. Que je te dise que j'oublie la petite scène qui s'est déroulée entre nous lundi soir ?

C'est ce que je devrais vouloir.

– Moi, je pense plutôt que tu veux que je parte en chasse. Et tu sais quoi ? C'est ce que je vais faire. Et je vais te baiser. Bien fort.

Ses mots tracent leur chemin directement dans mon bas-ventre, mais hors de question de m'avouer vaincue. Il est en train de ruiner chacun de mes plans, de me mettre la tête à l'envers et ça, c'est hors de question.

– T'es qu'un enfoiré à l'ego surdimensionné ! Doublé d'un rêveur. Ça n'arrivera jamais, Tayron.

Cette fois-ci, je l'appelle par son prénom mais il ne dit rien.

– Tu crieras mon nom quand je serai entre tes cuisses, finit-il par lâcher, le regard brûlant.

– Rectification : j'écrirai ton foutu nom sur ta tombe une fois que je t'aurai tué, répliqué-je avant de tenter de me replonger dans mon livre.

Mais une autre pensée me vient et sort de ma bouche sans que je puisse y réfléchir :

– Pourquoi tu m'as fait ce dessin du geai moqueur, l'autre jour ?

– Je ne sais pas. Il m'a fait penser à toi. Peut-être parce que c'est un symbole de rébellion.

Est-ce qu'il fait encore référence à la « tempête » qui gronde apparemment en moi ?

Finalement, après quelques minutes à nous observer, nous continuons à bosser chacun de notre côté. Le silence n'est pas dérangeant. Pour la première fois, on est dans la même pièce sans chercher à blesser l'autre ni à lui sauter dessus. Tandis que sa bouche s'ouvre et qu'il s'apprête vraisemblablement à me poser une question, un pétard explose au-dehors sur le campus.

Je fronce immédiatement les sourcils en sursautant presque sur ma chaise. Un bruit se fait entendre à nouveau, une étudiante se lève brutalement de sa chaise en hurlant, et je comprends qu'il ne s'agit pas d'un pétard.

Ce sont des coups de feu…

Mon cœur loupe un battement tandis qu'un troisième coup retentit, encore plus proche de l'entrée de la bibliothèque, cette fois. J'entends quelqu'un hurler dehors.

Alors, la folie envahit les lieux. Les étudiants bondissent tous de leur chaise, hurlent et s'enfuient dans tous les sens. Quelqu'un est en train de tirer sur le campus !

D'abominables images m'envahissent, je revois ma mère s'effondrer sur le sol après avoir été touchée par balle. Puis, ces images sont remplacées par d'autres.

Isaa !!!

– Rose ! s'exclame Tayron dans mon dos, alors que je cours vers la porte d'entrée de la bibliothèque.

Mais je ne pense plus qu'à ma meilleure amie, dans une pièce sans issue à l'intérieur du bâtiment collé au nôtre. Un étudiant me dépasse, pousse la porte devant moi et sort… La porte se referme derrière lui mais j'ai le temps de le voir s'effondrer au sol en recevant un coup de feu dans la jambe.

Un cri s'échappe de ma bouche et je colle mes mains sur mes lèvres tandis que le choc m'envahit. Au même moment, je suis brutalement tirée sur la droite. Mon corps percute une montagne de chair et Tayron me tire encore davantage contre lui. Un nouveau cri sort de ma bouche mais T-J plaque sa main contre mes lèvres.

Ma poitrine se soulève rapidement alors que des flashs envahissent mon esprit : l'étudiant qui est tombé devant moi, ma mère qui était dans le même état, recouverte de sang…

Ça recommence.

Je pensais être sortie de mon cauchemar, sauf qu'il est revenu s'en prendre à moi.

Tayron essaie de me parler fermement à voix basse mais je n'arrive pas à comprendre ce qu'il dit. Les larmes coulent sur mon visage.

– Rose, écoute-moi ! m'ordonne Tayron en secouant mes épaules.

Je me reconnecte avec la réalité.

– Quelqu'un a tiré sur l'étudiant devant moi, murmuré-je en tremblant.

– Je sais, me dit Tayron d'une voix calme, même si je vois dans ses yeux qu'il ne l'est pas.

Je jette un œil autour de nous. Je ne vois plus d'étudiants. Tayron m'a emmenée entre les étagères à droite de l'entrée en voyant qu'on ne pouvait plus sortir.

– L'étudiant devant moi, on lui a tiré dessus, répété-je encore une fois. Il est tombé au sol. Il saignait.

– Je sais.

Je sens mon corps s'engourdir et je me laisse tomber au sol. J'ai l'impression d'être plongée des mois en arrière.

– Regarde-moi, m'ordonne Tayron.

Il s'agenouille devant moi et relève mon visage vers lui.

– Regarde-moi, m'ordonne-t-il à nouveau. Tu es en état de choc, Rose.

– Qu'est-ce qui se passe ? murmuré-je en agrippant ses avant-bras de mes mains moites. Oh, mon Dieu, quelqu'un est en train de tirer sur le campus.

Je sais que je l'ai déjà dit, mais je n'arrive à rien dire d'autre.

– Je ne sais pas ce qui se passe, me répond Tayron d'une voix toujours calme et forte. Mais ça va aller, d'accord ?

Je jette un œil à la porte d'entrée de la bibliothèque. D'ici, entre les étagères qui nous entourent, je la vois à peine. Mais j'entends un nouveau cri masculin à l'extérieur.

– Isaa ! Je dois trouver Isaa ! lâché-je en essayant de me redresser. Nous devons sortir.

– Nous devons nous mettre à l'abri, me réplique-t-il et sa voix n'admet aucune contradiction.

Tandis que je lutte pour me remettre debout, la porte de la bibliothèque s'ouvre. Je tends l'oreille mais la personne qui vient d'entrer ne fait pas de bruit. Alors j'avance un peu la tête, et je le vois.

Solal. L'étudiant ridiculisé que j'ai croisé avant de venir ici. Celui-là même qui s'est enfui après avoir dit aux étudiants qu'ils allaient le payer. Et puis j'aperçois l'arme qu'il tient dans sa main droite. Tayron me tire au sol près de lui pendant que j'étouffe un cri. Il plaque encore sa main sur ma bouche et m'entoure de ses bras, m'intimant de ne faire aucun bruit.

Accroupis au milieu des étagères, nous attendons. Mais je ne sais pas ce que j'attends. Je ne sens plus mon corps. Je calque mes gestes sur ceux de Tayron. Je le laisse me tirer à lui une nouvelle fois. Il m'assied entre ses cuisses sur le sol et colle mon dos à sa poitrine. Solal passe à quelques mètres de nous mais son visage est tourné de l'autre côté. Un tremblement m'envahit et Tayron resserre son emprise autour de moi. Dans cet instant de cauchemar, il me fait comprendre que je ne suis pas seule. En réponse silencieuse, mes doigts pressent sa main droite.

Solal semble chercher quelqu'un, et je sais parfaitement qui. Ne le trouvant pas ici, il s'avance vers l'extérieur de la bibliothèque et la porte claque dans son dos.

Solal a quitté le bâtiment, pourtant Tayron ne me lâche pas. Il continue de me serrer tandis que les larmes dévalent plus nombreuses sur mes joues.

Je fixe mes mains et j'ai l'impression de voir du sang. Pas le mien. Pas celui d'un étudiant, mais celui de ma mère agonisant sous mes doigts.

– Aide-moi, supplié-je Tayron en me tournant vers lui.

Je frotte mes mains entre elles, mais elles sont toujours rouges et meurtries.

– Rose.

– Enlève-moi ce sang !

Sa main droite attrape mes deux poignets pour m'immobiliser tandis que l'autre se pose à l'arrière de ma nuque.

– Rose, tu es avec moi. Il est parti. Il n'y a pas de sang, OK ? Tu vas bien.

J'entends un nouveau coup de feu à l'extérieur. Je ne sais plus où je suis, je confonds le présent et le passé.

– Ça recommence. Comme ce qu'il s'est passé avec ma mère. Il tire comme ils ont tiré sur elle. Son sang… Ils me l'ont prise, comme ça.

Ma voix se coupe brusquement. Il comprend exactement ce que je suis en train de dire, mais il se retient de faire un commentaire. Pour toute réponse, il lève mes deux mains devant mon visage.

– Il n'y a pas de sang. Regarde, Rose. Il n'y a pas de sang. Il n'y a que toi et moi.

Faisant probablement la seule chose qui lui passe par la tête pour me calmer, Tayron colle sa bouche contre la mienne. Elle est douce et exigeante, et je me laisse chavirer par ce baiser inattendu, qui me force à quitter mon passé pour faire face au présent.

– Je suis en train de me noyer, finis-je par chuchoter contre son visage.

– Alors je coulerai avec toi, murmure-t-il à mon oreille.

Le nez plongé dans ses cheveux, je ne ressens que lui. Je ne sens que son corps. Il fait barrière avec, il éloigne les démons. Il m'empêche de m'effondrer. Il m'ordonne, lui aussi, de ne pas l'abandonner.

Alors je lui obéis. Je patiente, silencieuse, en tentant d'ignorer les bruits de dehors. En tentant d'ignorer la tuerie perpétrée par cet étudiant victimisé qui a pris une arme pour se venger du monde en faisant la pire chose imaginable.

Tayron se contente de me serrer dans ses bras et peu à peu, je me calme : lorsque mes yeux se posent sur mes mains, je ne vois plus de sang.

Enfin, j'entends au loin les sirènes de police. Un nouveau coup de feu. Puis, plus rien. Juste le silence au milieu de cette tuerie.

16

VÉRITABLE BRASIER

Rose

Assise au bord de mon lit, les yeux posés sur le radio-réveil, j'écoute la voix du présentateur :

« Ce mercredi 18 novembre, il y a trois jours, l'État du Colorado n'a encore une fois… pas été épargné. Un élève de l'université de Denver a ouvert le feu sur ses camarades. Ce tragique incident n'est pas sans rappeler les autres tueries qui ont eu lieu ces dernières années au sein des différents États américains. Vous êtes beaucoup à réagir sur les réseaux et à vous demander comment l'étudiant a pu se procurer une arme si facilement…

– Je pense que la véritable question, le coupe le second présentateur, est de savoir quand sera interdit le port d'arme. Ne voyez-vous pas que les États-Unis se noient peu à peu ? Combien y aura-t-il de fusillades supplémentaires au sein des écoles et campus avant que l'on se pose véritablement la question ?! »

Les États-Unis se noient.

« Je suis en train de me noyer. Alors je coulerai avec toi. »

Je me penche pour couper la radio : je ne peux en supporter davantage. Je tente de me concentrer sur ma respiration afin d'éviter de repenser à tout ce qui s'est passé mercredi matin.

À cet élève, Solal, qui a blessé deux élèves avant de se faire tirer dessus par les forces de l'ordre tandis qu'il en visait un troisième. L'un d'eux est gravement blessé à la jambe, l'autre au bras droit. Si j'avais suivi cet étudiant qui fuyait la bibliothèque et qui a été touché… je serais peut-être morte.

Si Tayron ne m'avait pas tirée en arrière avant de nous cacher entre les étagères de la bibliothèque, je n'aurais peut-être pas survécu. Notre dernier échange me revient en tête, avant que je ne m'enfuie de la bibliothèque sans un regard en arrière. Putain. Dans la panique, je lui ai parlé de ma mère. Pas assez pour qu'il comprenne réellement ce qu'il s'est passé, mais il n'est pas bête, et je sais que les liens se sont faits naturellement dans son esprit.

On toque doucement à ma porte. Isaa passe la tête dans l'entrebâillement et me fait un petit sourire. Elle est déjà habillée.

– Tu ne viens pas ?

Je resserre la serviette-éponge autour de mon corps. Mon père souhaitait que je revienne dans notre maison, à ses côtés, au moins pour quelques jours. Mais j'ai choisi de rester à la résidence depuis mercredi, bien que la fac ne rouvre que lundi.

– Si. Je me prépare et je te rejoins en bas.

Elle hoche la tête puis ajoute finalement :

– Je… Hum. J'ai pris des fleurs, pour nous deux. Comme ça, tu n'as pas besoin d'aller en acheter avant qu'on y aille.

Je la regarde quitter les lieux, remerciant encore une fois le ciel ou toute autre entité qui m'a permis de la garder près de moi. Si Isaa m'avait été enlevée, je ne sais pas ce que j'aurai fait. Lorsque j'ai quitté la bibliothèque et que je l'ai retrouvée dans le hall, les larmes ont redoublé sur mes joues. Ce n'était plus des larmes de tristesse ou de choc, mais des larmes de joie, car elle était indemne.

Malheureusement, ce n'est pas le cas de Rock Dims et de June Blays, les deux étudiants pour qui la célébration a lieu aujourd'hui. La faculté de Denver organise une sorte de cérémonie dans le grand hall de l'université en leur honneur. Des fleurs et des petits mots seront déposés pour les blessés.

Mais rien pour Solal. Je sais que ce qu'il a fait est impardonnable. Il a ouvert le feu sur de parfaits innocents. Pourtant, une part de moi pourrait comprendre son geste. Il était harcelé. Il était moqué. Il était à bout. Son esprit a été brisé avant qu'il ne se saisisse du semi-automatique de son père et ouvre le feu sur le campus.

Je pense que ses harceleurs ont tous leur part de responsabilité… mais désormais, cela relève de la justice.

Je m'habille et rejoins les filles de ma sororité dans le hall de notre maison quelques minutes plus tard. Nous avons toutes le regard voilé de tristesse, car nous avons toutes vécu l'horreur mercredi. Isaa me saisit la main et indique les six roses qu'elle tient de l'autre.

– Regarde. On pourra les poser dans le hall principal.

Je hoche la tête comme un automate. Nous sortons rapidement et empruntons le chemin menant vers le centre du campus. Isaa se met à discuter avec Lex tandis que je remarque que Rachel nous suit difficilement. Les yeux fixés sur ses pieds, elle avance sans même regarder où elle va. J'agrippe son épaule avant qu'elle ne percute un lampadaire.

– Ouh là, attention !

Elle semble enfin sortir de sa léthargie et cligne plusieurs fois des paupières, comme si elle réalisait soudain où elle était.

– Mince… murmure-t-elle en fixant le lampadaire puis les filles qui continuent d'avancer sans avoir remarqué qu'on ne suivait plus.

– Tu vas bien ? lui demandé-je.

Manifestement non, espèce d'idiote…

Elle hoche juste la tête. Après une seconde, je commence à reprendre ma route quand elle m'interpelle :

– Rose ?

– Ouais ?

Elle s'approche de moi, ses yeux marron emplis d'interrogations.

– Comment est-ce que tu fais ?

Je fronce les sourcils. Je me demande de quoi elle parle.

– Pour tenir les gens à distance, reprend-elle. Tu as rejoint notre sororité il y a quelques mois, et pourtant, à part Isaa, j'ai l'impression que personne ne te connaît réellement.

Ma bouche s'ouvre mais aucun mot n'en sort.

– Mais parfois, je le vois, continue-t-elle d'une petite voix. Je vois que tu as vécu quelque chose de difficile et que tu gardes tout en toi. C'est difficile à demander mais… comment tu fais ? Comment tu peux tout garder en toi sans que ça te détruise ?

J'avale difficilement ma salive.

Ce n'est pas le cas. Je suis bel et bien détruite.

– Une âme détruite n'est pas toujours visible de l'extérieur, lui dis-je avec un maigre sourire.

Elle a visiblement une autre question mais je n'arriverai pas à y répondre. Elle semble le comprendre. Elle me presse une seconde l'épaule avant de la lâcher.

– Je ne pense pas que ton âme soit détruite. Peut-être qu'elle est un peu cassée ? Mais je suis sûre qu'un jour, quelqu'un t'aidera à recoller les morceaux ensemble. Alors, tu seras de nouveau entière.

Je la regarde s'éloigner et traverse le campus à son tour. Rachel a toujours été adorable depuis que je suis arrivée dans la sororité. Mais elle se trompe.

Qui accepterait d'affronter la tempête qui fait rage en moi, qui la braverait pour m'aider ?

Je ne peux pas être réparée.

Je ne veux pas l'être.

***

Tous rassemblés dans l'immense hall du bâtiment principal, nous observons une minute de silence pour les actes qui se sont déroulés mercredi matin. Puis, alors que le doyen commence un rapide discours dans lequel il exprime toute sa peine, un mouvement sur ma gauche capte mon attention. À quelques mètres de là, une tête rousse attire mon regard. Iris se tient là, les bras croisés. Elle semble perdue dans ses propres cauchemars. Tucker arrive derrière elle, entoure ses épaules de ses bras et pose son menton sur le haut de son crâne.

Une silhouette massive prend place à leurs côtés. Un grand blond au regard vert aussi hypnotisant que déstabilisant. Je tourne précipitamment ma tête vers le doyen en resserrant les trois roses entre mes doigts, et retiens un juron lorsqu'une épine se plante dans la peau tendre de mon pouce.

À nouveau, je tourne discrètement la tête vers Tayron. Il fixe notre doyen, la mâchoire serrée, les bras croisés sur son torse. Il semble impassible, comme si tous les mots et les émotions rebondissaient sur la muraille qu'il a dressée autour de lui.

Les étudiants commencent à déposer les quelques fleurs qu'ils ont apportées dans les paniers prévus à cet effet. Isaa me secoue doucement le bras.

– Rose ? On doit aller mettre les fleurs.

Alors que je m'avance vers les paniers et dépose les quelques fleurs dedans, quelqu'un s'exclame :

– Solal est mort comme un chien !

Je me tourne vers le type qui parle avec son pote et découvre qu'il s'agit de l'étudiant qui avait ridiculisé et harcelé Solal avant que ce dernier n'ouvre le feu.

Deux étudiants lâchent un petit rire et Roy reprend :

– Il n'a eu que ce qu'il méritait.

Sans réfléchir, je fais un pas dans sa direction, rageuse :

– Peut-être que si tu n'avais pas été un monstre avec lui, les choses se seraient passées différemment. Le plus gros chien dans l'histoire, c'est toi.

Solal a été monstrueux dans ses actes. Mais Roy n'est pas innocent dans cette histoire. Le type gonfle son torse et fait à son tour un pas dans ma direction.

– Qu'est-ce que t'as dit, espèce de conne ?

Ses poings se serrent, il commence à lever le bras et je redresse le menton, pas impressionnée par sa petite démonstration de force.

– Répète un peu.

Ma bouche s'ouvre mais avant que je ne puisse parler, une immense silhouette se place en face de moi et me cache la vue du reste du monde. Je relève la tête et mes yeux rencontrent un dos musclé et une chevelure tirant sur le blond.

– C'est moi ou t'allais lever le poing sur elle, petite merde ?

La voix de Tayron est aussi tranchante qu'une lame de rasoir. J'essaie de le contourner mais sa main me tire derrière lui.

– C'est pas vrai, marmonné-je. Laisse-moi passer, on va voir si j'ai peur de lui.

– Calme cette petite conne avant que je ne m'occupe d'elle, rétorque le brun face à Tayron.

– T'as oublié ce que je t'avais dit ? On ne s'attaque pas à plus faible que soi. Menace-la encore une fois et c'est moi qui m'occupe de toi. Je ne me contenterai pas de te laisser quelques bleus cette fois-ci, Roy. Je démolirai ta sale gueule comme je rêve de le faire depuis bien longtemps.

Le hall du bâtiment se vide peu à peu mais je sens certains regards sur nous, dont ceux d'Iris et Tucker, alors que j'observe Roy qui s'éloigne sans demander son reste. Tayron se tourne vers moi, une expression mélangeant colère et frustration sur son visage, et je le repousse en murmurant furieusement :

– Je n'ai pas besoin qu'un homme défende mon honneur. J'allais lui en coller une.

– Roy est membre de l'équipe de baseball et fait facilement deux fois ton poids, Rose.

– Crois-moi, je sais parfaitement où viser pour mettre un homme à genoux, j'aurais pu m'en sortir sans toi !

Tayron croise ses bras sur son torse et penche légèrement la tête.

Pourquoi son regard est-il si hypnotisant ?! Argh ! Sortez-moi de cette situation !

– Une rose avec des épines, murmure Tayron comme pour lui-même.

Tucker prononce son prénom à quelques mètres de là mais le grand blond l'ignore, totalement focalisé sur moi.

– Fais gaffe à ne pas te piquer sur l'une d'elles, lâché-je pour clore la discussion avant de m'éloigner.

– Rose. Je n'ai pas terminé.

Sa voix claque dans mon dos avant qu'il ne se place face à moi, et j'ai un mouvement de recul.

– Euh, pardon ? Parce que je dois t'obéir ? Il y a à peine une semaine, on se détestait. Et maintenant… Écoute, je te remercie d'avoir été présent pour moi mercredi. Putain, je ne sais pas ce qui se serait passé si tu n'avais pas été là. Mais nous deux, ça me rend dingue, OK ? Ce n'est pas possible.

– Je sais ce que t'es en train de faire, mon cœur. Dresser des murailles. Tout ça, dit Tayron en désignant mon corps du menton comme s'il voyait vraiment une protection invisible autour de moi.

Il a sans doute raison, mais je ne peux pas le laisser pénétrer un peu plus mes pensées et agrandir le trou qu'il est en train de faire dans ma carapace.

– Tu ne sais rien du tout, rétorqué-je avant de lui tourner le dos.

17

MES RÈGLES

T-J

Accroupi devant ma bécane à moitié démontée, je replace correctement le piston au niveau du moteur. Je lâche un grognement quand je découvre que c'est bien cette pièce qui tombe en ruine et je m'essuie le front de mon avant-bras, sans me préoccuper d'avoir du noir partout.

Fait chier. Je lâche un morceau du piston sur le sol et me redresse en entendant des pas à l'entrée du minuscule garage que je loue en bas de l'immeuble. Le problème est que je stocke encore la plupart de mes pièces dans le garage de ma mère par manque de place et que la pièce dont j'ai besoin est là-bas. Je vais devoir prendre un taxi et y passer demain afin de la récupérer.

Ça fait vraiment chier.

Je récupère un chiffon à mes pieds et m'essuie les mains en découvrant mon cousin sur le pas de la porte, le regard posé sur les pièces démontées.

– Ouais ? fais-je en reprenant ma respiration.

– Quel charmant accueil, moi aussi je suis ravi de te revoir, rétorque-t-il en prenant une voix faussement hautaine et en se frottant la nuque.

Je lève les yeux au ciel et lui jette le torchon au visage.

– Je t'ai vu ce matin. Je t'ai tant manqué que ça, chéri ?

Il me le relance d'un air rageur tandis que je l'attrape avec un sourire moqueur.

– Ta bécane a encore planté ?

– Elle devient capricieuse. J'ai un problème au niveau du moteur.

Je passe une main dans mes cheveux puis m'agenouille une nouvelle fois pour ramasser une pièce. J'ai la dalle, il est vingt et une heures, je continuerai plus tard. Je récupère une bière entamée posée sur un tabouret et avale quelques gorgées.

– J'ai essayé de te joindre sur ton portable, mais pas de réponse, reprend Tucker en se redressant. La Meute organise une petite sauterie sur ma propriété ce soir. On a passé de très longues et douloureuses journées depuis mercredi. Je pense qu'il faut tous qu'on évacue la pression. Je me suis dit que j'allais passer te prendre pour qu'on retourne là-bas ensuite.

Je termine ma gorgée et décolle le goulot de ma bouche en prenant une grande inspiration. Bizarrement, je n'ai aucune envie de faire la fête, ce soir. Ça ne me dit rien. Pourtant on est samedi soir, et après tout ce qu'il s'est passé cette semaine, je devrais avoir envie d'être avec mes amis et de boire de la bière bon marché. Le meilleur moyen de lutter contre les souvenirs de ce qu'il s'est passé mercredi, c'est de traîner tous ensemble et de montrer qu'on n'a pas peur.

Mais c'est faux. J'ai eu peur, mercredi.

Je secoue la tête et me tourne pour jeter la bière vide dans la poubelle à moitié pleine derrière mon établi.

– Je suis occupé ce soir. Sans moi, cette fois-ci.

Seul le silence me répond. Je jette un œil à mon cousin qui m'observe attentivement, la bouche pincée.

– T'es en train de t'éloigner de nous. De notre fraternité. De la Meute, notre famille, T-J.

Je lâche un petit sourire et ramasse les diverses pièces sur le sol. Mais qu'est-ce qu'il raconte ?!

– T'es censé être celui qui organise toutes les soirées, le roi des excès et de la démesure. Qu'est-ce qui se passe, mec ? reprend Tucker.

Je ne lui réponds pas, car je ne sais pas vraiment quoi lui répondre. Ses mots restent ancrés dans ma tête mais je n'ai pas envie d'y réfléchir à cet instant.

– Qu'est-ce qui s'est passé entre toi et Rose, dans la bibliothèque ?

Il a l'air presque inquiet, pourtant je ne réponds rien. Je me redresse, les poings le long du corps. J'ai fait l'erreur de mentionner que j'étais caché avec Rose mercredi matin pendant qu'un étudiant pétait un câble et ouvrait le feu.

– Il ne s'est rien passé, finis-je par lâcher d'une voix forte.

Tucker hoche plusieurs fois la tête en comprenant que je refuse de lui en dire plus. Je repense à Rose, son corps tremblant et ses yeux perdus. Je la revois me supplier de lui enlever de ses mains un sang imaginaire. Je la revois pleurer chaudement en mentionnant le fait que sa mère a été tuée par balle.

Je revois les cicatrices sur son poignet droit et plus j'y pense, plus ça me travaille et plus je suis persuadé qu'elle a fait une tentative de suicide car elle a vécu un truc sacrément moche avec sa mère.

Sa vie est loin d'être parfaite. Je crois que je me suis sacrément trompé sur ce petit bout de femme. Peut-être même qu'elle est encore plus cabossée que moi. C'est trop risqué de l'approcher, et pourtant, je n'arrive pas à la virer de ma tête. Elle occupe toutes mes pensées.

Jamais je n'avouerai à Tucker ce qu'elle m'a dit, sa réaction. Mon instinct me pousse à garder le silence, comme si je pouvais la protéger de cette manière.

Enfin, j'en ai terminé pour ce soir dans le garage. Je m'avance près de Tucker qui continue :

– Hannah veut te voir. Elle t'attend chez moi, à la Chapelle, et elle est chaude comme la braise.

La Chapelle. Ce lieu où tous les excès sont permis sur la propriété de mon cousin. Une ancienne chapelle délabrée qui est devenue un lieu de péchés. Je me demande combien de filles j'ai sautées là-bas pendant qu'on était tous à moitié défoncés à l'herbe.

– Elle trouvera quelqu'un d'autre pour ce soir, rétorqué-je.

Je passe près de Tucker mais il me retient fermement, sa main posée sur mon épaule.

– J'ai pas envie qu'une fille te mette la tête à l'envers. Surtout pas la fille du copain de ta mère.

À travers ses mots, je vois ce que Tucker ne me dit pas. Il s'inquiète pour moi. Il a peur pour mon petit cœur. Mais il se trompe.

L'amour, ce n'est pas fait pour moi. Je ne connais que l'attirance. La tension. La colère. Le désir. Le besoin. Mais pas l'amour.

Je lui lance un sourire en coin avant de forcer le passage.

– Elle ne va pas me mettre la tête à l'envers, mec. Je n'ai aucune envie d'être fidèle à une seule petite chatte alors qu'il y en a tant de disponibles. Mais… je veux l'avoir une fois. Juste une fois.

Je veux comprendre pourquoi cette fille me colle à la peau comme ça. Je veux comprendre et me soigner avant qu'il ne soit trop tard.

– Je disais la même chose au début avec Iris, marmonne Tucker. Pense un peu aux conséquences de tes actes.

– Je m'en fous, des conséquences.

– Je ne pensais pas qu'aux conséquences sur ta mère, rétorque mon cousin. J'ai surtout l'impression que si tu finis entre ses cuisses, tu ne voudras plus t'éloigner d'elle.

– T'es devenu un psy à la con ? rigolé-je en passant une main sur ma barbe de trois jours. Fous-moi la paix. Je gère, je t'ai dit. Arrête un peu de t'inquiéter pour moi.

C'est là, la véritable nature de Tucker. Derrière ses airs de gros dur, il s'inquiète pour chaque membre de sa famille et serait prêt à éliminer toute menace pesant sur eux.

– Comme tu veux, poursuit-il dans mon dos avant de faire tourner ses clés de voiture autour de son index. On se voit plus tard.

Je secoue rapidement ma main dans sa direction et monte les étages avant de rejoindre enfin mon appartement. Bizarrement, le calme qui l'habite ne m'est pas insupportable ce soir. Au contraire, il me fait du bien. Sam est chez Tucker. Les lumières sont toutes éteintes. Je m'avance vers ma chambre en me foutant à poil au passage.

Je suis dégueulasse et je ne pense qu'à une seule chose : prendre une douche. Tandis que l'eau commence à cascader sur mes épaules, je relève la tête et la laisse rincer mon visage plein de cambouis. Puis je pose mes deux mains sur le carrelage en face de moi et penche la tête en avant, l'eau dégoulinant désormais dans mon dos.

Tandis que je me retrouve plongé dans mes pensées, une petite bouche boudeuse me vient à l'esprit avec de minuscules dents blanches la mordillant. Sans même que je ne le décide, je bande durement en repensant à Rose.

Sors de mes pensées, petite tempête.

Je pourrais être à une soirée entouré de filles chaudes comme la braise. Mais non, me voilà dans une foutue douche à penser à ses jambes accrochées autour de mes hanches. En me rappelant les petits cris qu'elle lâchait dans ma bouche pendant que je l'embrassais, je saisis de ma main droite mon érection. Je l'empoigne et entame un mouvement de va-et-vient.

Un grognement sourd sort de ma gorge pendant que j'imagine à quel point elle doit être étroite. Je la vois se contracter autour de ma queue et m'attirer au plus profond de son être.

Penser à elle est une connerie, pourtant j'accélère mon geste et un autre bruit s'étouffe dans ma gorge.

Je suis en train de me faire une raison. Je la veux. Juste une fois. Je veux éteindre le brasier qu'elle est en train de former en moi. Puis je passerai à autre chose. Je ne la verrai plus que comme une partie de ma pseudo-famille. Et je pourrai aller de l'avant.

Il y aura des règles entre nous.

Mes règles.

Le plan est parfait. Il s'agit maintenant de s'y tenir.

Mais pour l'instant, j'accélère l'allure et l'imagine à genoux devant moi, sa langue tournant autour de mon gland.

J'inspire profondément tandis que mes veines se transforment en lave. Je resserre mon emprise sur ma verge. Le plaisir me consume totalement et je me laisse aller. Je jouis. Mes doigts se recouvrent de sperme avant que l'eau ne rince les vestiges de mon plaisir coupable.

Ouais… je suis sacrément dans la merde.

18

GRAND MÉCHANT LOUP

Rose

Les maigres rayons du soleil commencent à disparaître et les étudiants grouillent partout, chacun pressé de rentrer chez soi après cette journée de cours. Les cours ont repris ce lundi, et tout le monde agit comme s'il ne s'était rien passé la semaine dernière. Nos gestes mentent, nos regards, eux, sont les reflets directs de nos âmes. Impossible de cacher l'abominable vérité : nous avons peur.

Peur qu'une nouvelle tuerie ait lieu. Peur d'être touché par balle, de quitter nos familles et de rendre notre dernier souffle.

Je réponds au SMS de mon père quand j'aperçois Liam sur l'un des chemins menant aux différents bâtiments du côté est du campus. Peut-être va-t-il rejoindre le café dans lequel il travaille.

– Liam ! l'interpellé-je en pressant le pas pour le rejoindre.

Il tourne la tête dans ma direction et semble content de me voir.

– Hey, salut toi.

Je me retiens de respirer comme une débile alors que je n'ai même pas couru.

– Est-ce que tu vas… bien ? demande-t-il en indiquant le hall derrière moi.

– On fait avec… Et toi ?

Il hoche la tête et reprend :

– Comment c'était, tes cours ?

Il cherche à changer de sujet et je saisis la perche qu'il me tend. J'esquisse un rapide mouvement dans les airs en me retenant de faire la grimace.

– Bah, tu sais… La biochimie, quoi !

Liam rigole à ma remarque, se penchant un peu vers moi, et l'odeur de lessive qui l'entoure m'imprègne instantanément.

– Tu vas bosser ? demandé-je.

– En fait, je ne commence que dans une heure. Je vais juste traîner un peu dans les parages.

Son regard s'attarde une seconde sur mes lèvres avant de fixer un point sur mon visage, comme s'il se réprimandait intérieurement. Liam a l'air d'être un mec simple, un mec cool : je suis sûre que dans le fond, c'est ce qu'il me faudrait. Quelqu'un sur qui je peux compter, mais qui ne me pousse pas dans mes derniers retranchements.

– Est-ce que tu veux qu'on y aille maintenant et qu'on… prenne un café ensemble ? lui proposé-je.

Merde. Les mots sont sortis avant que mon cerveau ne les enregistre. Il semble réfléchir une seconde, ouvre sa bouche plusieurs fois mais ne dit rien. OK, je crois bien que je tombe au mauvais moment. Ou peut-être est-ce que je me suis fait des idées et qu'il ne s'intéresse pas le moins du monde à moi.

– Écoute, Rose… Je vais être clair avec toi. Tu m'as plu. Dès que je t'ai vue.

Ses mots m'immobilisent sur place. Pourtant, je ne ressens rien. Pas de tension dans le bas-ventre, pas de lutte intérieure en moi. Juste… rien.

– Mais… mais je n'ai pas envie de m'attirer des emmerdes, OK ? Alors… on peut aller boire ce café entre amis, bien sûr, j'en serai ravi. Mais…

Quelque chose dans sa posture et dans son ton m'interpelle. Je penche la tête sur le côté, perplexe.

– Comment ça, t'attirer des emmerdes ?

Liam lâche un rire sans joie avant de passer sa langue sur ses lèvres.

– À cette soirée, quand je t'ai vue regarder T-J et que je t'ai dit qui il était, je ne savais pas que vous étiez… liés tous les deux. Je ne savais pas qu'il y avait quelque chose entre vous. Je veux pas d'emmerdes, Rose, pas pour une fille, laisse tomber.

Il commence à s'éloigner mais j'agrippe son avant-bras droit alors qu'un mauvais pressentiment monte en moi.

Ne me dites pas que ce satané Tayron aurait osé…

– Je suis perdue, Liam. De quoi tu parles ? Y a rien entre T-J et moi !

Liam fixe mes doigts pendant de longues secondes avant que je ne le lâche. Je crois lire un peu de tristesse sur son visage, puis il adopte un air impassible.

– J'ai croisé T-J ce matin. Enfin, non, rectification : il est littéralement… tombé sur moi. Et crois-moi, j'ai bien compris qu'il y avait quelque chose entre vous. Il me l'a fait comprendre. Mais c'est cool, continue-t-il en relevant ses deux mains dans ma direction, on peut aller boire ce café, entre amis.

Une envie de meurtre m'envahit.

– Attends… attends. T-J t'a demandé de rester éloigné de moi ?

Liam hausse les épaules.

– Demandé n'est pas le terme exact.

Il rigole jaune, comme s'il se souvenait d'une chose pas très agréable. Non, dites-moi que je rêve. Je vais découper les bijoux de famille de quelqu'un.

– Je dois y aller, annoncé-je à Liam, je te vois plus tard.

Il semble perdu mais à cet instant, je suis concentrée sur mon envie de défoncer une jolie petite tête. De quel droit se permet-il d'aller voir Liam pour… pour le menacer, bordel ?! On est où là ?! Il se fourre un doigt là où je pense ! Faudrait peut-être qu'il pense à pisser tout autour de moi, pendant qu'on y est ?!

La rage au ventre, je longe le trottoir dans l'espoir de tomber sur lui. Il n'est pas en vue, par contre, j'aperçois au loin la tête rousse d'Iris. Elle doit bien savoir où il se trouve ! Je m'avance vers elle avec mes gros sabots :

– Salut !

Elle s'apprêtait à ouvrir la portière de sa voiture – qui semble avoir connu des jours meilleurs – mais s'arrête net en me découvrant à quelques pas. Elle m'accueille avec un petit sourire mais elle le perd bien vite, probablement en apercevant la colère sur mes traits.

– Euh salut… Tu vas bien ?

J'inspire une fois profondément pour me calmer, en vain.

– T-J. Est-ce que tu sais où il est, s'il te plaît ?

– Il n'est pas sur le campus, si tu le cherches. La seule chose que je sais, c'est qu'il est parti plus tôt pour aller chercher une pièce de moto dans le garage de sa mère. Écoute, si tu veux, je peux te donner l'adresse ?

Je refuse d'un signe de tête. Je sais parfaitement où sa mère habite, car j'y suis déjà allée.

– Pas besoin ! Merci Iris !

Je commence à m'éloigner lorsqu'elle m'interpelle d'un air mutin :

– J'ignore ce qu'il t'a fait. Mais fais-lui mordre la poussière, il en a bien besoin.

– Compte sur moi, marmonné-je avant de reprendre mon chemin.

Je vais lui faire mordre la poussière avant de lui arracher les dents une par une. Je déteste les comportements d'homme des cavernes ! Je lui ai dit qu'il ne devait rien y avoir entre nous. D'accord, j'ai été bête et je me suis laissé aller – plusieurs fois – mais de quel droit agit-il comme ça ?! Je n'appartiens à personne. J'ai le droit de fréquenter qui je veux.

Prends garde à toi, Tayron. Tu es peut-être un loup, mais je crois que je me transforme en grand méchant loup, moi aussi.

***

Je conduis – je dois l'avouer – au-dessus des limitations de vitesse pour rejoindre le quartier cosy et immense où habite la mère de Tayron.

Je ralentis l'allure en arrivant près de la grande maison familiale de Nicole Price. J'inspire profondément et me gare le long du trottoir. Je me fige en découvrant la scène à quelques mètres de moi. Tayron est debout devant le garage et ses membres sont complètement immobiles. On dirait presque une statue. Pourtant, même d'ici, je vois ses narines frémir et ses yeux s'assombrir. On dirait qu'il va exploser et tout démolir sur son passage.

Devant lui, dos à moi, se tient un homme immense. Quand il se penche vers Tayron, celui-ci ne recule pas, mais il serre les poings le long de son corps avant de lâcher un mot entre ses dents.

Mon Dieu, ils vont en venir aux mains.

Je sais que cela ne me regarde pas… mais… est-ce que c'est un voisin énervant ?

L'inconnu est littéralement une montagne de muscles.

Je quitte ma voiture et fais un pas dans leur direction, mais ils ne me voient toujours pas. L'homme se penche un peu plus vers

Tayron et je crois entendre une insulte. La tension est si pesante dans l'air que je la ressens même à cette distance.

– Tayron ? l'appelé-je d'un air incertain.

Les deux hommes s'immobilisent. Tayron tourne brusquement la tête vers moi, les mâchoires serrées. Le choc et la colère durcissent un peu plus ses traits lorsqu'il me découvre ici.

L'autre homme fait à son tour volte-face. Ce qui me frappe directement, c'est sa ressemblance avec Tayron. Et là, le lien se fait dans ma tête. Je ne suis pas sûre de moi, mais je jurerais qu'il est un parent proche… Son père ? L'homme pour lequel Tayron ne semblait ressentir que haine et rancœur ?

L'inconnu d'une cinquantaine d'années me lance un sourire malsain avant de me dévoiler de parfaites dents blanches :

– Tayron ? Ta poulette t'appelle Tayron, fiston ?

Mon Dieu… C'est donc bien son père.

Tayron crache aux pieds de l'homme qui se tient à quelques pas de lui et sa voix est pleine de haine quand il lâche :

– Je ne suis pas ton fiston.

Son père qui semble l'ignorer. Il continue de m'observer de son regard perçant et je n'ai qu'une envie : fuir. Mais je ne bouge pas et affronte son regard, voulant rester près de Tayron pour lui envoyer un peu de ma force.

– Aussi mignonne que ta mère à son âge, continue l'inconnu en passant sa langue sur ses lèvres, ce qui me révulse.

Alors, sans que je m'y attende, Tayron s'avance vers son père et le pousse fortement au niveau de la poitrine. L'homme recule de quelques centimètres et se redresse de toute sa hauteur.

Mon Dieu…

– Tu vas me cogner dessus, fiston ? demande le père d'un air de défi. Ou t'es toujours une couille molle ?

Tayron semble envahi par la rage, mais je vois qu'il prend

sur lui pour se retenir. Il serre tellement la mâchoire que j'ai l'impression que les os vont céder.

– T'as rien à faire là, putain !

– J'avais envie de saluer ta mère, dommage qu'elle ne soit pas dans les parages…

Son père le cherche pour que Tayron sorte de ses gonds. Je commence à comprendre beaucoup de choses sur cet enfoiré, mais ce n'est pas le moment. Là, je dois aider Tayron à contenir la rage qui l'envahit.

Son regard accroche le mien et semble y puiser une certaine force invisible. Alors je le laisse tirer ma force à lui.

– Viens avec moi, Tayron, l'imploré-je.

J'ai l'impression que c'est la bonne chose à faire pour éviter la catastrophe. Il réfléchit quelques secondes, et je vois le doute l'envahir.

La tempête, ce n'est pas moi, à cet instant. C'est lui, et il semble prêt à tout raser sur son passage.

– Dégage avant que j'appelle les flics, crache-t-il avant de s'avancer d'un nouveau pas vers moi.

Mais son enfoiré de père n'en a pas fini. Il lâche un rire gras et moqueur dans le dos de Tayron.

– Quoi ? Appelle donc la police, Tayron Junior. Je n'ai pas peur d'eux.

Je pose ma main sur le bras de Tayron : je veux qu'il se concentre sur moi. Et cela marche, une seconde. Mais le père continue :

– Pourquoi t'expliques pas à ta petite poulette comment t'as tapé sur ton vieux père et failli le tuer ?!

– La poulette vous emmerde, craché-je entre mes dents sans pouvoir me retenir.

Tayron se tourne brusquement vers son père.

– Ne lui parle pas. Ne la regarde pas. Ne pense même pas à elle.

– Tayron, chuchoté-je en essayant de poser ma main une nouvelle fois sur lui.

– Je regarde qui je veux, quand je le veux, espèce de petite merde. T'es aussi moisi que moi, Tayron Junior. Tu te laisses emporter par tes poings. T'as ça dans le sang. Comme moi. T'auras mon sang sur tes mains comme j'ai eu celui de ta mère sur les miennes.

Cette dernière phrase semble être la phrase de trop. Une seconde, Tayron est près de moi. L'instant suivant, il se jette sur son père. Je lâche un petit cri. Pris au dépourvu, le père de Tayron perd l'équilibre et s'effondre à terre tandis que Tayron le plaque complètement au sol avant de lui envoyer un poing dans le visage. Son père se protège de ses mains puis envoie son propre poing dans la mâchoire de son fils.

– Tayron ! hurlé-je dans son dos en m'approchant d'eux.

L'homme se relève sans ménagement et frappe une nouvelle fois son fils.

– Tu m'as eu une fois par surprise, petite merde, mais tu n'es rien face à moi.

Tayron l'ignore et lui envoie un coup de pied dans le genou, ce qui le fait gémir de douleur. Il enchaîne avec un nouveau direct dans sa mâchoire, puis un revers du poing droit. Je peine à reconnaître la personne qui se bat en face de moi. J'avais déjà commencé à comprendre qu'il n'était pas seulement le T-J taquin, mais là, il est méconnaissable alors qu'il laisse s'échapper toute sa colère et sa douleur.

Après une minute, il se recule et laisse l'homme reprendre peu à peu sa force.

– Casse-toi, articule-t-il difficilement à son père.

L'homme semble réfléchir un instant. Il observe longuement son fils et marmonne entre ses lèvres :

– Ce n'est pas terminé.

Puis il s'éloigne vers son véhicule garé un peu plus loin, ignorant les quelques voisins qui sont sortis, alertés par les cris.

Tayron reste immobile, dos à moi. Sa respiration est saccadée et je sais qu'il y a toujours un réservoir intarissable de rage en lui. Il ne bouge plus, comme déconnecté de la réalité.

– Tayron, l'appelé-je en me plaçant face à lui.

Son regard vert se pose sur moi. Il n'a pas été épargné. Sa lèvre inférieure saigne. Mais la véritable blessure, c'est celle que je lis dans ses yeux. Un regard qui semble avoir connu mille et un maux et aucun soulagement.

– Dégage, Rose.

Je ne bouge pas et continue de l'observer.

À un certain moment de ma vie, moi aussi je pensais que je devais rester seule. Être seule et souffrir en silence. Mais c'est ce qui m'a placée au bord du gouffre. C'est ce qui m'a poussée à m'ouvrir les veines. Et si j'ai survécu, c'est parce que je n'étais pas seule, justement.

Alors je ne bouge pas, pour ne pas le laisser seul. Parce que vu son regard, il est prêt à suivre son père pour terminer le travail qu'il a commencé.

– J'ai dit : casse-toi, crache-t-il dans ma direction. Je n'ai pas envie de gérer tes merdes alors que j'ai déjà les miennes.

Et ça y est, son masque se remet en place. Il me repousse. Il refaçonne sa parfaite image et me fixe désormais d'un air hautain et supérieur comme si je n'étais qu'une vulgaire merde. C'est à moi d'intervenir pour le reconnecter à la réalité.

J'agis peut-être stupidement mais je fais un pas, puis un deuxième dans sa direction.

– J'ai pas envie de t'embrasser, se moque-t-il en me regardant.

Je ne réfléchis pas et le gifle. Ma paume claque sa joue dans un bruit sourd.

– Moi non plus, je n'ai pas envie de t'embrasser, répliqué-je. Ça, c'est pour Liam.

Mon geste semble le sortir réellement de sa léthargie, cette fois. Il me fixe sans rien dire. Pendant plusieurs secondes, il se contente de me regarder. Puis il s'assied sans ménagement contre le mur près de nous et fixe ses poings tachés du sang de son père. Il inspire plusieurs fois d'un souffle tremblant mais ne dit toujours rien. Quand je finis par me tourner vers ma voiture, je découvre une voisine d'un certain âge qui regarde la scène comme un vautour, et la fusille du regard en faisant un pas dans sa direction.

Le résultat est immédiat. La femme déguerpit rapidement. Dans mon dos, j'entends un murmure.

– Me laisse pas seul.

Je me retourne vers Tayron. Il me fixe entre ses paupières à moitié closes. Je sais que cela lui coûte de me demander cela. Je n'étais pas assez forte par le passé pour demander aux gens de rester et de me guider sur le chemin de la guérison.

Pendant de longues minutes, je reste là, debout face à lui. J'ai l'impression que c'est à son tour d'osciller entre le présent et le passé. Il semble à moitié plongé dans les mauvais souvenirs. Je récupère mes clés de voiture dans ma poche arrière et sans réfléchir, je lui ordonne :

– Viens avec moi.

Je ne l'entends pas me répondre mais j'entends ses pas derrière moi lorsque je m'éloigne.

19

RENDS-MOI VIVANTE

Rose

Le seul bruit que l'on entend dans ma voiture, c'est celui des essuie-glaces qui luttent contre les gouttes de pluie tombant du ciel. Mes yeux se posent dessus et suivent leur mouvement. Je sais que Tayron est en train de fixer le Denver Diner du regard en se demandant ce qu'on fout là. Il est resté silencieux pendant tout le trajet mais il semble enfin sortir de ses pensées, et il attend manifestement que je prenne la parole pour lui dire pourquoi je l'ai amené à cet endroit.

En fait, je n'ai pas la réponse. Je n'ai pas réfléchi avant de venir. La seule chose que je sais, c'est que voir Tayron dans cet état, piégé dans les ténèbres, m'a poussée à chercher la lumière pour lui. Je n'ai pas réussi à le laisser seul adossé à ce foutu mur. Il fallait que je fasse quelque chose pour qu'il ne sombre pas définitivement comme je l'ai fait dans le passé.

Alors je suis venue ici. J'inspire profondément tandis qu'un flot de souvenirs m'envahit. Je ne peux pas compter le nombre de fois où je suis venue dans ce *diner* avec ma famille.

Je finis par descendre de mon véhicule et invite Tayron à me suivre. Il a l'air plus calme, désormais. La tempête s'éloigne peu à peu. Les ténèbres aussi.

La pluie tombe sur moi, sur nous. Tant mieux. Elle aide à laver nos péchés.

Je tire la porte et un tintement retentit lorsque je rentre dans le petit restaurant préfabriqué. Immédiatement, l'odeur de friture envahit mes narines et les couleurs flashy des murs m'agressent les yeux. Exactement comme dans mes souvenirs. J'inspire profondément pour m'imprégner de la pièce avant de m'avancer vers le fond du *diner* et de rejoindre une des banquettes vides.

– On n'est pas censés attendre qu'on nous installe ?

Je secoue la tête en signe de dénégation. Tayron s'installe sur la banquette en face de moi, nos deux corps séparés par une table en métal. Je commande deux chocolats chauds : ils arrivent rapidement, pourtant je n'arrive pas à y toucher, et lui non plus.

Il place ses deux mains à plat sur la table, mais quand mes yeux se posent sur ses doigts désormais meurtris, il croise soudainement ses bras sur son torse, le souffle court, comme s'il réalisait l'état dans lequel il est. L'horreur semble l'envahir à nouveau, et je n'ai pas envie de ça.

– Quand j'étais ado, commencé-je d'une voix que j'espère assurée, je venais toujours ici. Que ce soit pour les grandes occasions ou quand j'avais un coup de mou.

Son attention se focalise entièrement sur moi, et je sens qu'il ne repense pas aux dernières heures. Il se contente d'écouter ce que je lui dis.

– Ma mère adorait cet endroit, même si elle se plaignait d'avoir pris trois kilos en ressortant d'ici.

Sa tête se penche vers moi. J'observe ses cheveux trempés qui se plaquent légèrement vers l'arrière de son crâne, sa bouche entrouverte et sa barbe de trois jours.

Je suis mortifiée. Mais j'ai l'impression que lui aussi, il l'est, pour des raisons qui lui sont propres. Je suis en train de m'ouvrir et même si je sais que je suis en train de faire une erreur, je n'arrive pas à me taire. Pas après ce à quoi j'ai assisté aujourd'hui. Pas après avoir vu cet inconnu s'en prendre à lui, pas après avoir découvert sa douloureuse réalité.

Je repense à sa réaction quand il a rencontré mon père pour la première fois et a agi en vrai connard. Faisait-il à ce moment-là un parallèle avec son propre père ? Je crois que oui. Cela n'excuse pas son mauvais caractère. Mais je ne peux pas imaginer ce qu'il a dû vivre, si son père est bien l'enfoiré que je crois qu'il est.

– Après la mort de ma mère, je suis venue ici. J'ai passé de longues et interminables soirées, assise sur cette banquette.

Je reste une seconde sur la réserve. Et puis je me rappelle ses bras autour de moi pendant que je faisais une crise de panique au milieu d'étagères pleines de livres. Tayron ne m'a pas abandonnée. Il m'a bloquée entre ses cuisses et a répété à mon oreille que je n'étais pas seule. Il m'a dit qu'il coulerait avec moi si je sombrais.

– Après qu'elle a été tuée, ajouté-je dans un chuchotement.

– Rose, répond Tayron d'une voix tendue. Tu n'as pas à me parler de ça.

Je n'arriverai pas à me confier davantage, je n'en ai pas la force à cet instant. Mais je ne veux pas qu'il soit seul ce soir. J'ai l'impression de voir un garçon meurtri en face de moi qui vient de croiser un grand méchant monstre.

– Je ne veux pas te forcer à te confier, le coupé-je. Je voulais juste te montrer que tu n'es pas le seul. À avoir souffert et à souffrir encore aujourd'hui.

Mes yeux se posent sur la cicatrice de mon poignet droit, et Tayron suit mon regard.

– Tu as essayé de te suicider ?

Je déglutis.

– Tu penses que vouloir mettre fin à ses jours fait de nous des personnes lâches ?

Il fronce ses sourcils, réfléchissant à ma question.

– Je pense que certaines personnes appellent à l'aide et envoient un signal de détresse, mais que parfois personne ne le voit. Alors, ces personnes tentent de mettre fin à leurs jours. Pas parce qu'elles sont lâches, mais parce qu'elles pensent être seules. Mais on n'est jamais vraiment seul.

Je comprends ce qu'il ne me dit pas. Moi non plus, je ne suis pas seule.

J'indique mon poignet du menton.

– J'ai fait une erreur. Commettre cet acte a été la pire chose du monde. J'ai tellement fait souffrir mon père. J'ai compris que ce que je pensais être la meilleure solution était en réalité la pire.

J'inspire profondément.

– Cette expression sur son visage quand il a cru me perdre… je ne veux plus jamais la voir. C'était une période sombre de ma vie. Mais elle est terminée. Il faut apprendre à vivre avec ses cicatrices, apparemment.

Du moins… je me bats pour.

Je ne dis plus rien, et lui non plus. Je bois mon chocolat tout en ignorant la partie raisonnable de mon cerveau qui me dit que j'aurais mieux fait de me taire et de ne pas me mêler de la vie de Tayron.

Celui-ci ne semble pas prêt à se confier à moi, mais il reprend, d'une voix un peu plus forte, pour nous sortir de nos pensées et changer de sujet :

– Alors, Liam est venu te voir ?

Cela tombe bien qu'il m'en parle. Je plisse les yeux et relève le menton.

– Ouais, ouais il est venu me voir.

Je me penche vers lui, les coudes posés sur la table, désormais revigorée.

– C'est quoi, ce bordel ? T'as aucun droit de lui demander de rester loin de moi !

Pour toute réponse, il avale une gorgée de son chocolat et arbore un air faussement innocent.

– Je ne vois vraiment pas de quoi tu parles, mon cœur.

Le retour de ce stupide surnom. On dirait que le Tayron que je connais, celui qui me rend dingue, est de retour. Je lui balance la petite serviette en papier à la figure.

– Arrête de m'appeler comme ça, marmonné-je. Ça ne me fait pas rire. Je fais ce que je veux, avec qui je veux.

Il ne répond rien. J'en profite pour continuer :

– Tu as épinglé Roy contre un mur en lui disant qu'il ne devait pas s'en prendre à plus faible que soi. Mais… t'as été menacer Liam ? Ce comportement est assez hypocrite, si tu veux mon avis. T'as déraillé.

Il fronce les sourcils, plongé dans ses pensées pendant de longues secondes. Il passe le bout de son index sur sa bouche avant de murmurer :

– Putain, t'as raison. J'ai juste… j'ai juste pas réfléchi. J'ai été con.

Je hoche plusieurs fois la tête. Je commence à comprendre pourquoi il a toute cette rage en lui. Mais la dernière chose que je souhaite – pour lui –, c'est qu'il se laisse entraîner dans la même spirale que son père et ne puisse plus en sortir.

Il s'apprête à me répondre autre chose mais son portable vibre dans sa poche intérieure, signe qu'il vient de recevoir un message. Il lit ce qui vient de lui être envoyé et hoche la tête d'un air satisfait.

– Ma mère vient de finir le taf. Elle va chez ton père directement.

Donc il lui a dit que son enfoiré d'ex était revenu. Mon Dieu, je ne sais pas exactement ce qu'il s'est passé, mais j'image bien comment cette pourriture était avec Nicole.

Nous montons dans ma voiture cinq minutes plus tard. Je me frotte les mains une fois assise derrière le volant et m'empresse d'allumer le chauffage.

Je sens Tayron m'observer. Il ne dit rien, se contente d'analyser chacun de mes gestes. J'essaie de l'ignorer mais quand je finis par poser les yeux sur lui, l'intensité de son regard me fait ravaler mes mots.

On a passé vingt minutes en voiture côte à côte tout à l'heure, pourtant, l'ambiance n'était pas la même. À cet instant... je me sens mise à nu, à découvert. J'observe ses bras moulés sous son pull et ne peux m'empêcher de repenser à l'étau qu'ils formaient lorsque Tayron m'a plaquée contre le mur avant de me dévorer.

Ressaisis-toi, Rose !

Je me souviens qu'Iris a dit que Tayron passait prendre une pièce de moto chez sa mère. Mais vu les précédents événements... il ne l'a apparemment pas récupérée et le souhaite sans doute avant de rentrer chez lui. Je passe ma langue sur mes lèvres et reprends enfin :

– Je te dépose chez ta mère ?

Il se contente de faire non de la tête avant de fermer les paupières et de soupirer. Puis, il passe une main dans sa barbe et continue :

– Je devais récupérer un truc chez elle. Mais mon coloc m'y déposera demain. Je vais rentrer direct.

Alors je vais le raccompagner chez lui.

Ce n'est rien. C'est juste son adresse.

– Ton adresse ? murmuré-je.

Il rouvre les yeux, les plonge directement dans les miens.

– Ton adresse, répété-je d'une voix un peu plus forte.

Comme s'il savait quel effet il avait sur moi, Tayron me la donne après une seconde, attentif à la couleur que prennent mes joues.

On arrive devant son immeuble quinze minutes plus tard. Dieu soit loué, la pluie a enfin cessé. Nous sommes en plein mois de novembre et on peut dire que la température et la météo n'obéissent qu'à elles-mêmes.

De nouveau, le silence s'éternise entre nous, mais ce n'est ni désagréable ni gênant. C'est comme si nos deux esprits n'avaient pas besoin d'échanger entre eux pour qu'une connexion s'établisse.

Les larges mains tatouées de Tayron sont posées sur ses cuisses et je ne peux m'empêcher d'observer les poils blonds et les veines qui remontent sur ses avant-bras avant d'être cachés par le tissu de son pull. Je crois que je deviens folle.

– Ça faisait plus d'un an que je n'avais pas vu mon géniteur, dit gravement Tayron sans que je m'y attende.

Je ne bouge plus. Attentive à ses mots, j'en oublierais presque de respirer. Je n'ai pas envie de le braquer ou de l'empêcher de se dévoiler.

Il tourne la tête et observe la nuit tomber par la fenêtre.

– Cet enfoiré de Marc Tayron Price est sûrement réapparu en apprenant que ma mère fréquentait à nouveau quelqu'un.

Hors de question que je le pousse à se dévoiler. Il est libre d'en parler s'il veut mais ne me doit rien.

Mais quelque chose dans ce qu'il vient de dire retient toute mon attention.

– Attends… T'as dit Marc Tayron Price ?! Ton père t'a donné son deuxième prénom ?

– Ouaip. Cet enfoiré m'a appelé Tayron Junior, pour que je me rappelle à chaque instant de ma vie que son sang coule dans mes veines.

Alors, soudainement, je comprends. Je comprends pourquoi Tayron a pris le surnom stupide de T-J : pour ne plus rien avoir en commun avec son père. Et je réalise de plus en plus que sa façade de pseudo-lover dans sa fraternité… Tout ça, ce n'est qu'une couverture pour cacher la personne qu'il est réellement.

– Je suis désolée de t'avoir appelé Tayron. Je ne le ferai plus, promets-je.

D'abord, il ne me répond pas. Puis, il tourne enfin la tête dans ma direction.

– J'ignore foutrement pourquoi… mais j'aime quand tu m'appelles comme ça.

À cet instant, je sais qu'il ne se dévoilera pas davantage. Il m'a donné quelques miettes pour que je le comprenne un peu plus, mais ça s'arrête là. Et pourquoi est-ce que je le blâmerais, alors que je fais la même chose ?

Je crois que Tayron me ressemble plus que je ne l'aurais imaginé.

Un jour, il m'a demandé si je croyais au destin. Et s'il existait réellement, ce bon vieux destin ? Et si c'était lui qui avait placé Tayron sur ma route ? L'homme qui va changer ma vie, sans même que je ne m'en rende compte…

Il continue de fixer le pare-brise en face de lui. J'aimerais posséder un passe-partout pour entrer directement dans les pensées qui sont en train de le ronger. Je sais qu'il se revoit en train de frapper sur son père car il fixe toujours ses mains meurtries. Peut-être s'en veut-il ?

Une autre idée monte en moi… Peut-être qu'il pense qu'il est aussi moisi que son géniteur. Je me tourne vers lui, passe ma langue sur mes lèvres et lâche d'une voix forte :

– Tu n'es pas comme lui.

Je ne sais pas vraiment s'il m'a entendue, mais il inspire profondément avant de fermer ses poings durement et de les ramener à lui.

– Je ne le suis pas pour le moment. Mais je pourrais sûrement le devenir.

Je secoue la tête de droite à gauche. Non. Il ne deviendra pas comme lui. Je sais qu'il luttera pour ne pas l'être.

– Il ne tient qu'à toi de ne pas transformer tes sombres pensées en actions. Ne fais pas de mal à Liam. Ne le menace plus. Ne suis pas le même chemin que ton père.

Je ne sais pas exactement ce qu'a fait son père, mais j'ai compris que c'est un homme violent.

– Ce sont nos actes qui déterminent qui nous sommes, reprends-je. Nos actions. Pas notre sang. Le sang qui coule dans nos veines ne dictera pas notre futur et la personne que nous serons. C'est à nous de forger notre propre personnalité, sans accorder un regard aux ronces qui essaient de nous agripper et nous étouffer.

Tayron réfléchit à mes mots quelques secondes. Il a ce truc en lui. Ce côté protecteur et rassurant que je n'ai pas senti en voyant son père. Il n'a pas hésité à me tenir contre lui pendant que je pétais un câble et pensais voir du sang sur mes mains. Il a géré la situation, sans se moquer de moi, il s'est contenté de me serrer contre lui.

Oui, il a un côté sombre dû aux casseroles qu'il traîne. Mais il ne sera pas comme son père. Il y arrivera.

– Sam, mon coloc, est sorti. Tu veux monter ? me demande-t-il sans que je m'y attende.

Il tourne la tête vers moi, sa respiration brûlante frappant mes joues. Ma bouche s'entrouvre et je ne sais quoi répondre. Vu le regard qu'il me lance, et celui que je dois lui retourner, nous savons parfaitement que si je monte dans son appartement, les choses vont déraper.

Ma volonté sera balayée, tout comme mes objectifs et mes précautions.

Suis-je prête à succomber à cet homme ? Suis-je assez forte pour lutter face au raz de marée qui s'annonce ?

C'est trop dangereux pour toi et ta santé mentale, me rappelle ma conscience. Tayron Price est létal pour une fille cabossée comme toi.

Mais lui aussi est cabossé...

Justement, me rappelle la partie raisonnable de mon cerveau. Deux âmes aussi cabossées par la vie que les vôtres ne peuvent se correspondre. Tu succomberas une fois, une seule et unique fois, et ensuite ? Qu'est-ce que tu feras à part t'être entourée de problèmes ? Tu n'as pas besoin d'un problème supplémentaire, Rose.

Tayron Price pourrait être le plus gros problème de ma vie.

Résignée, je secoue la tête et refuse finalement la proposition de Tayron. Il me fixe pendant de longues secondes, se demandant sûrement ce qu'il doit faire. Il semble aussi perdu que moi.

– On se voit plus tard, dit-il finalement en ouvrant la portière.

Sans un regard en arrière, il descend de mon véhicule, les mains dans les poches, le regard fixé sur ses pieds tandis qu'il fait quelques pas en direction de son immeuble.

Je pose la tête sur mon volant et ferme les yeux pour ne pas le voir.

Bien sûr que je ne dois pas l'approcher. J'ai l'impression que trop approcher Tayron Price me sera fatal. Qu'il me guidera sur le chemin de la destruction absolue.

Mais en même temps... ce qu'il s'est passé aujourd'hui chamboule toute ma bonne volonté et balaie sur son passage mon envie d'être raisonnable.

Bouge-toi, m'ordonne une petite voix au fond de moi. Ce n'est pas celle qui dicte ma tête, mais celle que suit mon cœur. Sors, reprend-elle, bouge-toi et rejoins-le.

La véritable question, c'est pourquoi ne pas se laisser aller ? Juste une fois. Juste un soir. Sans réfléchir aux conséquences de mes actes, pour une fois ? Ai-je le droit de succomber à l'interdit une seule et unique fois ?

Oui.

Oui !

Je me redresse brusquement et ouvre à mon tour la portière. Elle claque dans mon dos tandis que j'aperçois les larges épaules de Tayron au loin. Il fait presque nuit noire désormais et heureusement, un petit lampadaire éclaire sa silhouette.

– Tayron !!!

Il s'arrête un instant. Ses épaules se tendent un peu plus et finalement il se tourne vers moi, l'air impénétrable. Ses deux mains toujours dans ses poches, il gonfle ses narines en me découvrant devant ma caisse, le souffle court.

C'est à cet instant que ma tête décide de ne plus réfléchir.

– Rose, souffle-t-il, hésitant.

Ma poitrine se gonfle et je peux sentir le désir et la tension qui émanent de lui.

– Tayron, répété-je un peu plus faiblement.

Je vois exactement à quel instant il décide lui aussi de ne plus réfléchir. À quel moment il perd totalement le contrôle et explose.

Je peux presque sentir les battements de mon cœur et le sang qui coule dans mes veines tandis qu'il s'approche. Je relève la tête à mesure qu'il arrive près de moi et me domine de sa taille. Son aura englobe complètement la mienne.

À cet instant, il est un prédateur et je suis sa proie. Et bizarrement, je n'ai aucune envie de chercher une échappatoire. Me laisserait-il en trouver une ?

J'entrouvre les lèvres pour lui dire quelque chose, n'importe quoi… mais il me percute presque.

Sa main droite plonge dans mes longues mèches de cheveux, sa bouche se pose sur la mienne. Mais j'en veux plus. Je plonge mes propres mains dans ses courtes mèches et le tire un peu plus à moi.

Un bruit sourd sort de sa poitrine. Ou bien sort-il de la mienne ? Je n'en sais rien, mais c'est foutrement bon de se laisser aller sans penser au lendemain.

Je fais quelques pas en arrière et il me suit, collé à moi. Mes fesses heurtent le devant de ma voiture. J'éloigne ma bouche de la sienne une seconde pour reprendre mon souffle mais Tayron ne me laisse pas faire. Il m'embrasse à nouveau et cette fois, sa langue part à la conquête de la mienne. Son autre bras serpente autour de ma taille, l'agrippe et me relève. Je me retrouve assise sur le bout du capot de ma voiture, au milieu d'un parking désert… avec ce gars qui m'emmène tout droit vers ma perte.

Et c'est si bon.

Mes fesses sont trempées par les gouttes de pluie restantes, mais je m'en moque. Il n'y a qu'une seule chose qui compte à cet instant, c'est la caresse de sa langue contre la mienne, c'est le frôlement de mes tétons surexcités contre son torse dur comme la pierre.

Tayron se place entre mes cuisses, sa main droite sur ma nuque tandis que son autre bras relève l'une de mes cuisses contre sa hanche.

Il essaie de contrôler notre mouvement et notre baiser. C'est tellement chaud. Mais je n'ai pas la patience de suivre la cadence. Mes dents mordillent durement sa lèvre inférieure et il se recule de quelques centimètres. Sans le vouloir, je viens de rouvrir sa lèvre déjà meurtrie.

– Tellement sauvage, ma petite tempête, murmure-t-il avant de m'embrasser de nouveau.

Il n'est pas loin de perdre tout contrôle de lui, je le sens contre moi. Je sens son érection qui se presse contre la couture de mon jean. Il semble au bord du gouffre, prêt à se jeter dans le vide. Et j'ai hâte de le rejoindre. De planer et de ne penser à rien d'autre si ce n'est aux sensations qui nous traversent.

À ses mains qui se font de plus en plus impatientes.

J'ai l'impression de brûler intérieurement et que les flammes m'entourent pour remplir mon monde. Un brasier géant qui dévore ma peau et me donne enfin l'impression de revivre. Pour la première fois depuis bien longtemps, je me sens vivante.

La douleur en moi se transforme en désir. La peur est remplacée par l'appétit de l'autre.

La tension qui m'envahit depuis de longues semaines ne demande qu'à se libérer. J'ai besoin de déverser tout ce que je ressens.

Je ne pense pas au monde qui nous entoure mais Tayron, si.

Je lâche un petit cri tandis qu'il me tire à lui, garde mes cuisses autour de ses hanches et se redresse pour me porter dans les airs. Mes bras entourent sa nuque.

– Qu'est-ce que tu fais ? murmuré-je à son oreille avant de la mordiller.

Ses mains se posent sous mes fesses et me pressent un peu plus contre son corps.

– Hors de question de te dévorer à la vue de tous. Je veux te prendre dans mon lit.

Hummm… je ne suis pas contre cette idée.

Ma bouche ne quitte pas sa peau. Ma langue trouve la chair tendre de son cou tandis qu'il nous mène à son appartement, et je l'aspire entre mes dents.

– Aïe, couiné-je lorsqu'on percute sa porte et que la poignée s'enfonce dans mon dos.

– Merde, mon cœur. Désolé. Laisse-moi, laisse-moi juste… commence-t-il en poussant le battant.

Celui-ci claque derrière nous tandis que Tayron me presse encore plus contre lui, me portant toujours, et que je rigole doucement. Ses yeux brillent presque en suivant ma bouche alors qu'on s'arrête. Mes cuisses quittent ses hanches et je pose de nouveau mes pieds au sol tandis qu'il rabat une mèche de mes cheveux derrière mon oreille.

Son geste bizarrement tendre m'immobilise et me choque autant qu'il semble le surprendre lui-même.

– T'es en train de me rendre dingue, murmure-t-il en posant une nouvelle fois sa bouche sur la mienne.

Son baiser est plus doux, mais plus pressant, exprimant une forme de besoin contenu.

– Prends-moi, et fais-moi oublier. Ce soir, cette nuit, je veux tout oublier, sauf toi. Juste cette nuit, Tayron.

Une unique nuit pour qu'on se libère l'un l'autre.

Il me tire à lui et m'entraîne vers le couloir en face de nous. Il fait nuit noire dans l'appartement alors je ne vois pas grand-chose si ce n'est un immense téléviseur accroché sur le mur de droite.

On arrive dans sa chambre, ma main toujours dans la sienne, pressant fortement mes doigts. Il allume la lampe murale et je m'avance entre les quatre murs, laissant son regard s'attarder sur ma nuque. Dos à lui, je saisis les bords de mon pull et le passe par-dessus ma tête.

Ne pas réfléchir. Ne pas penser aux conséquences de mes actes. J'aurai tout le temps de me maudire plus tard.

J'inspire profondément et me tourne vers lui, le laissant admirer le soutien-gorge en dentelle noire que je porte. La faim que je lis dans ses yeux me donne l'impression qu'il va vraiment me dévorer, cette fois.

Je m'avance vers lui, pressée de lui enlever ses propres vêtements mais il a un mouvement de recul. Je m'immobilise, hésitante.

– Je vais tout te donner, et tu vas tout me prendre.

J'acquiesce à ses mots. Sa voix est calme, mais puissante, et un frisson remonte le long de mon dos. J'ai presque envie de croiser les bras sur ma poitrine mais Tayron ne me laisse pas faire.

– Je veux que tu retires ton pantalon et que tu t'installes sur mon lit, Rose. Fais ça pour moi.

– Mais je veux que tu me touches, murmuré-je en pinçant les lèvres.

Il secoue la tête avant qu'un petit sourire ne lui vienne.

– Si je continue de te toucher maintenant, je vais exploser bien trop tôt. Laisse-moi me calmer. Montre-moi ce que je vais avoir d'ici quelques instants.

Ses mots sonnent comme un défi. Soit je lui obéis, soit je refuse. Dans les deux cas, il semble vouloir bondir sur moi. Je fixe une seconde l'érection qui tend le tissu de son jean, avant de passer une langue sur ma lèvre.

– Rose, tu me tues, grogne-t-il.

Je pose mes mains sur le bouton de mon jean et le retire rapidement avant de me laisser tomber en arrière sur son matelas. Son odeur masculine et entêtante imprègne les draps.

– Et maintenant ? lui demandé-je faiblement.

Il se tient au pied du lit et me domine de toute sa hauteur alors que son regard parcourt entièrement mon corps.

Ses deux mains se posent sur mes chevilles, qu'il tire brusquement pour allonger mes jambes. Il ne me répond pas, mais un bruit appréciateur sort de sa bouche en découvrant mon tanga assorti à mon soutien-gorge.

Ses mains brûlantes restent sur mes chevilles puis remontent doucement le long de mes mollets. Il écarte par la même occasion mes jambes. Je lui résiste un instant mais la faim me consume trop.

– Tu as envie que je te dévore, Rose ?

Son index droit caresse ma cuisse gauche avant de se poser sur le tissu humide de mon sous-vêtement.

Je ne lui réponds pas, par défi. J'ai envie qu'il se laisse aller avec moi. Je ne veux pas qu'il m'observe comme si j'étais belle – vraiment belle – pour lui. Je veux juste qu'il me fasse ressentir tout ce qui m'entoure. Qu'il me montre que la vie vaut la peine d'être vécue.

Son index passe sous la couture de mon tanga et, toujours silencieuse, je retiens mon souffle tandis que Tayron se penche un peu plus sur moi. Il a toujours ses fringues et des mèches de cheveux lui tombent sur le front.

– Je crois bien que cette jolie petite chatte veut que je la dévore.

J'avale ma salive et garde mon regard plongé dans le sien. Je ne rougis pas à ses mots. L'heure n'est plus à la pudeur. Pourtant, quand il tire sur mon sous-vêtement et le descend le long de mes jambes, je suis presque intimidée à l'idée qu'il découvre réellement mon intimité.

Je n'ai eu qu'un copain dans ma vie. Je n'ai couché qu'avec un homme. À cette époque, j'étais innocente et je ne savais pas quoi faire de mes mains. Et j'ai l'impression que c'est toujours le cas aujourd'hui. Je suis sûre que je ne suis pas aussi entreprenante que les diverses conquêtes de Tayron, mais cela ne semble pas le déranger.

Je me maudis intérieurement mais je n'ai pas le temps d'y réfléchir plus que ça, car une autre pensée envahit mon esprit.

– Je ne suis pas parfaitement épilée, murmuré-je.

J'ignore pourquoi j'ai lâché ça. Je n'ai juste… pas réfléchi.

On fait tout un mythe autour de l'épilation intégrale, comme si les femmes ne devaient avoir aucun poil lorsqu'elles partagent un moment intime avec leur partenaire.

– Ce ne sont que des poils, Rose.

Sa réaction me rassure, au fond de moi. Il semble en réalité presque hypnotisé par les courts poils au-dessus de mon clitoris. Le bout de son index me caresse et je recroqueville mes orteils.

– Tayron, le pressé-je d'une voix forte.

Il lâche un petit rire, toujours au-dessus de moi, et me regarde, se retenant d'un bras tandis qu'il me titille un peu plus de l'autre.

– Tu as envie que je te dévore, Rose ? me demande-t-il à nouveau.

Toujours sa foutue question ! Un cri étranglé sort de ma bouche. Il m'énerve ! Il sait que j'ai envie de lui ! J'ai besoin de lui ! Mais il veut que je l'avoue à voix haute. À son expression, je sais qu'il peut continuer ce jeu encore longtemps. Pourtant, je n'en peux déjà plus.

– Oui, réponds-je finalement en le fusillant du regard. Oui, je veux que tu me dévores.

Je n'ai pas le temps de terminer ma phrase. Déjà, sa bouche s'abaisse et se pose sur ma peau nue. Je retiens ma respiration lorsque ses lèvres s'écartent et que sa langue humide vient titiller mon clitoris surexcité.

– Bordel de merde, gémis-je en tirant ses cheveux.

Je le repousse, ou je le tire à moi. Je n'arrive pas à bien comprendre moi-même mes gestes.

Pendant de longues et incroyables minutes, il me dévore – littéralement. Il ne me laisse pas m'enfuir. Il m'amène au bord du précipice mais ne me laisse jamais tomber. Le plaisir monte, monte, monte… puis redescend alors qu'il s'écarte.

– Tayron ! craché-je, plus frustrée que jamais.

Il se redresse, railleur, et pose sa bouche sur la mienne pour que je découvre mon goût. C'est… différent, mais cela ne me déplaît pas. J'en veux encore, mais déjà Tayron se redresse. J'enroule mes doigts autour de ses poignets et le retiens près de moi.

– Comment veux-tu que je te prenne ? murmure-t-il contre ma bouche.

Je suis déstabilisée une seconde. Je ne pensais pas que cela allait se dérouler comme cela. Depuis le début, Tayron ne cesse de me demander ce que moi, je veux. Il fait passer mon plaisir avant le sien.

– Super fort, lui réponds-je. Rends-moi encore plus vivante, Tayron.

Il se relève brusquement et me retourne d'un geste. Je me retrouve sur le ventre. Il redresse mes fesses et je comprends exactement dans quelle position il me met. En levrette. Ça encore, c'est nouveau pour moi. Mes doigts s'enroulent autour des draps et j'entends un froissement de tissu dans mon dos, puis une braguette de pantalon, et enfin un bruit d'emballage. Je frémis en l'imaginant dérouler le préservatif sur son érection. Je n'ai pas vu son membre, mais je suis presque sûre qu'il va entièrement me remplir.

Tayron se positionne derrière moi, plaque son torse contre mon dos et sa peau en sueur rencontre la mienne.

Puis il chuchote à mon oreille :

– Tu vas tout me donner, et je vais tout te prendre, Rose.

Alors, il pose son gland à l'entrée de mon intimité. L'humidité qui m'envahit facilite le passage, et je perds le souffle tandis que son gland entre en moi. Oh, oui, il va entièrement me remplir. Je ferme les yeux et laisse tomber ma tête en avant, contre le matelas, pendant que Tayron enserre ma nuque d'une main.

Alors qu'il s'enfonce encore un peu en moi, le plaisir m'envahit, mais aussi la douleur. Il semble le remarquer car il ralentit la cadence.

– Ça va ?

– Oui, ça faisait longtemps. Continue, lui ordonné-je.

Il n'est pas encore entièrement en moi, et pourtant j'ai déjà l'impression de ne pas pouvoir en recevoir davantage. Mais je ne veux pas arrêter. Parce que la douleur aussi me rend vivante.

– Tu es avec moi, Rose. On est juste tous les deux, murmure-t-il à mon oreille.

Bordel, c'est tellement bon...

– Détends-toi, Rose. Prends-moi. En entier.

Je suis sa voix. Je me sens mouiller un peu plus autour de lui tandis que sa deuxième main serpente sous moi pour venir masser en cercles mon clitoris.

La bouche de Tayron se presse contre mon oreille alors qu'il se plaque un peu plus contre mon dos. Son torse en sueur mouille ma peau et un claquement retentit quand il rentre entièrement en moi cette fois-ci et atteint un point jamais exploré au fond de mon bas-ventre.

– Tu voulais m'avoir ? Tu me cherchais, Rose. Tu m'as trouvé.

Ses dents mordillent mon lobe et il ressort de moi. Mon vagin se resserre autour de lui pour ne pas qu'il s'éloigne.

– Oh, tu vas me tuer, gémit-il à son tour d'une voix rauque.

– Plus fort, m'exclamé-je durement. Rends-moi vivante.

Il se presse une nouvelle fois en moi. Un nouveau claquement brutal.

– Assez fort pour toi ?

Sa voix est entrecoupée par son souffle saccadé.

– Encore, demandé-je en resserrant mes doigts sur les draps.

Toujours pressé dans mon dos, il colle son visage contre l'arrière de mon crâne lorsque je me resserre autour de lui.

Je n'en ai plus pour longtemps. Je vais exploser. Tayron semble le comprendre lui aussi, car il accélère l'allure quelques secondes puis ralentit soudain.

– Je veux te regarder lorsque tu jouiras, m'annonce-t-il en se retirant.

Le manque se fait ressentir cruellement. Je ne suis pas encore allée au bout. Je veux plus. J'ai besoin de plus.

Il me retourne sur le lit. Mon dos rencontre le matelas cette fois-ci, et Tayron se place aussitôt entre mes cuisses et me pénètre à nouveau.

Mes yeux se posent sur son torse. J'aperçois différents tatouages, mais je suis trop dans un autre monde pour réellement les identifier. Mais je vois quelque chose, un petit morceau de métal sur son téton droit. Un piercing. Ma bouche se rapproche et il émet un grognement lorsque mes dents tirent dessus.

– Ma tempête, souffle-t-il lorsque je m'éloigne ensuite et me laisse aller contre le matelas.

Quand il ressort de moi et que je vois enfin son érection recouverte de latex et brillante de mon humidité, je me demande pendant un instant comment il peut rentrer en moi. Mais il le fait la seconde suivante, il glisse dans mon vagin pour ne plus bouger une fois arrivé au fond.

J'écarte un peu plus largement les cuisses et ses doigts laissent leur empreinte sur ma peau.

– Encore, Tayron, lui ordonné-je. Je veux tout.

Je ne reconnais pas ma voix, mais j'exige qu'il se lâche, et il m'obéit. Il ne me ménage pas, loin de là. Son corps revendique son territoire et je le lui cède. Il s'allonge presque sur moi mais on ne s'embrasse pas. On s'observe l'un l'autre. On contemple le plaisir qui peint nos traits.

Je sens quelque chose monter en moi. C'est beaucoup plus qu'une simple baise. J'en ai conscience, et je sais que lui aussi. C'est beaucoup plus profond. Beaucoup plus destructeur.

Je lui donne tout. Et il me le rend au centuple. Sans réserve. Sans limites.

– J'y suis presque, lui annoncé-je.

Alors il accélère l'allure et mon cœur bat plus vite tandis que mon sang bouillonne dans mes veines.

Exactement ce dont nous avions besoin. Pour oublier notre vie. Pour nous sentir vivant, au moins pour quelques heures.

Les prémices de l'orgasme se font de plus en plus nombreuses. Un nouveau frisson remonte le long de mon épine dorsale, mes ongles se plantent dans ses épaules.

– Je sais, halète-t-il contre ma bouche.

Il ne m'embrasse toujours pas. Nos lèvres se frôlent sans céder à cette autre faim dévorante. Mes chairs se resserrent autour de lui. Une fois, deux fois. Et puis c'est l'explosion. Je crie. Et sa bouche se pose enfin contre la mienne.

Il me rejoint dans le plaisir quelques secondes plus tard. Cette fois-ci, nous sommes deux au bord du gouffre, et nous sautons. À deux. Il se laisse tomber sur moi, ne se retenant que de son avant-bras droit posé près de mon visage.

Je ferme les yeux, un instant, bercée par le bien-être qui m'envahit, impressionnée par cette connexion entre nous.

Une connexion qui me fait peur tant elle est puissante et inconnue.

20

RETOUR À LA RÉALITÉ

Rose

J'ai fait un rêve cette nuit. Un délicieux rêve. Dangereux. Dans lequel je succombais au démon qui me hante depuis des semaines. Le plaisir me parcourait tandis que Tayron me possédait corps et âme.

Mais heureusement, ce n'était que ma foutue imagination.

J'enfonce un peu plus mon visage dans l'oreiller, mes seins pressés contre le matelas. Bizarre. Je ne me souvenais plus que j'avais oublié d'enfiler un pyjama avant de m'écrouler de fatigue.

Le bruit d'un bâillement.

J'ouvre les yeux d'un coup mais ne fais pas un mouvement. La scène que je découvre fait battre mon cœur beaucoup trop rapidement.

Oh, punaise. Ne me dites pas que… Non. Non. Non !

Mes yeux fatigués se posent sur un torse musclé et indéniablement masculin. J'aperçois un piercing sur son téton droit, une ligne de poils dorés qui serpente le long de son bas-ventre avant de disparaître sous les draps. Mes yeux remontent prudemment vers le visage de Tayron, espérant le trouver endormi.

Mais il ne l'est plus. Son attention est entièrement focalisée sur moi. Ses yeux verts analysent mes traits et je me demande si la panique l'envahit comme elle m'envahit à cet instant.

Non, Tayron semble serein.

J'entrouvre les lèvres, ne sachant pas quoi dire, et les mots s'échappent avant même que je ne réfléchisse :

– On a couché ensemble.

Tayron passe une main dans ses cheveux emmêlés, hochant la tête. Mon regard se promène le long de son avant-bras.

– Je crois bien que oui, me dit-il d'une voix rauque.

Oh, mon Dieu. J'ai couché avec Tayron Price. J'ai plus que couché avec lui. Je lui ai donné une part de moi cette nuit sans même réfléchir aux conséquences de mes actes.

Puisse Dieu avoir pitié de mon âme.

– Tu ne comprends pas, continué-je d'une voix trahissant la panique qui s'empare de moi, on a couché ensemble, Tayron !

Il se retient de se foutre de ma gueule en relevant un sourcil, comme si mon attitude le faisait rire intérieurement.

– Généralement, quand un homme enfonce sa queue dans le vagin d'une femme, c'est le cas, mon cœur.

Je me relève et tire la couverture à moi pour la plaquer contre ma poitrine, dévoilant du même coup l'érection matinale de Tayron.

Super…

Je détourne aussitôt le regard, et ma voix monte un peu plus dans les aigus :

– Y a pas de « mon cœur ». Oh, mon Dieu, mais qu'est-ce qu'on a foutu ?

En voyant ma panique, il se lève, fait le tour du lit et s'approche de moi, toujours nu. Je relève ma main libre dans sa direction.

J'ai besoin de réfléchir et je n'y arriverai pas s'il se colle à moi.

– Reste… reste loin de moi ! T'es à poil !

– J'ai dormi à poil contre toi toute la nuit, Rose. Tu t'es d'ailleurs frottée contre moi la moitié du temps.

Je le fusille du regard. N'importe quoi. C'est faux. Je ne me frotte contre personne comme un chaton en manque d'affection.

Pas vrai ?

– Mais qu'est-ce qu'on va faire ? chuchoté-je en me mordillant la lèvre inférieure.

De tous les hommes disponibles sur le campus, j'ai succombé au charme de Tayron Price. Le seul qui m'était interdit. Le seul qui pourrait avoir le pouvoir de me briser le cœur si je le laissais faire.

Il croise les bras sur son torse, nullement gêné par sa nudité.

Et pourquoi le serait-il ? Il est superbe…

– Eh, c'est cool, calme-toi, Rose, fait-il d'une voix sereine.

– Ce n'est pas cool, Tayron. Pas cool du tout. Ça ne devait pas arriver, nous deux.

Je nous désigne de mes doigts libres.

– Qui a dit que ça ne devait pas arriver ? On n'est pas grand-chose face au destin.

Mon portable, jeté négligemment au sol pendant la nuit, m'annonce l'arrivée d'un nouveau message.

C'est pas vrai, je suis censée être en cours…

Je récupère mon téléphone et mon cœur loupe un battement quand je découvre un message de mon père :

[Bonjour ma chérie.
N'oublie pas que nous fêtons
tous ensemble Thanksgiving
vendredi soir de la semaine
prochaine.

Je sais que ce n'est pas
la famille dont tu rêvais,
et en réalité il est trop tôt pour
parler de famille, mais je veux
qu'on se laisse tous une chance
de construire quelque chose.
Je t'embrasse.]

Se laisser une chance de construire quelque chose. Pour être une famille. Une *famille*, bordel. J'ai couché toute la nuit avec celui qui sera bientôt un membre de ma « famille ». Ça craint tellement… Je serre mon téléphone contre ma poitrine, le drap me cachant toujours, me protégeant de tout. J'ai l'impression d'être une gamine qui vient de faire une bêtise et cherche les solutions pour ne pas se faire disputer.

– C'était mon père, murmuré-je. Et si… et s'il apprenait avec ta mère ce qui s'est passé cette nuit ?

Je cherche mes vêtements du regard, le cœur serré.

– Mon père aime ta mère, reprends-je en enfilant d'une main ma petite culotte. On ne peut pas leur faire ça. Et si un jour ils se mariaient ? Putain, on a vraiment fait une connerie.

Mon soutien-gorge est sur le sol derrière lui, mince. Tayron s'avance vers moi et sa main se pose sur mon épaule droite pour m'immobiliser. Il attend que je le regarde dans les yeux avant de me répondre :

– Calme-toi, Rose. Tout va bien, ils ne sauront rien. Respire. Nous sommes deux adultes entièrement consentants. On s'est donné du plaisir pendant quelques heures. On en avait envie et besoin tous les deux, cette nuit. C'est cool, OK ?

La vérité, c'est que je ne peux pas me calmer, parce que maintenant que j'ai succombé une fois à Tayron Price, j'ai peur de l'après.

Je l'observe remettre son caleçon pendant que je récupère mon soutien-gorge. Je l'enfile, laisse tomber le drap et me tourne vers lui, les sourcils froncés.

– Tu ne captes pas ? Je viens de me taper le tombeur du campus, celui qui collectionne les filles et qui est accessoirement le fils de la copine de mon père, Tayron. J'ai des raisons de paniquer.

J'aurais dû réfléchir hier soir, j'aurais dû…

– Celui qui collectionne les filles, hein ?

Son ton est sec. Il n'a plus cet air tranquille sur le visage tandis qu'il plisse les lèvres.

Quoi, la seule chose qu'il a retenue, c'est ça ?

– Ne fais pas comme si t'étais un mec difficilement baisable, murmuré-je. C'est facile pour toi ! Tu as l'habitude ! Je suis juste un numéro de plus sur ta liste interminable de conquêtes féminines. Je ne suis pas habituée à tout ça, avoué-je en nous désignant et en indiquant le lit, je ne sais pas comment on gère les coups d'un soir.

Un silence glacial envahit la pièce.

Je suis en train de péter un câble, je ne réfléchis même pas à mes mots parce que je suis mortifiée de l'intérieur. Mais je réalise que je viens de le blesser sans même m'en rendre compte.

Non mais qu'est-ce que tu viens de dire, espèce d'idiote ?!!

– Waouh, Rose. Je crois que personne ne m'avait jamais traité de pute.

J'inspire brusquement, le remords m'envahissant aussitôt.

– Non. Ce n'est pas ce que je dis, Tayron. Tu es toi et je suis moi, on est à l'opposé l'un de l'autre, tu ne le vois pas ? Tu vis dans l'excès perpétuel, entouré de ta « cour ».

– J'ai toujours cru que les opposés s'attiraient. Mais je me suis trompé en pensant que t'aurais pu me correspondre, effectivement, réplique-t-il, et je ne trouve rien à répondre.

Il se penche vers moi, la mâchoire serrée.

– Tu penses vraiment que c'est uniquement ça qui s'est passé entre nous, un coup d'un soir ? crache-t-il en réponse, vexé. Que tu es un simple ajout sur ma liste de conquêtes interminable ?! C'était pas prévu… mais ose me dire que t'as rien ressenti cette nuit, putain ?!

Je sais parfaitement de quoi il parle. De la profonde connexion qu'il y a eue entre nos deux corps et nos deux âmes hier soir. Ce n'était pas qu'un coup d'un soir, et je ne suis pas juste une « conquête ». Nous ne formions qu'un. C'était bon. Mais tellement dangereux. Je ne peux pas lui donner le pouvoir de me détruire un jour.

– Juste une nuit de cul, reprend Tayron d'un air hautain sans que je puisse le contredire. T'étais juste une autre conquête sur mon tableau de chasse, c'est ça ?

Je secoue ma tête, me tortillant les doigts.

Je ne sais pas comment réagir. Je n'ai jamais fait ça de ma vie. Je ne me suis jamais retrouvée dans une situation pareille, et j'ai eu peur. Peur de penser à ce que j'ai réellement ressenti quand il était en moi. Et comme d'habitude, j'ai préféré attaquer plutôt qu'accepter le fait que quelqu'un venait de fissurer ma carapace.

Car je suis brisée de l'intérieur. Alors j'en ai besoin, de cette carapace. Et je ne veux pas réfléchir à une quelconque connexion qui me lie à quelqu'un. Et puis, je casse tout ce que je touche. J'abîme tout. Toutes les personnes qui me sont proches finissent par souffrir un jour ou l'autre. Comme ma mère. Et comme mon père.

Pas cette fois.

Tayron est intouchable. Surtout vu le pseudo-lien familial qui nous unit.

– Tayron, murmuré-je.

Il secoue la tête, me réduisant au silence.

– Cette nuit, c'était plus qu'une vulgaire baise, dit-il. Et tu le sais aussi bien que moi, putain. Mais jouons à ton stupide jeu. Restons-en à ce qui était convenu.

– Tu m'as rendue vivante, le coupé-je. Pendant quelques heures, tu m'as rendue vivante. Ce n'était pas qu'une vulgaire baise. Mais on ne peut pas. Tu ne comprends pas ?!

Il ne semble même plus écouter ce que je dis. J'entends du bruit derrière la porte en bois.

– Tu devrais y aller, Rose, marmonne Tayron. Tu as raison. La baise est terminée, tu peux partir. Il faut que je trouve une nouvelle conquête à me faire. Peut-être même deux, histoire de montrer à quel point je ne suis pas un mec difficile.

– Tayron, chuchoté-je, désolée.

J'ignore la douleur qui me frappe en entendant ses mots. Il veut me rendre coup pour coup. Je n'ai pas le temps de parler davantage que la porte s'ouvre à toute volée et qu'un grand type nous découvre là, les yeux ronds.

Je croise les bras sur ma poitrine uniquement recouverte de mon soutien-gorge.

– Oh, merde, je dérange.

Tayron lâche un petit rire sans joie.

– Tu ne déranges pas, Sam. J'en ai terminé.

Je sais qu'il essaie de me blesser parce que je viens de le vexer. Me rhabillant rapidement, je remarque que ledit Sam s'éloigne sans bruit.

– Mes mots t'ont blessé, j'en suis désolée, continué-je, mais ne me traite pas comme une pute.

Pourquoi réagit-il comme ça ? Pourquoi veut-il rendre la situation encore plus compliquée qu'elle ne l'est ? Pourquoi ne peut-il pas se contenter de ne pas parler de ce qui s'est passé cette nuit ?!

Tayron serre ses poings et termine par un :

– Tes mots ne m'ont pas blessé. T'inquiète pas. Je serai ton vilain petit secret et tu seras le mien. Maintenant barre-toi.

Il s'éloigne sans un regard en arrière et claque la porte de sa salle de bains en s'y enfermant, me laissant là.

***

T-J

Les deux mains agrippant les bords du lavabo, je me fixe dans le miroir.

Mais lorsque j'entends la porte de mon appartement claquer, je récupère le verre d'eau posé sur le lavabo et l'envoie valser contre la glace qui se fissure.

Bien sûr que c'était juste un soir, entre Rose et moi. Je la voulais. J'avais besoin de la posséder quelques heures, rien de plus. Ça, c'était le plan de départ, avant que tous les événements d'hier se déroulent et qu'elle se retrouve sous moi, mon corps plongeant dans le sien encore et encore. Et tandis que sa tempête faisait écho à la mienne, j'ai eu l'impression de partager un vrai truc avec elle. Un truc que je n'avais jamais ressenti avec quiconque auparavant.

Mais ce n'était qu'un vulgaire plan cul, d'après elle. Je n'étais qu'un mec à filles qui allait passer à la prochaine une fois qu'elle aurait quitté mon lit. C'est sans doute ce qui se serait passé habituellement. Cependant, pas cette fois. Parce que je ne m'attendais pas à ce qu'elle me terrasse aussi brutalement, jusqu'à faire voler en éclats tous mes murs.

Elle a ressenti la même chose que moi, j'en mettrais mes couilles à couper. Mais elle m'a rejeté comme une merde, prenant la situation de nos parents comme parfait prétexte. Ses mots m'ont foutu la rage.

Mais ainsi soit-il. Faisons exactement comme elle veut.

Il est temps que je retrouve ma vie. Que je me retrouve. J'inspire profondément, mes mèches de cheveux tombant sur mon front en sueur. Je me calme peu à peu.

C'était juste une nuit comme les autres. Une chatte comme les autres. Une fille comme il en existe des milliers.

Je me moque de ce qu'elle a ressenti, je me moque qu'elle se mente à elle-même. C'est juste un vilain petit secret qu'il faut oublier.

J'entends la porte de ma chambre s'ouvrir à la volée derrière celle de la salle de bains.

– Ça va, mec ? me demande mon colocataire avec une pointe d'inquiétude dans la voix.

Je vais l'oublier, comme c'était prévu dès le début. Juste un simple moment d'égarement. Maintenant que je l'ai eue, je vais pouvoir me vider la tête et ne plus penser à elle.

Qu'elle aille se faire voir.

Foutue tempête.

21

SE TORTURER

Rose

Je n'écoute que d'une oreille ce que me dit Isaa, je crois qu'elle veut qu'on teste un nouveau restaurant à emporter avec les filles de la sororité, ou un truc du genre. La vérité, c'est que je suis en train de chercher du regard un grand blond dans le hall blindé. Mais je ne le vois pas. Les étudiants sont tous pressés de rentrer chez eux. Certains fuient les lieux plus rapidement que d'habitude, toujours hantés par l'effroyable fusillade qui a eu lieu il y a peu de temps.

Les choses ne seront jamais plus pareilles à l'université de Denver.

– Tu m'écoutes ? me demande ma meilleure amie en cherchant un billet d'un dollar dans sa poche.

J'acquiesce distraitement. C'est faux. Je ne pense qu'à ce qui s'est passé avant-hier, entre Tayron et moi. À moi, choisissant de le blesser au lieu d'assumer ce que j'avais ressenti pour lui pendant quelques heures. Et lui me renvoyant la balle et les coups au centuple.

– Non, tu ne m'écoutes pas, marmonne Isaa en relevant ses sourcils.

Elle ne dit rien de plus, sachant parfaitement à quoi je pense. Je lui ai tout avoué hier soir, car j'étais mal et j'avais besoin d'en parler à quelqu'un.

J'ai besoin de ma mère. J'ai besoin qu'elle m'écoute, me rassure, et me dise que je ne suis pas brisée. Mais elle n'est plus là. Elle ne reviendra jamais. Et je suis définitivement bien brisée. Comme une poupée en porcelaine qu'on aurait jetée au sol.

Mais à cet instant, ma meilleure amie s'inquiète pour moi et je déteste ça.

– Tout va bien, mens-je en lui souriant. Je t'assure.

– J'ai un rattrapage qui commence dans cinq minutes, mais je peux ne pas y aller si tu préfères qu'on fasse un truc totalement dingue, comme un marathon des *Hunger Games* en se goinfrant de pop-corn.

– Je suis aussi forte qu'un roc, affirmé-je en comprenant qu'elle ne veut pas me laisser seule à cet instant. Vole draguer ton professeur et arrête de t'inquiéter pour ma stupide personne !

Isaa me tient la main une seconde.

– T'es pas une stupide personne, Rose. T'as tellement reçu de coups par la vie que tu ne sais plus comment agir quand quelque chose ne se passe pas exactement comme tu l'as prévu. T'as eu peur. Tu sais ce que ça veut dire ? Pas que t'es stupide, ou faible. Mais que t'es humaine.

Je la regarde s'éloigner, laissant ses mots tourner en boucle dans ma tête tandis que je rejoins l'extérieur. Mes yeux posés sur mes pieds, je me demande si elle a raison.

Puis, je cherche quand même Tayron du regard. J'aimerais qu'on ait une autre discussion tous les deux. J'aimerais qu'il comprenne ma réaction, qu'il comprenne qu'hier j'étais terrifiée par la situation et que je le suis encore aujourd'hui. Mon père est la personne que j'aime le plus au monde, il mérite à nouveau d'être heureux et je ne veux pas lui gâcher son bonheur.

J'entends un rire féminin sur ma droite. Sur le parking est stationnée une grosse moto noire. Je m'immobilise en découvrant Tayron adossé au bolide. Quelque chose se brise en moi quand je vois la blonde qu'il tient dans ses bras.

Je ne bouge pas d'un centimètre, regardant l'homme qui me hante la tirer à lui. Il passe une main sur son postérieur et laisse Hannah embrasser sa mâchoire avant de lui murmurer quelque chose à l'oreille. Ses mains pressent ses fesses, exactement comme elles ont pressé les miennes quelques jours plus tôt.

Mon cœur se serre un peu plus. C'est ce que je voulais, pourtant. Qu'il oublie ce qui s'était passé entre nous. Cette connerie monumentale. Mais le voir comme ça, passer si rapidement à autre chose…

J'avais bien raison, alors.

Malgré tout, je n'étais qu'une conquête de plus sur son tableau de chasse.

Juste un petit cul remplaçable.

C'est bien ce que je voulais, non ?

C'est clair que son monde d'excès n'est pas fait pour moi.

Tayron redresse la tête et me découvre à quelques mètres de là en train de l'observer. Il ne fait pas un mouvement pour me rejoindre ou pour repousser Hannah. Cette dernière attrape le bas de son visage devant tout le monde et plaque sa bouche contre la sienne.

Tayron ne ferme pas les yeux, il continue de m'observer. Puis il approfondit le baiser d'Hannah tout en m'ignorant royalement.

Je suis son petit secret, et il est le mien…

Je fais un pas en arrière et remarque Tucker, adossé à son pick-up. Il m'observe longuement, les yeux plissés, avant de se tourner vers Tayron et de revenir à moi. Ses sourcils se froncent tandis qu'il semble réaliser quelque chose d'important.

Hannah rigole d'une manière un peu plus sensuelle et je me retiens de tous les insulter. Mais je ne peux m'en prendre qu'à moi-même à cet instant. Une autre fille, plus forte, serait partie retrouver Tayron, mais je n'y arrive pas.

Alors je rebrousse chemin et fais demi-tour, ignorant la douleur qui me transperce. Quand je tourne à droite, je m'arrête contre le mur d'un bâtiment, le cœur lourd.

Je suis une idiote. J'essuie rageusement une larme qui coule sur ma joue, en me demandant ce que c'est, mon problème.

Ce n'est qu'un nouveau coup, Rose. Avance sans t'en préoccuper.

– Hey !

Je me braque en entendant des pas rapides dans mon dos et découvre Tucker à quelques mètres de moi. Je me perds une seconde dans son regard vairon si particulier, avant de me racler la gorge en essayant de me donner une contenance.

– Ouais ? demandé-je d'une voix cassée.

Je déteste ça. Voilà à tout prix ce que je voulais éviter. Je voulais éviter que Tayron Price ait une quelconque emprise sur moi. Et me voilà, à essuyer une foutue larme tandis que la jalousie me dévore. Ça fait mal.

– Tu as vu Iris ? m'interroge Tucker. Ma copine, la rousse.

Je sais parfaitement qui est sa copine, mais j'ai l'impression que Tucker a simplement trouvé un prétexte pour venir me parler. Je secoue néanmoins la tête :

– Non. Je ne l'ai pas vue, désolée.

Je passe près de lui, priant pour rentrer au plus vite dans ma petite chambre d'étudiante. Tucker passe sa langue sur sa lèvre inférieure avant de se placer de nouveau face à moi.

– Tu sais, T-J est la personne la plus compliquée que je connaisse.

Beaucoup ne le voient que comme le tombeur de service, le mec qui sourit toute la journée tout en poussant à bout la plupart des gens.

Il s'arrête une seconde avant de reprendre :

– Mais les sourires cachent tellement de choses. On a tous une histoire à raconter, je suppose. On a tous un passé qui bouffe notre présent et tente de détruire notre avenir.

J'inspire profondément, ne pouvant qu'être d'accord avec lui. Je sais à quel point c'est facile de mentir aux autres, de faire croire que tout va bien, de se cacher derrière des murs infranchissables en essayant de nous protéger. Et je sais aussi que tout comme le mien, le sourire de Tayron Price cache effectivement beaucoup de choses.

– On est tous les deux des rescapés de la vie, reprend Tucker en m'évaluant du regard. Lui peut-être plus que moi. Mais il m'a toujours fait passer avant lui, moi et nos amis. Je ne dis pas ça car c'est mon cousin. C'est la personne la plus loyale que je connaisse. Sans lui, je me serais déjà foutu en l'air, plus d'une fois. Mais c'est aussi un mec avec une fierté énorme.

– Pourquoi tu me dis ça ?

– Il rendra toujours coup pour coup. Et tout comme les sourires, la fierté cache beaucoup de choses. C'est à toi de frapper la prochaine, de lui rendre le coup et de mener la danse pour qu'il te suive. Du moins, uniquement si tu penses être capable de te battre pour un type comme lui.

Sur ces paroles énigmatiques, il s'éloigne avec un dernier coup d'œil, me laissant remplie de perplexité.

Suis-je capable de me battre pour quelqu'un alors que le combat est déjà perdu d'avance ?

22

BRISER LA CARAPACE

T-J

Tenant mon casque de moto à la main, je descends rapidement les marches me menant à la chapelle. Je me rappelle la première fois qu'on a organisé une petite « sauterie » ici. Ce petit bâtiment sur la propriété de mon cousin, qui semble religieux et laissé à l'abandon de l'extérieur, est en réalité l'un de nos principaux lieux de débauche.

Tous les excès sont permis ici. Vous voulez regarder des gens coucher entre eux tout en vous faisant chevaucher par une étudiante en quête de sensations fortes ? C'est le lieu idéal. C'est le lieu de prédilection de la Meute.

Il fait chaud quand j'arrive dans la pièce principale, si bien que la veste en cuir que je porte m'étouffe. Je souris en découvrant une tête rousse penchée sur un paquet de chips. Les différents canapés qui meublent la pièce sont disposés de sorte à habiter une bonne partie de l'espace. J'ignore chaque personne présente et m'avance vers Iris. Je plonge une main dans son paquet de chips et esquive le coup de coude qu'elle tente de m'envoyer.

– Eh, bouge de là, marmonne-t-elle avant de croquer une nouvelle chips.

Je me retiens de rire et me laisse tomber dans le fauteuil en face de son canapé.

– T'es tendue aujourd'hui, ma meilleure amie.

Elle lâche un juron en s'enfonçant dans le cuir usé. J'aime tellement la faire sortir de ses gonds. Je suis enfant unique, mais le lien qui m'unit à Iris me semble presque familial, comme si c'était une petite sœur que j'adorais embêter.

Une autre tête s'impose à mon esprit. Une moue boudeuse, des lèvres pulpeuses et tellement bandantes. J'aime embêter Rose, mais c'est totalement différent. La seule chose que je souhaite avec elle, c'est la rendre dingue, puis la bloquer sous moi et laisser libre cours à mon désir.

Sors-la-toi de la tête. Tu dois l'oublier, tu t'en souviens ?

Sauf que je vais devoir la revoir chez nos vieux la semaine prochaine, putain.

Je tente de me ressaisir et salue enfin les autres personnes assises non loin de moi. Il y a Sam, Iris, Tucker et Sarah. Des membres de la Meute. Il ne manque que Yeleen qui est toujours dans un programme d'études à l'étranger.

Tout le monde semble calme ce soir mais dans quelques heures, ça sera la folie. C'est la fête de Thanksgiving, et nous sommes les spécialistes pour organiser le genre de soirée inoubliable où les places sont chères. En fait, je ne reste pas, mais j'ai décidé de passer avant. Mon cousin m'a dit qu'on devait parler en petit comité de quelque chose d'important.

Après tout, on est une famille. On n'est pas qu'une simple fraternité pleine de fêtards. Derrière les fêtes, le cul, l'alcool, les défis en tous genres… il y a un vrai lien entre nous. Les personnes assises en face de moi me sont chères. Je pourrais presque tout faire pour elles, et la réciproque est vraie. Ce n'est pas ma famille de sang, mais c'est celle que je me suis choisie. On n'a quasiment aucun secret les uns pour les autres.

Je pose mes pieds sur la petite table en face de moi et passe un bras derrière ma tête en m'appuyant sur le dossier de mon fauteuil.

Mon regard se pose sur un masque de loup.

– De quoi est-ce que vous voulez qu'on parle ?

Je leur offre mon plus beau sourire en relevant mes sourcils mais face à leur air sérieux, je le perds rapidement. Quelque chose ne va pas.

– Ton père, débute Iris.

Je me penche en avant et pose mes coudes sur mes genoux.

– Aucune envie de parler de lui, craché-je.

– On est ta famille, me coupe Tucker, debout derrière Iris.

Il pose ses mains sur ses épaules, les yeux toujours rivés sur moi. Je marmonne quelque chose d'inintelligible tout en le fusillant du regard. Bien sûr, j'ai raconté à Tucker ce qui s'était passé avec mon père il y a quelques jours, et je sais qu'il leur en a ensuite parlé. Mais cette fois-ci, je ne veux pas les mêler à mes problèmes.

L'année dernière, quand j'ai été emmené par les flics pour avoir frappé mon père après qu'il s'en est pris à ma mère, mes amis ont essayé de gérer la situation et de m'aider. Dans mon dos, ils sont partis exploser sa voiture pour le mettre en garde. Mon père est loin d'être un homme qui prend peur facilement, pourtant ça a dû le chambouler un peu, car sur le coup, il ne s'est pas vengé. Peut-être qu'il savait à ce moment-là qu'il était trop dans la merde au niveau judiciaire ? Mais maintenant, il est de retour.

– Je m'en occupe seul, répliqué-je en serrant les poings. Vous avez failli vous faire arrêter l'année dernière, cette fois-ci, je m'en charge et vous restez à l'écart.

– Peut-être qu'on pourrait lui faire peur une nouvelle fois ? demande Sarah en croisant ses bras.

Elle, c'est l'ex de Tucker. Sarah et Iris se détestent. Et c'est vrai qu'elle a une apparence de fille à papa. Mais Sarah est sincère en amitié. Elle m'a aidé plusieurs fois dans mes plans foireux.

Je secoue la tête et reprends fortement :

– C'est mon problème. Pas le vôtre.

Il faut que je la joue intelligemment. Je ne rentrerai pas dans son piège. Il veut me faire péter un câble et je n'ai pas réfléchi en lui sautant dessus. Mais hors de question qu'il me ruine la vie et détruise mon semblant d'équilibre.

Si Rose n'avait pas été là l'autre jour, j'aurais complètement déraillé, putain.

Les minutes défilent et tous quittent les lieux pour se préparer pour ce soir. Je reste assis dans mon fauteuil, perdu dans mes pensées. Il n'y a plus que mon cousin qui m'observe attentivement, pas dupe du tout.

– Qu'est-ce que tu vas faire ? me demande-t-il en plissant la bouche.

– Je vais attendre, voir s'il donne le prochain coup. Je ne vais pas tout foutre en l'air pour cet enfoiré, et je ne veux pas que vous vous mêliez de ça, compris ?

Il hoche finalement la tête. Je me relève et récupère mon casque.

– Dan aurait foncé dans le tas, me répond-il néanmoins, mais j'ai plus l'impression qu'il se parle à lui-même.

Je m'immobilise, le cœur lourd. Seul le silence lui répond. Bien sûr que Dan aurait foncé. Mais Dan est mort. Parce qu'après être devenu fou, le meilleur ami de Tucker s'est suicidé, incapable de faire face à la putain de réalité. Une part de moi lui en voudra toujours… Mais c'était notre frère. Et même si on ne l'avouera jamais, il nous manque.

Je reçois un message d'Hannah mais je l'ignore.

– Je vais rouler, annoncé-je à mon cousin.

– Tu ne viens pas ce soir ?

– Je passerai dans la soirée, ne t'inquiète pas, dis-je tout en sachant pertinemment que je n'irai pas.

Mais qu'est-ce qui m'arrive à ne plus vouloir rien faire ?! La seule chose que je veux en réalité, c'est posséder un petit corps brûlant qui me rend dingue depuis des semaines.

Je m'apprête à remonter les marches mais Tucker me demande :

– Tu vas rejoindre Rose et t'excuser pour avoir emballé Hannah devant elle hier ?

Je me tourne vers lui, les épaules tendues.

– Mêle-toi de ton cul, craché-je.

Il campe sur ses positions. Il me connaît mieux que quiconque.

– Hier, je l'ai vue à quelques mètres de toi. T'étais en train d'avaler la bouche d'Hannah pendant que Rose se décomposait.

Je serre mes doigts autour de mon casque.

– C'est elle qui m'a envoyé chier.

Tucker penche la tête sur le côté et j'ai l'impression qu'il peut lire en moi comme dans un livre ouvert. Je déteste sa perspicacité.

– Y a eu un truc entre vous ?

J'ai couché avec elle alors qu'elle m'est interdite. Elle a réussi à me calmer tandis que je voulais déglinguer mon père. Elle m'a envoyé chier en me traitant de gigolo et j'ignore pourquoi ça m'a autant blessé. Maintenant, j'ai la rage mais je la veux encore.

Je pourrais lui dire tout ça, mais je n'ai pas envie de parler d'elle. Ce qui se passe entre Rose et moi n'appartient qu'à nous. Alors je ne réponds pas à Tucker, mais il ne semble pas attendre de réponse.

Foutue perspicacité.

– Je croyais que tu ne voulais pas qu'une fille me mette la tête à l'envers, surtout pas la fille du copain de ma mère, rétorqué-je en lui jetant au visage notre précédente discussion.

Tucker secoue sa tête.

– C'est vrai, me répond-il finalement. Mais je t'ai vu brisé toutes ces années, T-J. Derrière ton foutu sourire et tes blagues de merde. Et je pense que cette Rose peut briser ta carapace. Peut-être qu'elle pourrait te réparer, pas vrai ?

Elle ne peut pas me réparer. Pas alors qu'elle est brisée elle-même.

Finalement, mon cousin passe près de moi et s'arrête à ma hauteur.

– Hier, après t'avoir vu en train de lui faire du mal en utilisant Hannah, je l'ai suivie. Elle essuyait ses larmes, mon frère. Aucune femme ne doit pleurer pour un homme, je l'ai bien compris avec Iris. Si tu fais pleurer une femme, c'est que tu ne la mérites pas.

Et il me laisse là.

Mon estomac se retourne intérieurement. Rose pleurait. Elle n'était pas insensible. Elle a ressenti notre connexion. Et qu'est-ce que j'ai fait en retour ? Je lui ai fait mal.

***

Rose

Mes bras chargés de cours, je quitte le petit café dans lequel je commence à prendre mes habitudes. Je fais un petit signe d'au revoir à Liam et laisse la porte se refermer dans mon dos.

Je suis en train de longer le chemin quand j'aperçois Tayron au loin, qui s'immobilise en me remarquant. Cette fois-ci, il est seul. Il entrouvre les lèvres. Est-ce qu'il veut me parler ?

Je le revois avalant la bouche d'Hannah et à cet instant, je n'ai aucune envie d'échanger quelques mots avec lui, sauf si ce sont des insultes.

– Rose ! crie-t-on dans mon dos.

Je reconnais tout de suite la voix de Liam. Tayron fronce les sourcils en regardant le brun venir à moi. Liam ne l'a pas vu, apparemment. Il se dresse devant moi, reprenant difficilement son souffle.

– Tu as oublié ça, s'exclame-t-il en désignant mon écharpe qui pend entre ses doigts.

– Oh, mais merci, j'avais la tête ailleurs.

Liam sourit et passe délicatement l'écharpe autour de mon cou en remarquant que j'ai les mains prises. Son index effleure la peau tendre de mon menton.

– Te voilà prête à affronter le vent, me dit-il en se reculant d'un pas. Tout emmitouflée.

– Merci Liam !

Tayron passe près de nous, me frôlant presque. Il regarde droit devant lui, pourtant je sais qu'il nous a vus. Ses mâchoires se contractent un peu plus tandis qu'on agit comme deux inconnus, lui et moi.

– Avec plaisir, me répond Liam. Je dois retourner au café, à plus Rose !

Il commence à s'éloigner car il est toujours au milieu de son service. Quant à moi, je me tourne dans la direction de Tayron. Mais il a disparu.

23

EN… FAMILLE

Rose

Honnêtement, je n'avais aucune envie de venir ce soir. Thanksgiving est déjà passé et je n'ai pas envie de le fêter aujourd'hui. Je ne veux pas voir Tayron. Mais être auprès de mon père, sentir son bonheur avec Nicole me fera peut-être du bien, plutôt que rester seule dans la petite chambre de ma sororité. Les filles organisaient un truc entre elles ce soir mais je n'avais pas la tête à ça, de toute façon.

Finalement, je me gare devant la maison de mon père, en retard.

La moto de Tayron est déjà là.

Ça fait une semaine que je ne l'ai pas vu sur le campus, mais nos deux dernières rencontres me reviennent en tête. Lui en train d'embrasser Hannah avec passion tout en me fixant comme si j'étais juste un mouchoir usagé. Puis lui devant le café pendant que Liam enroulait mon écharpe autour de ma gorge.

Je descends de ma voiture et récupère mon petit sac. Le vent est monté, signe que le mois de décembre vient de débuter.

Je dors chez mon père ce soir et j'avais besoin des choses qui me sont essentielles et que je n'ai plus chez lui. Nicole va aussi dormir ici, en fait je crois qu'elle passe la majorité de son temps chez mon père.

Heureusement, je n'aurai à supporter Tayron que quelques heures car il repart à la fin du repas. J'arrive près de la porte et l'ouvre sans toquer. Une délicieuse odeur de dinde parvient jusqu'à mes narines. Je suspends mon geste un instant, frappée par une déferlante de souvenirs. Je me rappelle les nombreuses fois où je préparais la dinde de Thanksgiving avec ma mère. Nous nous levions à l'aube et préparions des plats toute la journée pour le soir. Ça ne sera plus jamais le cas.

Le Thanksgiving que j'ai passé seule avec mon père l'année dernière, ainsi que la piteuse pizza que nous avions mangée le cœur serré, me revient également en mémoire.

Tu me manques, maman.

Le cœur au bord des lèvres, je pose mon petit sac devant l'escalier et pénètre dans la salle à manger. La scène que j'y trouve me redonne le sourire, car je ressens d'ici le bonheur qui habite mon père. La voix de Nina Simone résonne à nos oreilles et mon père fait tourner Nicole, puis il la tient serrée contre lui et danse avec elle à un rythme lent. Les yeux dans les yeux, ils ne m'ont pas remarquée.

Voir mon père heureux ne peut que me rendre heureuse à mon tour. Après tout ce qu'il a traversé, ce que nous avons traversé, il méritait de trouver une femme qui arriverait à le ramener à la vie.

S'il savait ce qui s'est passé entre Tayron et moi… D'ailleurs, où est-il ? Je jette un œil à la table parfaitement dressée, mais il n'est pas là. Pourtant, il y avait sa moto.

Le picotement que je ressens dans ma nuque me fait comprendre que si, il est bien là. Et il est juste derrière moi. Je ne bouge pas d'un centimètre, le sentant se rapprocher de moi jusqu'à se dresser à mes côtés. Il fixe nos parents, le regard et le visage fermé. Cette scène ne lui plaît pas, mais j'ai l'impression qu'il fera un effort, ce soir, pour sa mère.

Sa proximité me donne envie de me frotter les bras, la chaleur qui se dégage de son corps appelle la mienne. Mais je me rappelle aussi la scène de mercredi, sur le parking. Je compte bien l'ignorer et commence à m'avancer vers les parents, mais il murmure :

– Liam n'est pas là pour mettre ton écharpe comme si t'étais une gosse ?

Je fronce les sourcils et me tourne vers lui et son ton moqueur. Je redresse le menton et rétorque :

– Et Hannah ? Tu as fini de lui bouffer la bouche ?

Il passe sa langue sur ses lèvres, me regardant droit dans les yeux tout en ignorant ma question. Il cherche encore une fois à me provoquer. Je ne réfléchis pas et lui chuchote d'une voix doucereuse :

– Peut-être que si tu n'avais pas tout gâché avec Liam, je serais actuellement en train de coucher avec lui.

Je mens mais je vois que ma remarque l'a atteint, même s'il redresse un sourcil en croisant ses bras sur son large torse pour donner le change. Peut-être qu'il ressentira la douleur qui m'a traversée quand il embrassait une autre nana devant moi. Mes yeux se focalisent sur les tatouages encrés sur la peau de ses doigts.

– Et après, c'est moi qui suis facilement baisable ?

Je n'ai pas le temps de répondre que mon père me remarque.

– Ma chérie !

J'ignore Tayron, je ravale toutes les insultes que j'ai envie de lui balancer au visage et me contente de saluer mon père et Nicole. Tout va bien se passer.

Vingt minutes plus tard, nous entamons l'immense dîner que mon père et Nicole ont préparé. Mon père ne cuisinait pas avec ma mère. Et là, il… Je ravale mes remarques acerbes et me réprimande intérieurement.

Tu n'as pas le droit de le juger. Nous changeons tous.

J'observe Tayron se resservir une autre bière, apparemment aussi ravi que moi à l'idée d'être coincé ici. On ne peut compter que sur nos parents pour mener la conversation. J'essaie d'y prendre part, mais honnêtement, c'est un jour difficile pour moi. Je profite du fait qu'il manque du pain pour quitter la table et rejoindre la cuisine fermée, à quelques mètres.

– Je reviens, je vais couper du pain, annoncé-je en sautant sur l'occasion.

J'arrive dans la cuisine, pose mes deux mains sur le comptoir et inspire profondément. Mes yeux se posent sur la cicatrice de mon poignet droit. Je déteste cette marque qui me rappelle sans cesse mon passé. Mais en même temps, elle m'aide à me souvenir et à comprendre que je ne dois jamais répéter les mêmes erreurs.

J'entends un bruit de pas dans mon dos.

– J'arrive, lancé-je à mon père.

Mais en me tournant, ce n'est pas mon père que je découvre sur le seuil. C'est Tayron, qui me sonde du regard. Je l'ignore une nouvelle fois et sors du four le pain maison qui y cuisait.

– On se fait chier, me dit-il à mi-voix. Peut-être que je devrais leur dire qu'on a couché ensemble la semaine dernière, histoire qu'il y ait un peu d'action.

Je suspends mon geste et me retourne comme une furie. Nos parents n'ont rien entendu, et heureusement !

– Si tu fais ça, je te coupe les couilles, l'avertis-je.

Il me fixe, l'air nullement inquiet.

– Tu serais vraiment en train de coucher avec Liam, si je ne l'avais pas menacé ?

La colère monte en moi mais j'essaie de la ravaler.

– Peut-être bien que oui ! Peut-être que je l'aurais embrassé comme tu as embrassé ta foutue copine !

Je sais que j'ai l'air ridicule, mais lui aussi. Il s'avance vers moi, les sourcils froncés.

– Éloigne-toi, lui ordonné-je.

Il refuse de m'obéir et hoche la tête de gauche à droite. Je le repousse fortement, mes mains contre son torse, tandis qu'il tente de faire un nouveau pas vers moi.

– Pourquoi tu parles de Liam ? T'es pas assez occupé avec Hannah ?! Putain, mais mêle-toi de ta vie et laisse-moi faire la mienne.

Je pensais qu'il allait me renvoyer une moquerie pour contre-attaquer. Mais Tayron avoue entre ses lèvres :

– J'essayais de te rendre jalouse. Et je suis jaloux de ce mec à l'allure parfaite qui te suit partout comme un chien.

– Mais t'as pas le droit d'être jaloux…

– Tout comme tu n'avais pas le droit de l'être face à Hannah.

Je ne trouve rien à redire. J'essaie de passer près de lui mais Tayron m'empêche de bouger.

– T'étais donc bien jalouse ? continue-t-il en enfonçant le clou. Mais pourtant, c'est toi qui voulais qu'on oublie tout ce qui s'était passé, non ?

– Tu n'as pas compris ce que je te disais en me réveillant à tes côtés ! J'ai eu peur, je suis mortifiée, OK ?! Mais tu n'as pas voulu comprendre, tu m'as juste traitée comme une merde le lendemain avec ta « copine ».

Son visage se penche vers le mien. Ses yeux verts se plongent dans les miens une nouvelle fois.

– Ce n'est pas ma copine. Je voulais juste te faire péter un câble en la touchant. Je voulais te faire mal comme tu m'avais fait mal en me repoussant. Et j'ai encore eu mal en te voyant avec ce foutu mec.

Sa main redresse mon menton et m'oblige à lever mon visage dans sa direction.

– Je pense que je voulais aussi me convaincre que tu n'étais rien pour moi en laissant Hannah me toucher. Mais je n'ai rien ressenti à son contact. Je ne voyais que toi.

Tout comme je n'ai rien ressenti lorsque Liam effleurait ma peau. Je ne voyais que lui, le seul à me rendre vivante.

Il n'y a rien qui compte à cet instant. Plus de baiser échangé avec une autre femme que moi, plus d'inquiétude ni de maîtrise de soi. Tandis que ses lèvres caressent le haut de ma pommette droite, je ferme les yeux et savoure son contact. Je déteste le fait qu'il puisse calmer ma colère en quelques secondes. Mais je n'arrive pas à le repousser.

– J'ai agi comme un con. J'ai l'impression que ça devient ma spécialité. Je voulais m'expliquer quand je t'ai croisée devant ce café. Mais Liam est venu. Je ne m'attendais pas à tomber sur une tempête comme toi, Rose Hoffman.

– Je ne suis pas une tempête. Je suis juste une personne brisée, qui brise tous ceux qui lui sont chers.

Ses mains se posent sur mes hanches tandis qu'il me fait reculer contre le frigo.

– Ça tombe bien, moi aussi.

Je fronce les sourcils mais je n'ai pas le temps de répondre car il m'embrasse. Son goût s'impose à moi. Un goût qui m'avait manqué malgré toutes mes réserves. Ma main se pose à l'arrière de sa nuque pour intensifier notre baiser, mais ma conscience me rappelle rapidement à l'ordre.

– Putain, Tayron. Nos parents.

Il réprime un grognement tandis que ses mains saisissent mes cuisses et qu'il m'assied sur le comptoir derrière moi.

– Juste une minute, m'ordonne-t-il avant de plonger de nouveau sur ma bouche.

Je m'apprête à le repousser mais il se fait une place entre mes cuisses avant de presser ses hanches contre les miennes. Notre nuit ensemble me revient en mémoire. La putain de connexion qui a relié nos deux âmes.

– J'ai encore envie de toi, me souffle-t-il à l'oreille tandis que je reprends difficilement ma respiration. Et si on refaisait deux fois la même erreur en se laissant aller ?

J'ai presque failli lui proposer la même chose. Non !

– Nos parents sont à côté, murmuré-je en retenant un gémissement lorsque ses dents mordillent un point sensible de mon cou.

– Alors qu'ils viennent profiter du spectacle.

Sa remarque me refroidit. Je le lâche et tente du mieux possible de reculer mon visage.

– Peut-être que tu trouves l'idée marrante, mais pas moi. Mon père n'accepterait jamais une situation pareille. Et je ne pense pas que ta mère accepterait qu'on couche ensemble dans cette cuisine.

Mentionner sa mère était apparemment la piqûre de rappel qu'il lui fallait. Il me lâche et se recule, les poings le long du corps. J'ignore l'érection qui tend son jean.

Ne pense pas aux sensations de son corps contre le tien, Rose !

Je saute du comptoir et à l'instant où mes pieds touchent le sol, Nicole entre dans la cuisine, un sourire aux lèvres. Son sourire disparaît quand elle nous voit aussi proches mais elle ne semble pas soupçonner quoi que ce soit.

Son regard se pose sur Tayron, puis sur moi.

– Je venais voir si tu n'avais pas besoin d'aide pour le pain.

Merde. Le pain !

Le cœur battant rapidement, je cherche une excuse tandis que Tayron m'abandonne lâchement pour rejoindre le salon.

– Je me suis brûlée en le sortant du four, excuse-moi d'avoir été si longue, réponds-je.

C'est le premier prétexte qui m'est venu à l'esprit. Son visage se transforme et l'inquiétude prend place sur ses traits.

– Oh, mince. Tu vas bien ?

Je recouvre mon index droit de ma main gauche.

– Oui. Je l'ai mis sous l'eau.

– Je vais m'occuper du pain, m'annonce-t-elle. Retourne à table, ne t'en fais pas.

Je la prends au mot et rejoins le salon. Mon père pose quelques questions à Tayron. Ce dernier m'observe fixement tandis que je m'installe sur ma chaise. Sa bouche collée au goulot de sa bouteille de bière, il répond finalement à mon père.

Mon père est loin d'être un homme stupide. Je donne un petit coup de pied à Tayron sous la table pour qu'il arrête de me fixer, ce qu'il finit par faire avec un petit sourire.

La fin du repas se déroule sans encombre. J'ai survécu à ce Thanksgiving. Je fixe l'horloge du regard. Vingt-trois heures trente. Tayron se redresse, comme s'il allait récupérer sa veste et quitter les lieux, mais sa mère intervient :

– Tu as bu pas mal d'alcool. Est-ce que ça va aller pour conduire ta moto ?

Il renifle d'un air moqueur.

– Je ne suis pas un putain de gosse.

– Mais tu conduis une moto et roule rapidement, le contredit sa mère. Ce n'est pas prudent.

Elle semble implacable sur le sujet. Ils se lancent un regard mauvais pendant quelques secondes mais elle refuse de céder du terrain.

– Ça va aller, finit par trancher Tayron.

Il commence à s'éloigner de la table mais je vois le regard inquiet de sa mère posé sur lui. Je devrais regarder Tayron se barrer, pourtant je me tourne vers lui et m'exclame dans son dos :

– Nous avons plusieurs chambres d'amis, tu peux rester ici, si tu veux.

Mais qu'est-ce que je fous ?!

Il se tourne vers moi, un sourire au coin des lèvres et une lueur calculatrice dans les yeux. Sa mère me regarde également et je lis de la reconnaissance sur son visage.

Tayron ne me répond pas, mais au lieu de récupérer sa veste sur le canapé, il se contente de prendre une clope dans sa poche avant de rejoindre le porche de l'entrée.

Je viens d'inviter Tayron Price à dormir ici.

– Merci, murmure sa mère. Il est maître de lui mais… ça m'inquiète toujours quand il boit un peu d'alcool.

Je hoche la tête sans lui répondre, car je suis dans la merde jusqu'au cou si j'en crois l'expression sur le visage de Tayron.

Une heure plus tard, la tête penchée vers l'arrière, je laisse l'eau brûlante de la douche frapper mon visage et mes cheveux. C'est exactement ce dont j'avais besoin après cette soirée.

Cependant, lorsque j'entends le bruissement d'un tissu et la porte de la cabine s'ouvrir, je me retourne d'un bond, les bras plaqués sur ma poitrine.

Tayron est devant moi, uniquement vêtu d'un caleçon.

Qu'est-ce qu'il fait ici ?!

24

FAIRE UN VŒU SOUS LES ÉTOILES

Rose

– Mais qu'est-ce que tu fous ? m'exclamé-je, ma voix couverte par le bruit de l'eau qui coule.

Il prend un air désolé, pourtant je sais qu'il ne l'est absolument pas.

– Je crois que je me suis trompé de chambre. Mais maintenant que je suis là… on devrait se doucher ensemble, histoire d'économiser l'eau.

Tandis que ses mains se posent sur son caleçon et entreprennent de le retirer, je récupère ce qui se trouve sous ma main et l'envoie dans sa direction.

– Putain Rose, marmonne-t-il quand mon savon vient percuter le haut de sa poitrine.

Cela ne l'arrête pas. Je tends mes deux mains devant moi pour le repousser en retenant un sourire moqueur.

La vérité, c'est que j'arrive pas à le cerner et je suis si perdue que je ne sais plus ce que je ressens. Il y a quelques heures, je lui en voulais, et là j'ai presque besoin de lui.

Pourquoi est-ce que ça me tombe dessus sans que je ne puisse émettre une quelconque opposition ?

Finalement, j'explose de rire en voyant la trace de savon sur son torse musclé. Mais mon rire s'interrompt rapidement lorsque Tayron se redresse et ferme la porte de la douche sur nous et sur nos corps brûlants qui se frôlent presque.

Il fixe un instant mes deux seins et mes tétons qui durcissent sous ses yeux. À cet instant, je n'ai pas envie de me soustraire à son regard. Je ne ressens aucune honte, juste un désir qui me dévore peu à peu le bas-ventre.

– Quoi, tu l'as jamais fait sous la douche ?

– On est surtout censés ne plus le faire du tout, bougonné-je en reculant contre le mur le plus possible pour ne pas le toucher. On ne va rien faire du tout.

Il continue de fixer ma poitrine avant de poser son avant-bras contre le mur dans mon dos, me retenant prisonnière

– Qu'est-ce que tu fais, Tayron ? lui soufflé-je au visage.

– Je n'en sais foutrement rien, Rose. Qu'est-ce que je devrais faire, d'après toi ?

Je passe ma langue sur mes lèvres. Il me faudrait un guide de tout ça. C'est tellement… nouveau pour moi. J'avance à l'aveuglette, sans écouter la voix de la raison.

Peut-être que c'est ça, vivre, au fond. Profiter à fond, et regretter plus tard.

– Je pense que tu devrais…

Il m'écoute attentivement, sa tête à quelques centimètres de la mienne.

– M'embrasser encore, terminé-je dans un chuchotement.

Face à mon aveu et mon envie évidente, il se jette littéralement sur moi. Ses abdominaux rencontrent mon ventre et ma poitrine se presse contre la sienne juste avant que mes tétons ne frottent son piercing en métal. Et enfin, sa langue caresse la mienne. Une fois. Deux fois, et c'est l'explosion. J'étouffe un petit bruit en tirant sur ses cheveux. Notre baiser n'est pas doux. Nous ne sommes toujours pas calmés. Il y a toujours de la colère entre nos deux corps, mais l'envie prend le pas sur tout le reste. L'eau coule le long de nos visages, mais peu importe.

J'en veux plus.

Ses mains dans mes cheveux, il tire à son tour pour orienter mon visage exactement comme il le souhaite. Je mordille sa lèvre inférieure.

– Tu m'énerves autant que tu me donnes envie, murmuré-je en me séparant de lui une seconde.

– Je n'ai jamais vu une nana aussi compliquée que toi, me répond-il avant de m'embrasser une nouvelle fois.

– T'es un sombre connard, qui pense pouvoir diriger les choses exactement comme il le veut, rétorqué-je.

Nouveau baiser. Nouveau coup de dent. Nouvelle explosion.

Sa main libre caresse mon corps, pince l'un de mes tétons avant de presser durement ma fesse droite. Et puis ses doigts frôlent mon nombril pour terminer leur chemin entre mes jambes. Je retiens mon souffle lorsque le bout de son index frôle mon clitoris. Un simple effleurement et pourtant, je m'embrase.

Il sait parfaitement ce que je ressens à cet instant. Si je suis au bord de l'explosion, lui aussi doit l'être. Je relâche ses cheveux, ma main glissant entre nos deux corps avant de se poser sur son érection. Il ferme les yeux quand mon pouce stimule le bout de son gland dans un mouvement circulaire.

– Ça, ce n'est pas du jeu, souffle-t-il à mon oreille avant de caresser mon clitoris.

Cette fois, la pression est plus forte, et je me sens presque défaillir.

Son doigt descend ensuite et vient caresser les parois de mon vagin avant de le pénétrer de quelques centimètres. Je me colle à lui, une manière de le supplier de l'enfoncer un peu plus en moi. Mais cet enfoiré se moque de moi et n'obtempère pas. Alors j'enroule ma main autour de son sexe et entame un mouvement de va-et-vient.

Sa deuxième main raffermit sa prise dans mes cheveux.

– Ou peut-être que t'es pas assez fort pour qu'on joue ensemble ? soufflé-je à mon tour contre ses lèvres.

Nous ne nous embrassons plus. Il continue de me pénétrer tandis que mes doigts se resserrent autour de lui et que ses muscles se contractent. Il est à deux doigts d'exploser.

Qui va gagner et succomber avant l'autre ?

Il se recule soudainement, la respiration hachée.

– J'ai besoin de toi maintenant, déclare-t-il sèchement.

Je retiens un sourire. J'ai gagné cette partie. Mais pas le jeu. Je me retiens de rigoler en le voyant presque glisser sur le carrelage en sortant de la douche pour ramasser son jean. Il tire un étui argenté de la poche arrière.

– T'avais une capote dans ton jean ?

– Il vaut mieux prévenir que guérir, mon cœur.

Je n'ai pas le temps de répondre qu'il enfile le préservatif et rentre dans la cabine. Le stress m'envahit.

Je n'ai jamais couché avec un homme dans une cabine de douche, moi…

Mais Tayron balaie tous mes doutes en une seconde lorsqu'il pose ses mains en haut de mes cuisses et me lève pour plaquer mon dos contre le carrelage. Une seconde plus tard, mes jambes entourent ses hanches tandis que je me retiens à ses épaules.

– Il faut que tu arrêtes de me porter et de me plaquer sur n'importe quelle surface plate, m'exclamé-je.

Pour toute réponse, il me fixe droit dans les yeux avant de frotter le bout de son gland contre la boule de nerfs entre mes jambes.

– Oh… gémis-je, et ma tête se presse contre le mur derrière moi.

Est-ce que je suis mortifiée par ce que nous sommes en train de faire, par cette connerie de coucher avec lui pour la deuxième fois ? Absolument. Mais j'ai l'impression que peu importe le temps que j'aurai lutté, j'aurai fini par succomber une nouvelle fois à Tayron Price.

Enfin, il commence à me pénétrer. Il n'est pas doux. Il possède mon corps et mon âme dans la seconde pendant qu'il étire mes chairs qui finissent par mouler son membre avec une délicieuse fermeté. Mes jambes se resserrent autour de ses hanches. L'eau fait glisser ma peau contre la sienne, mais Tayron m'empêche de tomber en me collant un peu plus à lui. Il démarre un mouvement de va-et-vient et commence à se reculer, libérant peu à peu mon corps pour le posséder une nouvelle fois quelques secondes plus tard.

Le souffle court, j'essaie de suivre son mouvement mais j'ai bien l'impression de perdre la partie à mon tour.

Nouveau coup de reins. Nouvelle décharge d'électricité.

Il m'embrasse avant de murmurer à mon oreille :

– Cette fois, tu l'assumes, notre connexion ? Ou tu vas encore faire ta poule mouillée ?

Pour toute réponse, j'enfonce mes dents dans son épaule. Un bruit rauque s'échappe de sa bouche, il me tient toujours d'une main et l'autre se pose à l'arrière de ma nuque. Il me baise littéralement, durement, pendant plusieurs minutes.

Je le mords encore pour éviter de crier. Nos parents ne sont pas loin, il n'y a qu'un couloir entre ma chambre et la leur. Puis ma langue danse dans son cou. Ça semble lui plaire si j'en crois le violent juron que lâche Tayron au-dessus de moi.

– Maintenant, m'ordonne-t-il en accélérant le rythme. J'ai besoin de toi maintenant, petite tempête.

Notre respiration se fait plus hachée tandis qu'un feu sauvage est prêt à nous dévaster, ne se préoccupant de rien si ce n'est de l'explosion qu'il va créer.

Encore une connerie. Mais une si bonne connerie.

Son bassin frotte mon clitoris tandis que Tayron se loge encore plus profondément en moi.

– Oh, oui, je te sens te resserrer autour de moi, me dit-il et j'entends une pointe d'émerveillement dans sa voix.

Il a raison, je sens que je suis au bord du gouffre.

– Tayron, m'exclamé-je quand le feu me brûle enfin.

Je m'embrase autour de Tayron, mes chairs se contractent pendant que l'orgasme me terrasse de toute part. J'ai l'impression de voir des étoiles. Il me rejoint dans les abysses du plaisir quelques secondes plus tard. Une chaleur étrangement réconfortante m'envahit quand il pose son front contre le mien et ferme ses yeux, satisfait.

Je me sens vide lorsqu'il se retire de moi la minute suivante. J'ai l'impression de ne plus être capable de tenir debout alors je m'appuie sur son bras en reposant mes pieds sur le sol.

Il y a un problème grave qui s'impose à moi. Parce que malgré la connerie que l'on vient de faire… je ne regrette absolument pas ces quinze dernières minutes. Bien au contraire.

***

Je sors de la salle de bains quelques minutes plus tard, resserrant le nœud de ma serviette autour de ma poitrine. Je relève la tête et découvre que Tayron est toujours dans la pièce, je pensais qu'il aurait directement quitté ma chambre.

Je déroule la serviette que j'ai sur ma tête et rejette les mèches de cheveux mouillées dans mon dos, le fixant tandis qu'il observe une peinture accrochée au mur : « l'œuvre » que j'ai réalisée quand j'avais 10 ans. Je vois qu'il sourit en regardant l'espèce de dessin qui ne ressemble quasiment à rien.

– T'étais une artiste, me taquine-t-il.

Je lui jette la serviette que j'ai dans les mains et il l'esquive en rigolant dans sa barbe.

– On n'est pas tous doués pour le dessin, rétorqué-je d'une voix boudeuse.

Et je pèse mes mots. Je me rappelle son coup de crayon. Je le regarde déambuler dans ma chambre, me retenant de lui demander de ne rien toucher. Je ne suis pas vraiment à l'aise quand on observe mon intimité comme ça. Mais je me contente de lui poser une question qui m'est revenue plusieurs fois à l'esprit :

– Pourquoi tu ne fais pas des études de dessin ?

Il hausse ses épaules avant de se tourner vers moi.

– Je n'ai jamais cherché à en faire autre chose qu'un passe-temps, je suppose.

Je vois bien qu'il ne me dit pas la vérité, mais je ne rétorque rien. Nous avons tous notre jardin secret.

– Bon, Tayron, continué-je, tu dois quitter ma chambre.

Cette fois-ci, je ne ferai pas de crise d'hystérie. Je ne regrette pas ce qui s'est passé entre nous, mais ça craint et je ne veux même pas y penser, sinon la peur va m'envahir une nouvelle fois.

La peur de l'engagement. La peur des conséquences.

Il observe les petits portraits posés sur l'étagère au-dessus de mon lit et fronce les sourcils en découvrant une photo de mes parents et moi, plusieurs années en arrière.

– Tu lui ressembles, me dit-il doucement en se tournant vers moi.

Je me mords la lèvre inférieure, refusant que les souvenirs et l'émotion me fassent souffrir à cet instant. Il déambule dans la pièce, uniquement vêtu de son caleçon. J'ignore ce que je suis en train de faire, mais je crois que Tayron est aussi paumé que moi. Se détester. Se chercher. Se trouver. Coucher ensemble. Plusieurs fois. Et maintenant, discuter l'air de rien. À quoi ça rime, tout ça ?

Je vérifie que la porte de ma chambre est bien fermée à clé. Je n'imagine même pas la réaction de mon père s'il nous découvrait à cet instant. Tayron s'immobilise au centre de ma chambre, son regard soudainement attiré par les gommettes fluorescentes au plafond. Il observe longuement les petites constellations, mais sans se moquer de moi.

– Tu savais que certains peuples croyaient que les étoiles étaient des petits trous par lesquels les dieux et déesses regardaient les humains ? me demande-t-il.

Je secoue la tête. J'ignore pourquoi j'ai envie de lui raconter un morceau de mon passé, mais je lui dis :

– Quand j'étais gamine, je m'allongeais sous les gommettes tout en fixant mon plafond. Je pouvais presque imaginer les étoiles bouger. Alors je fermais fort les yeux et… je faisais des vœux.

Je me racle la gorge, m'attendant à l'entendre rire. Mais il ne bouge toujours pas et me fixe droit dans les yeux depuis l'autre côté de la pièce. Il penche sa tête une seconde, puis il s'approche de moi et me tend la main :

– Allongeons-nous.

– Qu'est-ce que tu racontes ? dis-je en rigolant, le cœur battant.

– Allez…

Il m'encourage en agitant les doigts devant moi.

J'avale ma salive et ma main glacée se pose dans la sienne. Le contact brûlant de sa peau me ramène quinze minutes en arrière, quand il me possédait dans la douche. Tayron me tire au centre de la pièce, puis il lâche ma main et s'allonge, le regard fixé au plafond. Debout près de lui, je resserre ma serviette et finis par adopter la même position que lui.

Ma tête posée sur le parquet, je fixe les gommettes collées au plafond. J'analyse chaque constellation brillante et les petites étoiles filantes à leurs côtés.

Tayron replie l'un de ses bras derrière son crâne pour se mettre un peu plus à l'aise. Il ne dit rien. Nos corps se frôlent mais ce n'est pas un contact direct, pourtant j'ai l'impression de ne jamais avoir été aussi proche de quelqu'un.

J'ai l'impression de découvrir une autre personne à mes côtés. Ça me déstabilise car je comprends une nouvelle fois que Tayron est beaucoup plus… tellement plus que ce qu'il ne laisse paraître. Je me sens en confiance près de lui, comme s'il allait écouter chaque mot qui allait sortir de ma bouche. Parce que voir ces gommettes, me placer comme ça, me rappelle tant de souvenirs. J'ai besoin de parler. Quelque chose me pousse à m'ouvrir, à libérer mon âme après tant de temps.

– Ma mère est morte il y a un an et cinq mois, commencé-je en gardant mon regard sur le plafond.

Je sens qu'il tourne la tête vers moi mais je me concentre pour ne pas le fixer, sinon je n'arriverai pas à continuer.

– C'était en juillet. J'allais chez ma grand-mère et ma mère me conduisait en voiture. Sur le chemin, on s'était disputées car je revenais de soirée et j'étais rentrée trop tard. Mon père bossait, il n'était pas dans la voiture. On s'est arrêtées quelques minutes pour mettre de l'essence. La dispute continuait alors… je suis descendue pour rejoindre la petite supérette de la station-service. Je suis descendue pour un foutu jus d'orange, Tayron.

Les doigts de sa main libre, posée près de moi, effleurent ma main. Et ce simple contact me pousse à continuer.

– Ma mère m'avait suivie car je n'avais pas d'argent sur moi.

On était devant la caisse, on se faisait la gueule. C'est là qu'ils sont entrés, continué-je dans un murmure.

Les souvenirs affluent. C'est douloureux, mais c'est aussi libérateur d'avouer enfin à voix haute ce qu'il s'est passé. Pas que je ne l'ai pas « dit » à mon ancien psy ou à la police : j'étais limite forcée de répondre à leurs questions, alors que là… Tayron se contente de m'écouter, n'émettant aucun jugement.

– Rose, m'interrompt Tayron d'une voix apaisante.

Mais je veux continuer. Cette fois, c'est moi qui agrippe sa main et je n'arrive plus à la lâcher.

– Deux jeunes de 16 ou 17 ans, à peine plus âgés que moi. Des gamins en manque de sensations fortes qui s'étaient débrouillés pour trouver des vieux flingues. Ils ne voulaient que l'argent du caissier. Mais les choses ont dérapé. L'un d'eux a tiré sur ma mère. Il y avait tellement de sang, soufflé-je.

Les larmes coulent sur mes tempes pour terminer leur chemin dans mes cheveux. Tayron ne m'interrompt pas, comme s'il avait compris que ce moment était important pour moi.

– Ma mère est morte dans mes bras. On venait de se disputer, j'avais été méchante. Son sang était si chaud. Je paniquais, je pleurais. Son souffle s'est coupé et elle est partie, pour toujours.

J'avale plusieurs fois ma salive. J'inspire, j'expire. Je tente de me calmer. Mais c'est toujours aussi douloureux. Pourtant, la boule qui loge continuellement dans mon estomac est moins présente à cet instant. Elle me laisse en paix.

– Et les deux types ? reprend Tayron d'une voix chargée d'émotion.

– Ils ont été arrêtés par la police. Je n'ai pas assisté à leur jugement, avoué-je en secouant la tête. J'en étais incapable. Heureusement que le témoignage du caissier et les caméras ont suffi.

Plusieurs minutes s'écoulent dans un silence de plomb.

– Tu te sens coupable, murmure Tayron.

Ce n'est pas une question, car il l'a très bien compris. Bien sûr que je ressens des remords et une partie de moi se sentira toujours coupable.

– En juillet dernier, j'ai été plus que faible, continué-je. Ça faisait un an qu'elle nous avait quittés. J'avais récupéré une bouteille d'alcool dans le bar de mon père, pendant qu'il travaillait. J'ai bu. Énormément. Jusqu'à ce que toute pensée rationnelle disparaisse. J'étais seule, complètement brisée de l'intérieur, et ma mère me manquait atrocement.

Je passe ma langue sur ma lèvre inférieure, essayant de trouver mes mots.

– J'ai essayé de m'ouvrir les veines. Mon père m'a trouvée à temps et je me suis réveillée le lendemain matin à l'hôpital. Son regard… Je venais de le briser une deuxième fois. Je venais à nouveau d'être égoïste. Je ne veux plus jamais lui faire de mal. S'il apprenait qu'on couche ensemble Tayron, ça le rendrait triste. J'en suis sûre. Il remettrait en question sa relation avec ta mère. Mais je ne veux plus le décevoir, et je ne veux surtout pas lui retirer son bonheur.

Le pouce de Tayron effleure la marque sur mon poignet. Je tourne à demi mon visage vers lui. Nous sommes toujours allongés l'un à côté de l'autre.

– Et depuis ce jour, je m'efforce de vivre avec cette affreuse cicatrice sur mon poignet.

– Cette cicatrice te rend belle, Rose. On a tous des cicatrices, que ce soit sur notre corps ou dans notre âme. Mais ainsi va la vie. Si on n'apprend pas à les accepter, alors on les laisse gagner, tu comprends ?

Je cligne plusieurs fois des paupières, chassant mes dernières larmes.

Je comprends.

– Je ne veux plus être prisonnière de mon passé.

– Seul le temps aidera, me répond-il, l'air perdu dans ses pensées.

Et je comprends que lui aussi est bouffé par un passé effroyable. La scène entre lui et son père me revient. Puis ses quelques révélations ensuite. Je m'étais promis de ne pas lui poser de questions, mais j'en ai envie.

– Et toi ? Tu as une histoire, Tayron Price ?

– On a tous une histoire, Rose. Certaines sont plus compliquées que d'autres, pas vrai ?

– Les histoires les plus marquantes sont celles qui sont le plus compliquées, murmuré-je en hochant la tête.

Ma réponse lui tire un sourire puis il fixe de nouveau mon plafond recouvert d'étoiles.

– Lorsque tu m'as vu devant mon garage avec mon père l'autre jour… ce n'était pas la première fois que je me battais avec lui. Au début… mon père était mon héros. Je me faisais déjà appeler « T-J » parce que je n'aimais pas qu'on m'appelle « Junior », mais en soi, j'étais fier de porter son deuxième prénom. De m'appeler Tayron, comme lui. Il m'accompagnait à tous mes matchs de baseball, me soutenait, et derrière ses cris, je ne voyais rien. Je ne voyais pas à ce moment-là que c'était un type violent. Du genre… vraiment violent. Je m'en suis réellement rendu compte vers mes 9 ans. Quand il s'en est encore pris à ma mère, comme un putain de lâche. Quel homme frappe la femme qu'il est censé protéger, Rose ?

– Personne, murmuré-je.

Je garde mon visage tourné vers lui, même s'il continue de fixer les étoiles là-haut.

– À partir de là, mon surnom a pris une autre importance. Je ne voulais plus seulement éviter de porter un deuxième prénom « de gamin », je voulais surtout ne plus avoir aucun lien avec mon paternel. Je ne comprenais pas ce qu'il se passait, mais je savais au fond de moi que ce n'était pas normal pour un gamin de voir sa mère pleurer. Et puis quand cela ne lui a plus suffi, il s'en est pris à moi. Il savait que j'étais plus faible que lui.

Quel fumier. Une envie de meurtre m'envahit. Une envie de frapper l'homme démoniaque qu'est son père. Mais surtout l'envie de protéger ce petit garçon sans défense.

– Bien sûr, personne n'était au courant, reprend Tayron d'une voix rauque. J'avais trop peur de parler, et ma mère aussi. Et je crois qu'une part de moi lui en voudra toujours pour ça… Je sais qu'au fond, elle voulait me protéger, elle devait se dire que ça serait pire pour nous si elle parlait, qu'il se vengerait… mais je ne vois pas comment ça aurait pu être pire. Elle ne parlait pas, jusqu'à ce que je la supplie d'aller voir les flics, en lui disant que sinon, j'irai moi-même. Alors, elle l'a fait.

– Et… et qu'a dit la police ?

Tayron lâche un rire sans joie, et je ressens là toute sa rancœur.

– Le meilleur ami de mon géniteur était flic. Tu t'imagines bien que nos appels à l'aide étaient sans résultat. Ils se contentaient de passer chez nous pour voir si tout allait bien, mais sans ouvrir d'enquête, sans écouter réellement ce qu'on avait à dire. Les choses ont changé avec les années. J'ai remarqué que plus je m'interposais, plus mon père délaissait ma mère pour s'en prendre uniquement à moi. Alors j'ai encaissé, pour la protéger. C'était un expert. Il savait toujours où frapper pour ne pas laisser de traces. Et moi, j'ouvrais ma grande gueule, mais une partie de moi était toujours ce foutu gosse qui était perdu et ne savait pas quoi faire pour se protéger.

Je ne sais pas quoi dire. J'ai envie de hurler. De frapper quelque chose. Mais je ne fais rien. Je continue de le regarder en espérant que mon regard transmette tout ce que je n'arrive pas à lui dire.

– Les choses se sont finalement calmées. Je savais qu'il péterait de nouveau un câble plus tard, pourtant je profitais de cette maigre paix. Mais il l'a touchée à nouveau. Je suis intervenu, et cette fois-ci, j'étais plus fort que lui. Il était plus lourd et grand que moi, mais la haine qui m'habitait me forçait à ne pas plier. Je lui ai fracassé la tête. Les flics sont ensuite venus. Il a porté plainte contre moi mais ça s'est retourné contre lui. Cette fois-ci, les flics ne pouvaient plus ignorer le carnage qui avait eu lieu. Mon père ne pouvait plus être entièrement protégé. Tucker, mon cousin, est intervenu. Les choses ont commencé à exploser peu à peu.

Il se tait un instant, submergé par les souvenirs.

– Mon père se doutait qu'il allait peut-être s'en sortir, mais que ça allait être très difficile pour lui. Ma mère ne voulait pas porter plainte, elle savait que la procédure allait être longue et douloureuse et que s'il trouvait les contacts nécessaires, il allait être libre. Elle voulait juste qu'on se libère le plus rapidement possible de son emprise. Alors il a accepté de signer les papiers du divorce. Et cet enfoiré a disparu… jusqu'à l'autre jour.

Tayron inspire profondément mais ne parle plus désormais. Je sais qu'il ne se confiera pas plus que ça, même si c'est déjà énorme.

Un nouveau silence s'installe entre nous. Nous sommes tous les deux plongés dans nos passés respectifs. Je pleure la mort de ma mère tandis qu'il est submergé par la haine. Je finis par fermer les yeux, bercée par le silence et le bruit du vent qui frappe contre ma fenêtre. Puis je le sens se redresser au-dessus de moi, je rouvre mes yeux et découvre que Tayron est penché sur mon corps, une expression très sérieuse sur le visage.

– Qu'est-ce que tu fais ? soufflé-je.

– Allez, fais un vœu, Rose.

– Quoi ?

Je suis perdue, l'espace d'une seconde.

– Tu faisais ça quand t'étais gamine, non ? Ferme les yeux et fais un vœu.

Je lui obéis. Je ferme les yeux, sentant son regard sur mon visage alors qu'il est toujours penché au-dessus de moi.

Je veux que Tayron Price continue à me faire me sentir vivante. Et je veux que lui aussi se sente vivant.

J'ouvre à nouveau les paupières lorsque son index frôle le haut de ma pommette. Mon cœur loupe un battement puis reprend sa course à toute allure. Il fixe mes lèvres alors je lui demande encore :

– Qu'est-ce que tu fais ?

– Je réalise mon propre vœu, m'annonce-t-il avant de poser ses lèvres sur les miennes.

Cette fois-ci, son contact est doux, presque apaisant. Il soigne mes blessures les plus profondes tout en pansant les siennes. Et ce baiser me chamboule encore plus que les autres. Parce qu'il est un peu maladroit, mais tellement profond. Tayron quitte mes lèvres une seconde puis dépose un nouveau baiser dessus, puis un autre avant de se rallonger à mes côtés, un sourire débile sur le visage.

– J'espère que ton propre rêve se réalisera, mon cœur.

Je m'apprête à lui répondre quand j'entends quelqu'un toquer à ma porte. Nous étions dans notre bulle mais elle éclate aussitôt. J'ai beau savoir que ma porte est fermée à clé, je suis en train de paniquer.

– Rose ? m'appelle mon père.

– Va dans la salle de bains ! soufflé-je à Tayron pour qu'il se relève et se cache dans l'autre pièce.

– Rose ? me demande à nouveau mon père.

– J'arrive ! m'exclamé-je en récupérant mon peignoir en coton sur mon lit.

Je l'enfile, un peu essoufflée. Puis je déverrouille la porte et passe la tête dans l'entrebâillement.

– Excuse-moi, j'étais en train de me doucher.

Il hoche plusieurs fois la tête.

– Oh, oui. Bien sûr. Je voulais simplement te souhaiter une bonne nuit. C'était une chouette soirée, pas vrai ?

Je souris avant de lui répondre :

– C'était super, et délicieux, papa. Vous avez assuré, tous les deux.

Il se gratte le menton une seconde avant de reprendre :

– J'ai conscience que ce n'était pas parfait. Et je sais que les choses sont compliquées avec T-J. C'est difficile de voir son intimité envahie par un nouveau jeune homme, surtout quand il n'est pas facile. Mais… je suis sûr que les choses vont s'améliorer. Je ne demande pas à ce que vous développiez immédiatement un rapport fraternel, et je ne te forcerai pas, Rose. Mais… je sais que tu essaieras de le mettre à l'aise et de l'accepter. Et peut-être qu'en l'acceptant, il acceptera la relation entre moi et sa mère.

Je ne sais pas quoi dire. Ses mots me font mal. Il veut que je développe un rapport fraternel avec Tayron. Il ne se doute pas un instant que je viens de coucher avec ce dernier.

– Tu sais, continue mon père sans s'apercevoir de mon trouble, sa mère t'apprécie beaucoup. Elle veillera à ce que son fils ne t'ennuie pas trop.

Face à mon silence, mon père commence à reculer, un petit sourire sur le visage.

– Papa ?

– Oui, ma chérie ? demande-t-il en se tournant de nouveau dans ma direction.

Je vais encore te décevoir, papa.

Ce sont les mots que j'ai envie de lui dire. Mais je me contente de murmurer un :

– Je t'aime.

Ses yeux deviennent humides, l'émotion l'envahit sans qu'il ne se retienne.

– Je t'aime aussi, ma petite fille.

Je ferme la porte dans mon dos, relâchant un soupir. J'entends les pas de mon père s'éloigner tandis que Tayron sort de ma salle de bains tout en revêtant son jean. Notre bulle est brisée, mais la connexion entre nous, elle, est toujours là. Comme jamais.

– Tu devrais rejoindre ta chambre, lui dis-je en m'asseyant au bord du lit.

Il hoche plusieurs fois la tête mais il ne bouge toujours pas. Je continue de fixer mes mains puis relève mon visage vers le sien.

– Mon père veut qu'on développe un lien fraternel, sur le long terme, soufflé-je.

Tayron hausse les sourcils et croise les bras sur son large torse recouvert en partie d'encre noire.

– Alors ? reprend-il finalement. Qu'est-ce que tu veux faire ?

Qu'est-ce que je veux, au fond de moi ? Qu'est-ce qui est bon pour moi ? Ce qui est bon pour nous n'est pas forcément ce que l'on désire.

– Je n'arrive pas à regretter ce qu'il vient de se passer. Mais je ne peux pas me permettre d'aimer ça. Je ne veux pas que ma vie soit plus compliquée qu'elle ne l'est déjà, tu comprends ?

– Alors pourquoi la rendre compliquée ? rétorque Tayron en penchant sa tête sur le côté. Voilà ce que je te propose, Rose. Arrête d'être une poule mouillée. Ne rends pas les choses compliquées. Et si on les prenait comme elles viennent ?

– Qu'est-ce que tu veux dire ?

– Je veux dire qu'on devrait arrêter de prétendre se détester, Rose. On devrait continuer à se rendre dingue, à se pousser à bout, mais on devrait aussi traîner ensemble, coucher ensemble.

– Tout ça, c'est justement compliqué, Tayron, le coupé-je en secouant la tête.

– J'ai bien réfléchi cette semaine, et je refuse de briser cette connexion entre nous, j'ai envie de la laisser grandir. Ce truc qu'on partage, je veux le vivre à fond, pas toi ? T'as pas envie de te laisser aller pour une fois ? De ne réfléchir qu'à toi et pas aux autres ? J'ignore combien de temps ce truc va durer, mais voyons où ça nous mène.

– T'as pas écouté ce que je t'ai dit, marmonné-je. Si mon père apprend qu'on couche ensemble, ou ta mère…

– C'est toi qui n'écoutes pas, mon cœur.

Il s'approche de mon lit, une lueur calculatrice dans le regard.

– Je ne te demande pas de m'épouser. Je ne te demande pas de mettre nos parents au courant de ce qui se passe entre nous. Si ma mère apprenait qu'on a couché ensemble, elle me massacrerait en pensant que je t'ai forcé la main et que je l'ai fait juste pour la faire chier car j'accepte difficilement ton père.

Alors je devrais continuer à mentir, et suivre Tayron afin de me sentir vivante à ses côtés ?

– J'ai lutté ces derniers jours pour te sortir de ma foutue tête, Rose. Mais je commence à comprendre que t'es destinée à y rester encore quelque temps. Si tu me dis que t'arrives à me virer de la tienne, alors je sortirai de ta chambre et on oubliera toute cette conversation. Si tu ne veux pas que l'histoire soit compliquée, dis-le-moi et je me tire.

Lui dire que j'arriverai à le faire sortir de ma tête serait un putain de mensonge que je n'arrive pas à prononcer à cet instant.

Est-ce que je peux laisser un homme avoir une emprise sur moi ? Est-ce que je peux rendre ma vie encore plus compliquée qu'elle ne l'est déjà ? Laisser mes envies dicter mes actes, ne pas réfléchir aux conséquences ? Ne pas penser au lien qui nous unit, Tayron et moi, par nos parents ?

– D'accord, annoncé-je en me redressant.

J'ignore ce que j'accepte exactement.

À part sauter à pieds joints dans l'inconnu sans réfléchir...

Je peux lire la surprise dans son regard. Il passe sa langue sur ses lèvres avant de s'approcher de moi, son visage penché sur le mien.

– Tiens-toi prête, Rose. Parce que le premier jour de ta vraie vie vient de commencer.

– Ça me fait plus peur qu'autre chose.

– Il faut savoir dépasser ses peurs, non, petite tempête ?

Je ne trouve rien à redire.

– Une dernière chose, m'exclamé-je.

Il m'écoute attentivement.

– Tu enlèves Hannah de l'équation. Je sais qu'on ne se promet rien, mais ne me fais plus jamais mal en t'approchant d'elle, Tayron. Ou je me vengerai.

– Il n'y a rien entre Hannah et moi. Mais j'avoue que je l'ai utilisée comme un con pour te rendre dingue. Je ne le ferai plus, tant que tu restes loin de Liam.

– Liam est un ami. Et il est gentil.

Tayron redresse un sourcil, intransigeant. Je fais la moue.

– D'accord, pas de Liam.

Il hoche sa tête, satisfait, avant de s'éloigner en direction de la porte.

– Tu pars ? lui demandé-je.

– Je croyais que tu voulais que je rejoigne ma chambre ?

– C'était avant que j'accepte de te suivre dans l'inconnu.

Il me jette un dernier coup d'œil, une expression ravie sur le visage.

– Rêve de moi.

Pour toute réponse, je marmonne un juron.

J'entends son petit rire alors que je me laisse tomber en arrière sur mon matelas. Et puis il quitte ma chambre, me laissant dans cet océan de sensations toutes plus fortes les unes que les autres.

Maman, j'espère que tu me regardes de là-haut et que tu m'enverras un message avant que mon cœur ne soit brisé en mille morceaux.

***

T-J

Je termine de m'habiller, souriant toujours comme un idiot. Si j'avais su que les choses allaient évoluer en si peu de temps, putain… Je devais ignorer Rose. Au lieu de ça, j'ai une nouvelle fois craqué : après qu'elle s'est confiée à moi, je me suis confié également. On a recouché ensemble. Et elle ne se rend même pas compte qu'elle vient de signer un pacte qui la lie à moi, désormais.

J'ai hâte de la faire sortir de ses gonds avant de la dévorer une nouvelle fois. J'ignore dans quoi je m'engage, mais pour la première fois depuis de nombreuses années, j'ai l'impression d'avoir pris la bonne décision.

Et c'est un grand pas pour un gars comme moi qui est terrifié par l'engagement sous toutes ses formes. Sauf avec ma petite tempête.

Je descends les escaliers de la maison de Rose et m'avance vers le salon pour récupérer ma veste et mon casque. Sam m'a appelé, il a besoin de moi. Alors je ne vais pas pieuter ici. Ma mère dort en haut, au moins je n'aurai pas à la croiser.

J'entre dans la pièce et pose ma main sur ma veste en cuir. Je m'immobilise en découvrant ma mère assise sur le deuxième canapé. La tête penchée sur une tasse brûlante, elle relève le visage vers moi en m'apercevant.

– Je savais que tu n'allais pas rester, murmure-t-elle en me regardant mettre ma veste.

Je déteste voir l'inquiétude sur son visage. Elle oublie que je suis adulte et que je suis maître de moi-même. Je m'approche, décale la tasse et m'assieds sur la table basse en face d'elle, me penche sur son visage et pose mes lèvres sur son front.

– Va te coucher maman, lui ordonné-je doucement.

Elle ferme les yeux une seconde comme pour profiter de ce contact, et lorsqu'elle éloigne son visage, ses yeux sont humides.

– Tu es un bon garçon, Tayron.

Non, je ne le suis pas. Mais on a tous un mauvais côté en nous, pas vrai ? Je la laisse me regarder attentivement, et je me promets une nouvelle fois de la protéger face aux dangers de la vie.

Face à mon père.

– Je sais que tu n'approuves pas ma relation avec Billy, continue-t-elle. Je sais que tu es inquiet pour moi et que dans le fond, tu veux me protéger. Mais je n'ai pas besoin que mon fils soit mon protecteur.

Je m'apprête à me lever. Je n'aime pas la tournure que prennent les choses, mais elle pose l'une de ses mains brûlantes sur mon avant-bras.

– Je sais que tout ceci est soudain pour toi. Pour moi aussi. Pour eux aussi. Mais Billy me fait du bien. Il m'aide à ne plus penser au passé. Il m'aide à me concentrer sur un futur paisible, sans complications. Tu comprends ?

– Maman…

– Je sais que tu n'approuves pas, répète-t-elle dans un murmure. Mais s'il te plaît, ne fais rien pour gâcher ce bonheur, même s'il ne doit durer qu'un court instant. J'ai vu ton regard posé sur Rose.

Je retiens ma respiration.

– Tu ne l'aimes pas, continue-t-elle. Mais accepte-la, accepte Billy. Ne fais pas de mal à Rose pour me montrer que tu n'acceptes pas cette nouvelle relation. C'est une jeune fille qui a souffert dans le passé. J'aimerais que tu restes loin d'elle et ne l'ennuies pas.

– Je ne la déteste pas, la coupé-je en retenant une grimace.

Bien au contraire. Elle me touche et s'accroche à ma peau bien plus qu'elle ne le devrait, putain. Mais je ne lui dis rien. Et je ne laisserai pas Rose s'échapper, pas alors que c'est si bon d'être à côté d'elle.

– Rose…

Elle relève un sourcil, attentive. Mais rien ne sort, parce qu'en réalité, je n'arrive pas à mettre de mots sur le bordel qu'est ma vie. Je laisse ma mère retourner boire sa tasse et quitte la petite maison.

Je ne m'attendais pas à être frappé par une tempête telle que Rose.

25

L'EXCLUSIVITÉ

Rose

Deux jours plus tard, je suis assise sur un coin du canapé, Isaa à mes côtés. Rachel se tient à quelques mètres de nous, elle bosse ses cours. On a beau être dimanche, les études n'attendent jamais pour notre sororité. Pourtant, aujourd'hui exceptionnellement, la moitié des filles de notre groupe sont sorties sur le campus.

Chaque année, les diverses fraternités et sororités de l'université de Denver se regroupent, dont les Pure Spirits. Plusieurs « stands » sont organisés afin de récolter de l'argent pour des associations. Cette année, l'argent récolté servira à payer des repas chauds pour les plus démunis à l'approche de Noël. Ce n'est que dans plusieurs semaines, mais il faut le temps que tout se mette en place.

Je m'empare d'une grande affiche cartonnée et me saisis d'un marqueur. Lex, celle qui dirige notre sororité, s'occupe d'un stand dans le hall avec d'autres élèves et on doit fabriquer des pancartes qu'elle pourra amener là-bas.

– C'est un stand de quoi déjà ? me demande Isaa en secouant un marqueur noir.

– De peinture.

– Lex ne sait pas peindre, me murmure Isaa et j'entends Rachel rigoler un peu plus loin.

Je retiens un sourire.

– Mais elle est plus douée que nous. Et de toute façon, on s'en tape. Le but est de récolter de l'argent. Les étudiants n'achèteront pas forcément pour l'art mais pour soutenir une cause.

– Mouais… tu me diras, je sais très bien dessiner la troisième jambe des mecs.

Rachel explose de rire tandis que je lève mes yeux au ciel. Isaa n'est pas croyable.

Quelques minutes plus tard, nous terminons notre pancarte : « Cinq dollars en échange d'une magnifique œuvre d'art. » Bon… tout dépend de ce qu'on entend par le mot magnifique. Adossée au dossier du canapé, je fixe durant de longues secondes mon téléphone posé près de moi.

– Arrête de vérifier ton portable. Arrête d'attendre un message de lui.

– Je n'attends aucun message de personne, répliqué-je, de mauvaise foi.

Samedi matin, j'ai découvert qu'un nouveau numéro était enregistré dans mon téléphone sous le nom « Apollon ». J'ai rapidement compris que Tayron avait réussi à ajouter son numéro dans mon portable pendant que j'étais encore sous la douche vendredi soir. Pourquoi l'a-t-il fait, s'il ne voulait pas m'envoyer de message ?

Isaa me regarde étrangement, pas dupe pour un sou. Je me suis confiée à elle hier, je lui ai raconté ce qui s'était passé entre Tayron et moi. Bon, je ne peux pas dire qu'elle valide tout, mais c'est ma meilleure amie et au lieu de me mettre en garde, elle m'a juste dit de foncer et de laisser la vie faire les choses sans penser à tout ce qui pourrait mal finir.

Lex descend les escaliers, les mains pressées contre son ventre.

Oh, merde, ça ne sent pas bon.

– Ça va ? lui demandé-je.

Elle secoue la tête, le teint verdâtre.

– Je crois que je couve une gastro. Et j'ai un examen de maths appliquées demain, c'est vraiment la merde, les filles.

Je me redresse en même temps qu'Isaa.

– On a déjà trois autres filles sur le campus, mais il faut quelqu'un pour me remplacer sur le stand.

Le regard de Lex se pose sur moi.

– Isaa peint carrément mieux que moi ! m'écrié-je afin d'y échapper.

Ma meilleure amie me regarde la bouche grande ouverte, mais elle reprend vite contenance, un air malicieux sur le visage.

– Mais on se moque de savoir peindre, Rose. Le but est de récolter de l'argent. Les étudiants n'achèteront pas forcément pour l'art mais pour soutenir une cause.

Je plisse les yeux et me retiens de l'insulter lorsqu'elle me répète mes propres mots.

– Super ! s'exclame Lex en descendant les dernières marches. Alors tu vas pouvoir me remplacer, Rose. Je t'en prie, je me sens vraiment mal.

Je la fixe l'espace de quelques secondes, sachant qu'au fond je n'ai pas vraiment le choix.

Et puis c'est pour aider les plus démunis, alors j'accepte et vais récupérer ma pancarte tandis que ma meilleure amie me fait un petit sourire de peste.

J'arrive quelques minutes plus tard au centre du campus. La pancarte sous le bras, je rejoins le bâtiment E. Je me réjouis que notre stand soit dans le hall, à l'abri du vent glacial. Heureusement qu'il ne neige pas.

J'entre dans le hall et trouve rapidement notre stand vide. Je me demande avec quel membre de sororité ou de fraternité je vais me retrouver pour partager le stand. J'espère juste que ça ne sera pas Hannah, ou je risque d'avoir des envies de meurtre.

J'installe difficilement notre pancarte sur le devant de la table et remarque les différents tubes de peinture posés derrière. Il y a plusieurs toiles vierges et deux pots en ferraille.

Bon, ce n'est pas parfait, mais ça devrait le faire.

– Est-ce que c'est un enfant de 5 ans qui a écrit sur cette pancarte, mon cœur ?

La voix dans mon dos m'immobilise. Je finis par me tourner vers Tayron, croisant mes bras sur ma poitrine. J'ignore la chaleur qui me pénètre alors que je le vois si proche de moi et que des souvenirs de vendredi soir m'envahissent. L'air taquin sur son visage me fait comprendre qu'il veut encore me rendre dingue.

Mes yeux se posent sur le bonnet en laine noir sur son crâne, avant de rencontrer son regard vert.

– Tayron ? lui demandé-je d'une voix doucereuse.

– Ouais ?

Il se rapproche de moi, les mains dans les poches.

– Fais-moi plaisir, va voir ailleurs si j'y suis.

Il me sourit pour toute réponse. J'observe sa joue se creuser délicieusement. Je sais exactement à quoi il pense en regardant mes lèvres. Il veut m'embrasser. Et bordel, j'en ai aussi envie. Mais je remarque la pancarte qu'il a posée près de lui et ma bouche s'ouvre de surprise :

– Attends, c'est toi mon coéquipier du jour ?

J'observe le jeu de ses muscles tandis qu'il installe le papier cartonné près du mien.

– Je ne suis pas ton coéquipier, je suis le type qui va t'écraser. Et fais gaffe, si t'essaies de me saboter, je le saurais, me dit-il avec un air compétiteur.

– On n'est pas censés se faire la guerre aujourd'hui, lui rappelé-je. L'argent récolté sera commun.

Il hoche plusieurs fois la tête en se redressant.

– C'est vrai que l'argent qu'on va récolter sera commun. Mais voyons voir qui de nous deux arrive à récolter le plus d'argent dans son pot.

– Oh… lâché-je en reculant d'un pas. Alors tu veux la guerre, hein ?

Tayron dessine merveilleusement bien, mais hors de question que je ne réponde pas à son défi.

Je ne veux plus être une poule mouillée.

Il semble aimer ma réponse. Il continue d'observer mon visage tandis que je regarde sa pancarte.

– Tu veux que j'te dise ? reprends-je. Ma pancarte est dix fois mieux que la tienne. Je suis plus douée que toi pour ça.

Il penche la tête sur le côté après avoir retiré son foutu bonnet.

– Mais je suis doué pour plein d'autres choses, Rose.

Pour me rendre dingue ? Assurément.

***

– Encore cinq dollars pour mon pot, s'exclame Tayron tandis qu'un étudiant s'éloigne, sa toile sous le bras.

Je l'ignore et il me donne un petit coup d'épaule, taquin :

– Allez, ne sois pas si triste. C'est pas grave d'être nulle.

– Si tu continues à me chercher, je vais planter ce pinceau entre tes deux yeux.

– Mais alors, tu ne pourras plus fantasmer sur mon visage d'Apollon.

Apollon, hein.

Mon cul.

Au loin, je vois Liam. Ce dernier me repère et me sourit. Il semble vouloir s'avancer vers mon stand mais en voyant Tayron, il s'arrête. Hors de question qu'il prenne peur ! Liam est mon ami.

– Liam ! l'appelé-je.

Tayron est en train de parler avec un pote à lui mais je le vois tourner la tête vers le grand brun à l'allure parfaite qui s'avance vers nous.

– Bonjour Rose, me salue ce dernier en accompagnant ses mots d'un petit signe de main.

Il observe la tache de peinture sur mon pull beige, retenant un petit rire.

– Te moque pas, le menacé-je en pointant mon pinceau sale dans sa direction. Je fais ça pour la bonne cause.

– Je n'en doute pas une seconde.

J'indique du menton les quelques toiles vierges devant moi.

– Tu veux un tableau ? Pour un prix de cinq dollars, je peux essayer de faire quelque chose de potable.

Il passe une main sur ses joues rasées avant de secouer la tête.

– C'est pas que je doute de ton talent, hein. Mais je vais passer mon tour, je dois être derrière le comptoir du café dans dix minutes.

– Oh…

Je le regarde prendre son portefeuille dans sa poche. Il tire un billet de dix dollars et le met dans mon pot. Je touche son avant-bras une seconde, le temps de capter son regard.

– Merci Liam. J'apprécie beaucoup.

Je sais qu'il ne roule pas sur l'or et qu'il doit bosser durement en plus de ses études, mais ça ne l'empêche pas d'aider les plus démunis.

C'est un chouette type.

Tayron s'avance, le regard posé sur la silhouette de Liam qui s'éloigne.

– Liam n'entre pas dans l'équation, ni Hannah, t'as oublié ?

Bien sûr que non, je ne l'ai pas oublié. Mais je décide de remettre les choses au clair.

– On ne sait pas trop dans quelle direction on va, toi et moi. Tout ça, répliqué-je en désignant l'espace entre nos deux corps, c'est nouveau pour moi. Je t'ai fait confiance pour ne pas réfléchir, pour ne pas me faire bouffer par la peur et juste laisser ce truc entre nous se développer. Mais ne t'avise pas de menacer Liam une nouvelle fois, Tayron.

Il ouvre la bouche mais je continue :

– Je ne plaisante pas. C'est un chouette type. Y a jamais rien eu de déplacé entre nous.

– Sauf quand vous dansiez collés l'un à l'autre, marmonne-t-il.

Je sais que je devrais me taire, mais je n'en ai pas envie.

– On doit parler de ton échange de salive avec Hannah ?

Je me rapproche de lui, pointant mon index dans sa direction.

– J'accepte de te suivre à l'aveuglette sans qu'on ne se promette rien, Tayron. Ne menace pas mes amis.

Mon index s'enfonce dans le haut de sa poitrine. Il finit par se calmer et soupire.

– Je sens que tu vas me faire perdre la tête, murmure-t-il comme s'il ne voulait pas vraiment que je l'entende.

C'est un juste retour des choses parce que c'est lui qui me la fait perdre, la plupart du temps.

Je reprends ma tâche, nettoyant une coulée de peinture blanche sur la table. Je viens de dessiner une lune qui ressemblait plus à une banane qu'autre chose, mais la petite brune qui me l'a achetée n'a pas eu l'air de m'en tenir rigueur.

Le hall est un peu moins blindé que tout à l'heure. Les étudiants ont vraiment bien participé, ça fait chaud au cœur.

Soudain, je reçois plusieurs gouttes sur la joue. Fronçant les sourcils, perdue, je pose mon doigt sur ma joue et le découvre teinté de peinture bleue. Je me tourne vers Tayron, furibonde.

– Ne me dis pas que t'as osé ?

Penché sur la table, il m'observe, l'air innocent.

– Quoi, mon cœur ?

Je le fusille du regard, plonge mon index et mon majeur dans la peinture rose avant de frôler son front. J'explose de rire en le voyant esquiver mon attaque, en vain. Il s'immobilise, le regard faussement méchant. Je rigole de nouveau en faisant un pas en arrière.

– T'as l'air con, dis-je pour me moquer un peu plus.

Je n'ai pas le temps de comprendre ce qui se passe que déjà il récupère à nouveau de la peinture bleue et m'attrape. Je lâche un couinement misérable lorsque son bras libre m'entoure et qu'il barbouille entièrement mon visage de peinture.

– Je vais te tuer, m'exclamé-je en tentant de me libérer. Tu vas tellement manger de peinture que tu vas pisser rose.

Je me retrouve bloquée contre son torse. L'air satisfait, il se penche vers moi.

– Maintenant, on a l'air cons tous les deux.

Il hoche la tête, fier de lui. Puis il me prend au dépourvu en posant ses lèvres sur les miennes, dans une douce pression qui me fait oublier l'endroit où nous sommes.

– Tayron, murmuré-je en éloignant mon visage de quelques centimètres avant de fixer le reste des étudiants.

– Laisse les gens comprendre que tu fréquentes le plus beau mec de la fac, m'annonce-t-il avant de m'embrasser une nouvelle fois.

– Le plus beau, je n'en suis pas sûre. Par contre celui à l'ego surdimensionné…

Il m'embrasse de plus belle pour mettre fin à mes taquineries. J'ignore les quelques regards indiscrets et repousse la peur des jugements au fond de mon ventre.

Je ne suis pas une poule mouillée, putain.

Alors je laisse Tayron m'embrasser et je lui rends même son baiser, avide de son goût et de son odeur. Nous sommes interrompus par un sifflement à quelques mètres de là. J'essaie de m'éloigner mais Tayron me retient une seconde avant de me laisser faire. Je reprends ma respiration tout en découvrant le cousin de Tayron et sa copine, Iris. Ils se tiennent devant nous, les yeux ronds comme des soucoupes.

– Tayron, murmuré-je sans réfléchir, on dirait qu'ils vont faire un AVC.

Iris et Tucker agrandissent un peu plus leurs yeux en m'entendant appeler le grand blond par son prénom. Je le fais tellement souvent que cela ne me choque plus, ni lui d'ailleurs. Mais j'avais oublié qu'ici, on l'appelle T-J.

– Elle t'appelle Tayron ? demande Tucker.

Je repense à notre dernière conversation, à tous les deux, pendant qu'il me découvrait en larmes contre un mur après avoir vu Tayron et Hannah. Le blond à mes côtés hoche simplement la tête mais ne répond rien. Et je ne sais pas quoi dire non plus à cet instant, j'ai juste envie de me faire toute petite.

– C'est du sérieux, reprend Tucker en fixant son cousin droit dans les yeux.

Qu'est-ce qui est du sérieux ?

– On se fréquente, annonce Tayron d'une voix calme. Et ceux qui ne sont pas contents, qu'ils aillent se faire foutre.

– Quand je te disais de foncer, reprend Tucker, ce n'était pas forcément pour que t'ailles aussi *vite*.

Iris donne un coup de coude à son copain.

– Ne gâche pas tout, Tuck Tuck.

Ce dernier pousse un soupir avant de lever les yeux au ciel et d'observer sa copine qui, elle, nous fixe sans ciller. C'est vachement flippant.

Ainsi, Tucker et Tayron ont parlé de moi ensemble ? Tucker a demandé à son cousin de foncer, mais il dit que ça va trop vite.

Et il a tellement raison. Pourtant, j'ai l'impression que je ne pourrais pas arrêter cette roue qui roule à toute vitesse, même si je le voulais. Et puis, tant que mon père ne sait rien, il n'y a pas de quoi s'inquiéter.

– Vous êtes en couple ? reprend Iris en croisant ses deux mains.

– On se voit, répète Tayron.

– De manière exclusive, murmure la rousse en me regardant cette fois.

– Oui, réponds-je simplement.

Pas d'Hannah ni de Liam dans l'équation. C'était ça, le deal, non ?

Je fixe Iris, ses yeux pétillent à cette annonce. Elle a l'air si sûre d'elle, si confiante même si je peux lire dans son regard qu'elle aussi a vécu des choses difficiles. J'aimerais être une femme aussi forte qu'elle, au moins en apparence.

– Pardon d'être si curieuse, continue-t-elle d'un air désolé. Mais quand j'ai commencé à fréquenter Tucker, T-J était la pire commère qui puisse exister.

Ce dernier pousse un juron avant de commencer à parler des stands avec son cousin, orientant la conversation sur un autre sujet.

Et moi, pour la première fois depuis longtemps, j'ai l'impression d'être exactement là où je suis censée être.

26

JOUER AVEC LE FEU

Rose

Avec Tayron, nous avons récolté deux cent quarante dollars cet après-midi, rien qu'à nous deux. Ça peut paraître peu, mais honnêtement, je suis fière. De nous.

Avec tout l'argent récolté sur le campus, énormément de repas vont pouvoir être servis aux plus démunis quand viendront les fêtes de Noël.

Tayron a gardé l'argent qu'on a récolté et l'a ensuite donné aux élèves en contact avec les associations tandis que je rejoignais ma chambre, le sourire aux lèvres. Pendant quelques heures, je n'ai pensé à rien si ce n'est à profiter du moment présent et au fait de récolter de l'argent pour aider.

Bon, c'est vrai que j'ai aussi pensé à son regard perpétuellement posé sur moi…

Et le contact de ses doigts qui me frôlaient quand il replongeait son pinceau dans le pot de peinture…

Allongée sur mon lit, j'entends un vrombissement de moteur dehors. Je jette un œil à la fenêtre de ma chambre, observant la nuit étoilée, la vraie, sans pouvoir m'empêcher de repenser aux étoiles dans ma chambre, chez mon père. Est-ce que le vœu que j'ai fait sous ces stupides gommettes va se réaliser ? J'en ai bien l'impression.

J'essaie de ne pas aller trop vite. Je sais que je dois prendre des précautions, même si je me suis lancée tête baissée. C'est difficile de balayer aussi rapidement toutes les angoisses qui me bouffent à longueur de temps. Mais Tayron est un bon remède face à elles.

Mon téléphone sonne et je fronce les sourcils en voyant le nom « Apollon » sur l'écran.

– Allô Apollon, ici Athéna, la déesse qui aime couper les membres de ceux qui l'ennuient. Je t'écoute ?

C'est le silence au bout du fil.

– Tu sais que t'es flippante ? me répond finalement Tayron. Je crois bien que j'aime ça.

Sa voix sonne presque comme un ronronnement à mon oreille. Je ris un peu.

– Pourquoi tu m'appelles ?

– Je veux que tu enlèves l'affreux pyjama que tu portes sûrement et que tu...

Je fixe le bas de jogging et le T-shirt gris que je porte.

Il n'a pas tort...

Mais je veux le prendre à son propre piège.

– Actuellement, je ne porte pas d'affreux pyjama, Tayron, le coupé-je. Je suis nue, allongée sur mon lit.

Nouveau silence. Cette fois-ci, j'entends sa respiration s'accélérer fortement. Puis je l'entends s'éclaircir la voix.

– Putain, mon cœur. Enfile un truc, quelque chose qui tient chaud de préférence, et rejoins-moi dehors.

Je fronce les sourcils et me redresse soudainement.

– Attends, t'es devant ?!

– Ouais. Je veux que tu viennes.

Je fixe l'horloge murale.

– Il est vingt-trois heures, Tayron. Je ne vais pas sortir maintenant, grogné-je. J'ai cours demain aprèm et je veux réviser le matin. Certains élèves sont studieux, je te signale.

– Ah ah.

Je l'entends faire quelque chose tandis que sa respiration s'accélère. Je me poste à la fenêtre, la maudissant de ne pas donner sur la rue. Qu'est-ce que fait Tayron ?!

– Va falloir que tu ramènes ton p'tit cul, mon cœur, reprend-il. On a un souci avec l'argent de cet après-midi.

Je me tends, désormais inquiète.

– Comment ça, un souci ?!

– Enfile un jean et une veste, Rose, et descends.

Puis il raccroche, me laissant encore une fois livrée à moi-même et perdue.

Je jure devant Dieu que s'il a perdu l'argent et ne l'a pas donné aux élèves, je vais l'étouffer !

Je jette un œil à mon jogging, puis décide finalement de passer un jean, des baskets et une veste sur mon simple T-shirt gris. Je ne porte pas de soutien-gorge vu que j'étais censée dormir, alors je monte la fermeture de ma veste. Je sors aussi discrètement que possible de ma chambre, repoussant mes mèches brunes et désordonnées dans mon dos. Toutes les filles dorment dans notre sororité. La plupart ont un examen demain et ont révisé toute la journée.

Je sors à pas de loup de la grande maison en fermant la porte derrière moi alors que le vent vient mordre mes joues. Heureusement que j'ai mis une veste.

Je repère aussitôt Tayron. Adossé à sa moto, les bras croisés, il me regarde venir à lui. Il semble parfaitement calme et reposé alors que je n'ai qu'une envie : lui hurler dessus. J'attends d'être proche de lui pour m'exclamer :

– Si t'as perdu l'argent, je te tue.

Ma pseudo-menace l'amuse. Il m'observe de haut en bas en mordant sa lèvre inférieure. Il porte sa veste en cuir à l'épreuve du vent.

– Du calme, petite tempête. Je t'ai menti, l'argent a déjà été donné aux étudiants. Je voulais simplement que tu descendes.

Ma mâchoire manque de se décrocher.

– Quoi ? Mais c'est quoi ton problème ?

Il se redresse et je n'ai pas le temps de comprendre ce qu'il se passe que déjà, il m'embrasse. Son goût se mélange à l'odeur de dentifrice à la menthe et j'en demande davantage.

– Si j'avais su qu'il fallait que je t'embrasse pour te faire taire, je l'aurais fait plus tôt, murmure-t-il contre mes lèvres.

Je me retiens de lever les yeux au ciel, attendant qu'il m'explique ce qu'il fait ici si tard. Pour toute réponse, il se tourne vers sa moto et saisit le casque noir présent sur la selle.

Oh, oh, j'ai un mauvais pressentiment.

– Tu te souviens, quand je t'ai dit que ta vie commençait vraiment maintenant, Rose ?

– Ouais… mais tu me fais peur, là.

Toujours dos à moi, il détache la lanière du casque avant de me faire face, l'air serein.

– Et tu m'as aussi dit que les histoires les plus marquantes étaient les plus compliquées. Tu as accepté de rendre ta vie un peu plus compliquée à mes côtés.

Je hoche la tête, silencieuse.

– Alors je souhaite que tu vives ce soir, Rose Hoffman. Tu vas te sentir si vivante que tu oublieras toutes les fois où tu as cru être morte.

Mon regard se pose sur le casque qu'il tend vers moi, puis sur ses yeux verts qui cherchent ma réponse.

– Je ne monte pas sur ta moto, Tayron.

Il penche la tête sur le côté, prêt à combattre.

– La Meute organise un petit quelque chose ce soir sur le campus, et je veux que tu m'accompagnes. Je veux que tu poses un pied dans mon monde.

Je suis sûre qu'il est en train de parler de quelque chose d'illégal qui concerne des motos… Les connexions se font dans ma tête.

– Vous allez conduire avec des potes sur le campus ? Mais vous allez vous faire tuer !

Il penche son visage vers moi, son haleine chaude réchauffant mes joues glacées.

– On ne va pas juste conduire, Rose. On va faire la course.

Ma bouche s'arrondit dans un « oh » silencieux.

– Ils vont appeler les flics et vous allez vous faire arrêter, m'exclamé-je. Non, je ne viens pas.

Je commence à faire demi-tour mais sa voix claque dans mon dos :

– T'es une poule mouillée.

Je m'immobilise, les bras serrés le long de mon corps.

Ne cède pas, Rose, il essaie de te lancer un défi. Ne réponds pas. Sois une gentille fille raisonnable et rejoins ta chambre.

Je devrais faire ça, mais une envie dévorante s'empare de moi. Une envie de découvrir un nouveau danger. Alors je me tourne vers lui et découvre qu'il m'observe en souriant.

Il savait que j'allais me retourner.

Je m'avance vers lui.

– Si les flics nous arrêtent, je te jure que je te dénonce.

Il rigole doucement avant de s'approcher et d'enfiler le casque noir qu'il tient à la main. Il écarte les mèches de cheveux de mon visage avant de reprendre :

– Toutes les filles rêveraient d'être à ta place, mon cœur.

Je fais mine de m'éventer.

– Oh, mon Dieu, quelle chance j'ai ! Peut-être qu'on devrait se prendre en photo et la poster sur Instagram.

J'ai l'impression d'étouffer sous ce casque et d'avoir une tête de poisson rouge.

Tayron me demande ensuite :

– T'as déjà fait de la moto ?

– Ouais, réponds-je en mentant effrontément.

Il relève un sourcil en analysant mes traits.

– Ah mon cœur, encore un vilain mensonge. J'adore être celui qui assiste à tes premières fois.

Il ferme sa veste et je marmonne un :

– J'avais déjà couché avec quelqu'un avant toi.

Il secoue sa tête.

– Mais je suis sûr que tu n'avais jamais joui aussi fort.

Je balance mon poing dans son épaule tout en retenant un juron face à ce maudit démon. Il rigole puis enfourche sa moto. Je n'avais pas vu qu'il avait un deuxième casque accroché au guidon. De la même couleur que le mien : noir.

Il l'enfile et tourne la tête vers moi.

– Monte derrière moi, Rose.

J'inspire profondément plusieurs fois. Putain, je vais vraiment le faire. Une fois que je suis installée derrière lui, mes bras se posent sur sa taille et je serre avant même qu'il ne démarre. On ne sait jamais… Si le démarrage est brutal et que je manque de tomber…

Il ne dit rien face à mon geste et met le contact dans un bruit assourdissant.

– Tu rigolais quand tu disais que la Meute avait organisé un truc sur le campus, hein ?

Peut-être qu'il voulait simplement qu'on fasse un tour ensemble ?

Il ne répond pas et roule doucement, puis accélère de plus en plus même si sa vitesse reste raisonnable. Seul le bruit de la moto résonne dans les rues étroites du campus, entre les habitations universitaires.

Au début, je suis mal à l'aise. J'ai peur de trop ou de pas assez le serrer. Et si je tombe sur le sol et me fracasse le crâne ?

Mais tandis qu'on s'approche de l'entrée du campus, je finis par me détendre… avant d'apercevoir plusieurs voitures et deux motos au loin.

Putain, il y a vraiment une course illégale qui s'organise ici.

La moto s'arrête à quelques mètres de la petite dizaine d'étudiants rassemblés pour frôler l'interdit et le danger.

Tayron n'a pas l'air d'avoir l'intention de descendre de la moto alors je reste derrière lui tandis qu'il pose un pied sur le sol. Sa main droite presse ma cuisse, dans un geste silencieux de réconfort.

– Ça va ? me demande-t-il d'une voix un peu forte pour couvrir le vrombissement des moteurs.

– Vous êtes tarés ! m'exclamé-je en retour. Je vous laisse dix minutes avant que les gardiens ne se ramènent.

Une jolie brune se tourne vers nous, un air serein sur le visage.

– Ce sera amplement suffisant, me répond Tayron.

Je ne peux pas voir son visage, mais je sais qu'il est en train de sourire à cet instant.

Foutu enfoiré.

Malgré la peur persistante, je sens une poussée d'adrénaline m'envahir à cet instant. Je ne sais pas ce qui va se passer exactement, mais je suis certaine que la partie la plus folle de moi va aimer ça.

Les trois voitures et les deux autres motos se placent au milieu de la route principale. Cette route conduit à quasiment tous les endroits du campus, dont plusieurs parkings ouverts et l'ensemble des habitations universitaires.

Je ne connais aucun des étudiants présents ce soir. Tucker et sa copine sont absents cette fois. Personne ne fait de réflexion en me voyant. En fait, chacun se moque de ma présence, comme si c'était normal de me trouver derrière Tayron.

Je resserre mes bras autour de lui tandis qu'il presse à nouveau ma cuisse.

– Ça va ? me demande-t-il une dernière fois.

– Je pense que je devrais descendre, je vais te ralentir, je suis lourde.

Face à mes piteuses excuses pour abandonner, il ne peut s'empêcher de se moquer encore davantage de moi derrière la visière de son casque.

– Oh, non mon cœur, tu restes accrochée à moi. J'ai hâte de t'entendre hurler à la mort.

– Je ne suis pas un animal, je ne hurle pas à la mort, rétorqué-je vivement.

Une fille, celle qui nous regardait tout à l'heure, se place au milieu de la route, agitant un chiffon dans les airs.

– Tu n'es pas un animal, Rose. Mais ce soir, t'es avec les loups.

Puis la fille abaisse le chiffon. Et dans un bruit assourdissant, tous les véhicules démarrent.

Mon cœur loupe un battement tandis que je resserre mon emprise.

– Oh, mon Dieu ! hurlé-je en tournant la tête lorsqu'on dépasse déjà la première des trois voitures.

Tous les véhicules s'élancent comme des malades et sur le chemin de droite, celui qui mène aux résidences universitaires.

– On va se faire tuer ! hurlé-je à nouveau.

Pour toute réponse, Tayron accélère une nouvelle fois et double une moto.

– Arrête de t'inquiéter, Rose. Vis !

Et je fais ce qu'il dit. Pendant les prochaines minutes, je hurle toutes les dix secondes en sentant mon cœur se gonfler sous l'effet de l'adrénaline. Mais je me surprends aussi à rire, plusieurs fois, de bonheur.

C'est effrayant et pourtant si bon. Exactement comme la connexion qu'il y a entre nous.

On emprunte une nouvelle route. Je fais les gros yeux en comprenant qu'on va bientôt passer devant la résidence du gardien.

Mais Tayron s'en moque et accélère, alors que je rigole à nouveau. Mais je perds mon sourire en voyant le gardien ouvrir comme un fou sa porte d'entrée tandis que les lumières de son porche s'allument.

– Oh, mon Dieu ! crié-je. Il nous a vus ! Il va appeler les flics !

– J'espère ! hurle mon motard en retour.

Tout s'accélère. Nous continuons notre course et quittons le campus par la sortie ouest. Les véhicules s'engagent dans la ville de Denver à toute allure. À cet instant, j'ignore si l'un d'eux va vraiment gagner. On dirait plutôt que tous les concurrents conduisent tous ensemble avec une vraie cohésion de groupe.

Quelques minutes plus tard, la première moto à arriver devant le parking blindé est la nôtre. Tayron ralentit enfin l'allure et j'entends les autres véhicules s'arrêter derrière nous alors que l'on pose pied à terre.

– Alors ? me demande-t-il en retirant son casque. Toujours vivante ?

Je passe ma langue sur mes lèvres, toujours gavée d'adrénaline.

– C'était… putain de démentiel !

Il rigole tandis que j'enlève à mon tour mon casque et que je remets en place mes longues mèches. Le type qui est arrivé deuxième sort de sa voiture et je le reconnais parfaitement. C'est le colocataire de Tayron, celui qui est entré dans la pièce pendant que j'étais encore en sous-vêtements. La gêne m'envahit mais il me fixe comme s'il ne me reconnaissait même pas avant de jeter un œil à Tayron.

– Putain T-J, t'as encore gagné.

Le grand blond joue des sourcils.

– Tu réussiras un jour à égaler mon talent, Sam.

Ledit Sam lâche un juron puis pénètre dans le bar, rapidement suivi des quelques autres personnes. Tayron se tourne vers moi :

– La ligne d'arrivée, c'était le parking de ce bar.

Je jette un œil à l'enseigne éclairée. Denver's Bar.

– On va y boire une petite bière avec Iris et Tucker. Mais… je sais que tu te lèves tôt. Je peux te ramener maintenant.

À cet instant, je ne pense même pas à mes cours. À tort peut-être.

– Ça ne me dérange pas de rester un peu.

Je m'avance vers l'entrée du bar, Tayron dans mon dos. Il laisse les deux casques accrochés au guidon comme s'il n'avait pas peur qu'on les lui vole.

Je crois que je ne suis jamais allée dans un bar de ce genre, mais la part d'adolescence qui reste en moi me donne envie d'y entrer, de lâcher prise. Tayron passe devant moi et me tient la porte avant de s'écarter.

– Alors prépare-toi, Rose, parce que c'est l'heure du numéro d'Iris, et tu vas t'enflammer.

Sur cette réponse énigmatique, il nous fait rentrer.

27

UN AMOUR SANS VISAGE ?

Rose

La première chose que je sens, c'est une forte odeur de bière. Je plisse mon nez quand une autre odeur s'ajoute : celle de la sueur. Il y a beaucoup de monde, plus que ce que j'imaginais. Ils sont tous éparpillés autour de tables en bois, de billards ou près de l'immense comptoir sur la droite.

Tant de gens...

J'avale difficilement ma salive, soudain mal à l'aise face à toute cette foule. D'anciens souvenirs tentent de me mener la vie dure à cet instant. Putain, je n'aime décidément pas les endroits bondés.

Tayron pose sa main chaude dans le bas de mon dos. Il ne le fait sûrement pas exprès, mais j'ai l'impression d'avoir un soutien silencieux de sa part. Et je ne le savais pas jusqu'à maintenant, mais c'est exactement ce qu'il me fallait pour me reconnecter avec la réalité. J'inspire profondément. Tayron arbore un sourire en coin.

– Regarde, lâche-t-il en m'indiquant du menton le bar devant lequel patientent pas mal de jeunes.

J'observe la scène, me demandant ce que je suis censée regarder, quand je vois Iris monter sur le comptoir et verser directement de l'alcool dans certaines bouches.

Tucker observe lui aussi la scène à quelques mètres de nous. Les bras croisés, il ne semble pas vraiment apprécier le moment si j'en crois l'expression renfrognée sur son visage. Tayron me tire vers son cousin et je le suis, gardant toutefois un œil autour de moi pour savoir exactement dans quoi je m'embarque.

– T'as gagné ?

C'est la première chose que demande Tucker au grand blond à mes côtés.

– À ton avis ? Je suis le meilleur.

Je les observe tour à tour, me souvenant des sensations qui m'envahissaient pendant que Tayron roulait sans prudence autour du campus. Ouais, c'était carrément génial. Il allait vite mais pourtant, il semblait complètement maître de ses mouvements. Je n'ai pas eu peur. Du moins, j'ai eu confiance en lui.

Tayron se tourne vers une grande table et j'aperçois plusieurs personnes assises. Ils faisaient la course avec nous !

– Voici Sarah, dit-il en m'indiquant la brunette du regard, Sam que tu connais déjà…

Il continue de me présenter les quelques personnes mais je dois avouer que je perds le fil et n'arrive pas à retenir les noms. La seule chose que je sais, c'est qu'Hannah n'est pas ici, et c'est tant mieux. Tous me saluent chaudement, nullement mécontents de ma présence dans leur petit groupe.

Toujours debout près de moi, Tayron écoute ce que dit Sam :

– Alors, tu nous ramènes de la chair fraîche ?

Je sais que son pote est en train de le taquiner, si j'en crois son petit sourire en coin, mais Tayron plisse les yeux et se tourne vers moi, le visage impénétrable. Il n'a pas apprécié la réflexion de Sam et vérifie que je ne sois pas vexée. Je ne le suis pas. Mais j'ai envie de mettre les choses au clair.

Alors, n'écoutant que mon instinct, je tire Tayron à moi. Son visage se baisse vers le mien et il me sourit quand il comprend mon geste. Je l'embrasse. Cette fois, c'est moi qui mène la danse. Et comme chaque fois que ses lèvres touchent les miennes, je ressens ces foutus papillons au creux de mon ventre.

J'embrasse Tayron sous les sifflements qui fusent autour de moi et le rire ravi de Sam. Je ne sais pas ce qui m'arrive, mais j'aime ça. J'aime maîtriser mes actes et me sentir sûre de moi.

Je finis par me détacher de Tayron en le regardant droit dans les yeux. Sa main posée à l'arrière de ma tête me lâche doucement. Puis je me tourne vers Sam, léchant ma lèvre inférieure alors que je désigne Tayron :

– Je ne suis de la chair fraîche que pour lui.

Sam siffle entre ses lèvres :

– Eh bah mon pote, je suis presque jaloux.

Je m'assieds ensuite près de Tayron et le laisse mettre son bras autour du dos de ma chaise. En fait, c'est comme si me retrouver là, avec lui à mes côtés, était presque normal.

Je sais que tout va trop vite et que je n'ai pas le temps d'émettre toutes mes réserves ni de réfléchir à mon comportement, mais je m'en moque.

Les minutes suivantes, je regarde Tayron parler avec ses potes, les quelques membres présents de la Meute, et je me rends compte que je les avais peut-être mal jugés. Sur le campus, ils sont perçus comme des rois, des étudiants dans l'excès que tous jalousent en secret. Et il y a une part de vérité là-dedans.

Mais ce groupe… c'est tellement plus. Pas un seul ne m'a jugée ni ne m'a envoyée balader. J'observe leur cohésion, le lien qui les lie tous et je ne peux que me dire que leur relation est différente de celle que j'entretiens avec les Pure Spirits.

La Meute, c'est plus qu'un groupe étudiant. Ce sont des amis qui ont confiance les uns en les autres. Un serveur se ramène et pose plusieurs bières sur la table. Je n'en prends pas car je n'en veux pas à cet instant, mais je suis surprise de découvrir que Tayron n'en prend pas non plus. Je lui donne un petit coup de coude.

– Tu n'en voulais pas ? lui demandé-je en indiquant du menton les bouteilles.

Il se tourne vers moi, son visage plus proche du mien désormais. Je le sens parfaitement détendu.

– Non. Non, pas ce soir, dit-il en secouant la tête et en resserrant son bras autour de moi.

Est-ce que c'est parce qu'il conduit et que je suis derrière lui ?

Je continue d'écouter la conversation. Puis Tayron et ses potes se lèvent.

– On va faire un billard ? Tu viens ?

Ce serait… trop. Je secoue la tête.

– Je t'observe, t'as intérêt à gagner, Price.

– Bien sûr que je vais gagner, je suis le meilleur.

Puis il s'éloigne avec ses amis et je les regarde de loin, avant d'être tirée de mes pensées par Iris qui s'installe devant moi et pose deux nouvelles bières sur la table.

– Enfin une pause, souffle-t-elle. C'est offert par la maison.

La rouquine me tend l'une des deux bières avant de boire une gorgée de la sienne. Ne pouvant pas vraiment refuser, je saisis la bouteille et la tire à moi.

– Merci.

Iris hoche simplement sa tête, jetant un œil à son homme. Le T-shirt noir qu'elle porte, à l'effigie du bar, est un peu trop grand et rajoute une touche rock à sa tenue.

– Tu travailles ici depuis longtemps ? demandé-je pour connaître un peu plus cette mystérieuse nana.

Si elle s'est assise en face de moi plutôt que de rejoindre ses amis, c'est parce qu'elle voulait qu'on discute, non ?

– Un peu plus d'un an ouais, me répond-elle. Mais je suis rentrée dans ma ville natale pendant quelques mois entre-temps.

Je hoche ma tête, curieuse de connaître son histoire. Je prends une gorgée de bière et retiens une grimace en sentant le goût âcre envahir ma bouche.

– C'est dégueulasse, marmonné-je.

Elle rit et avale une autre gorgée avant de secouer la tête, toujours souriante.

– Et comment t'es arrivée dans cette ville ? continué-je.

Si elle m'a parlé d'une ville natale, c'est qu'elle n'a pas grandi à Denver comme moi. Parfois j'ai juste envie de plier bagage et de quitter la ville… mais j'ai grandi ici. Je pense qu'une part de moi n'a pas le courage de tout quitter pour tout recommencer ailleurs.

Iris se referme instantanément avant de finalement relâcher ses épaules et je me demande ce que j'ai fait de mal. Mais je n'ai pas le temps de réfléchir qu'elle me dit d'une voix lointaine, plongée dans ses souvenirs :

– J'habitais à Portland. J'ai hum… perdu mes parents. Je suis venue ici dans l'espoir de mettre de la distance avec mon passé. Mais disons que les choses ne se passent jamais comme on l'imagine, pas vrai ?

Mon cœur se serre instantanément face à ses mots. N'écoutant que mon instinct, soudain envahie par la tristesse, je tends la main et presse une seconde sa main libre.

– Je suis désolée, Iris. Je ne voulais pas te faire parler de ça.

Elle hoche la tête comme si ce n'était rien, mais c'est faux. Je vois bien qu'elle est profondément atteinte par la mort de ses parents.

– Mais je suis tombée sur Tucker en arrivant ici, et cet enfoiré a décidé qu'il ne me lâcherait plus jamais.

La façon qu'elle a de le traiter tout en transformant ce terme en petit mot intime me fait comprendre que Tucker et elle sont indéniablement liés pour longtemps encore.

– Et… tu l'aimes ? Enfin, comment t'as su que tu l'aimais ?

Ma question semble la surprendre.

– Enfin, merde, murmuré-je avec un petit sourire gêné. Oublie ce que j'ai dit, je ne sais juste pas comment on fait pour savoir quand on aime quelqu'un.

Elle m'observe pendant de longues secondes, comme si elle m'analysait pour me placer dans une case mais arrivait à la conclusion que je suis inclassable. J'ignore pourquoi je lui ai posé cette question. Ça m'est venu comme ça et je n'ai pas envie d'avoir l'air ridicule.

Mais je ne suis jamais tombée amoureuse. Est-ce que c'est censé se passer comme dans les livres ? Les papillons dans le ventre, les mots d'amour échangés ?

– Il n'existe pas de mode d'emploi pour savoir si tu aimes quelqu'un ou non, me répond sérieusement Iris. En fait… tu le sais, c'est tout. Ça s'impose à toi. Un jour, tu te rends compte qu'une personne te plaît, et l'autre jour, tu comprends qu'elle est indispensable dans ta vie. Tu peux t'en rendre compte après quelques jours, ou après quelques mois. On s'en fout. Y a vraiment pas de mode d'emploi.

Je pense qu'elle a raison. L'amour n'a pas de visage, pas vrai ? Toutes les histoires d'amour sont différentes. Chaque expérience est unique.

– Pour tout t'avouer, reprend-elle, quand j'ai rencontré Tucker, j'ai tout de suite pensé que c'était un sale con qui voulait me faire intégrer sa stupide bande de potes. On s'est un peu fait la misère.

Mais derrière ce jeu de chien et chat, j'étais juste en train de tomber amoureuse sans même m'en rendre compte. Et quand l'amour te tombe dessus, Rose… tu peux te battre, tu peux lutter contre, mais la meilleure chose à faire c'est de l'accepter et de profiter de la personne que tu aimes pendant qu'elle est encore près de toi.

Ses paroles tournent en boucle dans ma tête. « Derrière ce jeu de chien et chat, j'étais juste en train de tomber amoureuse sans même m'en rendre compte. »

Je ne sais pas si l'amour avec un grand A, celui qui peut nous détruire ou nous rendre éternellement heureux, me tombera un jour dessus. Mon regard se pose au loin sur Tayron qui se penche vers la table de billard, un air de combattant sur le visage.

– Et toi ?

Je tourne ma tête vers Iris, sortant de mes pensées.

Elle fixe mes deux mains sans répéter sa question. Je baisse les yeux et découvre que j'étais en train de caresser sans réfléchir ma cicatrice. Je ne veux plus la cacher, mais ce n'est pas non plus un truc dont je suis fière. Iris l'indique du menton :

– T'as vécu des choses difficiles aussi, pas vrai ?

Je me contente de hocher la tête. Je n'arrive à rien dire d'autre. Avec Tayron, malgré le fait qu'il me donne la plupart du temps envie de le tuer, je me suis confiée si facilement et si naturellement… mais je n'arrive pas à le faire avec quelqu'un d'autre, si ce n'est Isaa.

Je tire une seconde sur la manche de mon vêtement mais me rappelle les mots de Tayron. « Ta cicatrice te rend belle. » Iris continue de me fixer et j'inspire profondément en ouvrant ma veste avant de la retirer.

Elle l'ignore, mais je viens de franchir un pas immense sous ses yeux. En fait, j'ai l'impression qu'elle le comprend car elle me sourit doucement, interprétant mes gestes.

– Alors, reprend Iris, vous êtes ensemble ? C'est tout récent.

– Si tu parles d'un couple qui se promet monts et merveilles, non. En fait, je ne saurais même pas comment faire, avoué-je en rigolant bêtement. J'ai jamais eu de vraie relation, tu vois ? J'ai pas envie de mettre un mot sur ce que je suis en train de vivre alors que je ne sais même pas exactement ce que c'est. Tayron m'énerve la plupart du temps et je le rends dingue en retour, et on a lien particulier…

Je ne lui parle pas de nos familles, doutant qu'elle soit au courant, et continue :

– Mais je me sens… bien avec lui.

Je me sens vivante. Mais j'aurais l'air bizarre si je lui disais cette dernière phrase, non ?

Iris reprend une gorgée de bière et je l'imite. Le goût est toujours aussi mauvais, mais ça se laisse boire.

– T'as pas de mot à mettre dessus, me répond-elle finalement. On emmerde les cases dans lesquelles veulent nous classer les gens. Ils ne se mettront jamais à notre place pour réellement comprendre nos problèmes et notre situation.

Elle avale une dernière gorgée de bière.

– Bordel, qu'est-ce que mes paroles sont sages ce soir, j'ai l'impression d'être maître Yoda.

On se fixe droit dans les yeux avant d'exploser de rire en chœur.

– Tu serais plus sexy en Anakin.

Iris se penche et me murmure soudainement :

– Je t'aime bien.

Je n'ai pas le temps de répondre que Tayron se laisse tomber sur la chaise près de moi. Il fait la grimace, et à son air boudeur, je comprends qu'il vient de perdre.

– T'es pas le meilleur ? demandé-je innocemment en papillonnant des yeux.

Il marmonne quelque chose dans sa barbe et je me retiens de me moquer ouvertement.

– J'espère que t'étais en train de me faire gagner des points, dit-il à Iris avant de m'indiquer du menton.

– Bien sûr, rétorque Iris, je n'ai pas dit qu'en septembre tu as gerbé partout dans ma voiture.

Les yeux me sortent de la tête quand je me tourne vers Tayron.

– Arrête ?

Mais il ignore ma question. Ses yeux se posent sur mes seins et je baisse les miens à mon tour.

Merde.

Je n'ai pas enfilé de soutien-gorge quand Tayron m'a fait quitter ma chambre en vitesse pour le rejoindre. Et avec l'air frais qui envahit la pièce alors que plusieurs personnes entrent dans le bar, mes tétons sont en train de durcir sous le tissu gris de mon haut.

– Rose, grogne presque le grand blond en face de moi.

Mais derrière cet air bougon, je peux sentir la faim qui le dévore et qui attise la mienne.

Une nouvelle musique moins rock et plus entraînante envahit le bar. Et je veux le rendre encore un peu plus fou.

– Viens, lui dis-je en me dirigeant vers la piste de danse au centre du bar.

Je sais que je n'ai pas besoin de regarder derrière moi. Il m'a suivie. Je le sens dans toutes mes terminaisons nerveuses. Je me fraie un chemin pour rejoindre le centre de la piste, et je flippe intérieurement face à cette foule autour de moi. J'ai l'impression d'étouffer une nouvelle fois, d'agoniser silencieusement.

Une main masculine que je connais parfaitement frôle mes côtes. Je sais exactement qui vient de me toucher avec cette force tranquille et rassurante.

Tayron presse son torse brûlant contre mon dos.

– T'es avec moi, Rose ? Juste nous deux.

Je ferme les yeux et me laisse aller. Il n'y a pas de foule. Il n'y a que lui et moi.

L'une de ses mains s'enroule autour de ma taille et me tire un peu plus à lui. Il n'y a plus aucun centimètre entre nos deux corps. C'est une véritable collision.

Je n'imaginais pas cette soirée comme ça. Je devrais être en train de bosser avant de dormir. Et me voilà à minuit en train de danser dans un petit bar avec le gars qui me fait perdre tous mes moyens. Le visage de Tayron vient s'appuyer contre l'arrière de ma tête puis il penche son visage et sa bouche effleure l'une de mes oreilles. Les yeux fermés, je suis secrètement soulagée qu'il ne puisse voir ma réaction.

Tout va si vite. C'est dangereux. Trop dangereux. Mais si bon.

Sa main droite, celle qui me serrait jusqu'à présent, remonte le long de mon corps. Il pince mon téton droit entre son pouce et son index et je ressens comme une délicieuse décharge électrique me traverser. Puis, il me retourne face à lui. Je retiens un gémissement tandis que mon souffle se coupe.

– C'était méchant, murmuré-je contre son visage.

– Ça t'a excitée.

Oui. Oui bordel.

Je continue d'onduler contre lui tandis qu'il me tient les hanches. Mes tétons se frottent contre son torse et j'ai l'impression qu'ils se transforment en pierre tellement ils sont durs et douloureux à cet instant. Ils requièrent de l'attention.

– J'ai envie de te baiser maintenant, Rose, dit-il contre ma bouche.

Ma langue donne un petit coup à sa lèvre inférieure et il resserre son emprise sur mon corps. Il s'écarte, le souffle court.

– Allons ailleurs.

Je sais parfaitement ce qu'il veut dire. Il veut qu'on termine la soirée chez lui. La dernière fois que j'étais chez lui, ça s'est très mal fini. Mais les choses sont tellement différentes désormais. Je hoche la tête sans réfléchir. On s'avance vers la table pour récupérer ma veste. Je reste un peu derrière Tayron pour que tous ne voient pas dans quel état d'excitation je suis. Mais je remarque qu'ils nous regardent tous, comme s'ils savaient où nous allions et ce qu'on allait faire. Iris, désormais assise sur les genoux de Tucker, jette un coup d'œil de conspirateur à ce dernier.

Je tire sur son bras et murmure tout bas :

– Qu'est-ce qu'ils attendent ? On est censés dire un truc ou… ?

Tayron se tourne vers moi et me regarde droit dans les yeux.

– On n'a rien à expliquer. C'est juste toi et moi, ce soir. OK ?

Je hoche la tête. Tucker interpelle une dernière fois son cousin. Tayron aimerait qu'on s'en aille tout de suite, je le vois. Mais ça semble assez urgent et concerne la mère de Tucker. Alors je m'excuse et comprenant qu'ils en ont pour au moins quelques minutes, je décide d'aller faire un tour au petit coin. Tayron me regarde m'éloigner, dans une promesse silencieuse de ce qu'il va me faire tout à l'heure.

Une fois sortie des W.-C., je me lave les mains, pressée de rejoindre mon grand blond qui m'attend.

Est-ce que je viens vraiment de penser « mon » ?

Tayron ne se tient plus près de la table de ses amis. Je fronce les sourcils, le cherchant du regard. Mon estomac se tord quand je le découvre près de l'entrée du bar, une sublime blonde en robe rouge se tenant près de lui. Bien trop près.

Je m'avance de quelques pas et découvre qu'il s'agit d'Hannah. Je n'ai pas envie de l'avouer… mais c'est un fait : elle est vraiment sublime. Une autre bouffée de jalousie m'envahit. Elle dit quelque chose à Tayron qui garde les bras croisés sur son torse.

Voir qu'il est hermétique face à son approche me redonne confiance en moi, mais me fait surtout comprendre… que je commence à avoir confiance en lui.

« Liam et Hannah en dehors de l'équation », je me répète en m'avançant vers eux.

Il tourne la tête vers moi, me regardant venir à eux. Son regard s'illumine presque, habité d'une véritable émotion. D'un désir bestial. Il ignore totalement Hannah et tend la main dans ma direction :

– Je t'attendais.

J'observe ses dix doigts. J'oublie le regard noir d'Hannah et saisis la main de Tayron. Elle est chaude et se resserre autour de la mienne. Hannah fait demi-tour pour rejoindre ses amis, mais elle ne compte plus à cet instant. Comment est-ce que je pourrais penser à elle alors que Tayron me regarde d'une manière qui me donne envie de recroqueviller mes orteils ?

Je commence à croire que moi aussi, je t'attendais depuis longtemps, Tayron.

28

VIS POUR VIVRE

Rose

Le souffle court, la peau recouverte d'une fine pellicule de sueur, je me laisse tomber sur le matelas. Tayron me rejoint, un sourire débile collé sur le visage.

Je tourne ma tête vers lui, étouffant un bâillement.

– T'es fier de toi ?

Il quitte le plafond des yeux pour les poser sur mon corps nu et courbaturé. Ses joues se creusent un peu plus.

– Oh, oui. Très fier.

Il passe un bras derrière sa tête.

J'ignorais à quel point coucher avec quelqu'un pouvait être aussi libérateur quand nos corps sont en osmose. Tu ne penses plus à rien, juste au plaisir de l'autre et à ton propre plaisir.

La chambre – sa chambre – se fait silencieuse. Je me tourne sur le côté et observe Tayron sans discrétion. Un morceau de drap recouvre le bas de son corps et à cet instant, il ressemble à un guerrier au repos.

Une nouvelle fois, j'observe l'encre noire sur sa peau. Mon index effleure le tatouage sur son avant-bras droit, écrit dans une langue qui m'est inconnue.

– *Vive ut vivas*… Est-ce que c'est une formule magique ou un truc du genre ?

Il se moque de moi et relève son bras de quelques centimètres, son regard vert posé sur sa peau.

– Ouais. C'est un genre de philtre d'amour. Il paraît que, quand une fille lit ces paroles, elle tombe instantanément amoureuse de moi.

Je me redresse sur un coude et frappe son épaule en comprenant qu'il se fout de moi.

– Ah ah ah, rétorqué-je en levant les yeux au ciel. Me voici amoureuse de toi, Tayron Price.

Je m'immobilise lorsque ces mots s'échappent de ma bouche. Mais qu'est-ce que je viens de dire comme connerie ?

Je ne sais même pas ce que c'est vraiment, d'être amoureux de quelqu'un. Les paroles d'Iris me reviennent en tête.

« Il n'existe pas de mode d'emploi pour savoir si tu aimes quelqu'un ou non. En fait… tu le sais, c'est tout. Ça s'impose à toi. Un jour, tu te rends compte qu'une personne te plaît, et l'autre jour, tu comprends qu'elle est indispensable dans ta vie. »

Est-ce que c'est ce que je ressens pour Tayron ? Non… putain non. Je ne peux pas aimer quelqu'un. Pas lui. Pas comme ça.

Repoussant au plus profond de mon être cette stupide pensée, je colle un peu plus le drap contre ma poitrine et continue de fixer le reste de ses tatouages. Je sens le regard perçant de Tayron sur moi, mais je l'ignore parce qu'au fond de moi… j'ai l'impression d'avoir prononcé ces mots pour une bonne raison. Une raison qui me fait carrément flipper intérieurement.

– Ça veut dire « vis pour vivre », le tatouage, reprend Tayron.

Je lui suis reconnaissante de me sortir de cet instant gênant. Je fronce les sourcils en comprenant ses mots.

– Vis pour vivre ?

Il hoche la tête puis fixe le plafond, comme s'il fouillait dans son esprit à la recherche d'un souvenir.

– À un moment de ma vie… je me suis senti vraiment, vraiment perdu. Je n'avais plus goût à rien. Mais j'ai compris que pour m'en sortir, il fallait juste… vivre.

– Vis pour vivre, murmuré-je. Ça me plaît.

J'indique du menton le loup tatoué sur son biceps en souriant à mon tour.

– Alors ce truc de la Meute, cette fraternité, c'est vraiment toute ta vie, pas vrai ?

– C'est ma famille, me répond simplement Tayron comme si cette simple phrase expliquait tout.

– La famille que tu t'es choisie.

Il se tourne vers moi et me regarde comme si j'avais lu dans ses pensées. Quelque chose de silencieux passe entre nous, pulse entre nos deux corps et alimente une nouvelle fois cette étrange connexion qui nous unit.

– Ouais. La famille que je me suis choisie.

J'entends la porte d'entrée claquer de l'autre côté de l'appartement, signalant que Sam, le colocataire de Tayron, est rentré après cette longue soirée riche en sensations. Je me redresse sur un coude et regarde le radio-réveil. Je retiens une grimace en apercevant l'heure.

Deux heures quarante.

– C'était chouette, ce soir. Mais j'ai cours demain après-midi et je suis sûre que je ne vais pas réussir à me lever si je tarde trop à rentrer.

Je me tourne à nouveau vers l'immense blond à mes côtés. Le drap est tombé de ma poitrine, et j'inspire profondément en sentant le pouce de Tayron stimuler le bout de l'un de mes tétons dressés.

– Ou alors tu pourrais rester, ronronne-t-il avec une lueur affamée dans le regard. Et filer directement en cours demain. Je pourrais te déposer devant ta sororité un peu avant.

J'essaie de rester concentrée et fais non de la tête. Mais c'est compliqué quand son doigt stimule toutes mes terminaisons nerveuses. J'attrape sa main afin de l'immobiliser. Il me sourit, comprenant parfaitement l'effet qu'il a sur mon traître de corps.

– On vient de coucher ensemble, et t'as encore envie ? demandé-je dans un souffle qui lui fait bien comprendre que moi aussi, j'ai encore envie.

Bizarrement, ma phrase l'immobilise. Il fronce les sourcils comme s'il réalisait quelque chose au fond de lui.

– Ouais, avoue-t-il finalement. Va savoir pourquoi, j'ai encore sacrément envie de toi, petite tempête.

Je n'ai pas le temps de réfléchir qu'il se dresse au-dessus de moi et m'immobilise sous son corps chaud et tendu. Son érection se loge directement entre mes cuisses.

– T'as l'air surpris ? soufflé-je contre son visage.

Mes ongles éraflent ses épaules quand il donne un petit coup de langue à ma lèvre inférieure.

– Toi, chuchote-t-il contre ma bouche, c'est toi la véritable surprise.

Je n'ai pas le temps de réfléchir à ses mots que le bout de son érection stimule mon clitoris palpitant.

Je réfléchirai plus tard.

***

Mes yeux papillonnent doucement tandis qu'un rayon de soleil frappe mon visage et me sort peu à peu du sommeil.

J'essaie de me redresser mais c'est impossible. Un bras musclé et recouvert de poils dorés s'est enroulé autour de moi pendant mon sommeil. Mais ce n'est pas ce qui me surprend le plus. Je suis à moitié vautrée sur la poitrine de Tayron…

Je lève ma tête et m'immobilise en comprenant que… merde. Ses doigts sont entortillés autour de mes mèches, comme s'il avait voulu éviter que je m'éloigne de son corps brûlant.

Je me détache délicatement et sans bruit.

Pitié, dites-moi qu'on n'est pas au milieu de l'après-midi.

Je lâche un soupir de soulagement en regardant l'heure. Il est à peine dix heures et bien que j'aie peu dormi, mon horloge interne me force à sortir du lit à cet instant. J'hésite une seconde à prendre une douche mais en découvrant que Tayron dort à poings fermés, je ne préfère pas. Son visage semble si détendu, comme si les cauchemars n'avaient eu aucune prise sur lui pendant son sommeil.

Et bizarrement, c'était également mon cas. Aucun cauchemar n'est venu me hanter cette nuit, aucune image de ma mère recouverte de sang. Juste… une tranquillité totale de mon esprit. J'ai l'impression que mon subconscient a décidé de me laisser en paix le temps d'un soir.

Je me penche pour récupérer mes affaires de la veille, les enfile et quitte la chambre sans un bruit tout en fermant le bas de ma veste. Bizarrement, c'est l'odeur du café qui m'envahit instantanément une fois que je suis dans le couloir. J'inspire profondément, note une petite touche de sucre dans l'air, et entends un bruit sourd. Toujours pieds nus, je m'avance vers l'autre côté de l'appartement et pénètre dans la petite cuisine ouverte.

Dos à moi, un type est en train de verser de l'eau sur sa main en lâchant des jurons entre ses dents.

– Salut, dis-je d'une voix rendue rauque par le sommeil.

Sam tourne son visage vers moi, les yeux à moitié ouverts.

– Euh... salut.

Vu son regard, je dois avoir une tête à faire peur. Tayron a passé son temps avec sa main dans mes cheveux alors je suis sûre que ma chevelure doit ressembler à un nid d'oiseaux. Mais Sam continue son inspection silencieuse et en comprenant que j'ai dormi ici, un petit sourire taquin s'installe sur son visage.

Je ne connais pas bien ce gars et je dois avouer que je suis assez gênée étant donné qu'il m'a déjà vue à moitié à poil. Mais je me contente d'avoir l'air naturelle et finis par lui demander en indiquant sa main sous l'eau froide :

– Ça va ?

– Je viens de me brûler. Mon index est tellement dans un sale état que je ne pourrai certainement plus doigter aucune fille. Mais tout va bien.

Est-ce qu'il vient vraiment de dire ça ? La bouche grande ouverte comme celle d'un poisson rouge, je continue à fixer Sam qui noie son pauvre doigt sous l'eau glacée.

J'entends un bruit au loin et découvre que la télévision est allumée et diffuse un dessin animé. En apercevant *Oggy et les Cafards* sur l'écran, je ne peux retenir un sourire.

– Non mais de base, je regardais un documentaire ! tente de se justifier Sam. Je me suis trompé de chaîne.

– Hum... ouais... ouais.

– C'est vrai ! s'exclame-t-il en se tournant vers moi. Je viens d'apprendre un truc carrément dégueu. Tu savais qu'en Chine, il existe une recette appelée *tong zi dan* – ou un truc comme ça – dans laquelle on fait cuire des œufs de poule dans de l'urine de petits garçons ?

La grimace qui étire mon visage le fait rire.

– Ouais... en fait, *Oggy*, c'est bien.

– Tu vois. Y a du café si tu veux, ajoute-t-il en désignant la cafetière.

Après quelques secondes de réflexion, je me sers une tasse, puis verse du café également dans celle de Sam. Il hoche la tête en signe de remerciement et coupe enfin l'eau.

– Je me suis mis au café depuis peu pour arrêter de sniffer plus vite qu'un toxico. Tayron allait finir par me botter le cul si j'arrêtais pas. Mais sérieux, ces machines à café, c'est l'horreur, s'exclame-t-il en s'adossant à l'évier.

Alors il se droguait et l'avoue ouvertement ? Il a dit « sniffer »... Il consommait donc de la drogue dure. Et Tayron l'a fait arrêter. Si ça avait été mon ami, j'aurais réagi de la même manière.

– Est-ce que tu savais qu'il ne fallait pas appuyer sur le bouton tant que le couvercle n'était pas correctement placé ?

– Hum... ça me semble être logique, ouais... dis-je en me moquant doucement.

Il marmonne une nouvelle chose dans sa barbe et ajoute plusieurs sucres dans sa tasse.

Je ne sais pas vraiment quoi dire alors je sucre ma boisson et la sirote silencieusement. En baissant ma tasse, je découvre qu'il me fixe.

– Alors, me demande-t-il en s'accoudant à l'îlot central, dis-moi, ça fait quoi de passer la nuit avec un mec aussi naze que T-J ? Est-ce que tu vas faire des cauchemars toute ta vie ?

Je comprends immédiatement qu'il n'est pas sérieux et cherche juste à me tester pour une raison que j'ignore.

– Je crois que je vais effectivement cauchemarder pour le restant de mes jours. D'ailleurs... j'ai dû l'abattre en pleine nuit. Son corps est sous le lit, il faudra s'en débarrasser.

Sam rentre dans mon jeu et laisse échapper un petit rire. Mes yeux se posent sur son torse nu. Il est bien gaulé, c'est sûr. Mais rien à voir avec le lion endormi à quelques mètres de là.

– Maintenant que la concurrence a disparu, reprend-il, et si on faisait connaissance ? Ton père est un voleur, il a volé toutes les étoiles du ciel pour les mettre dans tes yeux.

Je me retiens d'exploser de rire et réplique à mon tour :

– Et toi, tu ne t'es pas fait mal quand t'es tombé du paradis ?

Sam rit de ma réplique nulle et complètement cliché. Il s'adosse un peu plus sur l'ilôt central, fait jouer ses sourcils et reprend :

– Je m'appelle Prince. Et je suis charmant. Tu accepterais que je sois ton prince charmant ?

Je m'apprête à lui rétorquer quelque chose d'encore plus nul mais une voix fatiguée et rauque retentit à quelques mètres :

– Et moi, je m'appelle « Ferme-la ou je te casse les dents », tu veux faire ma connaissance ?

Sam se redresse et nous regardons Tayron débarquer dans la cuisine, l'air bougon. Mais dès que nos regards se croisent, il se radoucit et s'approche de moi.

– T'es vraiment pas drôle mec, s'exclame Sam en récupérant sa tasse avant de rejoindre le canapé devant les dessins animés.

Je passe ma langue sur mes lèvres en découvrant Tayron à moitié nu. Ce dernier ignore son colocataire et se place juste devant moi.

– Tu n'es pas partie.

Cela a l'air de lui faire plaisir.

– En fait… je devais partir. Mais ton ami m'a dit qu'il y avait du café et ça me semblait… naturel d'accepter.

– Ce mec n'est pas mon ami, c'est un gros con.

– J'ai entendu, sale trou du cul ! hurle Sam depuis le canapé. Tu ne pourrais pas vivre sans moi. On est un peu un couple, nous deux !

Tayron lève les yeux au ciel mais je vois bien qu'il est amusé. Après tout, si les deux habitent ensemble, c'est qu'ils doivent avoir le même caractère et partager une vraie amitié. Un peu comme Isaa et moi.

– Est-ce que t'es censé être le mari avec la p'tite bite ?

– Et toi, la femme frigide ?

Le blond étouffe un juron tout en se retenant de rire. J'ai l'impression de me voir avec Isaa, il y a des années. Je devrais me dépêcher de rentrer chez moi, mais tandis que Tayron se place à mes côtés et se sert une tasse, je savoure simplement le bonheur d'être à ses côtés en cette belle matinée.

29

SA FLEUR PRÉFÉRÉE

Rose

– La « pentalogie de Cantrell » ! hurle mon professeur de biologie en brandissant une craie vers l'amphithéâtre.

Il se tourne, furibond, et continue d'écrire des lignes et mots illisibles sur le tableau derrière l'estrade. Il remonte sa paire de lunettes rondes sur son nez et nous fixe ensuite, comme si l'espèce d'êtres vivants la plus intrigante, c'était nous.

– Une malformation qui touche très peu de gens. Lorsque la personne naît, son cœur se trouve hors de sa cage thoracique et bat à quelques millimètres de sa peau. La moindre chute ou le moindre choc peut la tuer.

On fait tous la grimace, moi y compris. M. Goors nous fixe d'un air presque démoniaque et je crains ses prochains mots.

– Il se pourrait que le test de lundi prochain porte sur le sujet… Je dis ça, je ne dis rien ! Mais révisez bien !

Argh, les foutus tests. Je passe trois épreuves réparties entre lundi 13 décembre et mardi 14 décembre prochains et je sens que je vais bûcher sur mes cours une bonne partie du week-end. La bonne nouvelle, c'est que les autres jours de la semaine prochaine seront banalisés et qu'on n'aura pas de cours. Puis on aura une dernière semaine de cours et ensuite, ce sera enfin les vacances de Noël.

Peut-être que je proposerai à Isaa de nous faire une petite virée dans une ville voisine. Ça fait un bail que je ne me suis pas retrouvée avec ma meilleure amie… et ça me manque.

M. Goors continue de donner des instructions pour son examen de lundi prochain, mais on est jeudi midi et en bons étudiants qui se respectent, on a hâte d'envahir la cafétéria pour se remplir le ventre. Moi la première.

Je range à la va-vite mon ordinateur dans mon sac et descends rapidement les marches de l'amphithéâtre tout en envoyant un message à Isaa pour savoir si elle a cours ce midi ou si on peut manger ensemble.

Je suis à peine sortie de l'amphithéâtre que je la cherche du regard. Mais elle n'est pas là. Mon portable vibre et je découvre un message de sa part.

[Toujours bloquée en cours.
Heureusement que le prof est
un orgasme visuel.]

Je retiens un sourire face à cette réponse qui lui ressemble tellement. Mais qu'est-ce que je ferais sans cette nana dans ma vie, hein ? Elle m'a sauvée de bien des manières et continue d'être une part de lumière dans mon obscurité.

Je longe le couloir, en me demandant si je devrais envoyer un message à Tayron ou non. J'ai envie de le voir, bien sûr. En fait, une part de moi crève d'envie de partager un petit moment avec lui. Mais on s'est déjà vus hier soir pour aller manger au restaurant de tacos près de son appartement… et je n'ai pas envie qu'il réalise à quel point il me manque quand il n'est pas là.

Ça me désarçonne et je ne sais pas si je m'avouerai un jour qu'une part de moi commence à avoir besoin de lui tout en s'habituant à sa présence. C'est dur d'admettre qu'on a besoin de quelqu'un quand ce qu'on veut plus que tout, c'est être indépendante et qu'aucune personne n'ait un quelconque pouvoir sur nous. Mais il semble que j'ai échoué avec Tayron…

Bizarrement, m'en rendre compte ne me fait pas aussi peur que je le pensais.

Je m'apprête à lui envoyer un message mais – comme je ne regarde pas devant moi – je rentre brutalement dans quelqu'un.

– Excuse-moi, m'exclamé-je en levant les yeux.

– Mais ce n'est rien, rétorque une voix doucereuse.

Une sublime étudiante m'observe sous ses paupières mi-closes et je me dis qu'elle ressemble à un chaton prêt à sortir les griffes.

Hannah.

J'essaie de passer près d'elle mais elle fait un pas sur le côté pour me bloquer la route. Je hausse les sourcils. À quoi elle joue ?

– Si tu cherches T-J, j'étais avec lui il y a cinq minutes… On était très occupés alors… je pense qu'il se remet encore de ses émotions, si tu vois ce que je veux dire…

Son sous-entendu me fait l'effet d'une douche froide et je m'immobilise. Son air méprisant est perceptible derrière son petit sourire amical.

Ce qu'elle vient de me dire fait son chemin dans mon esprit et je me mets à douter et à me faire des films malgré moi.

J'observe Hannah pendant de longues secondes tout en respirant calmement. C'est dans la nature humaine de douter des autres et de nous, n'est-ce pas ? Putain, je ne peux pas la laisser semer le doute dans ma tête.

Est-ce que Tayron était vraiment avec elle ?

J'avale plusieurs fois ma salive. Il ne me ferait pas ça...

Non.

Il m'a dit que Liam et Hannah n'entraient pas dans notre équation. Je l'ai suivi sans un regard en arrière et il n'y a que nous dans cet univers.

J'ai confiance en lui et je suis sûre que la vipère en face de moi est en train de mentir. Mais ça reste douloureux de les imaginer ensemble.

Je me redresse, et priant vraiment pour que j'aie raison, je m'avance vers Hannah qui perd un peu de sa contenance.

– Tu mens. Et tu te mens à toi-même.

Elle est jalouse.

Elle fronce ses sourcils en voyant mon petit sourire, mais elle ne fait pas demi-tour. Elle observe une seconde les étudiants passer près de nous et se tourne à nouveau vers moi.

– Vous couchez ensemble ?

On fait plus que ça. Mais ça ne la regarde pas. Hors de question que je me confie sur ma... relation avec Tayron et que je la laisse cracher son poison sur moi.

Je l'évite mais ses mots claquent dans mon dos :

– Tu dois comprendre une chose, ma jolie.

– Je ne suis pas ta jolie, craché-je entre mes dents sans pouvoir me retenir.

Je me tourne finalement vers elle, même si je m'en veux de ne pas simplement l'ignorer comme elle le mérite. Elle est en train de gagner, elle cherche à m'atteindre et je la laisse faire au lieu de tracer ma route. Après tout, le meilleur moyen de répondre aux imbéciles, c'est le silence.

Tayron m'a dit qu'il n'y a rien entre eux. Et je le crois. Je l'ai lu dans ses yeux. Ils ont couché ensemble plusieurs fois mais il n'y avait rien de plus. Pourtant, je commence à comprendre que la fille en face de moi n'est pas du même avis.

– T-J revient toujours vers moi, continue Hannah. Il papillonne partout, butine les fleurs, mais je suis sa fleur préférée.

Je passe ma langue sur mes lèvres et laisse le doute se peindre son visage. Je souris et réponds d'une voix aussi doucereuse et venimeuse que la sienne :

– En fait… je crois bien que sa fleur préférée, c'est la rose.

Tandis que ma réplique lui monte au cerveau, je n'attends pas sa réaction et lui tourne le dos.

Bon… peut-être qu'elle ne sait même pas que je m'appelle Rose et dans ce cas-là, ma réplique tombe à l'eau… mais je m'en moque. C'était vachement libérateur.

L'air calme en apparence, je continue mon petit bout de chemin à travers les longs couloirs de l'université de Denver.

Un large bras s'enroule autour de ma taille et je retiens un cri en sentant qu'on me plaque contre un mur.

Une bouche à la chaleur envoûtante se colle à la mienne. En reconnaissant cette saveur particulière qui me rend dingue, je ferme mes yeux et profite du moment. C'est exactement ce dont j'avais besoin à cet instant.

– Hum… ronronne Tayron en enfouissant son visage dans mon cou.

– Tu sais, si je ne t'avais pas reconnu, j'aurais envoyé mon genou dans tes bijoux de famille.

Il rigole à mon oreille avant d'éloigner son visage pour me regarder droit dans les yeux. Son regard vert plonge dans le mien et comme à chaque fois, je suis sa foutue prisonnière. Il ne s'est pas rasé ce matin et j'effleure ses joues, incapable de résister à cette envie. Il relève un sourcil face à mon acte mais ne s'éloigne pas. Son avant-bras collé sur le mur dans mon dos, il se penche un peu plus vers moi.

– J'ai vu Hannah te parler. Qu'est-ce qu'elle t'a dit ?

Je perds soudainement tout mon entrain. Je n'ai pas envie qu'une inconnue me pourrisse la vie.

– Rien, bougonné-je.

Tayron ne me croit pas. Il fronce un peu plus ses sourcils et pince ses lèvres.

– Rose…

– Je pense qu'elle est simplement jalouse et a voulu cracher son venin sur moi.

Ma réponse ne lui plaît pas. Je lis de la détermination dans son regard. Mais il reste silencieux avant de tourner la tête dans la direction d'Hannah qui a désormais disparu.

– Ne la crois pas.

– Je ne la crois pas, rétorqué-je fortement avant de pousser un soupir. Honnêtement, je m'en moque. Mais je voulais te parler.

Tayron se redresse, de nouveau suspendu à mes lèvres.

– Quoi ? T'as un plan diabolique ? Tu veux voler les stocks de la cantine ? Voler une banque ?

Je retiens un juron face à son air moqueur. Je me tripote les doigts pendant quelques secondes, incapable de résister, et réponds enfin :

– Tu m'as fait découvrir ta bande de potes. Entrer dans ton monde. Bon, en partie… je sais que la Meute fait tout un tas de choses noyées dans l'excès et j'ai pas vraiment envie de savoir… et… j'ai envie que tu rencontres mes amies, demain soir.

– Oh.

Pris de court, c'est tout ce qu'il trouve à répondre.

– La seule fois où t'es venu dans notre sororité, t'as tout foutu en l'air, Tayron. J'ai envie de t'inviter là-bas officiellement. Pour que tu voies qu'on n'est pas juste une bande de nanas coincées.

Il penche la tête sur le côté en faisant mine d'être choqué.

– Tu veux dire que vous ne passez pas vos soirées à prier des dieux païens ?

Je frappe son épaule et le laisse exploser de rire. Cet imbécile m'énerve. Il se moque de moi et me taquine en suggérant que ma sororité est bizarre. Mais mes lèvres s'étirent d'elles-mêmes.

– Est-ce que je vais être déshabillé du regard par une horde d'étudiantes ?

– Aucune idée. Tout ce que je sais, c'est qu'Isaa, ma meilleure amie, sera là.

J'analyse son visage pendant de longues secondes.

– T'as peur ? Le grand Tayron Price aurait peur de rencontrer deux ou trois petites étudiantes ?

Il bombe la poitrine et tape sur son torse en mode homme de Cro-Magnon.

– Bien sûr que non, je n'ai pas peur. Laisse-moi les charmer. Je suis censé rapporter des fûts de bière ?

– Ah ah, rétorqué-je, nullement amusée. Ce n'est pas une soirée, Tayron. Pas comme vous faites la fête entre vous. C'est juste des pizzas, des jeux de société. Pas d'alcool. Enfin, c'est cool, quoi !

Quelqu'un appelle Tayron au loin. Il l'ignore et focalise son attention sur moi. La vérité, c'est que c'est moi qui stresse. Je sais qu'on a le droit d'inviter des gens chez les Pure Spirits mais… ce n'est pas n'importe qui. Tout le monde connaît Tayron comme l'un des principaux membres de la Meute. La vérité, c'est que j'ai envie de prouver à Isaa et aux autres qu'il est plus que ça.

– Je viendrai, conclut-il avant de poser un chaste baiser sur ma bouche.

– Pas d'excès ! m'exclamé-je en le regardant s'éloigner.

Il continue de marcher à reculons, ses deux mains devant lui d'un air innocent.

– Bien sûr, mon cœur. Je porterai mon habit de dieu païen.

Je lève les yeux au ciel et le regarde s'éloigner, son rire indéniablement masculin me berçant encore longuement après son départ.

Je ne sais pas dans quoi je m'engage, mais j'y cours à fond.

30

DIEU PAÏEN

Rose

– Et si on arrêtait la fac pour partir au Machu Picchu faire un élevage de lamas ? me demande Isaa d'un air songeur.

– Tu es allergique à tellement d'animaux que je suis pas sûre que ce soit une bonne idée, Isaa, lui rappelé-je.

– Ouais, mais j'en ai marre des cours. Je n'apprends rien. Pas toi ? Je crois que je suis faite pour épouser quelqu'un de riche. Ou découvrir que je suis la fille cachée d'un célèbre homme d'affaires.

J'explose de rire et lève les yeux au ciel.

– Pour répondre à ta question, oui, j'apprends, du moins j'essaie d'apprendre. Tu savais que le nombril humain est si sale que les scientifiques y découvrent régulièrement de nouvelles bactéries inconnues ? Une fois, on a découvert dans le nombril d'un homme une bactérie présente uniquement sur le sol japonais, et pourtant cette personne n'est jamais allée au Japon.

Isaa me fixe durant de longues secondes sans rien dire, comme si une deuxième tête venait d'apparaître à côté de la mienne.

– C'est ce genre de trucs que t'apprends ?

Je la laisse marmonner entre ses dents tandis qu'on pénètre dans le café.

– Alors… tu vas l'inviter dans notre sororité ? me demande Isaa en s'installant en face de moi.

J'accroche mon manteau en laine sur le dossier de ma chaise tout en hochant la tête. Je sais exactement de qui elle parle.

– S'il te plaît… ne lui fais pas peur.

Ma meilleure amie pose ses coudes sur la petite table entre nous.

– Tu fais entrer un loup dans notre propre bergerie… Un gars qui a failli ruiner notre maison, je te signale…

– Je sais, avoué-je en faisant la grimace. Tu penses que les filles seront là, ce soir ?

Isaa hoche la tête de gauche à droite, ce qui fait s'agiter ses boucles autour de son visage de poupon.

– La plupart rentrent chez elles ce week-end, reprend Isaa, en prévision des tests qui s'annoncent la semaine prochaine. Mais je crois que Rachel et June seront là.

Je m'apprête à lui répondre mais une haute silhouette s'avance vers nous, et j'esquisse un sourire.

– Oh, salut !

Liam me reconnaît et semble lui aussi heureux de me trouver ici.

– Eh, salut toi. Tu commences à devenir une habituée !

Isaa se tourne vers lui en haussant les sourcils. Et si j'en crois la lueur dans son regard, elle est ravie de découvrir le grand brun prêt à nous servir.

– J'allais venir commander au comptoir, dis-je.

Liam me fait signe du doigt que non, ce n'est pas la peine.

– Je vais prendre directement votre commande.

Son visage se tourne vers ma meilleure amie et je les vois échanger un long regard.

Hum… est-ce que je suis en train de louper quelque chose ?

– Alors ? Tu veux quoi ? demande-t-il à Isaa.

Cette dernière papillonne des yeux avant de se reprendre.

– Je vais prendre… je vais prendre un thé à la menthe. Et j'aimerais bien un morceau de gâteau. Délicieux. Enrobé de chocolat… Tu as ça pour moi ?

Elle lorgne sans discrétion son torse moulé sous le polo long à l'effigie du café et je me retiens de rire en la voyant le mater sans gêne. À ma grande surprise, Liam continue de la fixer avant de murmurer :

– Ouais. J'ai tout ce qu'il faut.

Je commande à mon tour et le regarde s'éloigner de notre table.

– Putain, il est canon, s'exclame-t-elle.

– Chuuut !

Je suis sûre qu'il nous a entendues, en fait. Isaa se penche vers moi, un sourire en coin.

– Attends, est-ce que t'as vu à quel point ses fesses sont bombées ? Deux petites pommes bien juteuses.

Cette fois-ci, j'explose de rire avant de me laisser aller contre le dossier de ma chaise. Mon amie continue d'observer l'objet de sa convoitise et je sais au fond de moi qu'elle reviendra ici avec joie.

Au même moment, je reçois un message de Tayron et ne peux m'empêcher de l'ouvrir. C'est une photo de lui portant un déguisement ridicule.

Attendez… est-ce qu'il est à moitié à poil ?!

Je me redresse et fonce les sourcils en découvrant les mots qui accompagnent la photo.

[Je me prépare
pour ce soir.]

Je m'empresse de lui répondre.

[Hors de question que
tu viennes à moitié nu.]

[Jalouse ?]

Je m'immobilise en découvrant sa réponse quelques secondes plus tard. J'imagine les filles de ma sororité le mater ouvertement.

Oh. Non. Je déteste cette idée.

Et je déteste qu'il ait vu juste en me traitant de jalouse. Décidant de jouer la carte du déni, je ne lui réponds plus et repose mon portable sur la table.

Mais Isaa n'a pas perdu une miette de ce qui vient de se passer et vu l'expression sur son visage, elle sait exactement avec qui je parlais. Je m'attends à ce qu'elle me pose une question coquine, mais une soudaine douleur m'envahit lorsqu'elle me demande :

– Tu comptes en parler à ton père ?

– De quoi ? murmuré-je en ignorant la soudaine boule qui prend place dans ma gorge.

Je tripote la serviette à portée de ma main et en arrache des petits morceaux. L'attention d'Isaa reste focalisée sur moi.

– Du fait que tu couches avec T-J, et que vous vous fréquentez. Les fêtes de Noël sont dans quinze jours. Si j'étais toi, je l'annoncerais avant.

J'avale plusieurs fois ma salive, ne sachant pas quoi répondre. Pourtant, cette foutue problématique tourne déjà en boucle dans ma tête cette dernière semaine.

– Je veux être sûre de savoir où je vais avant de lui en parler, conclus-je.

Isaa pince les lèvres et l'inquiétude se peint sur ses traits.

– Mais est-ce que tu sais où tu vas ?

J'ouvre ma bouche mais aucun mot n'en sort. Isaa soupire longuement et reprend en pointant un index dans ma direction :

– Tu veux que je te dise ce que j'en pense ?

Je fais signe que non de la tête.

– Peu importe, rétorque-t-elle. Je suis ta meilleure amie, alors je vais te le dire. Je pense que tu te prends trop la tête, ma fille. Ouais, tu ne voulais pas tomber sur un mec tel que T-J et tu ne voulais pas succomber à son charme. J'avais peur que ça soit le cas. Mais *c'est* le cas… Et alors ? Vos parents se fréquentent ? Et alors ? répète-t-elle. Vous n'êtes pas liés par le sang. On s'en fout de l'avis des autres.

– C'est pas que ça, soupiré-je en frottant mes tempes désormais douloureuses. T-J pense que sa mère serait surtout en colère car elle penserait qu'il s'est rapproché de moi juste pour détruire la relation qu'elle a avec mon père.

Et je ne sais pas comment réagirait mon père. Il a été malheureux pendant si longtemps, et j'ai une part de responsabilité dans son malheur. Je ne veux pas risquer de le rendre à nouveau triste et de le décevoir.

– Tu crois que c'est possible ? reprend Isaa.

Je sors de mes sombres pensées pour me concentrer sur sa question.

– De quoi ?

– Tu penses que c'est possible, qu'il se soit rapproché de toi juste pour que sa mère le découvre et que ce qui s'est passé entre toi et son fils l'éloigne de ton père ? Tu m'as dit que T-J n'acceptait pas vraiment leur relation, non ?

Je secoue la tête, continuant de dépiauter ma serviette en papier.

– Je ne pense pas… T-J a un passé encore plus compliqué que le mien.

Je ne raconterai pas à ma meilleure amie ce qu'il s'est passé dans sa vie. Cette part lui appartient et je sais dans le fond qu'il compte sur moi pour ne pas raconter ses petits secrets, comme moi je lui fais confiance.

– Je connaissais T-J avant de savoir qu'on était liés par nos parents, ajouté-je. Ce qui se passe entre nous… ça lui est tombé dessus aussi brutalement que ça m'est tombé dessus.

Je m'interromps au moment où Liam apporte nos consommations. Nous buvons notre boisson silencieusement, toutes deux perdues dans nos pensées. Je n'ai pas envie de gâcher ce moment entre nous. Alors je décide d'aborder un nouveau sujet que j'espère un peu plus joyeux.

– Après les examens de lundi et mardi prochains, on a quelques jours libres avant d'entamer la dernière semaine de cours jusqu'aux vacances. Ça te dirait qu'on se fasse une petite virée, par exemple du vendredi au dimanche ?

Isaa retrouve presque instantanément sa joie de vivre.

– Tu veux dire… juste toi et moi ?

Je hoche la tête en reposant ma tasse.

– Juste toi et moi. Loin d'ici.

Ses yeux s'embuent peu à peu. L'inquiétude m'envahit presque instantanément et ma main saisit ses doigts brûlants.

– Quoi ? Qu'est-ce que j'ai dit de mal ? demandé-je, perplexe.

Ma meilleure amie inspire profondément avant de répondre :

– C'est juste que… j'ai l'impression que tu reviens… peu à peu. Je me demandais quand j'arriverai à retrouver totalement ma meilleure amie, et j'ai l'impression que ce sera bientôt le cas. Et je pense que ton blondinet y est pour quelque chose.

Je me retrouve sans voix. Parce que moi aussi, je sens ce changement en moi, cette libération après l'emprisonnement douloureux de mon esprit. N'y tenant plus, je me relève et fais un câlin à Isaa par-dessus la table.

Elle me sert dans ses bras une seconde avant de souffler à mon oreille :

– Allez, laisse-moi m'essuyer les yeux que je puisse mater sans discrétion le serveur.

Et c'est ce qu'elle fait sans aucune discrétion les minutes suivantes. Elle avale une nouvelle gorgée avant de m'apprendre :

– Rock Dims et June Blays, les deux étudiants qui ont été blessés dans la fusillade, vont apparemment reprendre les cours en janvier. Je pense qu'ils ont été traumatisés.

Assurément. Et leur vie ne sera plus jamais comme avant. Je tripote ma serviette que je coupe en petits bouts. J'espère juste que comme moi, ils essaieront de toutes leurs forces d'aller mieux, de tenir bon jusqu'à voir la lumière au bout du tunnel.

***

T-J
Quelques heures plus tard

Je devrais être à une soirée de poker en train de plumer tout un tas d'étudiants qui pensent avoir une chance de me battre. Mais me voilà devant une foutue sororité comme un parfait petit étudiant lambda.

Adossé à ma bécane, j'ignore les appels de mon cousin qui veut savoir si j'ai vraiment enfilé un foutu déguisement de dieu païen pour venir ici.

La porte de la maison à plusieurs étages s'ouvre en face de moi.

– Tu comptes entrer ou t'es trop une poule mouillée pour ça ?

Je me redresse en apercevant ce petit bout de femme qui me fait dangereusement perdre les pédales. Rose patiente difficilement, tapant presque du pied sous le porche.

Les bras croisés, la mine moqueuse, elle attend de savoir si je vais me défiler ou rejoindre sa petite clique. Je jette ma clope à demi entamée sur le sol. C'est moi qui la traitais de poule mouillée des jours plus tôt, et elle me rend la monnaie de ma pièce.

J'aime pas ça.

Je récupère mon casque d'une main et m'avance vers elle, me demandant à quelle sauce je vais être mangé. Elle ne porte qu'un vieux pyjama et la façon dont le coton moule ses seins qui se dressent vers moi me donne envie de les lécher comme un délicieux met. Elle semble lire dans mes pensées car elle resserre un peu plus ses bras contre sa poitrine, ce qui m'arrache un rire.

– J'ai entendu qu'une soirée se déroulait ici, dis-je pour la taquiner en arrivant en face d'elle.

Elle ouvre grand les yeux puis comprend que je me moque d'elle. Son nez se fronce, sa bouche se pince délicatement et je sais qu'elle est sur le point de m'injurier. Alors je la fais taire de la meilleure manière, en plaquant férocement ma bouche contre la sienne.

Bordel. Ça ne fait que vingt-quatre heures et ses lèvres m'avaient manqué plus que je ne l'admettrais un jour. Plus le temps passe et plus ses griffes se plongent en moi sans que je veuille qu'elles se retirent. Parce que c'est beaucoup trop bon. Beaucoup trop fort pour que je reste éloigné de ce délicieux petit corps.

Sa langue humide s'enroule autour de la mienne et je n'ai qu'une envie : qu'elle la pose sur ma queue et me suce doucement, qu'elle me torture à petit feu.

Un bruit sourd sort de ma gorge quand mon poing libre s'entortille dans ses mèches de cheveux et que je la colle à moi.

Je n'ai plus envie de jouer. Je reprends le contrôle du baiser, suçant sa langue avant de mordiller sa lèvre inférieure.

Oh, oui mon cœur, brûle-moi peu à peu.

Et Rose le fait. Elle est aussi piquante qu'une rose et aussi sucrée qu'un fruit. J'ai envie de la coller contre le mur à ma droite. J'ai envie que sa peau nue se presse contre la mienne et me fasse me sentir si bien.

Elle m'a demandé de la rendre vivante. Mais elle ignore à quel point j'ai l'impression d'être vivant quand elle m'embrasse ainsi.

Mes plans se désintègrent instantanément quand un bruit de gorge nous interrompt et que Rose s'éloigne aussitôt.

Une nana, assez grande, avec un visage entouré de mèches châtains et bouclées est en train de nous observer, les sourcils haussés. Rose prend une expression gênée et moi je garde mon air d'emmerdeur sur le visage.

– Eh bah enchantée, s'exclame la fille en s'approchant de nous comme si elle ne venait pas d'interrompre notre baiser. Je suis Isaa.

Je passe ma langue sur mes lèvres et resserre mes doigts autour de mon casque.

Mais qu'est-ce que je fous là, entouré de nanas qui vont probablement me scruter toute la soirée, comme le fait Isaa à cet instant ?

– T-J, fais-je pour me présenter.

Isaa et Rose échangent un regard que seules les vraies amies peuvent partager.

– Oh, rétorque Isaa d'un air malicieux, je sais exactement qui tu es.

J'entends une autre nana arriver. Bon… je suppose que c'est parti.

31

BIENVENUE CHEZ LES PURE SPIRITS

Rose

– T'es quand même chelou, rétorque Isaa en pointant un index dans la direction de Tayron.

– Excuse-moi, t'as déjà goûté la pizza avec des morceaux d'ananas, avant de critiquer ce bonheur gustatif ? réplique-t-il.

Ma meilleure amie fait la grimace, comme si elle allait vomir. Tayron se tourne vers moi, à la recherche d'un soutien silencieux. Rachel et June observent l'échange, une part de pizza quatre fromages à moitié engouffrée dans leur bouche.

– Bah… c'est quand même carrément chelou de mettre de l'ananas dans sa pizza, réponds-je en haussant les épaules.

– Ah ah ! crie Isaa en s'asseyant sur le sol près de nous. Tu vois : t'es chelou.

Tayron marmonne quelque chose entre ses dents et me jette un sachet de sauce piquante que j'esquive en riant. Il me foudroie du regard et je comprends qu'il se vengera plus tard. Il s'assied à mes côtés sur le sol et récupère une part de pizza. Enfin si on peut encore appeler ça une pizza. Sérieusement, qui met des fruits sur du pepperoni ? C'est presque un crime contre l'humanité. Pourtant, Tayron semble au bord de l'orgasme tandis qu'il engouffre la moitié d'une part.

Ma meilleure amie, June et lui se lancent dans un débat sur *Les Simpsons* tandis que Rachel reste en retrait, étant de nature très réservée. Je cherche son regard.

– Ça va ? articulé-je en silence.

Elle hoche simplement la tête, reprend une part de pizza et se mêle finalement à la conversation.

Isaa continue de débattre avec Tayron et quand je vois qu'elle l'insulte, je m'empresse d'intervenir avant que la situation ne s'envenime.

– S'il y a un meurtre, sachez que je n'aiderai personne à cacher le corps.

– Bon, reprend Isaa avec un air mutin sur le visage. Pourquoi est-ce que t'as décidé de jeter ton grappin sur ma meilleure amie ? Parce que si tu la bousilles, sache que je vais vraiment devoir cacher ton corps.

Je me frappe le front du plat de la main, désespérée par ces deux-là.

– C'est pas vrai… murmuré-je.

– J'ai décidé de ne pas lutter contre la tempête, répond Tayron de manière énigmatique.

Isaa n'a pas compris le sens de cette phrase. Mais *moi*, je la comprends. Son regard intense se plonge dans le mien.

Je ne la comprends que trop bien.

***

Quelques heures plus tard, je ferme la porte d'entrée dans mon dos et suis Tayron jusqu'à sa moto. Je me souviens du sentiment de liberté qui m'a envahie lorsque j'étais derrière lui et qu'il faisait la course avec d'autres membres de la Meute.

Euphorie.

C'est bien le mot.

– Alors ? fais-je, c'était sympa, non ? On n'est pas juste des étudiantes coincées ?

Il ferme sa veste en cuir noir et pose son casque sur le siège.

– Je dois avouer que c'était sympa. Rien à voir avec les soirées qu'on organise.

– Oh. Eh bien, la prochaine fois, je pourrai danser à moitié à poil devant toi. Ça y ressemblera un peu plus.

Il attrape mes hanches et son souffle vient frapper mon visage.

– Humm… Je ne dis pas non pour que tu danses pour moi, mon cœur.

Ses doigts se contractent presque involontairement contre le tissu de mon jean. Il fait froid mais son contact brûlant m'empêche de grelotter. Et enfin, nous reprenons là où nous en étions quand je prends l'initiative de l'embrasser.

– Et si je dormais ici histoire de tester… le confort de tes draps ?

– Je ne crois pas qu'on ait le droit de faire dormir notre copain ici.

Tayron s'immobilise. Il ne me lâche pas mais le choc se peint presque sur ses traits avant que son regard vert ne se focalise sur moi.

– Ton copain ? répète-t-il dans un chuchotement que seule moi peut entendre.

Merde. Ce n'est pas ce que j'ai dit, si ?

– Je suis ton copain ? insiste-t-il à quelques centimètres de mes lèvres.

Il n'y a que lui et moi à cet instant. Je devrais lui dire non, mon foutu cerveau devrait réfléchir. Mais comment voulez-vous que je pense à quelque chose de sensé alors que la seule chose que je souhaite intérieurement, c'est dire oui ?

Et puis, j'ai l'impression que c'est un test et que de ma réponse vont dépendre beaucoup de choses. Est-ce que je vais choisir de le suivre dans ce tournant décisif ?

Je pense à mon père, à sa mère. Aux emmerdes qui nous arrivent. Aux cauchemars qui nous hantent et nous détruisent peu à peu.

À la manière dont Tayron s'est comporté avec moi ces derniers temps… ou plutôt à la manière dont nous nous sommes comportés l'un avec l'autre. La vérité, c'est que c'était profond entre nous dès le début mais que je n'arrivais pas à voir les choses comme je le devais.

Je crois bien qu'en réalité, toutes ces semaines durant lesquelles je pensais le détester… il se faisait déjà une place dans mon cœur sans que je m'en rende compte.

– Oui, chuchoté-je finalement contre sa bouche.

– Ça me plaît. Beaucoup.

Il pose ma main sur sa barbe et frotte son visage contre mes doigts glacés.

– Je n'ai jamais été à personne.

Moi non plus. Et je ne pensais pas que cette envie me dévorerait un jour. Gardant ses yeux dans les miens, Tayron embrasse la cicatrice sur mon poignet et je ferme les yeux tout en inspirant profondément.

Il s'éloigne bien trop vite et enfile son casque.

– Rentre au chaud, m'ordonne-t-il.

Il y a tant de choses dans son regard. Des sentiments qui se dévoilent peu à peu, et je suis sûre que le regard que je lui renvoie ne doit pas être si différent.

– Tayron ! m'exclamé-je quand il enfourche sa moto et la démarre. Fais gaffe sur la route.

Un rire puissant et masculin me répond. Il pense que la route lui appartient. Il a peut-être raison. Je crois qu'il commence à posséder mon cœur, alors pourquoi ne pourrait-il pas posséder un foutu bout de goudron ?

Il démarre dans un bruit sourd, me laissant pantelante au bord de la route.

***

T-J

J'arrive devant chez Hannah vingt minutes plus tard. J'inspire profondément. Je me demande ce que je suis en train de foutre.

Pourtant, il le faut. Nous avons mis les choses au clair des semaines plus tôt, mais apparemment elle se fout de ma gueule.

Je descends de ma moto et lui envoie un message pour qu'elle descende afin qu'on parle. Je patiente deux minutes devant sa résidence, puis m'aperçois qu'elle vient de me répondre.

[Monte.]

J'hésite une seconde. Je préférerais lui parler dehors, mais il caille et je pense qu'effectivement il vaut mieux avoir cette conversation à l'abri de tous.

Je rejoins son étage et sa porte d'entrée, mi-énervé, mi-fatigué de la situation. Je toque mais personne ne me répond. Pourtant, Hannah a lu mon message. Je toque une nouvelle fois, perdant patience.

Peut-être que je n'aurais pas dû venir.

J'entends un bruit sourd derrière la porte. J'abaisse la poignée, intrigué.

– Hannah ? l'appelé-je.

Personne ne me répond. En fait, il n'y a personne dans l'entrée de l'appartement. Je remarque immédiatement l'odeur sucrée qui flotte dans l'air. Assez sucrée pour devenir écœurante. Je fronce le nez et tourne sur moi-même. Un bruit de talons qui claquent sur le parquet me fait me tourner vers la droite. J'écarquille les yeux en voyant Hannah déambuler vers moi, en mini-string et soutien-gorge.

Ses cheveux blonds lâchés sur ses épaules, elle mordille sa lèvre inférieure en s'approchant de moi.

Je fais un pas en arrière. Je ne ressens pas l'envie de la baiser. Putain, j'ai juste envie de m'énerver. Elle pense que je vais courir entre ses cuisses parce qu'elle est à moitié à poil ?

– T-J… murmure-t-elle d'une voix sensuelle.

Ma bouche se pince.

– Arrête ton cinéma.

Ma voix claque comme un fouet. Loin d'être déstabilisée, Hannah me sourit en retour, une lueur calculatrice dans le regard.

– Je suis venu pour parler, une bonne fois pour toutes. Pas pour te baiser.

Hannah effleure mon avant-bras de ses ongles.

– On peut parler, et tu peux ensuite me baiser…

J'ai toujours cru que la situation était réglo entre nous. Je ne lui ai jamais donné d'espoir ou fait croire que je ressentais quelque chose pour elle. Pendant longtemps, elle m'a dit que cette situation lui convenait. Mais je comprends maintenant qu'elle mentait.

J'ignore ses paroles, décale mon bras et continue d'une voix forte et intransigeante :

– Laisse Rose tranquille.

Sa posture change. De charmeuse, elle se fait vénéneuse. Sa bouche peinte de rouge se tord.

– Qu'est-ce qu'elle t'a dit ?

J'ignore sa question.

– Je veux que tu gardes ton venin loin d'elle, continué-je en croisant les bras sur mon torse.

– T'as jamais voulu avoir une relation avec moi, mais tu en entretiens une avec cette pauvre fille ?

Je penche ma tête sur le côté, analysant les traits de son visage. Comment est-ce que j'ai pu traîner près d'elle pendant tant de temps sans voir qu'elle nourrissait des sentiments à mon égard ?

– Nous deux, on s'amusait, Hannah. C'est d'ailleurs toi qui avais affirmé ça pour la première fois. Pas d'attache. Juste du cul. Si l'un voulait arrêter, il le pouvait.

Elle inspire profondément et ses yeux se font brillants d'émotion.

– Ouais… mais j'ignorais que ça allait me faire mal de te voir avec elle. Tu papillonnes toujours vers la chair fraîche. Mais avec elle… dès qu'on l'a croisée sur le campus, j'ai senti qu'elle était un danger et une redoutable concurrente.

Mais de quoi est-ce qu'elle parle, putain ?

– Y a pas de concurrence entre vous, réponds-je.

Un petit sourire lui vient mais je continue :

– Ce que j'ai eu avec toi, ça n'avait rien à voir avec ce que je ressens pour Rose. Je crois qu'elle est à moi, et je suis à elle, tu comprends ?

Je ne cherche pas à être un salaud avec Hannah. Je ne suis pas un enfoiré. Mais je veux qu'elle comprenne les choses une fois pour toutes.

– Tu l'aimes ? crache-t-elle.

Je secoue la tête, incertain. C'est trop le bordel dans ma tête. Je me suis toujours juré de rester loin de cette connerie appelée amour.

Mais elle me connaît mieux que la majorité des gens, elle me rend dingue dans tous les sens du terme. C'est la seule que j'autorise à m'appeler Tayron… C'est la seule qui sache vraiment ce qui se cache derrière mes blagues douteuses et mon sourire de branleur.

– Je ne sais même pas ce qu'est l'amour, réponds-je finalement. Mais je sais une chose : elle compte pour moi. Plus qu'elle ne le devrait.

Hannah reste immobile, son regard posé sur moi. Je fixe une seconde son corps avant de soupirer.

– Rhabille-toi. Tu vaux mieux que ça.

Puis je m'avance vers la porte. Mais Hannah en a décidé autrement. Son soutien-gorge vole à travers la pièce puis elle colle ses seins nus contre mon torse.

– Moi aussi, je peux te faire ressentir un paquet de trucs, T-J, murmure-t-elle à mon oreille. Laisse-moi te montrer.

Je me recule aussitôt.

– Ne te colle plus à moi. Et reste éloignée de Rose.

J'ignorais que notre discussion houleuse allait me soulager intérieurement. Mais c'est le cas. Je me sens plus léger. Parce que ces cinq dernières minutes m'ont fait réaliser que Rose est bel et bien la seule fille qui occupe mes pensées, et pour longtemps encore.

32

MENACE CACHÉE

Rose

J'ai foiré en beauté mon épreuve de biologie, hier. Pourtant, je me suis obstinée à réviser ce week-end. J'ai refusé de voir mon père, ou Tayron, juste pour réviser la putain de réaction d'activation ! Mais ma bonne étoile m'accompagnait ce mardi et je pense avoir cartonné pour mon épreuve de biochimie. Je ne veux pas vendre la peau de l'ours avant de l'avoir tué… mais j'espère vraiment avoir réussi.

Cette année est primordiale pour moi. Je ne peux pas rater comme l'année dernière, peu importe les raisons.

Soulagée d'avoir fini cette journée infernale, je commence à quitter le bâtiment. Le reste de la semaine est libre et je vous jure que je vais passer des heures à squatter le canapé et me refaire tous les *Hunger Games*. Un repos bien mérité.

Un flocon de neige tombe sur mon front. Il ne neige pas vraiment, mais quelques flocons s'échappent ici et là et viennent s'échouer sur les étudiants. Je ferme mes yeux et laisse la neige fondre sur ma peau brûlante. Un petit sourire me vient quand je me souviens de tous les bonshommes de neige que je faisais avec ma mère quand j'étais gamine. On voulait toujours fabriquer le plus gros possible alors on se retrouvait souvent à faire des boules immenses, à voler un vieux chapeau à mon père et nos fringues finissaient trempées par la neige.

Mais c'était si bon. Un souvenir que je chérirai longtemps encore.

– T'es en train de fantasmer sur moi ?

La voix de Tayron me sort de mes souvenirs d'enfance. Je papillonne des yeux et l'observe. Il se tient face à moi, grand et fort. J'ai l'impression que je pourrais me fondre dans sa peau et qu'il me protégerait de tous les dangers.

Je prends un air taquin et lâche un petit « hum » tout en observant sa silhouette massive.

– Peut-être que je fantasmais sur quelqu'un d'autre.

– J'aime pas cette réponse, bougonne-t-il en m'attrapant et en me chatouillant.

Et je glousse comme une idiote. Putain, il m'a fait glousser. J'essaie de repousser son torse mais en réalité, je ne fais que le rapprocher de moi. Ma silhouette plus fine et plus petite se colle à la sienne et je laisse la chaleur de son corps réchauffer mes membres glacés par la chute de température du jour.

– Viens avec moi, finit-il par dire en tirant ma main.

– Où ?

Ses joues se creusent délicieusement quand il me sourit.

– On va fêter comme il se doit la fin de ces premiers exams.

Je le regarde sûrement d'une étrange manière car il se penche vers moi :

– Je ne parlais pas de sexe, mon cœur. Même si j'espère finir la soirée comme ça.

Il me tire à sa suite vers sa moto, ne se préoccupant aucunement des autres étudiants qui nous jettent des coups d'œil curieux. Et j'en fais de même, intriguée par ses plans. Où est-ce qu'il veut fêter ça ?

Seule la patience répondra à cette question, j'ai l'impression.

Quand sa moto rutilante se gare quelques dizaines de minutes plus tard devant le Denver Diner, je suis emplie de perplexité.

Comme l'autre jour quand je l'ai amené ici, ma joie se mêle à la tristesse. Revenir ici remue toujours autant mes foutus souvenirs.

Tayron m'aide à détacher mon casque et se dresse devant moi. Il n'y a presque personne devant le petit restaurant préfabriqué.

– Pourquoi ? chuchoté-je.

Il passe une mèche de mes cheveux derrière mon oreille droite.

– Tu m'as dit l'autre jour que tu venais toujours ici avec tes parents. Pour les grandes occasions ou quand t'avais un coup de mou. J'ai envie que cet endroit redevienne ce qu'il était pour toi : un lieu de joie et de paix.

Quand j'entends ces mots, mon cœur se serre. Il m'a écoutée. Il a retenu chaque mot que j'ai prononcé.

– Tu veux qu'on aille ailleurs ? me demande-t-il en voyant mon regard rempli d'émotions.

– Je ne voudrais être nulle part ailleurs, Tay.

– Alors allons nous péter le bide.

***

T-J

Rose engouffre deux frites, ne se préoccupant que d'une chose à cet instant : se remplir le ventre. J'aime le fait qu'elle ne se retienne pas. Elle ne cherche pas à me séduire ni à compter les calories. Elle se fait simplement plaisir.

Se sentant sûrement observée, elle relève la tête, passant sa langue sur sa lèvre inférieure où traîne une goutte de ketchup.

– Quoi ?

Son ton ronchon me fait aussitôt sourire.

– T'es une vraie morfale.

Elle hausse les épaules, mais ne nie pas. Après s'être essuyé les doigts, elle se cale contre le siège et pousse un soupir de contentement. Je continue de manger, n'arrivant pas totalement à décrocher mes yeux de sa petite bouche charnue.

– Je suis calée, continue-t-elle en posant ses mains sur son ventre.

Notre table étant collée à une fenêtre du petit *diner*, je fixe un instant le parking, la nuit qui commence à tomber et les quelques voitures garées ici et là. Je suis content d'avoir amené Rose ici à mon tour.

Lorsqu'elle ouvre la bouche quelques secondes plus tard, c'est d'une voix mal assurée qu'elle aborde un nouveau sujet :

– Je veux qu'on parle à nos parents.

J'avale ma dernière bouchée puis croise mes bras sur mon torse, attendant qu'elle développe. Mais elle reste silencieuse, déchirant par petits bouts sa serviette en papier.

– Tu ne dis rien ? me demande-t-elle ensuite.

Je cherche mes mots.

– Si tu veux parler à ton vieux, c'est ton choix. Mais arrête d'avoir un air coupable sur le visage. On ne fait rien de mal en se fréquentant, Rose.

– Mais… je…

– On n'a pas commis un crime, continué-je pour la rassurer.

En fait, je suis sûr que son père réagira de manière cool. Ce qui me fait tiquer, c'est d'imaginer la réaction de ma mère quand elle apprendra que je sors avec la fille de son nouveau copain.

Je sais qu'elle va penser que j'ai fait exprès de me rapprocher de Rose pour gâcher son couple, mais elle se trompe. Je ne m'attendais pas à tomber sur une tempête telle que Rose ni à survivre. J'ai été pris dans ses filets et à cet instant, je n'ai pas envie de m'en dégager.

– Je sais, soupire Rose en repoussant une mèche de cheveux derrière son oreille. Mais… c'est quand même… bizarre, notre situation.

Je hausse un sourcil et pose mes coudes sur la table.

– On n'a commis aucun crime, insisté-je, davantage pour elle que pour moi. On s'est longuement battus contre cette connexion entre nous. On a succombé. Ce qui devait arriver arriva. Ce n'est pas l'idéal, et je ne m'attendais pas à tomber sur toi, Rose. Mais c'est ainsi.

– Je veux parler à mon père, répète-t-elle quelques secondes plus tard après avoir hoché la tête. Je veux lui apprendre moi-même.

Je n'ai pas le temps de lui répondre. Un mouvement à quelques mètres de nous sur le parking me fait froncer les sourcils. Je me redresse soudainement en apercevant une silhouette familière.

– Reste là ! ordonné-je à Rose avant de quitter la table sans un mot de plus.

Je sors du *diner* quelques secondes plus tard, furibond. Je m'avance rapidement près de ma bécane, le souffle rapide, les muscles contractés.

Putain. Mon enfoiré de géniteur était là.

Il était là et il a disparu. Mais je l'ai vu. Je tourne sur moi-même, ignorant Rose qui m'observe à travers la vitre, le regard interrogateur.

Je ne le vois plus. Mais je le sens dans toutes les fibres de mon corps. Il m'observe. Je suis sûr qu'il ne va pas nous laisser tranquilles.

Je sors mon portable de ma poche arrière et appelle ma mère, une boule dans la gorge.

– Maman ? dis-je dès qu'elle décroche.

– Je rentre des courses ! Je peux te rappeler plus tard ?

Je n'ai pas envie de l'inquiéter une nouvelle fois. Mais je lui dis tout de même :

– T'es pas seule, ce soir ?

– Non ! Je retrouve Billy chez lui, pourquoi ?

Je lâche un soupir de soulagement tout en fixant le parking entièrement silencieux. J'aperçois Rose qui débarque sur le seuil du restaurant, ne sachant si elle peut s'approcher de moi. J'ai envie de la coller à moi, de la protéger. Est-ce que mon vieux s'en prendrait à elle ? Rien que de l'imaginer, des envies de meurtre me viennent.

– Pour rien, maman. Pour rien.

– Est-ce qu'on se voit demain ? Je peux passer dans l'après-midi à ton appartement, si tu veux.

Je raccroche une minute plus tard et Rose s'avance enfin vers moi.

– Tout va bien ? me demande-t-elle. Qu'est-ce qu'il s'est passé ?

J'ai envie de lui mentir, à elle aussi. Mais quelque chose me pousse à lui dévoiler la vérité, à lui montrer qu'au fond de moi, je suis en train de flipper.

– J'ai vu mon père.

Elle accuse le coup. Elle regarde autour de nous, comme si elle le cherchait, elle aussi. Je n'ai pas envie qu'elle s'approche d'un monstre pareil. Je ne veux pas qu'elle se mêle à toute cette merde.

– Je vais aller payer, l'interpellé-je pour qu'elle me suive.

Rose reporte son attention sur moi avant de secouer la tête.

– J'ai laissé de la monnaie.

Je la remercie avant de regarder à nouveau les alentours. Où est mon enfoiré de géniteur ? J'ai l'impression qu'il pourrait me tomber dessus à tout instant. Qu'est-ce qu'il ferait ? Il me chercherait jusqu'à me rendre dingue avant de cracher que, dans le fond, je suis comme lui. J'inspire profondément.

– Ce malade n'est plus là.

Rose s'avance vers moi, la main tendue, puis continue :

– On se casse ?

Je saisis ses doigts et l'emmène loin de tout ça. Je n'ai pas l'impression d'être dans mon état normal. Je suis en colère. En colère de savoir que mon père est là, parce que je sais que je n'ai pas rêvé. Je déteste être impuissant, putain. Je déteste ne pas contrôler mon environnement.

– Je vais te ramener chez toi, annoncé-je à Rose.

J'ai besoin d'être seul.

Mais Rose agrippe mes doigts et me tire en arrière afin que je la regarde.

– Je veux rester avec toi, chuchote-t-elle.

– Je ne…

– Tayron…

Je finis par soupirer, vaincu. La vérité c'est qu'une partie de moi ne veut en réalité pas être seul.

***

Rose

Tayron tourne en rond dans son appartement. Il passe une main sur sa nuque, l'esprit tourmenté.

– Et si tu appelais les flics ?

Il me jette à peine un coup d'œil et secoue la tête.

– Comment tu veux que je prouve qu'il était là ce soir ? Peut-être que je deviens juste dingue.

Il lâche un rire sans joie. Et puis je me rappelle ses mots lorsqu'il me parlait de son père. Ce dernier a des contacts dans la police de Denver. La situation est tellement compliquée. Je me sens impuissante et je déteste ça. Alors je reste debout de l'autre côté du salon, à me tordre les mains sans trop savoir quoi en faire. Je crois que Sam n'est pas là, et tant mieux car je ne suis pas sûre que Tayron serait ravi d'être vu comme ça.

– Tu comptes faire quelque chose ? finis-je par lui demander.

Il s'immobilise un instant et tourne son visage vers moi, le regard sombre.

– J'ai envie de le retrouver, de lui faire mal comme il nous a fait mal, Rose. Mais… putain, je ne veux pas gâcher ma vie pour un enfoiré pareil. Je sais que c'est ce qu'il attend, que je pète un câble. Je ne peux pas me permettre de dérailler complètement, tu comprends ?

Bien sûr que je comprends ce qu'il me dit. Tayron ne veut pas gâcher sa vie à cause de son géniteur. Au fond de moi, je suis heureuse de constater qu'il tente vraiment de canaliser sa colère et y arrive. Il fait des efforts pour prendre sur lui et je suis sûre que ça va payer. Et je me dis une nouvelle fois qu'il ne sera jamais comme son père. Tayron est un homme bon. Mais si son père essaie une nouvelle fois de l'atteindre… je ne sais pas jusqu'où Tayron pourrait aller.

Tayron fixe ses phalanges abîmées avant de serrer ses poings. J'ignore ce qui me pousse à parler, mais je veux le soulager un peu parce que je sais qu'il est intérieurement au bord du gouffre.

– T'es pas comme lui, tu le sais, hein ?

Il ouvre la bouche mais aucun mot n'en sort. Je ne lui laisse pas le temps de se poser plus de questions et m'avance vers lui.

– T'es un mec bien, Tay. Sinon, je ne serais pas près de toi à cet instant, crois-moi.

Enfin, il me fixe. Je vois les ombres danser sur son visage. On dit souvent que la guerre n'est faite que d'ombres, et Tayron est en train de se faire une guerre à lui-même à cet instant.

Mais moi, j'ai envie de le ramener dans l'instant présent. Je veux que sa douleur s'arrête, tout comme la mienne lorsque je suis à ses côtés. Alors je fais la seule chose qui me passe par la tête pour qu'il me revienne.

Reculant d'un pas, j'agrippe le bas de mon pull et le passe par-dessus ma tête. Il ne fait pas froid dans l'appartement, mais sous son regard, je frissonne involontairement. Je sens la pointe de mes tétons se dresser contre le tissu en coton noir de mon soutien-gorge. Je sais que Tayron se fait violence lorsqu'il me dit :

– Pas maintenant, Rose. C'est trop le bordel dans ma tête.

Hors de question que je m'avoue vaincue. Je fais un nouveau pas en arrière et ouvre le bouton de mon jean. Je respire fort, et je vois que lui aussi car son torse se soulève rapidement. Je descends mon jean sur mes hanches tout en m'assurant de garder un contact visuel avec lui. Il quitte mon regard bleu pour poser le sien le long de mes cuisses qui se découvrent.

– Rose, dit-il d'une voix rauque.

Les ombres s'éloignent. Il revient à moi, à nous.

Je fais un nouveau pas en arrière, jette mon jean sur le côté et tout en le fixant, je recule jusqu'au couloir de sa chambre. Je ne regarde pas s'il me suit, car je le sens dans mon dos. Sa présence m'électrise. Je poursuis mon chemin et ouvre la porte de sa chambre plongée dans le noir.

Je m'avance jusqu'à son lit sans allumer la lumière et me laisse tomber en arrière. Quelques secondes plus tard, un grincement se fait entendre quand Tayron entre dans la pièce à son tour et m'observe là, sur ses draps.

Il allume la lumière qui diffuse une douce chaleur dans la pièce mais je garde mon regard posé sur le plafond. Du moins… jusqu'à ce que j'entende le bruissement d'un tissu. Tayron retire son propre pull noir et le laisse tomber au sol.

Son corps est massif, mais pas musclé à outrance. Le moindre muscle est dessiné à la perfection et la traînée de poils dorés sur son torse me donne envie de lécher chaque centimètre de sa peau. Je n'ai jamais ressenti ce désir pour un autre homme… mais aucun n'était Tayron Price. Ses cicatrices, aussi bien physiques que psychologiques, ne me font pas peur.

Moi aussi, je suis un peu cassée. Certaines cassures sont irréparables mais sont d'autant plus belles.

– Je veux te sentir au-dessus de moi, murmuré-je.

Il inspire profondément et se tient devant le lit. Mais il finit par secouer la tête et je comprends que je ne gagnerai pas aussi facilement. Il reste à bonne distance, comme pour se retenir de me toucher.

– Enlève ton soutien-gorge, Rose.

Je lui obéis, choisis de le laisser mener la danse. Il peut admirer à outrance la pointe rose de mes seins qui s'offrent à lui tandis que je me tiens sur mes coudes. Il passe sa langue sur ses lèvres, son regard vert se voilant peu à peu. Ce n'est plus un regard hanté de cauchemars, mais noyé de désir.

– Ta culotte, m'ordonne-t-il ensuite.

Je retire mon dernier sous-vêtement. On s'est déjà trouvés dans une situation similaire, et il avait fini entre mes cuisses à me dévorer. Mais son désir est plus sombre ce soir. Il va savourer l'instant et me faire me consumer d'attente puis de plaisir.

– Caresse-toi.

Je ne bouge plus, incertaine. Qu'est-ce que je suis censée faire et de quelle manière, au juste ?

Comme s'il voulait m'encourager et me faire comprendre qu'il est entièrement connecté à moi, Tayron ouvre sa braguette, sort son érection de son caleçon, sans toutefois enlever son jean. Je fixe son gland et la fine gouttelette qui apparaît au bout.

– Allez, mon cœur, me dit-il d'une voix tendue.

Oui. Oui, j'en ai envie. Je me tiens toujours sur un coude pour ne pas être allongée et pouvoir le regarder. De mon autre main, je descends mon index le long de mon ventre.

– Humidifie-le avant, me demande Tayron.

Parce qu'il semble mieux comprendre mon corps que moi-même, je suis son conseil. Ma langue lèche le bout de mon index avant qu'il rejoigne l'intérieur de mes cuisses. J'ai du mal à croire que je vais vraiment faire ça. Je n'ai jamais fait ça devant quelqu'un. Mais poussée par l'excitation, j'effleure mon clitoris.

– Oh, merde, murmuré-je.

Tayron lâche un son rauque avant de resserrer son emprise autour de son sexe.

– C'est bon, pas vrai ?

Incapable de parler, je me contente de hocher la tête avant de me caresser plus longuement, cette fois dans un mouvement circulaire.

Oh, oui, c'est bon.

– C'est meilleur quand c'est toi, lui réponds-je finalement.

Ma confidence lui fait arrêter son mouvement. Je sens qu'il cherche à se contrôler et se maîtriser avant de reprendre sa propre masturbation. En voyant mes chairs gonflées, il lâche :

– Tu es toute mouillée.

Ce fait semble le ravir. Je suis incapable de me contrôler à cet instant. Et j'ai l'impression de me consumer pour de bon quand il s'approche du lit. Est-ce que je vais enfin l'avoir ?

Mais non. Il a ses propres idées en tête. Tayron se penche sur le matelas, au-dessus de moi. Son gland effleure mon entrejambe puis mon clitoris et le sentir peau contre peau me fait fermer les yeux.

Le pied. Total.

Puis il se recule une nouvelle fois. Je rouvre les yeux, affamée. Il continue de se caresser, un peu de moi sur sa peau. C'est si chaud…

– Je veux que tu me caresses encore, lui ordonné-je, alors qu'il enfile un préservatif.

Ça me consume. J'ai besoin d'être comblée. J'ai besoin de lui. Et c'est une réalité contre laquelle je ne peux pas lutter.

Si je m'effleure une nouvelle fois, je vais jouir. Et je ne veux pas, pas comme ça. Un air coquin sur le visage, je m'assieds et me mets à genoux au bord du lit. Il sait ce que je vais faire, mais il semble incapable de s'éloigner. Il est impuissant face au lien qui nous unit, comme je lui suis.

Alors je pose ma langue sur le bout de son érection et actionne un léger mouvement de rotation.

– Merde, Rose. Tu vas me tuer.

La main de Tayron se pose à l'arrière de ma nuque.

La seule fois où j'ai fait une fellation, c'était à mon enfoiré d'ex. Et c'était l'une des pires sensations de ma vie. Il voulait à tout prix me forcer même si j'avais envie de vomir. Il voulait que j'en prenne plus dans ma bouche et ignorait mon plaisir, uniquement concentré sur le sien.

Ce n'est pas le cas avec Tayron. Sa main est peut-être dans mes cheveux, mais il ne me force pas. Je sens son regard sur ma bouche et ma langue, il m'observe. Il me laisse faire, me laisse le découvrir sans me forcer à quoi que ce soit.

J'ai l'impression qu'il y a une sorte d'inversion des rôles à cet instant. Je contrôle sa luxure. J'adore cette sensation ! Celle d'être aux commandes. Voir que Tayron est avec moi et me laisse faire à ma guise m'apporte encore plus de confiance et je creuse mes joues en lui donnant encore plus de plaisir.

Il s'écarte brusquement de ma bouche, le souffle court.

– Je veux jouir en toi.

J'ai gagné. J'ai presque envie de sourire mais Tayron s'aplatit sur moi, son torse contre ma poitrine quand il nous allonge tous les deux sur le matelas. Sa langue envahit ma bouche et il découvre le mélange de nos goûts. C'est très particulier, mais ça me donne encore plus chaud.

– J'ai besoin de sentir ta peau contre la mienne, mon cœur.

Mes cuisses entourent ses hanches.

– Je te sens, lui réponds-je contre sa bouche.

– J'en veux plus. Tu prends la pilule ? souffle-t-il à mon oreille.

Je hoche la tête. Je la prends, même si c'est avant tout pour des raisons de règles douloureuses en réalité.

– Est-ce que tu as envie de me sentir tout entier ? me demande-t-il.

Il cherche toujours à savoir si je suis entièrement prête à le suivre. Il me demande de franchir une étape importante dans notre relation, et j'ai un peu peur. Mais pas de lui. J'ai surtout besoin de lui.

– Oui, réponds-je finalement.

– Je n'ai jamais eu de relation sans préservatif, et j'ai fait des tests récemment : je suis clean.

– Je le suis aussi.

Après avoir rompu – enfin si on peut appeler ça comme ça – avec le gars qui a pris ma virginité, j'ai passé immédiatement des examens afin de m'assurer d'être clean. On avait utilisé un préservatif, mais j'avais besoin de me rassurer.

Tayron retire le préservatif et cherche mon regard, immobile au-dessus de moi. J'attire ses hanches contre moi.

– Je te veux, Tay. Viens en moi.

Et il m'obéit. Sa pénétration est lente et profonde. Ma poitrine se serre face à la myriade de sensations qui m'envahit. C'est tellement différent, mais tellement… plus. Ses chairs écartèlent les miennes et déjà, j'ai envie de m'abandonner à la jouissance. Tayron mord ma lèvre supérieure.

– Ne jouis pas. Je veux être en toi tout entier.

Je comprends que lui aussi est au bord de l'explosion.

– C'est bon ? me demande-t-il en actionnant son premier mouvement de va-et-vient.

– Oui.

J'embrasse son menton recouvert de barbe et le tire un peu plus à moi. Il accélère l'allure tout en continuant à s'assurer de mon plaisir. J'ai l'impression que son âme vient directement heurter la mienne quand nos peaux claquent l'une contre l'autre.

– Une tempête, Rose.

Son souffle à mon oreille est brûlant. Aussi chaud que nos corps recouverts de sueur. La tempête fait fuir les ombres qui le hantent. J'ai envie d'affronter l'ouragan. Et je le fais pendant les prochaines minutes, agrippée à Tayron, jusqu'à ce que l'orgasme nous terrasse.

***

J'ouvre les yeux quelques heures plus tard. Il fait toujours nuit dans la pièce. Les draps sont chauds, mais Tayron n'est plus là. Je relève la tête et le découvre assis sur le vieux fauteuil à quelques mètres du lit, les yeux baissés sur ce qu'il tient entre les mains. Je l'observe quelques secondes. Il est éclairé en partie par les rayons de la lune.

Puis j'entends un bruissement. Une mine que l'on gratte sur du papier.

Il dessine.

Comme s'il avait senti que j'étais réveillée, il redresse la tête, son regard plongeant directement dans le mien, sondant mon âme dans ses moindres détails.

Dans cette semi-obscurité qui baigne autour de nous, je sors du lit, m'avance derrière le fauteuil et me penche par-dessus son épaule.

Ce que je découvre me laisse sans voix.

– Qu'est-ce que… murmuré-je avant de subitement me taire.

Je me presse un peu plus contre le dos de Tayron et me penche davantage. Il ne dessine plus, mais il ne me cache pas non plus ce qu'il était en train de dessiner.

Une femme nue, perdue au milieu des draps.

Moi…

– Je t'avais dit que si tu étais sage, je te dessinerais nue, me taquine-t-il avec douceur.

Je passe le bout de mon index sur la feuille. Un simple effleurement. Est-ce comme cela que Tayron me voit ?

– On ne m'avait jamais dessinée.

Ce dessin est criant de réalisme. Les boucles de mes cheveux en pagaille sur mon visage endormi. Ma lèvre supérieure un peu plus épaisse que la lèvre inférieure. La cicatrice à peine visible sur mon poignet. Mais ce qui me retourne de l'intérieur, c'est ce que dégage cette représentation.

De la passion…

Tayron reste silencieux. Il me laisse observer son œuvre. Mais je sais qu'il attend ma réaction. Quelque part, il m'ouvre directement son âme à cet instant.

Je me colle à son dos, ma poitrine pressée contre ses omoplates. Puis je pose mon menton sur son épaule gauche.

– Je ne me suis jamais vue à travers les yeux de quiconque. C'est si beau, murmuré-je tout bas à son oreille avant de poser mes lèvres sur le côté de sa gorge.

Je suis complètement chamboulée de découvrir qu'il s'est levé en pleine nuit pour… pour me dessiner. Moi.

– Je n'arrivais pas à dormir, chuchote-t-il. Je voulais graver sur le papier l'expression paisible qui habitait ton visage.

Il se racle ensuite la gorge. Il s'est de nouveau replié sur lui. Il a fermé la porte menant à son âme. Il m'a laissée entrevoir ce qui se cachait tout au fond de son être avant de se préserver de nouveau.

Je repense une nouvelle fois aux paroles d'Iris. « Il n'existe pas de mode d'emploi pour savoir si tu aimes quelqu'un ou non. En fait… tu le sais, c'est tout. Ça s'impose à toi. Un jour, tu te rends compte qu'une personne te plaît, et l'autre jour, tu comprends qu'elle est indispensable dans ta vie. »

Pourquoi ai-je l'impression que c'est en train de me tomber dessus sans que je ne sache comment l'éviter ou m'en protéger ?

– Je tiens beaucoup à toi, chuchoté-je. Plus que je ne le voudrais.

J'ignore pourquoi je viens de lui dire ça. Ça m'a semblé naturel de le lui avouer. Comme si j'aurais eu tort de ne rien dire. Mes bras serrés autour de ses épaules, Tayron pose sa large paume de main sur mon bras et me resserre contre lui. Ses doigts me pressent quelques secondes. C'est beaucoup plus que ce que j'attendais.

Qu'est-ce qui est en train de nous arriver ? Je crois que je suis en train de tomber amoureuse. Et je ne sais pas si je serai capable de repousser ça.

33

CAUCHEMAR ÉVEILLÉ

Rose

Parfois, on ment parce qu'on a peur. D'autres fois, on préfère simplement se taire. Mais même si cela nous fait gagner du temps, même si on croit contrôler la situation, les mensonges font toujours plus de mal que de bien.

Et la vérité triomphe toujours. Cette phrase est un cliché. Sauf qu'elle est vraie.

C'est ce qui s'est passé pour Tayron et moi. On a menti à nos parents. J'avais peur de décevoir mon père. Peur de le couper de son bonheur enfin retrouvé. Tayron a menti à sa mère sur nous deux, car il savait que cette dernière n'accepterait pas le lien qui nous unissait.

Mais la vérité a triomphé. Encore une fois.

Lorsque je me réveille quelques heures plus tard, je n'entends que le silence. Tayron est levé.

Je m'étire longuement entre les draps et souris en sentant les rayons du soleil frapper mon visage. Du soleil en décembre, que demander de plus ?

J'étouffe un bâillement et sors du lit. J'entends quelques voix lointaines. Dont l'une qui parle calmement mais fermement. Sauf que je n'arrive à rien distinguer à travers les murs. Merde, peut-être que Sam est rentré complètement bourré de soirée et que Tayron a besoin d'aide pour le contrôler ? Avec cette idée en tête, je récupère le pull de Tayron échoué au sol et le passe au-dessus de ma tête avant d'enfiler ma petite culotte. J'ai plus l'impression de porter une courte robe qu'autre chose, mais tant pis. Un délicieux frisson me parcourt alors que la soirée d'hier soir me revient en tête.

Mais je ne m'attarde pas ici et ouvre la porte de la chambre.

– Y a un souci ? demandé-je en arrivant dans le salon tout en bâillant.

La première personne que je vois, c'est Tayron. Je lis la colère sur son visage lorsqu'il me découvre là, habillée de son pull.

– Rose ?

Je tourne brusquement la tête sur la gauche et découvre deux nouvelles personnes dans la pièce.

Mon cœur loupe un battement et j'ai l'impression d'avoir été prise en flagrant délit. Ce qui est le cas.

– Papa ?

– Rose ? s'exclame Nicole en m'apercevant ici.

Quant à moi, je suis tétanisée sur place. Mon père observe Tayron, puis moi et ses sourcils se froncent lorsqu'il découvre le pull que je porte.

– Qu'est-ce qu'il se passe ici ? demande Nicole en posant une main sur sa gorge.

La tristesse dans son regard me transperce le cœur. Puis je vois la colère se peindre sur son visage lorsqu'elle fixe son fils. Les connexions et les conclusions se font dans la tête de nos parents.

– Je… c'est compliqué, commencé-je.

Sérieux, je ne pouvais pas dire autre chose que ça ?! Mais je perds mes moyens à cet instant. Je cherche le regard de Tayron. On va discuter tous ensemble. Calmement, il le faut.

– Tayron ?! s'exclame sa mère, attendant des explications.

– C'est exactement ce que vous croyez, annonce-t-il.

Je ferme mes yeux.

Putain. Non.

– Je sors avec Rose.

Il a raison. Mais je ne pense pas que le dire comme ça soit la meilleure des choses.

– Depuis combien de temps ? lui demande sa mère aigrement.

– C'est récent.

Je m'avance vers mon père et Nicole, les mains levées.

– Écoutez…

Ils doivent surtout comprendre qu'on se connaissait avec Tayron AVANT de savoir qu'ils sortaient ensemble. Mais je n'ai pas le temps d'en placer une car un rire sans joie sort de la bouche de Nicole qui continue de regarder son fils, l'air très déçue.

– Tu n'as jamais accepté Billy, s'exclame-t-elle méchamment en m'ignorant. Est-ce que tu t'es rapproché de sa fille juste pour tout faire capoter entre lui et moi ?!

– Putain, t'es pas le centre du monde, maman, réplique Tayron en levant les mains au ciel.

– Alors c'est ça ? C'est juste pour tout gâcher que t'as charmé Rose ?!!! Tu es égoïste !

– Ce n'est pas ce qui s'est passé, interviens-je mais elle m'ignore une nouvelle fois.

Elle entend la réponse de Tay, même si je vois bien qu'elle ne le croira pas, de toute façon. Mon père observe la scène, mais il ne réagit pas. C'est exactement son genre. Tout comme moi, il se renferme et garde tout pour lui. Ce qui est encore pire.

– Non ! s'écrie enfin Tayron. Et tout gâcher ? Putain, j'ai fait plus d'efforts que jamais ces derniers temps pour accepter cet homme dans ta vie. Mais tu ne vois rien. Parce que tu ne vois que toi, crache-t-il en s'approchant de sa mère. Tu ne vois rien comme toutes ces années où tu faisais comme si tu ne voyais rien pendant qu'il s'en prenait à moi. Tu crois encore être le centre de l'histoire. Mais ce n'est pas TON histoire.

Elle recule comme si Tayron l'avait giflée. La discussion s'engage sur un terrain glissant. J'ai l'impression que Tayron est en train d'exploser. Cela se transforme en règlement de comptes et toute la rancœur qu'il gardait enfouie en lui est en train de ressortir.

– Ne remets pas ton père sur le tapis ! Et dis-moi la vérité !

– Tu veux la vérité ?

Il fait les cent pas, comme fou.

– Tu veux la vérité ? Je t'ai toujours protégée, maman. Pendant des années, j'ai subi. J'ai pris sur moi. Pour toi. Tu ne l'as pas fait. Et ensuite, j'ai essayé d'accepter cette nouvelle situation. Et maintenant tu me rejettes dès que quelque chose ne se passe pas comme tu le souhaitais ? Sans essayer de comprendre ? Je ne m'attendais pas à tomber sur Rose. Mais c'est le cas. Je ne l'ai pas approchée pour te faire du mal. Pour tout gâcher entre toi et Billy. Mais tu sais quoi, lâche-t-il dans un rire sans joie, je savais que c'est ce que t'allais penser. Parce que tu ne penses qu'à toi, répète-t-il. Tu préfères ne rien voir. Tu veux la vérité ? Je ne suis pas celui qui est égoïste.

Les mots de Tayron blessent sa mère. Mais j'ai surtout l'impression que dans l'histoire, c'est lui le plus meurtri.

– Et tu veux la seconde vérité, maman ? Tu ne vois tellement rien que tu ne vois pas que ce petit garçon que t'as abandonné sur le bord de la route, il est bousillé, et il t'en veut toujours.

Nicole fait quelques pas en arrière et une larme coule sur sa joue. Elle fait demi-tour et quitte précipitamment l'appartement.

Mais mon père ne bouge toujours pas. Il me regarde, ouvre la bouche et ne dit rien.

J'ai besoin de lui expliquer.

– Papa, commencé-je.

Mais il secoue la tête.

– Je dois… je dois voir si Nicole va bien.

Et il quitte la pièce en claquant la porte derrière lui. Je me laisse tomber sur le canapé, pose mes coudes sur mes genoux et enfouis mon visage dans mes mains.

J'entends Tayron faire les cent pas autour de moi.

– J'ai pété un câble. Ce n'est plus moi qui parlais. C'était ce petit garçon en moi, murmure Tayron pour lui-même.

Je sais qu'au fond, il a conscience que sa mère a fait tout ce qu'elle pouvait. Que ce n'est pas sa faute à elle, si son enfance a tourné au cauchemar, mais bien celle de son père.

Il s'arrête ensuite face à moi. Je le sens s'agenouiller devant moi mais je n'ai pas la force de le regarder à cet instant.

– Rose ?

– C'est la merde, Tayron.

Il ne répond rien. Alors je relève mon visage pour planter mon regard dans le sien et continue :

– T'as vu la réaction de nos parents. Ils n'ont même pas essayé de comprendre. Qu'est-ce qu'ils sont en train de penser ?

– Je m'en branle, de ce qu'ils pensent, crache-t-il.

Je soupire et me frotte les yeux. Je suis fatiguée de tout ça. Fatiguée de moi-même et de la situation.

– Le regard de mon père, murmuré-je difficilement. Et celui de ta mère… Mon Dieu.

– Ma mère est loin d'être blanche comme neige, Rose. Elle pense mériter le bonheur mais ne comprend pas que moi aussi, j'y ai droit. Ça allait se savoir un jour ou l'autre. On n'a rien fait de mal.

Ses mots me serrent le cœur et tentent de se frayer un passage vers mon cerveau mais ce dernier les rejette.

– Je crois que c'était une connerie, chuchoté-je pour moi-même.

Mais Tayron n'est pas d'accord. Il se penche vers moi, ses genoux au sol, et agrippe délicatement mais fermement mon menton. Il colle presque son visage au mien :

– Je ne vais pas te laisser tomber. Et je ne vais pas te laisser me laisser tomber. J'emmerde les cases. J'emmerde les gens qui ne veulent entendre aucune explication et n'en font qu'à leur tête. On a aucun lien de parenté. On s'est rencontrés avant de découvrir qu'ils sortaient ensemble. On ne s'attendait pas à sortir ensemble. Mais c'est ainsi. On leur expliquera. OK ?

– Et s'ils ne veulent pas comprendre. Ta mère…

– C'est juste nous deux dans l'équation, t'as oublié ?

J'avale difficilement ma salive, essayant de me raccrocher à ses paroles. Oui. Oui il a raison. Je ne veux pas qu'il me laisse tomber, et je ne peux pas le laisser tomber. Pas alors qu'on s'est rendus vivants l'un l'autre.

– T'es avec moi ou pas, Rose ?

Il cherche mon regard en relâchant mon menton. Sa main presse mon genou et il me redemande :

– T'es avec moi ?

– Oui.

Toujours agenouillé devant moi, Tayron entoure ma taille de ses bras avant de poser son visage sur mes cuisses.

Oui. Je suis avec lui.

34

EXPLICATIONS

Rose

Vingt-quatre heures sont passées. Vingt-quatre heures durant lesquelles je me suis rongé les sangs. J'hésite une seconde à toquer à la porte de la maison de mon père mais finalement, je pousse la porte et pénètre dans la maison de mon enfance.

– Papa ? l'appelé-je.

Aucune réponse ne me parvient. Je ferme la porte derrière moi. J'ai vu sa voiture devant le petit jardin. Il est forcément ici. Je m'avance dans le salon et découvre une tasse de café encore chaud.

– Papa ? répété-je.

Je pénètre dans la cuisine et l'aperçois, adossé à l'évier. Il me remarque de l'autre côté de la pièce. Il n'est que huit heures trente et pourtant, il semble prêt à partir au travail. Je m'arrête à quelques mètres de lui et tente d'entamer la conversation :

– Tu ne décrochais pas alors… j'ai décidé de passer.

– Je… répond-il en passant une main sur son visage fatigué, je crois que mon portable est déchargé. Sans doute.

Je hoche plusieurs fois la tête sans rien dire, comme une imbécile. Je n'aime pas me fâcher avec mon père. Enfin, on ne s'est pas vraiment fâchés. Mais il est si silencieux, je déteste ça.

– On doit discuter, lui annoncé-je.

Il quitte la cuisine, apparemment pressé.

– Je dois filer au travail, Rose.

Je me place devant lui. Je n'ai pas eu le temps de discuter avec lui hier et de lui expliquer la situation. Tayron a raison. On n'a rien fait de mal, lui et moi. Mais je veux en parler avec mon père.

– Tu as bien cinq minutes ? lui demandé-je sans en démordre.

Il finit par pousser un soupir et s'assied sur le fauteuil à côté du canapé beige du salon. J'avale difficilement ma salive et ni lui ni moi ne parlons.

– Je ne m'attendais pas à ça, avoue-t-il finalement. Je ne sais pas de quoi est fait l'avenir, mais… et si j'allais plus loin dans ma relation avec Nicole ? Les choses seraient forcément bizarres, non ?

– Nous n'avons aucun lien de parenté, le coupé-je d'une voix plus froide que je ne l'aurais voulu.

– Ce n'est pas le problème. Ce garçon est gentil dans le fond mais… il n'a pas eu une vie facile. Il a vécu beaucoup de mauvaises choses… le genre de choses qui laissent des séquelles. Il est assez perturbé, Rose. Et j'ai peur que tu sois trop perturbée toi-même pour fréquenter un garçon comme lui.

J'ai l'impression d'avoir reçu un coup.

– Tu penses que je ne pourrai pas gérer ça ? Que je suis trop faible ?

– Tu es ma fille, c'est normal que je m'inquiète pour toi.

– Alors tu le penses, murmuré-je amèrement. Mais qu'est-ce qui peut arriver de plus à une fille déjà blessée ?

J'inspire profondément et continue pour ne pas me décourager :

– J'ai rencontré Tayron avant de savoir que tu sortais avec sa mère. La première fois que je l'ai vu, il frappait un autre type. J'ai tout de suite cru que c'était un sauvage et j'ai décidé de rester loin de lui.

Mon père pose ses coudes sur ses genoux et m'écoute attentivement. Il ne cherche pas à juger la situation pour le moment.

– Quelques soirs après, il a débarqué dans ma sororité avec des amis à lui et ils ont failli tout casser. Je l'ai détesté à ce moment-là, murmuré-je. Et puis… et puis je suis venue rencontrer ta nouvelle copine. Et il était là. Et j'ai compris que c'était son fils.

– C'est pour ça que tu semblais en colère, soupire mon père.

Je hoche la tête et reprends ensuite :

– Il m'énervait. Et Dieu seul sait à quel point je le rendais fou. Je savais qu'il était hors de portée. On était tellement différents. Mais l'attraction était là, papa. Tu sais, la fusillade qui a eu lieu à la fac ? J'étais bloquée dans la bibliothèque. J'ai eu une crise de panique. J'avais l'impression d'être de retour un an en arrière, près du corps de maman. J'avais la sensation de me noyer. Mais Tayron ne m'a pas laissée tomber. Il a plongé avec moi. Il nous a sortis de l'eau tous les deux, papa. À partir de cet instant… plus rien n'a été comme avant. J'ai appris à le connaître. Je me suis rendu compte qu'il se battait contre lui-même pour maîtriser sa colère, pour que son passé ne détruise pas son avenir. Et il y arrive. Il ne sera jamais comme son père. Et ensuite… j'ai fini par succomber.

Les minutes s'écoulent tandis que mon père réfléchit à mes mots. Je reste en suspens, le cœur au bord des lèvres.

– Et tu ne m'as rien dit ?

Je secoue la tête.

– Pourquoi ? reprend mon père et j'entends la peine dans sa voix. À quel moment est-ce qu'on s'est encore plus éloignés, tous les deux ?

Ma lèvre inférieure se met à trembler et je déteste ça.

– Je ne t'ai rien dit car je n'avais pas envie de t'enlever le bonheur que tu venais de retrouver avec Nicole. Je me suis dit que t'allais peut-être être déçu de moi. Je ne sais pas. Je t'ai tellement fait souffrir dans le passé, quand tu m'as découverte en sang dans la salle de bains. Je ne voulais pas que tu renonces à Nicole en apprenant que je sortais avec son fils. Je ne voulais pas que tu te poses des questions, que tu doutes de ta relation avec elle. Je ne voulais pas tout gâcher, une nouvelle fois.

Mon père se redresse, les sourcils froncés.

– C'est stupide !

Son exclamation me percute de plein fouet. Il inspire profondément et tente de se calmer. Vu qu'il ne dit rien, je reprends :

– Alors oui, si tu continues ta relation avec Nicole et que les choses vont plus loin, certains pourraient trouver ça bizarre. Mais la vérité, c'est que ça n'a pas à l'être.

J'inspire profondément, car je m'attends à ce qu'il me dise quelque chose de blessant. Puis continue :

– C'est un gars perturbé. Il est complexe. Mais je le suis aussi, papa. On est loin d'être parfaits, tu as raison. Et peut-être qu'on va se rendre compte que nous deux, ça le fait pas du tout sur le long terme. Mais… mais je me suis sentie un petit peu vivante, à ses côtés. Tous ces mois, j'étais enfermée dans une pièce sans issue, tourmentée par toutes les casseroles que je traîne, tous ces souvenirs qui me bouffent. Mais j'ai enfin l'impression d'avoir trouvé une porte de sortie. Cette satanée porte, elle s'appelle Tayron Junior Price.

De longues minutes passent. Puis il finit par ouvrir ses bras et me dire :

– Viens là.

La seconde suivante, je me serre contre lui et le laisse embrasser le haut de mon crâne.

– C'est toi qui fais mon bonheur, Rose. Et tu es heureuse, alors je le suis aussi. Mais je te protégerai toujours. Tel est mon rôle de père, tu comprends ?

Je le serre un peu plus contre moi, sentant un énorme poids quitter ma poitrine.

– Tu veux dire que tu ne m'en veux pas ? demandé-je contre son épaule.

– Ce n'est pas ce à quoi je m'attendais. Et ça m'inquiète. Mais tu dis vrai. Il n'y a aucun lien du sang entre T-J et toi. Et surtout, je ne te laisserai pas ruiner ton bonheur pour le mien. C'est à toi de savoir ce dont tu as vraiment besoin. Et si tu crois qu'il peut vraiment te rendre heureuse… fonce. De mon côté, je vais essayer de parler à Nicole.

Je le serre un peu plus contre moi. C'est tout ce que je souhaite.

***

Je déteste l'idée que Tayron et sa mère soient en froid. J'ai l'impression que leur confrontation de mercredi matin n'était que la partie émergée d'un iceberg. Nous sommes désormais dimanche soir, et Tayron n'a eu aucune nouvelle d'elle. Quand je l'ai retrouvé ce soir, il souriait, mais je vois bien que la situation lui pèse.

On dit que le temps guérit tous les maux. J'espère que ça sera le cas pour nous.

Couchée sur lui au milieu de son lit, je me contente de lui faire sentir ma présence, sans parler. Je lui fais comprendre qu'il n'est pas seul. Son portable se met finalement à sonner quelques minutes plus tard. Je m'écarte de son corps afin qu'il puisse récupérer son téléphone sur sa table de nuit. Il fronce les sourcils en découvrant qui l'appelle.

– Ouais ? fait-il d'une voix cassée en décrochant.

J'ai envie d'écouter sa conversation, mais ça ne me regarde pas vraiment. Cependant, il s'assied au bord du lit et me tire à lui pour que je m'asseye sur ses genoux.

Comment la situation a-t-elle pu évoluer aussi rapidement et si intensément entre nous ?

– Est-ce qu'on peut parler ?

J'arrive à discerner la voix de sa mère. Je me redresse, une lueur d'espoir naissant au fond de moi. Peut-être qu'elle acceptera enfin d'écouter son fils avant de l'accuser sans même connaître les circonstances de l'histoire… De notre histoire.

– Je sais pas, répond Tayron.

Je cherche son regard, toujours assise sur ses genoux. J'ai presque envie de lui murmurer d'accepter mais je ne veux pas qu'on m'entende. Je me contente de lui donner un petit coup de coude. Il relève un sourcil face à mon geste.

Sa mère lui dit quelque chose que je n'entends pas, et Tayron finit par soupirer longuement.

– Très bien. Je serai là dans vingt minutes. Et je viens avec Rose.

Il raccroche et me force à me relever en se mettant lui-même debout. Je le regarde enfiler un pull et un jean.

– Je ne devrais peut-être pas venir. Je pense que tu dois avoir cette conversation seul avec ta mère.

En fait, j'ai l'impression qu'il y a beaucoup de non-dits entre eux. Parler leur fera du bien. Parler de nous oui, mais parler surtout de leur passé. Tayron se tourne vers moi, la mine sombre.

– J'ai besoin de toi, Rose.

Ces simples mots suffisent pour me convaincre de l'accompagner pour le soutenir. Parce que je sais qu'il en ferait de même avec moi.

– Alors je viens.

Vingt minutes plus tard, Tayron gare sa moto devant la maison de sa mère. Le stress commence à m'habiter. J'espère vraiment qu'ils vont pouvoir discuter, tous les deux. Enfin, à vrai dire, je ne sais même pas dans quel état d'esprit sera sa mère.

Tayron me tire derrière lui et avance d'un pas décidé devant l'entrée de la maison qui l'a vu grandir.

– T'es sûr que je dois venir ? demandé-je pour la deuxième fois.

Sans me regarder, il se contente de serrer un peu plus mes doigts dans sa main.

Bon. Quand faut y aller, faut y aller.

Tayron pousse la porte de chez lui, et je m'attends presque à trouver mon père aux côtés de Nicole, mais il n'y a qu'elle. Je l'aperçois au loin, au milieu de la grande cuisine ouverte sur le séjour.

Elle observe nos mains liées, mais ne dit rien. Sa mine est sombre et fatiguée, et je devine qu'elle n'a pas vraiment dormi les nuits précédentes.

Mon père a sûrement tenu sa promesse de lui parler...

– Bonsoir, dis-je en souriant faiblement après avoir lâché la main de Tayron.

Ce dernier hoche sa tête pour saluer sa mère et s'arrête à l'entrée de la cuisine, ses bras croisés sur son large torse.

Ils se fixent dans le blanc des yeux pendant de longues secondes, et je peux sentir la dureté des mots qu'ils se sont échangés flotter encore dans l'air. Tayron ne semble pas être prêt à entamer la conversation.

– J'ai discuté avec Billy, dit enfin sa mère en replaçant une mèche blonde derrière son oreille. Je reconnais que je t'ai tout de suite hurlé dessus en découvrant Rose dans ton appartement... habillée de ton pull.

Elle arrête de parler mais Tayron ne dit toujours rien. Il reste là, les bras croisés, le regard perdu dans un horizon lointain. J'ai envie de quitter la pièce tant la tension qui se dégage est forte.

Une larme coule sur la joue de Nicole et Tayron inspire difficilement, comme si emplir ses poumons d'air était douloureux. Elle s'avance vers lui et lève une main dans sa direction, tend son index doucement et s'arrête avant de toucher la peau de son visage.

– Et ce que tu m'as dit me hante. Je sais que je t'ai abandonné face à ton père pendant toutes ces années. J'avais peur. Peur d'agir contre lui. Peur de parler. J'ai mal fait mon boulot de mère. J'avais trop peur pour te protéger toi, mon petit garçon. Les flics n'écoutaient plus. Alors j'ai juste abandonné. Je t'ai abandonné face à ton père. Il a fallu que tu interviennes une fois adulte pour nous sortir totalement de cette situation.

Tayron ne répond rien. Mais ce petit garçon enfoui en lui écoute sa mère. Il comprend ses mots et tente de les accepter.

– Je sais que je ne t'ai pas protégé comme je l'aurais dû. Je sais qu'une part de toi m'en veut encore aujourd'hui car je m'en veux terriblement moi-même.

Sa voix se brise sur ce dernier mot. De nouvelles larmes coulent sur son visage et Tayron finit par la prendre dans ses bras avant de la serrer contre son torse. Je les observe, le cœur serré. Ces mots devaient sortir. Ils étaient difficiles, et néanmoins nécessaires.

– Maman, murmure Tayron contre ses cheveux.

Cette dernière serre ses bras autour de sa taille et le tient contre elle.

– Je suis désolée.

Il ne répond rien, mais je sens que le petit garçon en lui est apaisé.

– T'es pas une mauvaise mère, continue Tayron. Tu t'es battue avec les mauvaises armes.

Elle se recule après de longues secondes et essuie ses larmes. Son regard croise le mien et elle esquisse un petit sourire.

– Comme je disais, j'ai discuté avec ton père, reprend-elle à mon intention avant de se tourner de nouveau vers son fils. Lorsque j'ai vu Rose et que j'ai compris que vous deux… enfin… j'en ai tiré des conclusions… mauvaises. J'ai cru que tu t'étais rapproché de Rose dans l'unique but de détruire ma relation avec Billy. Tu avais raison, j'ai été aveugle et je ne voyais pas les efforts que tu faisais en réalité pour accepter tout ça. Pour me soutenir tout en cherchant à me protéger d'une nouvelle histoire compliquée.

Tayron écoute ses mots. Ils se répercutent dans le tréfonds de son âme.

Elle me désigne du menton.

– Alors vous deux… ça a commencé avant que je ne rencontre Billy ?

Je secoue la tête mais laisse Tayron répondre.

– Pas vraiment. En fait… on s'est rencontrés avant de savoir que vous étiez ensemble. Mais on s'est battus bien longtemps avant que Rose comprenne que j'étais un être parfait et indispensable.

– Ah ah, rétorqué-je en me retenant de lever les yeux au ciel. Cours toujours.

Nicole reprend après s'être raclé la gorge :

– C'est assez… perturbant comme situation.

Elle sort avec mon père. Je sors avec son fils. Perturbant est effectivement le mot.

– Mais tu as fait des efforts, mon garçon. Des efforts que je ne voyais pas. C'est à moi d'en faire désormais.

Un petit sourire me vient en découvrant la lueur de surprise sur le visage de son fils. C'est un grand gaillard d'un mètre quatre-vingt-cinq qui ressemble à un gosse surexcité à cet instant. J'ignorais que nous avions besoin de ces quelques mots. Mais c'était le cas.

Nicole retourne dans la cuisine et pose une assiette propre sur l'îlot central où trône un grand vase blanc contenant des roses rouges.

– Est-ce que vous restez dîner ce soir ? Billy n'est pas là. Mais… mais on pourrait être tous les trois ? Discuter ? J'aimerais connaître exactement votre histoire.

Les choses sont loin d'être apaisées, mais c'est un début. C'est un premier pas. Tayron commence à secouer la tête mais je le devance :

– Oui ! D'accord.

Nicole paraît soulagée. Ses épaules se détendent dans un mouvement presque imperceptible.

– Je peux faire des cookies. Aux pépites de chocolat ?

Tayron me jette un coup d'œil, indécis, avant d'acquiescer.

Je m'avance vers l'îlot central, laissant l'odeur de roses envahir mes narines. Une vibration interrompt le silence. Tayron tire son portable de sa poche arrière, les sourcils froncés, avant de décrocher.

– Ouais, mec ?

J'entends des exclamations à travers le combiné mais je suis trop loin pour comprendre ce qui se passe. Je m'avance vers lui, l'inquiétude grandissant en moi.

– Attends, Sam. Putain, qu'est-ce que tu racontes ?! J'arrive ! Appelle les putains de flics et ne touche à rien !

Il raccroche ensuite, furibond.

– Quoi ? demandé-je.

Nicole est derrière nous, elle aussi inquiète.

– Sam vient de rentrer à l'appartement. Notre porte a été forcée. Le salon a été ravagé ! s'énerve-t-il en passant une main dans ses cheveux. Je dois aller voir.

– Je viens avec toi ! m'exclamé-je comme il commence à s'éloigner.

J'agrippe son poignet mais il secoue la tête.

– Non, Rose. J'ignore quel petit merdeux est venu chez moi, ou même s'ils étaient plusieurs. Il vaut mieux que tu restes là si jamais ils sont encore dans le coin.

J'ai envie d'insister mais je sais qu'il continuera de refuser. Une lueur sombre et dangereuse habite son regard.

– Tayron, murmuré-je quand il s'éloigne à nouveau.

Il se tourne vers moi, ses poings serrés.

– Fais gaffe, d'accord ?

Il hoche simplement la tête avant de quitter la maison. J'entends sa moto rugir avant qu'il ne traverse la rue éclairée par les rayons de la lune.

Qui est entré chez lui ? Des petits plaisantins de la ville qui étaient en manque de sensations fortes ?

Ou peut-être est-ce un tout autre danger…

35

LA FIN DU CALVAIRE

Rose

Je rejoins les toilettes dix minutes plus tard, serrant mon téléphone entre mes doigts. La mère de Tayron est en train de préparer des cookies mais je vois bien qu'elle s'inquiète. Nous n'avons aucune nouvelle de Tayron, mais je tente de me rassurer en me disant qu'il n'est pas encore arrivé à l'appartement.

J'aurais dû aller avec lui, mon Dieu. Tandis que je ferme la porte des W.-C. derrière moi, j'entends la sonnette à l'entrée de la maison retentir. Nicole a dû appeler mon père quand j'ai quitté la cuisine pour lui dire de nous rejoindre.

Mais tandis que je me lave les mains une minute plus tard, j'entends un bruit, comme si du verre venait de se briser sur le sol.

Qu'est-ce qu'il se passe ?

J'ouvre la porte de la salle de bains et m'apprête à demander à Nicole si ça va mais une voix sombre résonne entre les murs.

– Comment peux-tu voir un autre homme ?! Salope !

Je reconnais presque instantanément la voix… Marc, le père de Tayron ! Je m'avance silencieusement vers le salon, essayant de ne pas montrer ma présence en restant contre le mur du couloir. Je sors mon portable et appelle Tayron, mais il ne décroche pas.

C'est pas vrai !

Je lui envoie un message pour lui dire que son père est là en priant pour qu'il se ramène vite.

Lorsque j'entends un nouveau bris de verre, je décide finalement d'appeler le 911.

– 911, j'écoute ? me demande une voix sérieuse à l'appareil.

– Il y a une personne violente qui est entrée chez nous, déclaré-je aussi bas que possible.

– Nous allons envoyer une patrouille. Quelle est l'adresse ?

L'adresse ? Putain, quelle est la putain d'adresse ?!

Je ferme les yeux et inspire calmement afin de retrouver le nom de la rue.

Putain, c'était quoi ce foutu panneau ?

– 210, Leyden Street, dépêchez-vous ! chuchoté-je furieusement avant de raccrocher.

J'entre dans le salon et découvre le père de Tayron d'un côté de la cuisine, un doigt accusateur brandi dans l'air. Nicole est de l'autre côté de la cuisine, apeurée.

Dieu soit loué, cet enfoiré ne l'a pas touchée. Mais j'aperçois d'ici le grand vase de roses explosé par terre, le sol de la cuisine humide.

– Je t'ai posé une question ! hurle l'homme. Après avoir brisé ma vie, tu baises un autre homme ?!

Nicole sursaute. Elle se recroqueville sur elle-même et j'ai l'impression qu'elle se retrouve plongée des années en arrière, lorsqu'elle était prisonnière de ce type. Elle ne fait rien pour se défendre ou s'enfuir. Elle est tétanisée.

– Éloignez-vous d'elle ! m'exclamé-je.

Je traverse le salon et m'avance vers la cuisine en redressant le menton. Hors de question que je reste les bras croisés.

En visualisant les traits sévères et mesquins de l'immense homme en face de moi, je me dis une nouvelle fois que Tayron et lui sont de parfaits opposés.

Le type en face de moi semble me reconnaître, il plisse les yeux et lâche un rire.

– Qu'est-ce que tu crois pouvoir faire, espèce de petite garce ?

J'ignore l'insulte et n'en démords pas. Je cherche le regard de Nicole, m'assurant qu'elle n'est effectivement pas blessée. Puis je me tourne une nouvelle fois vers son ancien époux.

– Vous devriez partir avant que la police n'arrive.

Il lâche un rire gras et la colère s'empare de lui.

– Tu crois que la police peut me faire quelque chose ?!

Il se tourne à nouveau vers Nicole et longe l'îlot central.

– Quant à ton putain de fils, je viens de passer à son appartement pour lui laisser une petite surprise. Il est bien trop insolent, ce gamin. T'as loupé son éducation, comme t'as toujours tout loupé, espèce d'idiote.

Alors c'est lui qui a retourné l'appartement lorsqu'il n'y a pas trouvé Tayron ?! Je fais le tour de l'îlot et me place devant Nicole avant que l'homme ne l'agrippe par les épaules.

– Dégagez ! hurlé-je en le repoussant loin de nous.

Mais il doit faire trois fois mon poids et il m'envoie valser à plusieurs mètres. Je manque de glisser et me rattrape au mur.

– Arrête ! crie Nicole.

Mais l'homme ne l'écoute pas. Il agrippe ses cheveux et la force à le regarder droit dans les yeux.

– T'es qu'une sale pute. T'as cru que tu pouvais me remplacer aussi facilement, moi ?! crache-t-il, et son souffle vient frapper Nicole qui ferme les yeux.

Elle essaie de le repousser de toutes ses forces. Mais elle n'est rien face à lui. Je récupère une statuette en bronze et la jette sur le père de Tayron. Il lâche un grognement d'outre-tombe quand l'objet heurte son dos, mais ne relâche pas Nicole pour autant. Lorsque je le vois poser ses mains autour de sa gorge, je cours vers lui, l'agrippe et tente de lui faire lâcher prise.

En vain.

Nicole le griffe mais commence à manquer de souffle et ses forces s'amenuisent face à ce monstre.

Non. Non. Non !

Je récupère un couteau près du plan de travail et dévisage tour à tour cet homme puis la lame que je tiens entre mes mains. Au moment où je m'apprête à agir, la porte d'entrée s'ouvre à toute volée.

– Lâche-la ! hurle Tayron en débarquant dans le salon.

Il court vers son père, le ceinture et le repousse loin de sa mère. L'homme heurte le frigo dans un bruit sourd mais ne tombe pas au sol. Il semble encore plus énervé, tandis qu'il tente de se redresser correctement.

Il me semble encore plus menaçant.

Tayron n'a pas le temps de s'occuper de sa mère, pourtant il se place face à elle. Son dos s'offre à son père. Il sert de véritable bouclier humain, tandis qu'il observe une seconde la gorge meurtrie de Nicole qui essaie de reprendre son souffle.

Mais Marc n'a pas dit son dernier mot. Il hurle à Tayron :

– T'as toujours été un raté, comme ta garce de mère !

Puis il fonce sur Tayron. Ce dernier se tourne vers son père mais n'a pas le temps d'esquiver le poing qui percute le haut de sa pommette.

Je lâche le couteau, fais le tour de la cuisine ouverte et tire Nicole à moi pour l'éloigner de ce bain de sang qui est en train de prendre place. Et j'observe, impuissante, l'homme que j'aime se battre contre l'homme qui l'a mis au monde.

Des milliers de femmes battues meurent chaque année des coups de leurs maris violents. Des milliers d'enfants meurent sous les coups de leurs parents violents.

Mais Tayron n'est plus un petit garçon. Il est au bord du gouffre. Rempli de haine et de colère.

Les coups volent. Les rugissements également.

Tant de colère. Tant de douleur…

– Tu veux que j'te tue ? crache son père. T'as jamais su rester à ta place, espèce de p'tit merdeux !

Tayron ne cherche pas à donner les premiers coups. Il esquive ce qu'il reçoit et rétorque avec ses poings car c'est la seule arme à sa disposition, à cet instant. Tandis que son père essaie de le plaquer une nouvelle fois contre le mur, Tayron le repousse fortement au niveau de la poitrine.

L'immense armoire à glace qu'est son géniteur est soudainement déséquilibrée. Il recule de plusieurs pas, vacillant, tentant de retrouver l'équilibre. Mais c'était sans compter la flaque d'eau sur le sol derrière lui. Il glisse, et l'arrière de son crâne percute le coin de l'îlot central dans un craquement.

Puis c'est le silence. Un silence de mort.

J'avance vers la cuisine et plaque mes mains contre ma bouche pour étouffer un cri en découvrant Marc allongé sur le sol, une immense flaque de sang autour de sa tête. Ses yeux sont toujours ouverts, mais ils sont vides.

Tayron se laisse tomber à genoux devant moi, près du corps inerte. Ses épaules tremblent tandis qu'il avance sa main contre la gorge de son père. Je sais ce qu'il cherche : son pouls.

Mais il ne le trouve pas. Il est mort.

– Tayron ? appelle Nicole à quelques mètres de là.

Elle n'ose pas avancer, tremblant de la tête aux pieds.

Le sol de la cuisine, sous Tayron, continue de se recouvrir de sang. Mais il ne bouge pas. Mon guerrier blessé pose une main sur l'épaule de son père, comme s'il ne réalisait toujours pas.

– Je l'ai tué ? souffle-t-il, comme pour lui-même, d'une voix brisée.

Je secoue la tête et les larmes coulent sur mes joues sans que je ne puisse les retenir.

Un accident. C'était un accident. Son père allait le frapper, peut-être mortellement. Tayron l'a repoussé et son père, en reculant, a fini par glisser.

Un accident.

Le sang imprègne les vêtements du père, puis ceux de Tayron.

– Tayron, l'appelé-je en reniflant.

Mais il m'ignore. En fait, je crois qu'il ne m'entend même pas.

Et c'est là que je les entends. Les gyrophares. La porte d'entrée est déjà ouverte. Deux flics entrent dans la pièce et sortent automatiquement leurs armes de service en découvrant la scène sous leurs yeux.

Tayron ne bouge toujours pas mais il répète :

– Je l'ai tué. Je l'ai tué…

Les flics pénètrent dans la cuisine et ils découvrent l'horreur de la scène. Ils voient Tayron penché sur son père mort, ils les voient recouverts de sang.

– On l'embarque, annonce l'un des deux flics en s'approchant de Tayron.

– Non ! m'exclamé-je.

Mais ils me repoussent et relèvent Tayron dans un mouvement souple. L'un tient ses mains dans son dos tandis qu'il lui passe les menottes aux poignets.

– Tayron ! hurlé-je.

Je me place devant lui et saisis ses joues. Mais il ne me voit pas.

– Je l'ai tué.

Il n'est qu'une enveloppe de chair sans vie. Sans émotions.

– Ça va aller, chuchoté-je contre son visage.

L'un des flics me repousse.

– Lâchez-le ! hurlé-je mais il tente de me calmer en saisissant mes épaules.

Ils ne peuvent pas l'emmener ! Ils ne peuvent pas ! J'entends les cris de Nicole près de moi qui voit son fils partir, qui voit son ancien époux mort sur le sol.

Et puis l'un des flics disparaît, tenant devant lui un Tayron ressemblant à un pantin désarticulé.

36

LORSQUE NOTRE ÂME TENTE DE SE LIBÉRER

T-J

Les minutes passent. Peut-être qu'il s'agit en réalité d'heures. Je n'en sais rien. Je ne ressens rien. Je ne vois rien, si ce n'est le bain de sang qui a imprégné les vêtements que je porte toujours. L'hémoglobine qui s'accroche à ma peau.

J'ai conscience d'être enfermé dans une salle d'interrogatoire. Assis sur une chaise, les deux mains posées devant moi sur la table, toujours liées entre elles par des menottes. Une lumière artificielle brille au-dessus de ma tête. Il n'y a rien dans cette salle, si ce n'est la table en métal et la seconde chaise devant moi. Aucune fenêtre. Juste une porte grise.

De nouvelles minutes s'écoulent. Un sentiment de vide s'empare de moi. J'aimerais me reconnecter avec la réalité. Mais je ne vois que ce sang.

Tellement. Tellement de sang.

La satanée porte grise s'ouvre. Un homme, la quarantaine, pénètre dans la pièce. Il s'arrête une seconde, me jette un coup d'œil puis ferme la porte derrière lui. Silencieux, il s'installe sur la chaise en face de moi. Il croise ses bras sur son torse.

– Je suis l'inspecteur Izak Stoviak, se présente-t-il. Et vous êtes Tayron Junior Price. Né à Thornton dans le Colorado. C'est exact ?

Ma bouche est sèche mais j'articule difficilement :

– C'est juste T-J.

Seule Rose peut m'appeler Tayron.

Rose !

Où est-ce qu'elle est ? Où est ma mère ?! J'ai l'impression de sortir enfin du brouillard qui m'emplit depuis des heures.

– T-J, répète le flic en caressant le bout de son bouc.

Je ne sais pas ce qu'il attend. Que je parle ? J'en suis incapable et je n'en ai aucune envie.

– Une jeune femme qui se présente comme votre petite amie, Mlle Rose Hoffman, a appelé mes collègues ce soir à vingt heures quatorze afin de nous prévenir qu'un homme violent s'était introduit au domicile de votre mère. Arrivés sur place, mes collègues vous ont trouvé près de l'homme qui semble – qui semblait, pardon – être votre père, Marc Tayron Price. Il a été découvert mort à vingt heures trente et une. Vous étiez au-dessus de lui, recouvert de sang. Vous êtes actuellement au poste de police.

Un nouveau silence envahit la pièce.

– J'ai parlé avec votre mère. Et avec votre petite amie, Rose Hoffman. Elles affirment que le dénommé Marc Tayron Price s'en est pris à elles avant de s'en prendre à vous. Tandis qu'il essayait de vous frapper, il aurait glissé – de lui-même – sur de l'eau sur le sol et se serait cogné la tête. Vous ne seriez intervenu à aucun moment dans sa chute. Vous confirmez que c'est exact ?

C'est faux. Elles ont oublié un sacré détail.

Je n'arrive pas à parler. J'avale plusieurs fois difficilement ma salive. Je suis complètement glacé de l'intérieur, pourtant… je ne ressens rien.

Le flic pose ses coudes sur la table en métal et cherche mon regard.

– Qu'est-ce qui s'est passé ce soir, T-J ?

J'ai poussé mon père. Il a glissé. Il a heurté le coin du meuble. Il est mort.

Je sais qu'il s'agit de légitime défense. Je l'ai repoussé tandis qu'il cherchait à me frapper une nouvelle fois. Putain, j'ai su au fond de moi qu'il cherchait vraiment à me tuer. Mais j'ignorais qu'il allait glisser. J'ignorais que j'allais le tuer, même de façon involontaire.

Il est mort.

Tout ce sang…

Mais le pire, c'est cette petite voix au fond de moi, ce petit garçon de 12 ans qui me murmure que le calvaire est enfin terminé, qu'il ne pourra plus s'en prendre à nous. On a survécu. Et c'est terminé maintenant.

Ma mère est libre. Et je le suis aussi.

– Vous m'entendez ? me demande le flic.

Il ne semble pas méchant. Pas comme la plupart des enflures qui connaissaient mon père. Je me demande si son ami travaille toujours ici. Je suppose que si c'était le cas, il serait en face de moi.

Alors que le type de l'autre côté de la table semble vraiment vouloir comprendre et… m'aider ?

Le flic pince les lèvres. Il fixe pendant de longues et interminables minutes la porte grise. Puis il ajoute :

– Je suis entré à la police de Denver il y a cinq mois.

J'avais raison. C'est bien un nouveau. La question est de savoir s'il est aussi pourri que la plupart de ses collègues ?

– Vous savez… ces deux dernières heures. Pendant que vous

étiez assis ici, j'ai fait quelques petites recherches. Je suis tombé sur des rapports. Des rapports très difficiles à trouver. Comme si quelqu'un de la maison s'était assuré qu'ils soient cachés et pas à la portée des autres collègues. Votre mère a tenté de porter plainte plusieurs fois. Aucune suite n'a été donnée.

Je vois les liens qui se font dans sa tête. Peut-être est-il en train de comprendre qu'un de ses collègues protégeait mon père pendant tout ce temps. Il a l'air de prendre ça très au sérieux. Mais je m'en moque. Je me moque de tout.

La seule chose que je veux, c'est revoir ma mère et serrer Rose contre moi.

– Votre père était un homme violent. Dangereux. Et apparemment, plusieurs têtes le protégeaient.

Il réfléchit un instant et poursuit :

– Je ne suis pas une enflure, T-J. Si j'avais été là au moment où votre mère ou vous étiez venus, il y aurait eu une suite.

Mais il n'y en a pas eu.

Il se penche vers moi et continue :

– Qu'est-ce qui s'est passé, ce soir ?

J'ai envie de me taire. J'ai envie de réfléchir. Mais je n'y arrive pas. La seule chose que j'arrive à dire, c'est :

– Il allait me tuer. Il allait les tuer. Il était fou. *Je l'ai poussé.* Pour qu'il ne me touche pas. Mais il a perdu l'équilibre. Il a glissé. Il s'est cogné la tête sur l'îlot central.

Il est mort.

Je n'ai pas besoin de lui dire, il a compris. Un silence interminable s'installe. Va-t-il ouvrir une enquête ? Tenter de me faire condamner pour homicide involontaire ?

Puis il finit par se caler de nouveau correctement dans sa chaise et passe une nouvelle fois sa main dans son bouc. Il a mon avenir entre les mains et il le sait.

– Je vois.

– Et maintenant ? finis-je par demander.

Je sens la douleur transformer mon visage, comme si elle m'atteignait enfin. Je ne veux pas regarder mes fringues remplies de sang.

– Maintenant ? Hum… vous êtes en dernière année d'études. Vous avez des résultats excellents.

Il me fixe attentivement puis, résolu, soupire :

– Je ne vais pas ouvrir d'enquête.

Je fronce les sourcils et le regarde à mon tour. J'ai l'impression d'avoir mal entendu.

– Quoi ?

– Votre père a glissé de lui-même. Pas vrai ?

Je l'ai poussé. C'était un accident, mais mon geste l'a déséquilibré. Le flic le sait car je le lui ai avoué, pourtant il fait comme si la véritable version était celle décrite par Rose et ma mère.

Il est en train de me sauver la vie.

Le flic se redresse et range sa chaise.

– Quelqu'un va venir vous détacher. Vous être libre, T-J.

Et il s'éloigne. Il ouvre la porte.

Libre ?

Il ne poursuit vraiment pas ?

– Attendez ! m'exclamé-je.

Il s'immobilise et tourne la tête vers moi :

– Merci, murmuré-je dans sa direction.

Il sourit doucement.

– Terminez vos études, mon garçon. Et rendez votre mère fière de vous.

Et il me laisse là. Quelques secondes plus tard, un flic en uniforme entre dans la pièce et me détache rapidement.

– Vous êtes libre, m'annonce-t-il.

C'est vrai. On m'a libéré des menottes qui me retenaient. Mais j'ai surtout l'impression que les chaînes qui emprisonnaient mon âme ont été brisées.

***

Rose

Assise sur une chaise en métal, je gigote nerveusement sans pouvoir me contrôler. Mon père tient Nicole contre lui à trois mètres de là. Les flics et civils passent devant nous sans se préoccuper de nous.

Mais pourquoi on n'a pas de nouvelles, bordel ? Est-ce qu'ils vont ouvrir une enquête ? Inculper Tayron pour homicide involontaire ?

J'ai menti lors de ma déposition, et sa mère aussi. Parce que tout ceci était un accident et que je voulais le protéger.

Un type d'une quarantaine d'années sort d'une pièce et regarde dans ma direction. Même à cette distance, j'ai l'impression qu'il me fixe. En silence, il m'adresse un hochement de tête puis tourne les talons et rejoint un autre couloir sur la droite. Je passe une nouvelle fois ma main dans mes cheveux, plus qu'inquiète.

Mon père ne dit rien, il tient une Nicole complètement chamboulée contre lui. Elle n'a pas voulu être examinée par les médecins. La seule chose qu'elle souhaite, c'est savoir où est son fils.

Les yeux fixés sur le couloir menant aux salles d'interrogatoire, je ne bouge plus. Mon souffle se coupe quand je vois une silhouette massive passer une porte et quitter une salle.

Ils l'ont… libéré !

Je ne cherche pas à comprendre le pourquoi du comment et bondis de ma chaise. Tayron fixe une seconde ses phalanges explosées puis il plie et déplie ses doigts.

– Tayron ! m'exclamé-je.

Il tourne son corps vers moi et me regarde courir vers lui sur plusieurs mètres. La surprise prend place sur son visage. Mais j'y lis autre chose. Du soulagement.

– Rose, articule-t-il en ouvrant les bras.

Mon corps heurte ses membres musclés tandis que je me jette à son cou. Mes jambes s'enroulent autour de ses hanches et je le serre contre moi pour ne plus jamais le lâcher.

– C'est fini, articulé-je contre sa gorge.

Son bras droit me tient contre lui tandis que sa main gauche se plonge dans mes cheveux. Son nez se presse contre mes mèches et il inspire profondément mon odeur.

C'est terminé.

Son combat a pris fin ce soir. Son calvaire également.

Je sens Tayron trembler contre moi. Il semble enfin être vivant. Lorsque la police l'a emmené, il avait l'air mort de l'intérieur. Mais à cet instant, il est revenu à lui. Je le sens. Et il est sur le point de craquer. Alors je murmure contre son oreille :

– Je t'aime.

Il ne répond pas. Mais il me serre un peu plus fort contre lui, son cœur battant follement contre le mien.

Ce n'est pas terminé. Ce n'est que le début.

***

Une heure plus tard, nous arrivons au domicile de mon père. Impossible d'aller à l'appartement vandalisé de Tayron, et encore moins de retourner dans la maison de Nicole dès ce soir…

Mon père et Nicole rejoignent la chambre de mon père, après de nouvelles embrassades entre Nicole et son fils.

Nous nous retrouvons tous les deux, seuls, dans le salon.

Tayron est toujours habillé des mêmes fringues tachées de sang. Il nous a expliqué que le flic n'ordonnera aucune poursuite et en a conclu à un accident. Tucker, son cousin, est dans tous ses états. On l'a prévenu de la situation et on lui a dit qu'on passerait demain. Il sait que Tayron n'est pas assez en forme pour parler à cet instant.

Tayron se laisse tomber sur le canapé. Il pose ses coudes sur ses genoux et sa tête entre ses mains avant de lâcher un soupir d'épuisement.

Je rejoins la cuisine, trempe un chiffon d'eau froide et m'agenouille juste devant lui. Je pose le chiffon près de moi et glisse ma main à l'arrière de son cou, massant délicatement sa nuque noueuse.

– C'est terminé, commence-t-il. Il ne reviendra plus hanter ma vie ni s'en prendre à ma mère.

Sa voix se brise. Je vois bien qu'il se contient.

– Ne te retiens pas, chuchoté-je.

– Une partie de moi est soulagée. Je suis enfin libre, Rose.

Je relève ma tête et découvre ses yeux humides de larmes. Une unique goutte trace son chemin sur sa joue. Je récupère ses mains meurtries et efface toute trace de sang séché sur sa peau à l'aide du chiffon.

– Tu es libre, affirmé-je d'une voix douce. Un nouveau départ, une nouvelle histoire s'ouvre à toi, Tayron. Ton histoire.

Il passe sa main sur mon visage. Son pouce effleure la pulpe de ma lèvre inférieure.

– Tu seras à mes côtés ?

Je me redresse, tire sa tête vers moi et pose mes lèvres sur les siennes pendant quelques secondes. Notre baiser est salé et a le goût des larmes. Mais je m'en moque. Parce qu'il est tellement vrai. Tellement réel.

– Oui, murmuré-je contre ses lèvres. Je serai là.

Il m'attire sur ses genoux, colle ma poitrine contre son torse et me tient pendant de longues minutes. Je passe et repasse mes doigts dans ses cheveux.

– Je ne sais pas comment on fait pour aimer, Rose. Mais je veux apprendre à le faire, avec toi.

Ses mots réchauffent mon cœur. Les minutes s'écoulent. Peut-être même les heures, je n'en sais trop rien.

– Viens avec moi, lui demandé-je finalement en me relevant. Je veux que tu rencontres quelqu'un.

Il me fixe sans rien dire mais je vois bien qu'il se pose des questions. Et il me suit, tout comme j'ai accepté de le suivre, il y a des semaines, dans l'inconnu.

Sa moto se gare trente minutes plus tard devant le cimetière de la ville de Golden, près de Denver. Une fois descendue, je retire mon casque et laisse le vent glacial jouer dans mes cheveux.

Tayron doit se demander ce qu'on fout aussi tard dans un cimetière, mais encore une fois, il ne dit rien. Je laisse le casque accroché au guidon, mes doigts glacés agrippent les siens et je le tire vers moi. Je connais le chemin par cœur.

On s'arrête devant une pierre tombale assez petite mais parfaitement entretenue. Mon père s'assure qu'elle soit toujours fleurie.

J'enfonce mes doigts dans les poches de ma veste et me retiens de me balancer d'avant en arrière.

L'homme à mes côtés lit rapidement ce qui est écrit sur la pierre.

– Maman, commencé-je à voix basse, je te présente Tayron Price. L'homme génial qui est entré comme un bourrin dans ma vie pour ne plus en sortir.

Tayron inspire longuement à mes côtés. Je me tourne vers lui et observe son profil. Il serre ses mâchoires, comme s'il cherchait quoi dire, puis ses lèvres s'entrouvrent :

– Bonsoir, madame.

Je souris doucement, ne pouvant m'en empêcher. Je pense que ma mère l'aurait apprécié. Elle était si… solaire. Elle attirait le regard, donnait tellement d'amour aux autres. Lorsqu'elle est partie… il y a eu un grand vide en moi.

C'est toujours le cas. Mais j'ai l'impression que ce vide est peu à peu comblé par Tayron.

– Vous savez, reprend Tayron, je ne suis pas entré comme un bourrin dans sa vie. La vérité, c'est que votre fille était littéralement folle de moi dès qu'elle a vu mes magnifiques yeux.

Je retiens un rire et soupire d'un air théâtral. Derrière son petit sourire, je vois ce qu'il ne cherche plus vraiment à me cacher. L'émotion. Et la gratitude. Il me remercie silencieusement de l'avoir amené jusqu'ici, où est enterrée une part de moi.

Les ombres rôdent toujours dans son regard. Ça va être long avant qu'il ne se remette de ce qu'il s'est passé ce soir.

Mais j'attendrai. Je l'aiderai.

Et cette fois, je n'ai plus peur du lendemain. Parce que je sais que je ne serai pas seule pour l'affronter.

Je me contente de serrer un peu plus ses doigts avant de poser ma tête sur son épaule.

Tayron sera là. Et tant pis si ça ne plaît pas à certains. Tant pis si le monde décide de se dresser contre nous.

Parce qu'au final, il n'y a que nous deux dans l'équation.

Pas vrai ?

ÉPILOGUE

Rose
Quatre mois plus tard

– Si tu crames les saucisses, s'exclame Iris, je te jure que je te zigouille.

Tucker explose de rire face à la pseudo-menace de sa petite amie et continue de s'occuper du barbecue. Peut-être que vouloir absolument faire un barbecue dès les premiers jours de juin n'était pas la meilleure idée, finalement…

Posant un plat de salade de pâtes sur la table, je cherche mon père du regard. Nicole est contre lui, ils se sont lancés dans une danse improvisée tout en chantonnant l'air d'une vieille chanson. Mon père fixe la petite bague de fiançailles au doigt de Nicole et tous deux s'embrassent une nouvelle fois comme des ados.

Les battes de baseball traînent sur le sol. Les yeux de Tayron se sont éclairés lorsqu'il a frappé quelques balles avec son cousin quelques minutes plus tôt.

Sam est en train de draguer Isaa quelques mètres plus loin. Ma meilleure amie ne semble pas vraiment être en train de tomber sous son charme, mais c'est trop drôle pour que j'intervienne et prévienne Sam qu'il n'a en réalité aucune chance. Son cœur appartient déjà à Liam.

Et quand un cœur appartient à quelqu'un, c'est pour toujours.

Je regarde mon homme quitter Tucker pour avancer derrière Iris.

Il vole une chips dans l'assiette de la rousse, évitant de justesse le coup de pied qu'elle lui envoie en réponse.

– Arghhhh, s'exclame-t-elle, quand t'agis comme ça, je suis presque heureuse à l'idée que tu te casses à Chicago.

Je les laisse à leurs occupations et m'assieds sur le banc en pierre à quelques mètres de là. Je fixe le ciel, laissant les rayons du soleil frapper mon visage.

Tayron a fini par envoyer ses dessins à un illustrateur-concepteur basé à Chicago. C'était juste un défi. Mais ça a payé. L'illustrateur veut travailler avec lui. Alors Tayron a décidé de tout plaquer. Il rejoint Chicago le mois prochain.

Et je pars avec lui.

En fait, le choix a été rapide. Je pense qu'il faut que je quitte cette ville qui m'a vue grandir, au moins pour quelque temps. J'ai envie de déployer mes ailes ailleurs, qu'on écrive notre histoire aux quatre coins du monde.

Je fixe les nuages gris qui s'amoncellent dans le ciel et viennent cacher le soleil, et je me demande si ma mère m'observe de là-haut. J'espère qu'elle est heureuse, elle aussi. Je ne suis plus pressée de la rejoindre. Mais je sais que quand je la reverrai, j'aurai tellement, tellement de choses à lui dire.

Je t'aime, maman.

Un corps massif s'assied près de moi. Je sens un regard sur mon profil et je ne bouge pas, reconnaissant l'odeur masculine qui m'enveloppe. Je ressens pleinement cette connexion qui m'unit à un homme que je ne pensais pas aimer un jour. Il se penche vers moi et murmure à mon oreille :

– Tu fantasmes sur moi ?

Un petit sourire me vient et je me tourne vers Tayron.

– Dans tes rêves, mon gars.

Sa main se pose sur ma cuisse, qu'il presse doucement.

– Je crois qu'il va y avoir une sacrée grosse tempête, vu le ciel ! s'exclame Nicole à quelques mètres de là.

– Ma tempête, chuchote Tayron avant de lécher ma lèvre inférieure.

Je l'observe plusieurs secondes, gravant ses traits dans ma mémoire.

– Tu te rappelles le jour où je t'ai dit que le destin était un sale con ? lui demandé-je.

Il hoche sa tête.

– Bon… peut-être que finalement je commence à y croire, à ce foutu truc.

Tayron entoure mes épaules de son bras, un sourire taquin aux lèvres.

– Ah, mon cœur, on n'est pas grand-chose face au destin.

J'ai longtemps cru que deux êtres cabossés par la vie ne pouvaient pas se correspondre. Mais je me suis trompée. Notre histoire a été compliquée, mais si je devais changer quelque chose… je ne changerais rien.

Car les histoires les plus marquantes sont les plus compliquées.

***

Tucker

J'avale une gorgée de bière tout en fixant T-J et Rose du regard.

Boucle d'or a parcouru du chemin. Je n'aurais jamais cru que mon cousin, si volage, finirait entre les griffes de l'amour.

L'être le plus solaire et pourtant le plus fracassé de notre Meute a pris son envol. Rose a découvert que derrière ce sourire de crâneur se cachaient les pires horreurs, mais elle n'a pas fui.

Et les voilà tous deux réunis.

Iris s'approche de moi. Ne pouvant m'en empêcher, j'entoure ses épaules de mon bras libre et l'attire contre mon flanc.

– Qui aurait cru que mon meilleur ami se caserait un jour ?

Je hausse les sourcils en entendant le nom qu'elle vient de lui donner, elle qui manque de tuer T-J à chaque fois qu'il l'appelle sa « meilleure amie ». Comme si elle venait de se rendre compte de son erreur, Iris tourne son regard vif vers moi tout en plissant le nez.

– Ne t'avise pas de lui répéter ce que je viens de te dire, sinon…

Je glisse une mèche de ses cheveux courts derrière son oreille et réponds :

– Sinon quoi ?

– Je te tuerai, Tucker Bomley. On ne balance pas sa copine, c'est la règle.

Je passe ma langue sur mes lèvres, crevant d'envie de l'embrasser.

– Ah, et qui a dit qu'il y avait des règles en amour ? répliqué-je avant de poser ma bouche sur la sienne.

Il n'y a pas de règles en amour. Il n'y en aura jamais. Et si vous croyez le contraire, c'est qu'il ne vous est pas encore tombé dessus.

Alors préparez-vous.

Fin

REMERCIEMENTS

Vous savez, parfois on doit tomber sur la bonne personne pour se sentir enfin complet. C'est le cas pour Rose et Tayron. Ils se sont trouvés et vont s'aimer.

J'espère que l'histoire de Tayron vous a plu. Ce personnage est compliqué mais si attachant quand on prend la peine de le connaître. Raconter son histoire a été assez libérateur pour moi. Je lui laisse une partie de mon cœur.

C'est la fin de la Meute. Elle a fini de raconter les aventures de ses membres. Ça me fait quelque chose de la quitter, mais j'espère que vous l'aimerez encore longtemps. Si vous n'avez pas encore plongé dans *No Rules*, je ne peux que vous souhaiter la bienvenue dans cette fraternité.

Je tiens tout d'abord à remercier ma première bêta. Colyne, tu m'as motivée dès le départ. Tu as été parfaite. Merci également à ma seconde bêta, Amandine ; ton aide m'a été plus que précieuse. Merci aux personnes qui me donnent de la force depuis le début, Kentin, Aly, Lisa. Tant de personnes que je ne pourrais pas toutes les citer ici. Un merci particulier aux super chroniqueurs et aux super lecteurs qui font vivre mon histoire et me font rêver chaque jour.

Et enfin, un merci à Juliette, mon éditrice, qui a cru à l'histoire de Tayron depuis le début.

PLAYLIST

« Two Evils », Bastille
« You're Somebody Else », Flora Cash
« Animals », Maroon 5
« Girls Just Wanna Have Some », Chromatics
« Wolves », Sam Tinnesz
« Acoustic », Billy Raffoul
« California Halo Blue », Awolnation

Vous avez aimé l'histoire de Rose et T-J?
Découvrez celle d'Iris et Tucker dans *No Rules*!

Extrait

NO RULES

Anita Rigins

PROLOGUE

« Amour : élan du cœur qui nous porte vers un autre. Il se reconnaît à son intensité, à la vitesse à laquelle il fait son apparition et prend le contrôle de notre être », et bla-bla-bla. Qui croit sérieusement à cette définition ?

Et puis ce petit cupidon potelé qui vous tire une flèche en plein cœur en oubliant bêtement que vous en avez besoin pour vivre…

Vous voulez mon avis ? L'amour, le vrai, celui qui prend aux tripes, c'est de la connerie.

Du moins, c'est ce que je pensais… avant de rencontrer Tucker.

1

TROUVER SA PLACE

Iris

Une sonnerie stridente résonne entre les murs de mon appartement tandis que je cours à la recherche de mon foutu sac.

Je suis en retard.

Je manque de trébucher dans le couloir et me rattrape à la commode d'une main. Un centimètre de plus et mon orteil heurtait le coin du meuble. Et nous savons tous à quel point c'est douloureux…

Note à moi-même : déplacer ce meuble dès que possible. Oh, et me réveiller à l'heure les prochains jours…

Je déteste les gens qui sont en retard et je déteste l'être moi-même. D'habitude je suis organisée mais, allez savoir pourquoi, pas aujourd'hui. Sans doute le stress du déménagement.

Le bruit continue à me percer les tympans et je retrouve enfin mon téléphone entre deux coussins du canapé. Alléluia.

– Ouais ? demandé-je en haletant.

Mes clés de voiture en main, je claque la porte de l'appartement et la voix de ma tante Emma me parvient à l'autre bout du fil.

– Ta sœur a refait une crise, Iris, commence-t-elle de sa voix désagréable. Quand j'ai accepté de la recueillir chez moi, j'attendais un minimum de maturité de sa part.

La façon dont elle prononce le mot « recueillir » – comme si ma petite sœur était un chien errant – fait monter ma colère que je suis malheureusement obligée de ravaler.

Je pose ma tête contre le bois laqué de la porte et soupire en serrant le combiné.

Pauvre conne.

Je me retiens de le répéter tout haut et réponds en serrant les dents :

– Elle fait une crise de panique. Rassure-la.

J'entends ma sœur pleurer derrière elle et l'imagine seule, bouleversée. Son jeune âge ne l'a pas aidée à accepter la situation, contrairement à ce que je pensais.

– Peut-être que quitter Portland maintenant n'était pas une si bonne idée, continue Emma sur un ton chargé de reproches.

C'était au contraire la seule bonne idée que j'ai eue ces derniers mois. La seule solution qui me permettait de garder la tête hors de l'eau. Un nouveau départ pour ne pas me noyer parmi mes cauchemars. Si j'étais restée, je me serais perdue à tout jamais.

– Passe-la-moi, ordonné-je en descendant les deux étages au pas de course.

– J'ai une réunion dans trente minutes, tâche d'arranger ça, continue ma tante d'une voix crispée.

Je me doute bien que recueillir une gamine de 9 ans ne faisait pas partie de ses plans. Il y a quelques mois – huit, pour être exacte – sa vie a été chamboulée, alors que celle de ma sœur et la mienne ont été détruites.

Malheureusement, la décision du juge était sans appel. Ma sœur a été confiée à Emma. « Sans les ressources financières nécessaires. Passé trop instable et vie trop précaire pour pouvoir s'occuper d'une fillette de 9 ans. » Les paroles que le juge a prononcées contre moi reviennent en boucle dans ma tête, me serrant un peu plus la gorge.

J'entends un reniflement à travers le combiné et mon cœur se comprime alors que je m'installe dans ma Chevrolet à peu près en état de marche.

– Ma chérie ?

Le reniflement se fait plus fort, entrecoupé d'une forte respiration.

– Tout va bien, Agnès, OK ? Écoute-moi. Inspire profondément.

– C'est maman qui devait m'emmener pour ma rentrée.

Je serre le volant fortement quand elle mentionne ma mère et essaye de couper court à toute pensée autre que ma petite sœur.

– Je sais, ma chérie. Mais cette année, c'est tante Emma qui va t'emmener, d'accord ? Tout va bien se passer.

– Non, je dois prendre le bus toute seule.

Putain.

J'enclenche la marche arrière, ne pouvant me permettre de prendre du retard supplémentaire, et sors du parking du lotissement universitaire. Je mets le haut-parleur en cherchant dans mon sac mon emploi du temps.

Science criminelle, amphi B4. Neuf heures à onze heures.

Moi qui me faisais un plaisir de commencer ce cours jusque-là inconnu pour moi… En effet, en choisissant mes options, c'est celle qui m'a le plus intriguée. Pourtant, quand j'ai vu ce mot, une boule au ventre et une envie de vomir me sont instantanément venues.

Comment pouvais-je être attirée par ça après ce qui s'était passé ?

Mais j'y ai réfléchi, j'ai entendu quelques élèves faire l'éloge du professeur, le jour de la prérentrée, et je m'y suis finalement inscrite. Ça va m'apporter un plus pour ma troisième année de psycho et ça pourrait enfin m'aider à déchiffrer le comportement d'un criminel. J'en attends peut-être beaucoup mais si ça peut me permettre de comprendre ce qui s'est passé dans la tête du malade qui a tué mes parents huit mois plus tôt, alors je veux en être.

– Tu vas y arriver, Agnès, continué-je en tournant au coin d'une rue, me demandant si moi-même, j'allais y arriver.

Heureusement, je ne suis qu'à une dizaine de minutes du campus central.

– Je voudrais que tu sois là, chuchote ma petite sœur en se calmant peu à peu.

Je pince les lèvres en arrivant enfin au niveau du campus.

– Je te verrai bientôt.

Je m'engage dans le parking et pousse un soupir en ne trouvant aucune place près de l'entrée.

– Tu sais quoi ? continué-je en voyant enfin une place libre un peu plus loin, la seule. Pendant les vacances d'automne, tu vas venir ici, d'accord ?

– C'est vrai ? Je vais venir à Denver ?

Son ton me serre un peu plus le cœur alors que je m'engage dans la place de parking. Même si je n'ai pas obtenu sa garde, tante Emma la laissera venir chez moi pour quelques jours.

– Bien sûr… Ehhh !

Un pick-up s'engage en même temps que moi et manque d'arracher l'avant de mon véhicule.

– Espèce de connard ! crié-je alors que la voiture s'arrête au même instant.

– Je croyais qu'il fallait pas dire de gros mots, Iris ? me demande Agnès d'un air surpris.

Je marmonne entre mes dents serrées et regarde par la fenêtre, essayant de voir le conducteur complètement malade qui a failli me tuer. Mais ses vitres sont teintées. L'une d'elles se baisse doucement tandis que je plisse les yeux, furieuse.

– T'es complètement con ou quoi ? hurlé-je en ouvrant également ma fenêtre.

Alors que le véhicule redémarre, je fais de même et m'engage avant lui dans la place de parking.

Je l'ai vue la première !

– Je dois y aller, annoncé-je à ma petite sœur. Tout va bien se passer. Je t'appelle ce soir, d'accord ?

– Je t'aime, me répond Agnès juste avant de raccrocher.

Je soupire de soulagement en éteignant mon moteur, récupère mes affaires et vérifie dans mon rétro intérieur que mes cheveux cuivrés sont toujours en place.

L'avantage d'avoir un carré, plutôt que de porter les cheveux longs comme autrefois, c'est qu'ils sont beaucoup plus simples à coiffer.

Les cernes sous mes yeux noisette sont assez prononcés à cause de mon manque de sommeil, mais je vais devoir faire avec. Alors que je frotte une trace de dentifrice sous ma lèvre inférieure, je remarque quelque chose à l'arrière de mon véhicule. Le pick-up noir n'a toujours pas bougé.

J'ouvre ma portière et décide d'ignorer la personne débile qui le conduit, elle finira bien par bouger.

Je commence à m'éloigner de mon véhicule mais une voix rauque et indéniablement masculine me stoppe.

– C'était ma place.

Sa phrase sonne comme un ordre. Il ne dit rien d'autre, comme si ces simples mots étaient censés me faire bouger. Je relève les sourcils et me tourne vers le type.

Sa place ?

Mes yeux tombent d'abord sur un avant-bras puissant posé sur le rebord de la portière, puis je relève la tête et, quand mon regard trouve le sien, je fronce les sourcils. Je n'avais encore jamais rencontré d'homme aux yeux vairons.

Bien sûr, j'en ai vu en photo, mais là, je dois dire que son regard bleu d'un côté et bleu taché de brun de l'autre est assez déstabilisant.

Sa casquette de base-ball rouge et blanche cache sa chevelure foncée. Je ne le détaille pas plus et m'avance d'un pas dans sa direction.

– Y a écrit « Danger Public », dessus ? répliqué-je en faisant mine de regarder le sol derrière ma voiture comme si je cherchais un nom. Non, y a pas écrit, alors je doute que ce soit ta place.

– Y a pas écrit « spécial garce » non plus, rétorque-t-il.

Il fronce ses sourcils foncés et sa bouche se plisse au milieu de sa barbe de trois jours. Il y a quelques heures, je l'aurais sans doute qualifié de « beau » mais là, je n'ai pas du tout la tête à ça.

– Si tu veux pas bouger ta caisse, c'est ton problème, continué-je alors qu'il reste derrière ma voiture. Faudra pas te plaindre quand elle sera arrachée, tout à l'heure.

Sa place ? Sérieusement ? Bouffon…

Je n'attends pas une seconde et m'éloigne pour aller en cours.

addictives

Romans déjà parus et à paraître

Rose Becker
Le Bébé, mon milliardaire et moi (aussi en poche)
Torride, sexy & dangereux
Forever You – saisons 1 et 2
Dangerous

Phoebe Campbell
Tes ordres sont mes désirs – poche
Lui résister… ou pas – l'intégrale
You Again
Single Daddy. Try Me if You Can

Mia Carre
Bad for You
Teach Me Everything
Charmant connard !

Mélodie Chavin
Campus Rules

Olivia Dean
À lui, corps et âme – volumes 1 et 2 – poche

Ann Fox
Spring Break – l'intégrale

Emma Green
Toi + Moi : L'un contre l'autre (aussi en poche)
Toi + Moi : Envers et contre tout (aussi en poche)
Toi + Moi : Seuls contre tous (aussi en poche)
Call Me Baby – volumes 1 et 2
Call Me Bitch
Love Me if You Can
Kiss Me if You Can
Bliss. Le faux journal d'une vraie romantique – volumes 1 et 2
Jeux interdits
Jeux insolents
Jeux imprudents
Une toute dernière fois
Fallait pas me chercher ! – volumes 1 et 2
Corps impatients (aussi en poche)
Cœurs insoumis (aussi en poche)
Âmes indociles
Cent facettes de Mr Diamonds – l'intégrale

Bliss. Le faux journal d'une vraie romantique – l'intégrale
(Im)parfait
Love Me if You Can – l'intégrale
Kiss Me if You Can – l'intégrale
It's Raining Love !
The Boy Next Room
Call Me Baby – l'intégrale
Call Me Bitch – l'intégrale
PS : Oublie-moi !
Fallait pas me chercher ! – l'intégrale
Recherche coloc : emmerdeurs, râleurs, lovers… s'abstenir !
10 bonnes raisons de te détester !
Just 17
Love & Lies on Campus

Kim Grey
Insolent Bastard

Megan Harold
Sublime-moi ! – poche
Breaking the Rules
Initiation with my Boss

Amy Hopper
Gone Boy
Le Coloc

Julie Huleux
Alpha Player

Kate Jacobson
Révèle-moi – volumes 1 et 2

Charlie Lazlo
Mon insupportable boss

Sienna Lloyd
Mords-moi !

Caroline Mongas
Mariage forcé. Un contrat indécent

June Moore
Étreinte – volumes 1 à 3

Zoé Murat
Stepbrother Love
Boss Me Around

Clara Oz
Arrogant
Te séduire, te trahir

Lise Robin
Infiltrée. Sex, Drugs & Danger
Love Scandal
Forbidden Stepbrother – poche

Alex Roussel
The Casting

Gaëlle Sage
Kiss, Kill & Ride

Ana Scott
Dark Ride
Last Ride
Vicious Ride
The Dominant
Evil Ride

Camilla Simon
Le voisin parfait est un enfoiré
Initiation With my Enemy

Ève Souliac
Sexy Mistake

Liv Stone
Love Lessons

Lisa Swann
Adore-moi ! – l'intégrale

Louise Valmont
Toi & moi, c'est compliqué !
Mine Again

Chloe Wilkox
Ordonne-moi ! – l'intégrale
Extreme Lover – l'intégrale
Immoral
Your Game, My Rules – poche
Dominant Boss. Apprends-moi
The Virgin's Price

Luv

Romans déjà parus et à paraître

Ana K. Anderson
Indompté
Scottish Bastard

Sophie Auger
Be with Me

Laura Black
Dark Initiation
Games of Desire
H.A.R.D. Hot, Arrogant, Rebelle, Déterminé

Margot D. Bortoli
Too Young

Juliette Brunel
Delicious

Anne Cantore
On the Road with You
Promets-moi. Louise et Marco

Sarina Cassint
Avec toi… peut-être
Insolent Boss

Mary Ann Davis
Coach Me Love !

Nora Davy
Absolute Boss
Don't Resist

Gwen Delmas
Noël, toi & moi
Perfect Boss
Sex friends. Pas de contraintes, que du plaisir!

Cléa Dorian & Ninon Vars
Dark Love

Laurie Eschard
Love Naked

Lil Evans
Savage Rider
Crash & Burn
Boss Affair

Lou Garance
Can You Keep a Secret?

Alexandra Gonzalez
Shades of You

Erin Graham
Teach Me Love
The Boss
Secret Stepbrother
Strong Addiction

Joh Harper
Crazy Love

Marie Hayle
Under Control

Iris Julliard
Prends-moi contre toi
Catch & Shoot

Lucie F. June
Fight with Darkness

Sara June
Rider in the Dark
Sexy Wild Rider

Lena Jung
Mon coloc, mes désirs & moi

Emily Jurius
Love to Hate You

Allie Krown
High School Challenge

Pauline Libersart
Tiger. Entre ses griffes

Ella Lores
Mariée par accident à un connard arrogant rencontré la veille…

Jessica Lumbroso
Emma X. Secrète et insoumise

Mila Marelli
Dark Man in Love

Mag Maury
Fast Games
No Love, No Limits
My Hipster Christmas

Jeanne Pears
Insupportable coloc
Colocs & Sex Friends

Jeanne Périlhac
Only You… & Me

Alexia Perkins
Arrogant Fake Lover

Sophie S. Pierucci
L'Inconnu de l'ascenseur & Moi (aussi en poche)
My Stepbrother. L'initiation

Silvia Reed
Darkest. La dernière heure
Too Close

Anita Rigins
No Rules
My Rules

Avril Rose
Coffee, Sex & Law

Jana Rouze
Effet de vague – saisons 1, 2 et 3

Wendy Roy
Une seule fois (ou presque)

Ana Scott
À corps brisés

Léana Soal
Fight & Hope

Cara Solak
Perfect Obsession

Liv Stone
Initie-moi. Mes jours contre tes nuits

Lena K. Summers
Perfect Bad Boy

Kaly Swann
Austin. Breathe with Me

Alexane Tolley
The Boss Rules – poche

Lily Tortay
Dance for Me

Flore Valier
Ta peau contre la mienne

Anna Wendell
Arrogant Bad Boy
Apprends-moi le désir

Can You Keep a Secret?
Lou Garance

Il est son connard de demi-frère.
Et il va la rendre folle…

Depuis des années, Jayden ne revient au domicile familial qu'en de rares occasions, et ça convient très bien à Ambre. Moins elle voit son insupportable demi-frère, mieux elle se porte ! Alors, quand elle apprend que Jayden-le-connard s'est fait virer de sa fac et qu'il est de retour à San Francisco, elle se prépare à vivre un été cauchemardesque. Jayden s'est toujours montré froid et méprisant avec elle, et ça n'a pas l'air d'avoir changé. Mais désormais, elle le découvre aussi viril, fascinant, terriblement sexy…
Et si leur été devenait tout à coup bien plus intéressant ?

Auteure : Anita Rigins

Edisource – Éditions Addictives
100, rue Petit, 75019 Paris
Imprimé par FINIDR – Lipova cp. 1965 – 73 701 Cesky Tesin,
République tchèque
Dépôt légal : avril 2020 – Achevé d'imprimer : février 2020
ISBN : 978-2-37126-413-7
Réf. contrat : ZTAY_001